ROMANCES DE PATRICK MELROSE
VOLUME 2

EDWARD ST. AUBYN

# Romances de Patrick Melrose

*O leite da mãe*
*Enfim*

Tradução
Sara Grünhagen

COMPANHIA DAS LETRAS

Copyright de Mother's Milk © 2005 by Edward St. Aubyn
Copyright de At Last © 2011 by Edward St. Aubyn
Copyright de *"Fly Me To The Moon (In Other Words)"*, letra e música de Bart Howard © 1954 (renovado) by Hampshire House Publishing Corp., Nova York, NY.
Copyright de *"I Got Plenty O' Nuttin"*, letra e música de George Gershwin, Du Bose Heyward e Ira Gershwin © 1935 (renovado) by Chappell & Co., Inc. (ASCAP). Todos os direitos administrados por Warner/ Chappell North America Ltd.
Copyright de *"Burnt Norton"*, de *Quatro Quartetos*, T.S. Eliot © 1944 by T.S. Eliot 1944, publicado pela Faber and Faber Ltd.
Copyright de *"Dutch Graves in Bucks County"*, de *The Collected Poems of Wallace Stevens*, Wallace Stevens © 1954 by Wallace Stevens, publicado pela Faber and Faber Ltd.

Proibida a venda em Portugal.

*Grafia atualizada segundo o Acordo Ortográfico da Língua Portuguesa de 1990, que entrou em vigor no Brasil em 2009.*

*Título original*
The Patrick Melrose Novels — Never Mind, Bad News, Some Hope, and Mother's Milk
At Last

*Capa*
Tereza Bettinardi

*Foto de capa*
The Bridgeman Art Library/ Keystone Brasil

*Preparação*
Ciça Caropreso

*Revisão*
Renata Lopes Del Nero
Carmen T. S. Costa

Dados Internacionais de Catalogação na Publicação (CIP)
(Câmara Brasileira do Livro, SP, Brasil)

St. Aubyn, Edward
    Romances de Patrick Melrose vol. 2 : O leite da mãe :
Enfim / Edward St. Aubyn ; tradução Sara Grünhagen. —
1ª ed. — São Paulo : Companhia das Letras, 2017.

    Título original: The Patrick Melrose Novels : Never
Mind, Bad News, Some Hope, and Mother's Milk. At Last.
    ISBN 978-85-359-2891-4

    1. Romance inglês I. Título. II. Título: O leite da mãe.
III. Título: Enfim.

17-01891                                              CDD-823

Índice para catálogo sistemático:
1. Romances : Literatura inglesa 823

[2017]
Todos os direitos desta edição reservados à
EDITORA SCHWARCZ S.A.
Rua Bandeira Paulista, 702, cj. 32
04532-002 — São Paulo — SP
Telefone: (11) 3707-3500

www.companhiadasletras.com.br
www.blogdacompanhia.com.br
facebook.com/companhiadasletras
instagram.com/companhiadasletras
twitter.com/cialetras

# Sumário

O leite da mãe, 7
Enfim, 271

# O LEITE DA MÃE

# Agosto de 2000

# 1.

Por que fingiam que o matavam no momento de nascer? Mantendo-o acordado por dias, batendo sua cabeça repetidamente contra um colo uterino fechado; enrolando o cordão em sua garganta e o estrangulando; dilacerando o abdome de sua mãe com tesouras frias; agarrando sua cabeça e torcendo o pescoço de um lado para o outro; arrastando-o para fora do seu lar e batendo nele; jogando luzes em seus olhos e fazendo testes; levando-o para longe de sua mãe enquanto ela jazia deitada na mesa, semimorta. Talvez a ideia fosse destruir a nostalgia dele pelo velho mundo. Primeiro o confinamento, a fim de deixá-lo sedento por espaço, depois a simulação da morte, para que ele se sentisse grato pelo espaço recebido, ainda que fosse este deserto barulhento, onde havia apenas as bandagens dos braços de sua mãe para envolvê-lo, e nunca mais a coisa toda de novo, toda aquela coisa quente em volta dele, que era tudo.

As cortinas dançavam, lançando luz no quarto de hospital. Infladas da tarde quente, depois murchando de novo contra as janelas francesas, amenizando a luminosidade de fora.

Alguém abriu a porta e as cortinas pularam e ondularam; papel solto farfalhou, o quarto clareou e o estrépito das obras ficou um pouco mais alto. Então a porta bateu, as cortinas suspiraram e o quarto escureceu.

"Ah, não, chega de flores", disse sua mãe.

Ele via tudo pelas paredes transparentes de seu berço-aquário. Era observado do alto pelo olho pegajoso de um lírio aberto. Às vezes, a brisa soprava o cheiro apimentado de frésias sobre ele, deixando-o com vontade de espirrar aquilo para longe. Na camisola de sua mãe, manchas de sangue misturavam-se a riscas de pólen laranja-escuro.

"As pessoas são tão gentis..." Ela ria de cansaço e frustração. "Quer dizer, ainda há algum espaço no banheiro?"

"Na verdade, não; você já pôs as rosas e as outras coisas lá."

"Ah, meu Deus, não suporto isso. Centenas de flores cortadas e espremidas nestes vasos brancos, só para nos deixar felizes." Ela não conseguia parar de rir. Lágrimas corriam por seu rosto. "Elas deviam ter sido deixadas onde estavam, num jardim em algum lugar."

A enfermeira olhou para o prontuário.

"Está na hora do seu Voltarol", disse. "Você precisa controlar a dor antes que ela a domine."

Em seguida a enfermeira olhou para Robert e, na penumbra pesada, ele se concentrou nos olhos azuis dela.

"Ele é bem alerta. Está me examinando."

"Ele vai ficar bem, não vai?", perguntou sua mãe, subitamente apavorada.

De repente Robert também ficou apavorado. Eles não estavam juntos da forma como costumavam estar, mas ainda tinham seu desamparo em comum. Haviam sido arrastados até uma costa selvagem. Cansados demais para rastejar até a praia, os dois só podiam ficar ali largados em meio aos rugidos do mar e ao deslumbramento de estarem ali. Mas ele precisava encarar os fatos: eles tinham sido separados. Agora entendia que sua mãe já estava do lado de fora. Para ela, essa costa selvagem era um novo papel, para ele, um mundo novo.

O estranho é que ele sentia já haver estado ali antes. O tempo todo ele sabia que havia um lado de fora. Costumava pensar que era um mundo aquático abafado e que ele vivia no coração das coisas. Agora as paredes tinham tombado e ele podia ver em que mistura confusa havia estado. Como evitar se meter numa nova confusão nesse lugar estrondosamente luminoso? Como iria chutar e girar da forma que costumava fazer nessa atmosfera pesada onde o ar fazia sua pele arder?

Ontem ele achou que estava morrendo. Talvez estivesse certo e era isso que havia acontecido. Tudo era discutível, exceto o fato de estar separado de sua mãe. Agora que percebia haver uma diferença entre eles, amava sua mãe com uma nova intensidade. Costumava estar perto dela. Agora ansiava estar perto dela. Essa primeira sensação de saudade era a coisa mais triste do mundo.

"Ah, meu bem, o que foi?", perguntou a enfermeira. "Será que estamos com fome ou será que só queremos um colinho?"

A enfermeira tirou-o do berço-aquário, carregou-o por sobre o abismo que o separava da cama e deixou-o nos braços doloridos de sua mãe.

"Tente dar o peito um pouquinho e depois descansar. Vocês passaram por muita coisa nos dois últimos dias."

Ele sentia um desespero inconsolável. Não podia viver com tantas dúvidas e de forma tão intensa. Vomitou colostro em sua mãe e então, no nebuloso momento de vazio que se seguiu, seus olhos foram atraídos pelas cortinas cheias de luz. Elas prenderam sua atenção. Era assim que as coisas funcionavam por aqui. Eles te fascinavam com coisas para que você se esquecesse da separação.

Ainda assim, ele não queria exagerar seu declínio. As coisas estavam ficando apertadas no velho mundo. Mais perto do fim, ele já estava desesperado para sair, porém havia imaginado que voltaria a se expandir no oceano ilimitado de sua juventude, e não que se veria exilado nessa terra seca. Talvez pudesse revisitar o oceano em seus sonhos, não fosse o véu de violência que pairava entre ele e o passado.

Hesitava nas bordas brumosas do sono, sem saber se isso o levaria ao mundo flutuante ou de volta à carnificina da sala de parto.

"Pobre bebê, provavelmente estava tendo um pesadelo", disse sua mãe, acariciando-o. Seu choro começou a diminuir e desaparecer.

Ela o beijou na testa e ele percebeu que, embora eles não dividissem mais um corpo, ainda tinham os mesmos pensamentos e os mesmos sentimentos. Estremeceu de alívio e mirou as cortinas, observando a luz jorrar.

Ele provavelmente dormiu por algum tempo, pois seu pai já havia chegado e tagarelava sobre alguma coisa. Não parava de falar.

"Fui dar uma olhada em mais alguns apartamentos hoje, e vou te contar: está mesmo deprimente. Os imóveis em Londres estão fora de controle. Estou inclinado a partir para o plano C."

"Qual é o plano C? Esqueci."

"Ficar onde estamos e enfiar outro quarto na cozinha. Se a dividirmos ao meio, o armário das vassouras se transforma no armário de brinquedos dele e a cama fica onde está a geladeira."

"E onde as vassouras vão ficar?"

"Sei lá — em algum lugar."

"E a geladeira?"

"Ela pode ficar dentro do armário, ao lado da máquina de lavar."

"Não vai caber."

"Como é que você sabe?"

"Eu sei."

"Enfim… vamos dar um jeito. Só estou procurando ser prático. Tudo muda quando chega um bebê."

O pai dele se inclinou mais para perto e sussurrou: "Em último caso, temos a Escócia".

Ele tinha se tornado prático. Sabia que a esposa e o filho estavam se afogando numa poça de confusão e sensibilidade, e iria salvá-los. Robert podia sentir o que ele estava sentindo.

"Meu Deus, as mãozinhas dele são minúsculas", disse o pai. "Ainda bem, na verdade."

Ele ergueu a mão de Robert com o mindinho e a beijou. "Posso pegá-lo?"

Ela o ergueu na direção do pai. "Cuidado com o pescoço dele, é bem mole. Você precisa apoiá-lo."

Todos estavam nervosos.

"Assim?" A mão de seu pai subiu por sua espinha, pegou-o de sua mãe e deslizou por baixo da cabeça de Robert. Robert tentou manter-se calmo. Não queria chatear os pais.

"Mais ou menos. Na verdade eu também não sei."

"Ahh… como nos deixam fazer isso sem uma licença? Você não pode ter um cachorro nem uma televisão sem uma licença. Talvez possamos aprender com a enfermeira pediátrica — como ela se chama mesmo?"

"Margaret."

"Aliás, onde é que a Margaret vai dormir uma noite antes de irmos para a minha mãe?"

"Ela disse que está mais do que satisfeita com o sofá."

"Me pergunto se o sofá diria a mesma coisa."

"Não seja maldoso, ela está fazendo uma dieta química."

"Que emocionante. Não conhecia esse lado dela."

"Ela tem muita experiência."

"Será que todos nós não temos?"

"Com bebês."

"Ah, bebês." Seu pai arranhou a bochecha de Robert com sua barba rala e fez um som de beijo em seu ouvido.

"Mas nós o adoramos", disse sua mãe, os olhos marejados de lágrimas. "Isso não basta?"

"Ser adorado por dois pais estagiários com uma moradia inadequada? Graças a Deus ele tem o apoio de uma avó que vive em férias permanentes e de outra que está ocupada demais salvando o planeta para que possa ficar totalmente feliz com essa solicitação adicional de seus recursos. A casa da minha mãe já está lotada de chocalhos xamânicos, 'animais de poder' e 'crianças interiores' para acomodar uma coisa tão desenvolvida como uma criança."

"Nós vamos ficar bem", disse sua mãe. "Não somos mais crianças, somos pais."

"Somos as duas coisas", disse seu pai, "esse é o problema. Sabe o que minha mãe me disse um dia desses? Que uma criança nascida num país desenvolvido consome duzentas e quarenta vezes mais recursos do que uma criança nascida em Bangladesh. Se tivéssemos tido duzentos e trinta e nove filhos bengaleses, ela teria sido mais calorosa conosco, mas esse Gargantua ocidental, que vai ocupar quilômetros de aterro sanitário com suas fraldas descartáveis e que logo vai exigir um computador poderoso o bastante para lançar um voo até Marte enquanto brinca de jogo da velha com um amigo virtual em Dubrovnik, não tem grandes chances de receber a aprovação dela." Seu pai fez uma pausa. "Você está bem?", perguntou.

"Nunca me senti tão feliz", respondeu sua mãe, secando o rosto reluzente com o dorso da mão. "Só estou com uma sensação enorme de vazio."

Ela guiou a cabeça do bebê na direção de seu mamilo e ele começou a sugar. Um fluxo estreito de seu antigo lar encheu sua boca, e eles estavam juntos de novo. Sentia o batimento cardíaco dela. Uma paz os envolveu como um novo útero. Talvez fosse um bom lugar para se estar, afinal de contas, só era difícil entrar nele.

Isso era tudo de que Robert se lembrava de seus primeiros dias de vida. As lembranças tinham retornado no mês passado, quando seu irmão nasceu. Talvez algumas dessas coisas tenham sido ditas no mês passado, ele não tinha certeza, mas ainda que tivesse sido assim elas o lembravam de quando ele estava no hospital; portanto, as lembranças realmente pertenciam a ele.

Robert estava obcecado com seu passado. Ele tinha cinco anos agora. Cinco anos, não era mais um bebê como Thomas. Sentia sua primeira infância se desintegrando, e, em meio aos gritos de parabéns que acompanhavam cada pequeno passo em direção à plena cidadania, ele ouvia o sussurro da perda. Algo tinha começado a acontecer quando ele foi dominado pela fala. Suas primeiras lembranças estavam se soltando, como placas daquelas falésias cor de laranja atrás dele, e tombavam num mar devorador que apenas o encarava de volta quando ele tentava olhar para dentro dele. Sua primeira infância estava sendo destruída por sua meninice. Ele a queria de volta, do contrário Thomas iria ficar com tudo.

Robert tinha deixado seus pais, seu irmãozinho e Margaret para trás e cambaleava pelas rochas em direção às pedras ruidosas da praia abaixo, levando em uma das mãos estendidas um balde de plástico arranhado, decorado com golfinhos acrobatas. Pedrinhas brilhantes que desapareciam quando ele corria de volta para mostrá-las não o enganavam mais. O que ele estava procurando agora eram aquelas jujubas de vidro rombudo enterradas sob a precipitação fina de cascalho preto e dourado na costa. Mesmo secas, elas tinham um brilho machucado. Seu pai havia dito a ele que o vidro era feito de areia, portanto elas estavam na metade do caminho de volta para sua origem. Robert tinha chegado à beira da água. Deixou o balde numa pedra alta e pôs-se a caçar os seixos lambidos pelas ondas. A água espumou em torno de seus tornozelos, e enquanto ela voltava correndo para o mar ele esquadrinhou a areia borbulhante. Para seu espanto, viu algo sob a primeira onda, não uma das contas verde-claras ou brancas e foscas, mas uma pedra amarela rara e preciosa. Arrancou-a da areia, lavou-a na onda seguinte e segurou-a contra a luz, um pequeno rim âmbar entre seu indicador e polegar. Olhou em direção à praia para compartilhar sua empolgação, mas seus pais estavam amontoados em volta do bebê, enquanto Margaret vasculhava uma bolsa.

Ele se lembrava bastante bem de Margaret agora que ela tinha voltado. Ela havia cuidado dele quando ele era bebê. Era diferente naquela época, porque ele era o único filho de sua mãe. Margaret gostava de dizer que ela era uma "tagarela de qualquer assunto", só que seu único assunto era ela mesma. Seu pai disse que ela era especializada em "teoria da dieta". Robert não tinha certeza do que era isso, mas parecia que a havia deixado bem gorda. Para economizar, seus pais não pretendiam ter uma enfermeira pediátrica dessa vez, mas tinham mudado de ideia pouco antes de virem para a França. E quase mudaram de ideia de novo quando a agência disse que Margaret era a única disponível num prazo tão curto. "Vão ser duas mãos a mais para nos ajudar", sua mãe havia dito. "Se ao menos elas não viessem com uma boca extra", rebateu seu pai.

Robert tinha conhecido Margaret ao voltar do hospital em que nascera. Acordou na cozinha de seus pais, balançando para cima e para baixo nos braços dela.

"Troquei a fralda de Sua Majestade para ele ficar com o popô sequinho e bonzinho", disse ela.

"Ah", respondeu sua mãe, "obrigada."

Ele imediatamente sentiu que Margaret era diferente de sua mãe. As palavras escorriam dela como de uma banheira destampada. Sua mãe não gostava de falar, mas quando falava era como estar no seu colo.

"Ele gosta do bercinho?", perguntou Margaret.

"Na verdade eu não sei; ele ficou conosco na cama na noite passada."

Um resmungo abafado saiu de Margaret. "Hummm", fez ela, "maus hábitos."

"Ele não conseguia se acomodar no berço."

"Eles nunca vão conseguir se os levamos para a cama."

"'Nunca' é tempo demais. Ele estava dentro de mim até quarta-feira à noite; meu instinto é deixá-lo perto de mim por algum tempo — fazer as coisas aos poucos."

"Olha, longe de mim duvidar dos seus instintos, meu bem", disse Margaret, cuspindo a palavra no instante em que ela se formava em sua boca, "mas nos meus quarenta anos de *experiência* tive mães me agradecendo milhões de vezes por colocar o bebê para dormir no berço. Teve uma mãe, na verdade é uma senhora árabe, até bem simpática, que me ligou esses dias em Botley e disse: 'Ah, se eu tivesse te ouvido, Margaret, e não levado a Yasmin para a cama comigo. Não há mais o que fazer com ela agora'. Ela queria que eu voltasse, só que eu disse: 'Sinto muito, meu bem, mas começo num novo emprego semana que vem e em julho estarei no sul da França para ficar com a avó do bebê'."

Margaret meneou a cabeça e caminhou altiva pela cozinha, uma chuva de migalhas pinicando o rosto de Robert. Sua mãe não disse nada, mas Margaret continuou alardeando.

"Além do mais, não acho justo com o bebê; eles gostam de ter seu bercinho. Claro que estou acostumada a assumir toda a responsabilidade. Geralmente é *comigo* que eles ficam durante a noite."

Seu pai entrou na cozinha e beijou Robert na testa.

"Bom dia, Margaret", disse. "Espero que você tenha conseguido dormir um pouco, porque nenhum de nós conseguiu."

"Sim, obrigada, na verdade o sofá é bastante confortável; não que eu vá reclamar quando tiver meu quarto na casa de sua mãe."

"Espero que não", disse seu pai. "Vocês já fizeram as malas e estão prontas para ir? Nosso táxi deve chegar a qualquer minuto."

"Bem, eu nem tive tempo de *desfazer* as malas, não é mesmo? Só separei o meu chapéu. Eu o deixei para fora, caso o sol esteja ardendo lá por aquelas bandas."

"O sol está sempre ardendo lá por aquelas bandas. Minha mãe não toleraria nada menos do que um aquecimento global catastrófico."

"Hummm, a gente bem que está precisando de um pouco de aquecimento global lá em Botley."

"Se eu fosse você, não faria esse tipo de comentário se quiser conseguir um bom quarto na Fundação."

"O que é isso, meu bem?"

"Ah, minha mãe criou uma 'Fundação Transpessoal'."

"Quer dizer então que a casa não vai ser sua?"

"Não."

"Ouviu isso?", disse Margaret, sua palidez de cera pairando sobre Robert, lançando migalhas de biscoito em seu rosto com um vigor renovado.

Robert sentiu a irritação de seu pai.

"Ele é tranquilo demais para se preocupar com tudo isso", disse sua mãe.

Todos começaram a se mover mais ou menos ao mesmo tempo. Margaret, de chapéu, assumiu a frente, os pais de Robert lutando atrás com a bagagem. Eles o levavam para fora, de onde vinha a luz. Ele estava encantado. O mundo era uma sala de parto gritando de vida ambiciosa. Galhos elevando-se, folhas tremulando, montanhas flutuantes de cúmulos-nimbos, seus cumes dissolventes enrolando-se no céu banhado de luz. Podia sentir os pensamentos de sua mãe, podia sentir os pensamentos de seu pai, podia sentir os pensamentos de Margaret.

"Ele ama as nuvens", observou sua mãe.

"Ele não está vendo as nuvens, meu bem", disse Margaret. "Eles não conseguem focalizar nada nessa idade."

"Mas ele pode estar olhando para elas sem vê-las como nós as vemos", disse seu pai.

Margaret grunhiu enquanto entrava no táxi que roncava.

Ele estava deitado imóvel no colo de sua mãe, mas a terra e o céu iam passando do lado de fora da janela. Se continuava envolvido na cena em movimento, então achou que também ele estava se movendo. Luz brilhava nas janelas de casas que passavam, vibrações chegavam até ele de todas as direções, então cânions de prédios irromperam e um fio de luz jorrou sobre seu rosto, deixando suas sobrancelhas rosa-alaranjadas.

Eles estavam a caminho da casa de sua avó, a mesma casa onde estavam hospedados agora, uma semana depois do nascimento de seu irmão.

# 2.

Robert estava sentado no parapeito da janela de seu quarto, brincando com as contas que havia catado na praia. Ele as estivera organizando em todas as combinações possíveis. Atrás da tela contra mosquitos (com seu rasgo remendado), havia uma massa de folhas maduras que pertenciam ao enorme plátano do terraço. Quando o vento passava por elas, fazia um som de lábios estalando. Se houvesse um incêndio, ele poderia sair pela janela e descer por aqueles convenientes galhos. Por outro lado, um sequestrador poderia subir por eles. Nunca havia tido o hábito de pensar no outro lado; agora pensava nisso o tempo todo. Sua mãe havia lhe contado que quando ele era bebê adorava ficar deitado sob aquele plátano, em seu berço. Thomas estava deitado ali agora, cercado por seus pais.

Margaret iria embora no dia seguinte — graças a Deus, como dissera seu pai. Seus pais haviam lhe dado um dia extra de folga, mas ela já tinha voltado da vila, intimidando-os com seu boletim implacável de notícias. Robert andou gingando pelo quarto, fingindo ser Margaret, depois voltou à janela. Todo mundo dizia que ele fazia imitações incríveis; o diretor da escola foi ainda mais longe, dizendo que ele possuía um "talento absolutamente sinistro que, espero, ele aprenda a canalizar de forma construtiva". Era verdade que, uma vez intrigado com alguma situação, como ele estava com a volta de Margaret à sua família, ele podia absorver tudo que queria. Colou-se à tela da janela para obter uma visão melhor.

"Ohhh, está tão quente", exclamou Margaret, abanando-se com uma revista de tricô. "Não consegui encontrar nenhum queijo *cottage* em Bandol. Eles não falavam uma palavra de inglês no supermercado. 'Queijo *cottage*', eu disse, apontando para a casa do outro lado da rua. '*Cottage*, sabe, como em casa, só que menor', mas mesmo assim eles não faziam a menor ideia do que eu estava falando."

"Eles devem ser incrivelmente estúpidos", disse seu pai, "depois de todas essas dicas úteis."

"Hummm. No final das contas, tive que comprar alguns desses queijos franceses", disse Margaret, sentando no muro baixo com um suspiro. "Como está o bebê?"

"Ele parece bem cansado", disse sua mãe.

"Não me surpreende, com este calor", disse Margaret. "Devo ter pegado uma insolação no barco, sinceramente. Fritei naquele sol. Dê bastante água para ele, meu bem. É a única forma de refrescá-los. Eles não suam nessa idade."

"Outro lapso assombroso", disse seu pai. "Eles não suam, não andam, não falam, não leem, não dirigem, não assinam cheques. Potros já ficam de pé algumas horas depois de nascerem. Se cavalos fossem ao banco, eles conseguiriam uma linha de crédito em menos de uma semana."

"Cavalos não precisam de nada do banco", disse Margaret.

"Não", disse seu pai, exausto.

Por um instante de música extática, as cigarras abafaram a voz de Margaret, e Robert sentiu que se lembrava exatamente de como era estar naquele berço, deitado sob os plátanos numa amena sombra verde, ouvindo a parede musical das cigarras decair para um chamado solitário e se intensificar de novo num seco frenesi. Ele deixava as coisas repousarem onde caíam, os sons, as visões, as impressões. As coisas se resolviam naquela amena sombra verde não porque ele sabia como elas funcionavam, mas porque ele conhecia seus próprios pensamentos e sentimentos sem a necessidade de explicá-los. E se queria brincar com seus pensamentos, ninguém podia impedi-lo. Com ele simplesmente deitado ali no berço, eles não tinham como saber se ele estava fazendo alguma coisa perigosa. Às vezes imaginava que ele era a coisa para a qual estava olhando, às vezes se imaginava no espaço do meio, mas o melhor era quando ele simplesmente olhava, sem ser ninguém em particular nem estar olhando para nada específico; então flutuava nesse olhar como a brisa, sem precisar de bochechas com que soprar ou de um lugar específico para ir.

Seu irmão provavelmente estava flutuando nesse exato momento, no antigo berço de Robert. Os adultos não sabiam lidar com a flutuação. Este é o problema dos adultos: eles sempre queriam ser o centro das atenções, com seus aríetes de alimentos, suas rotinas de sono, sua obsessão por fazer você aprender tudo o que eles sabem e esquecer tudo o que eles esqueceram. Robert temia o sono. Poderia perder alguma coisa: uma praia de contas amarelas ou asas de gafanhoto que eram como faíscas voando de seus pés quando ele saía esmagando a grama seca.

Ele amava as coisas na casa de sua avó. Sua família ia para lá apenas uma vez por ano, e desde que ele nasceu eles tinham ido todos os anos. A casa dela era uma Fundação Transpessoal. Ele não sabia o que isso significava, e ninguém mais tampouco parecia saber, nem mesmo Seamus Dourke, que a dirigia.

"Sua avó é uma mulher maravilhosa", ele havia dito a Robert, olhando-o com seus olhos turvos e sorridentes. "Ela ajudou muitas pessoas a se conectarem."

"Com o quê?", perguntou Robert.

"Com a outra realidade."

Às vezes ele não perguntava aos adultos o que eles queriam dizer, porque achava que isso o faria parecer estúpido; mas outras vezes não perguntava porque sabia que eles estavam sendo estúpidos. Dessa vez eram as duas coisas. Pensou no que Seamus havia dito e não via como poderia existir mais de uma realidade. Poderia existir apenas estados de espírito diferentes, com a realidade abrigando todos eles. Foi isso que dissera à sua mãe, e ela tinha respondido: "Você é tão inteligente, querido", mas sem realmente prestar atenção às teorias dele, como costumava fazer. Agora ela estava sempre ocupada demais. O que eles não entendiam é que ele realmente queria saber a resposta.

De volta à sombra do plátano, seu irmão tinha começado a gritar. Robert queria que alguém o fizesse parar. Podia sentir a primeira infância de seu irmão explodindo como uma mina profunda em sua memória. Os gritos de Thomas lembravam Robert de sua própria impotência: a dor na gengiva sem dentes, os espasmos involuntários dos membros, a maciez da moleira, só a um dedo de distância de seu cérebro em crescimento. Sentia-se capaz de se lembrar de objetos sem nome e de nomes sem objeto atirando-se contra ele o dia todo, mas havia algo que pressentia apenas vagamente: um mundo anterior à banalidade frenética da infância, anterior a ele ter de ser o primeiro a sair correndo e pisar na neve, anterior a ele ter convocado a si mesmo como um observador da paisagem branca através da janela de um quarto, quando sua mente estava no mesmo nível dos campos de cristal silencioso, ainda à espera da marca de uma frutinha caída.

Ele tinha visto os olhos de Thomas expressar estados de espírito que ele não poderia ter inventado para si próprio. Eles se erguiam do deserto esquelético de sua experiência como pirâmides transitórias. De onde vinham? Às vezes ele era um animalzinho a bufar e, segundos depois, irradiava uma calma antiquíssima, bem à vontade com tudo. Robert sentia que, definitivamente, não estava inventando esses estados de espírito, nem Thomas. Só que Thomas não iria saber o que Robert sabia até que começasse a contar a si próprio uma história do que estava acontecendo com ele. O problema é que Thomas era um bebê e ainda não tinha a capacidade de atenção para contar a si próprio uma história. Robert ia ter de fazer isso por ele. Para que servia um irmão mais velho, no final das contas? Robert já estava preso num ciclo narrativo, então poderia muito bem levar seu irmãozinho consigo. Afinal, à sua maneira, Thomas ajudaria Robert a juntar as peças de sua própria história.

Ele ouviu Margaret lá fora, competindo de novo com as cigarras e passando na frente delas.

"Com a amamentação, você precisa ganhar massa", ela começou em tom sábio. "Você não tem nenhum biscoito digestivo? Ou bolacha Maria? Na verdade poderíamos comer alguns agora mesmo. Depois você precisa de um bom e farto almoço, com bastante carboidrato. Sem muitos vegetais, porque eles vão provocar gases no bebê. Um bom pedaço de rosbife e pudim de Yorkshire é bom, com algumas batatas assadas, e depois uma ou duas fatias de um bolo de pão de ló na hora do chá."

"Santo Deus, acho que não consigo dar conta de tudo isso. Na minha opinião, devo ir de peixe grelhado e legumes grelhados", disse sua cansada, magra e elegante mãe.

"*Alguns* legumes são aceitáveis", resmungou Margaret. "Mas nada de cebola, alho ou coisas muito apimentadas. Tive uma mãe que comeu curry no meu dia de folga! O bebê estava quase enlouquecendo de tanto berrar, quando voltei. 'Salve-me, Margaret! A mamãe fez meu pequeno sistema digestivo pegar fogo!' Eu sempre digo: 'Vou querer carne e dois legumes, mas não se preocupe demais com os legumes'."

Robert tinha enfiado uma almofada debaixo da camiseta e bamboleava pelo quarto fingindo ser Margaret. Uma vez que sua cabeça ficava cheia das palavras de alguém, ele precisava fazê-las sair. Estava tão imerso em sua performance, que não percebeu seu pai entrar no quarto.

"O que você está fazendo?", perguntou o pai, já imaginando.

"Eu só estava sendo a Margaret."

"Era bem o que a gente precisava — de outra Margaret. Vamos tomar chá."

"Eu já estou bem cheio", disse Robert, dando uma batidinha na almofada. "Papai, quando a Margaret for embora, eu ainda vou estar aqui para dar maus conselhos à mamãe sobre como cuidar de bebês. E eu não vou cobrar nada."

"As coisas estão melhorando", disse o pai, estendendo a mão para levantar Robert. Robert gemeu, andou cambaleando e os dois desceram as escadas compartilhando sua piada secreta.

Depois do chá Robert recusou-se a ficar com os outros lá fora. Tudo que eles faziam era falar de seu irmão e especular sobre o estado de espírito dele. Enquanto subia a escada, sua decisão foi se tornando mais pesada a cada passo e, quando alcançou o patamar, já se sentia com dois estados de espírito. Por fim, afundou no chão e olhou para baixo pelo corrimão, perguntando-se se seus pais teriam notado sua triste e magoada partida.

No hall de entrada, blocos angulares da luz do entardecer esparramavam-se pelo chão e subiam pelas paredes. Um pedaço de luz, refletido no espelho, tinha se partido e tremulava no teto. Thomas tentava fazer comentários. Sua mãe, que entendia os pensamentos dele, levou-o até o espelho e mostrou-lhe a luz refletida no vidro.

Seu pai entrou no hall e entregou uma bebida vermelho-brilhante a Margaret.

"Ahh, muito obrigada", disse Margaret. "Eu realmente não deveria ficar alegrinha com toda essa minha insolação. Para ser sincera, isto aqui é mais umas férias para mim do que um trabalho, com vocês tão envolvidos e tal. Ah, olha, o bebê está se admirando no espelho." Ela inclinou o brilho rosa de seu rosto em direção a Thomas.

"Você não sabe se está lá ou aqui, não é?"

"Acho que ele sabe que está no seu corpo e não preso num pedaço de vidro", disse o pai de Robert. "Ele ainda não leu o ensaio de Lacan sobre o estádio do espelho; aí é que a verdadeira confusão começa."

"Ah, bem, então é melhor você ficar com o Pedro Coelho", disse Margaret, rindo e tomando um gole do líquido vermelho.

"Eu adoraria me juntar a vocês lá fora", disse seu pai, "mas tenho um milhão de cartas importantes para responder."

"Ah, papai vai responder suas cartas importantes", disse Margaret, soprando o cheiro vermelho no rosto de Thomas. "Você vai ter que se contentar com Margaret e com a mamãe."

Ela saiu bamboleando em direção à porta da frente. O losango de luz desapareceu do teto e depois voltou a tremular. Os pais de Robert se entreolharam em silêncio.

Enquanto elas iam para fora, Robert imaginou o irmão sentindo o vasto espaço à sua volta.

Ele desceu metade da escada na ponta dos pés e olhou pela porta. Uma luz dourada tomava a copa dos pinheiros e o topo das pedras branco-osso do olival. Sua mãe, ainda descalça, atravessou o gramado e sentou sob a aroeira favorita deles. Cruzando as pernas e erguendo ligeiramente os joelhos, ela pôs seu irmão na rede formada por sua saia, ainda segurando-o com uma mão e acariciando-o do lado com a outra. O rosto dela estava salpicado pela sombra das folhas pequenas e brilhantes que balançavam em volta deles.

Robert vagou hesitante lá fora, sem ter certeza do lugar a que pertencia. Como ninguém o chamou, dobrou a esquina da casa, como se desde o início tivesse a intenção de ir até o segundo lago ver os peixinhos. Olhando de relance para trás, viu o cata-vento com pás brilhantes que Margaret tinha comprado para seu irmão no pequeno carrossel de Lacoste. O toco de sua haste estava fincado na terra perto da aroeira. As pás giravam ao vento, douradas, rosa, azuis, verdes. "É a cor e o movimento", disse Margaret quando o comprou; "eles amam isto." Ele tinha arrancado o cata-vento do canto do carrinho do irmão e corrido em volta do carrossel com ele, fazendo as pás girarem. Enquanto o sacudia no ar, de alguma forma Robert quebrou a haste, e todos se chatearam por seu irmão, pois ele não chegara a ter realmente a chance de desfrutar do seu luminoso moinho de vento antes de ele quebrar. O pai de Robert lhe fizera um monte de perguntas, ou melhor, a mesma pergunta de várias formas diferentes, como se fosse fazer bem a ele admitir que havia quebrado o brinquedo de propósito. Você acha que está com ciúmes? Você acha que está bravo por ele estar recebendo toda a atenção e brinquedos novos? Você acha? Você acha? Você acha? Bem, ele disse apenas que tinha sido um acidente e não cedeu. E realmente foi um acidente, mas de fato ele odiava o irmão, e não queria se sentir assim. Será que seus pais não se lembravam de como era quando só havia os três? Eles se amavam tanto que até doía quando um deles saía do quarto. O que havia de errado em ter apenas ele? Ele não era suficiente? Não era bom o bastante? Eles costumavam sentar no gramado onde seu irmão estava agora e ficar jogando um para o outro a bola vermelha (ele a havia escondido; Thomas não ia tê-la também), e quer ele a pegasse ou a deixasse cair, todos riam e tudo era perfeito. Como eles podiam querer estragar isso? Talvez ele estivesse velho demais. Talvez bebês fossem melhores. Bebês ficavam impressionados com praticamente qualquer coisa. Veja o caso do lago de peixes no qual ele estava atirando pedrinhas. Ele tinha visto sua mãe carregar Thomas até a beira do lago e apontar para o peixe, dizendo: "Peixe". Era inútil tentar esse tipo de coisa com Robert. O que ele não podia deixar de se perguntar era como seu irmão poderia saber se ela se referia ao lago, à água, às algas, às nuvens refletidas na água ou ao peixe, se é que podia vê-los. E como ele poderia saber que "peixe" era uma coisa e não uma cor ou algo que você fazia? Algumas vezes, pensando bem, era algo que se fazia.

Uma vez que você tivesse algumas palavras, você achava que o mundo era tudo o que podia ser descrito, só que ele também era o que não podia ser descrito. De certa forma as coisas eram mais perfeitas quando você não podia descrever nada. Ter um irmão fez Robert se perguntar como era quando ele tinha apenas os pensamentos para guiá-lo. Depois que se ficava preso na linguagem, só o que você podia fazer era embaralhar aquele pacote gorduroso com alguns milhares de palavras que milhões de pessoas já haviam usado. Poderia haver pequenos momentos de frescor, mas não porque a vida do mundo fora traduzida com sucesso, e sim porque uma vida nova tinha sido criada com esse lance de pensar. Antes de pensamentos terem se confundido com palavras, o deslumbramento do mundo não andava explodindo no céu da atenção de Robert, não.

De repente, ele ouviu sua mãe berrar.

"O que você fez com ele?", gritou ela.

Ele virou correndo a esquina do terraço e encontrou seu pai saindo depressa pela porta da frente. Margaret estava deitada no gramado, segurando Thomas esparramado em seu busto.

"Não foi nada, meu bem, não foi nada", disse Margaret. "Olha, ele até parou de chorar. Eu levei o impacto da queda, sabe, no traseiro. É o meu treino. Acho que até quebrei o dedo, mas não há necessidade de se preocupar com a velha e tola Margaret; o importante é que nada de mau aconteça com o bebê."

"Essa é a primeira coisa sensata que ouvi você dizer", comentou sua mãe, que nunca dizia nada indelicado. Ela pegou Thomas dos braços de Margaret e beijou a cabeça dele uma porção de vezes. Estava tensa de raiva, mas enquanto o beijava a ternura a foi dissolvendo.

"Ele está bem?", perguntou Robert.

"Acho que sim", respondeu sua mãe.

"Não quero que ele se machuque", disse Robert, e os dois voltaram juntos para a casa, deixando Margaret falando sozinha no chão.

Na manhã seguinte, eles estavam escondidos de Margaret no quarto de seus pais. O pai de Robert iria levá-la ao aeroporto à tarde.

"A gente deveria descer", disse sua mãe, fechando os botões do macacão de Thomas e erguendo-o nos braços.

"Não", berrou seu pai, atirando-se na cama.

"Não seja tão bebezão."

"Ter um bebê deixa a gente mais infantil, já reparou?"

"Eu não tenho tempo para ficar mais infantil; esse é um privilégio reservado aos pais."

"Você teria tempo, se conseguisse uma ajuda minimamente competente."

"Vamos lá", disse a mãe de Robert, estendendo a mão livre para o pai dele.

Ele a agarrou de leve, mas não se moveu.

"Não consigo decidir o que é pior", disse ele, "falar com Margaret ou ouvi-la."

"Ouvir", votou Robert. "É por isso que eu vou fazer minha imitação de Margaret o tempo todo depois que ela for embora."

"Maravilha", disse sua mãe. "Olha, até o Thomas está sorrindo dessa ideia maluca."

"Isso não é sorrir, meu bem", rosnou Robert, "isso são gases atormentando o pequeno intestino dele."

Todos caíram na risada e depois sua mãe disse: "Shhh, ela pode nos ouvir", mas já era tarde demais, Robert estava determinado a diverti-los. Balançando o corpo de lado para facilitar o movimento para a frente, jogou-se onde sua mãe estava.

"Não adianta tentar me cegar com a ciência, meu bem", disse ele, "posso garantir que ele não gosta dessa fórmula que você está dando para ele, ainda que ela seja feita por cabras orgânicas. Quando eu estava na Arábia Saudita — ela era uma princesa, na verdade — eu disse a eles: 'Não posso trabalhar com esta fórmula, preciso ter o Padrão-Ouro da Cow and Gate', e eles me disseram: 'Com toda a sua experiência, Margaret, confiamos totalmente em você', e eles mandaram trazer um pouco da Inglaterra no jato particular deles."

"Como é que você se lembra disso tudo?", perguntou sua mãe. "É assustador. Eu disse a ela que não tínhamos um jato particular."

"Ah, dinheiro não era problema para eles", continuou Robert com um ligeiro meneio orgulhoso de cabeça. "Um dia eu comentei, sabe, de forma bastante *casual*, sobre como era bonito o chinelo da princesa, e sem mais nem menos encontro um par esperando por mim no meu quarto. Foi a mesma coisa com a câmera do príncipe. Era bastante constrangedor, na verdade. Toda vez que eu fazia isso, eu dizia a mim mesma: 'Margaret, você precisa aprender a ficar de boca fechada'."

Robert agitou o dedo no ar e sentou na cama ao lado do pai, prosseguindo com um suspiro triste.

"Mas simplesmente escapava, sabe: 'Ah, que xale adorável, querida; que tecido macio adorável', e era certo que à noite eu encontrava um xale estendido na minha cama. Precisei comprar uma mala nova no final."

Seus pais tentavam não fazer muito barulho, mas soltavam risadinhas incontroláveis. Enquanto Robert fazia suas imitações, eles mal prestavam atenção em Thomas.

"Agora ficou ainda mais difícil pra gente descer", disse a mãe, juntando-se a eles na cama.

"É impossível", concordou o pai; "há um campo de força em volta da porta."

Robert correu até a porta e fingiu que caía para trás. "Ah", gritou, "é o campo Margaret. Não há saída, capitão."

Ele rolou pelo chão por algum tempo, depois voltou a subir na cama com os pais.

"Estamos parecendo os convidados do jantar de O anjo exterminador", disse o pai. "Podemos ficar aqui dias e dias. Talvez o Exército precise nos resgatar."

"Temos que nos recompor", disse a mãe. "Precisamos tentar nos despedir dela num clima amável."

Nenhum deles se moveu.

"Por que você acha que está sendo tão difícil para nós sairmos?", perguntou o pai. "Você acha que Margaret não passa de um bode expiatório? Que, por nos sentirmos culpados por não podermos proteger Thomas do sofrimento básico da vida, fingimos que Margaret é a causa, ou algo assim?"

"Não vamos complicar as coisas, querido", respondeu a mãe. "Ela é a pessoa mais chata que já conhecemos na vida e não cuida bem de Thomas. É por isso que não queremos vê-la."

Silêncio. Thomas tinha pegado no sono, então o consenso

entre eles foi manter silêncio. Os três se acomodaram conforta-velmente na cama. Robert esticou-se e cruzou as mãos atrás da cabeça, passando a examinar as vigas do teto. Padrões familiares de manchas e nós surgiam na madeira. No começo, ele conseguiu capturar e depois abandonar o perfil do homem de nariz pontudo e capacete, mas logo a figura recusou-se a se dissolver em fibras de novo, adquirindo olhos selvagens e um rosto encovado. Ele conhecia bem o teto, pois costumava ficar deitado abaixo dele quando ali era o quarto de sua avó. Seus pais tinham se mudado para lá depois que a avó foi levada para a casa de repouso. Ele ainda se lembrava do velho retrato com moldura prateada que ficava na escrivaninha dela. Ele despertara sua curiosidade porque fora tirado quando sua avó tinha apenas alguns dias de vida. O bebê da foto estava coberto por peles, cetim e renda, a cabeça dentro de um turbante decorado com contas. Seus olhos possuíam uma intensidade fanática que lembrava a Robert o pânico que sentia de ser enterrado na imensidão das compras de sua mãe.

"Eu o mantenho aqui", sua avó havia dito a ele, "para me lembrar de quando eu tinha acabado de chegar ao mundo e estava mais perto da fonte."

"Que fonte?", perguntou ele.

"Mais perto de Deus", ela disse timidamente.

"Mas você não parece muito feliz", disse ele.

"Acho que pareço como se ainda não tivesse esquecido. De certa forma você tem razão, não acho que cheguei mesmo a me acostumar no plano material."

"Que plano material?"

"A Terra."

"Você preferia viver na Lua?", ele havia perguntado.

Ela sorriu e afagou o rosto de Robert, dizendo: "Um dia você vai entender".

Em vez do retrato, havia agora um trocador sobre a escrivaninha, com uma pilha de fraldas ao lado e uma bacia d'água. Ele ainda amava a avó, mesmo sabendo que ela não ia deixar a casa para eles. O rosto dela era uma teia de rugas adquiridas de tanto ela se esforçar para ser boa, de tanto se preocupar com coisas realmente grandiosas, como o planeta, o universo, os milhões de pessoas que sofriam e que ela nunca tinha conhecido ou com a opinião de Deus sobre o que ela deveria fazer a seguir. Robert sabia que seu pai não a achava boa nem se importava com o quanto ela queria ser. Ele vivia dizendo a Robert que eles deviam amar a avó "apesar de tudo". Foi assim que Robert soube que seu pai não a amava mais.

"Será que ele vai se lembrar daquela queda o resto da vida?", perguntou Robert, mirando o teto.

"Claro que não", respondeu o pai. "Não conseguimos lembrar o que aconteceu conosco quando tínhamos algumas semanas de vida."

"Eu consigo", disse Robert.

"Todos nós devemos reconfortá-lo", disse a mãe, mudando de assunto, como se não quisesse dizer que Robert estava mentindo. Mas ele não estava mentindo.

"Ele não precisa ser reconfortado", disse o pai. "Ele não se machucou, portanto não tem como saber que não deveria ter pulado no corpo descontrolado de Margaret. Nós é que entramos em pânico, pois sabíamos como aquilo era perigoso."

"Por isso é que ele precisa ser reconfortado", disse a mãe, "porque ele percebe que ficamos abalados."

"Nesse nível, sim", concordou o pai, "mas bebês vivem numa democracia do estranhamento. Coisas acontecem pela primeira vez o tempo todo; o surpreendente são quando as coisas acontecem de novo."

Bebês são incríveis, pensou, Robert. Você pode inventar qualquer coisa sobre eles, que eles nunca vão retrucar.

"É meio-dia", disse o pai com um suspiro.

Todos combateram sua própria relutância, mas o esforço parecia tragá-los mais para dentro da areia movediça do colchão. Robert quis reter seus pais só mais um pouquinho.

"Às vezes", começou ele em tom sonhador e com sua voz de Margaret, "quando eu parava em casa umas duas semanas entre os trabalhos, eu ficava com coceira nos dedos. Pra você ver como eu fico ansiosa em pôr logo as mãos em outro bebê." Ele agarrou os pés de Thomas e fez um som devorador.

"Com cuidado", disse a mãe de Robert.

"Mas ele está certo", disse o pai, "ela tem o hábito de bebês. Ela precisa deles mais do que eles dela. Bebês têm permissão para ser irresponsáveis e gulosos, então ela os usa como camuflagem."

Depois do esforço edificante que tinham feito para conceder mais uma hora da vida deles a Margaret, eles se sentiram enganados quando descobriram que ela não esperava por eles lá embaixo. Sua mãe foi para a cozinha e ele sentou no sofá com o pai, Thomas entre os dois. Thomas ficou em silêncio, absorto com o quadro na parede logo acima do sofá. Robert baixou a cabeça ao lado da de Thomas e, ao olhar para cima, percebeu que daquele ângulo Thomas não conseguia ver o quadro por causa do vidro que o protegia. Lembrou de ter ficado fascinado com a mesma coisa quando era bebê. Enquanto olhava para a imagem refletida no vidro, ela o atraiu mais para o interior do espaço atrás dele. No reflexo via-se a porta, uma miniatura brilhante e perfeita dela, e adiante o arbusto ainda menor, mas na verdade maior, da espirradeira do lado de fora, suas flores como luzes minúsculas e cor-de-rosa na superfície do vidro. Sua atenção convergiu para o ponto de fuga do céu entre os galhos da espirradeira e sua imaginação se expandiu para o céu real além dele, de modo que sua mente era como dois cones ligados nas pontas. Ele estava lá com Thomas, ou melhor, Thomas estava lá com ele, viajando para o infinito naquele pequeno foco de luz. Então percebeu que as flores tinham desaparecido e que uma nova imagem ocupava toda a soleira da porta.

"Margaret está aqui", disse.

Seu pai se virou enquanto Robert observava a triste massa dela balançar na direção deles. Ela se deteve a alguns metros de distância.

"Nada grave", disse, parcialmente perguntando.

"Ele parece bem", respondeu seu pai.

"Isso não vai afetar minha referência, vai?"

"Que referência?", perguntou o pai.

"Ah, entendo", disse Margaret, meio magoada, meio irritada, toda digna.

"Vamos almoçar?", disse o pai.

"Não preciso de almoço nenhum, muito obrigada", retrucou Margaret.

Ela se virou na direção da escada e começou sua laboriosa subida.

De repente, Robert não conseguiu mais se conter.

"Pobre Margaret", disse.

"Pobre Margaret", disse o pai. "O que será de nós sem ela?"

# 3.

Robert observava uma formiga desaparecer atrás da garrafa suada de vinho branco sobre a mesa de pedra. Estrias formadas subitamente pela condensação desceram pela garrafa, alisando sua superfície frisada. A formiga reapareceu, ampliada pelo vidro verde-claro, suas pernas juntando-se freneticamente enquanto ela provava um brilhante grão do açúcar derramado por Julia ao adoçar seu café depois do almoço. O som das cigarras crescia ao redor, acompanhando e saindo do ritmo do farfalhar irregular do toldo de lona acima da cabeça deles. Sua mãe estava fazendo a sesta com Thomas, e Lucy estava assistindo a um vídeo; ele, porém, tinha ficado, apesar de Julia quase tê-lo forçado a se juntar a Lucy.

"A maioria das pessoas espera os pais morrerem com um misto de apreensiva tristeza e planos para uma piscina nova", seu pai dizia a Julia. "Já que eu vou ter de renunciar à piscina, pensei em também deixar a tristeza pra lá."

"Mas você não poderia fingir que é um xamã e ficar com este lugar?", disse Julia.

"Por azar, sou uma das poucas pessoas no planeta com absolutamente nenhum poder de cura. Sei que todo mundo já descobriu seu xamã interior, mas eu continuo preso à minha concepção materialista de universo."

"Existe uma coisa chamada hipocrisia, sabia?", disse Julia. "Tem uma loja na esquina da minha casa, Caminho do Arco-Íris, posso comprar um tambor e umas penas para você."

"Já posso sentir o poder fluindo para a ponta dos meus dedos", disse seu pai, bocejando. "Eu também tenho um dom especial para oferecer à tribo. Ainda não tinha percebido como tenho incríveis poderes psíquicos."

"É isso", disse Julia em tom encorajador, "logo logo você vai estar dirigindo o lugar."

"Já tenho problemas suficientes só cuidando da minha família, imagine ter que salvar o mundo também."

"Cuidar de filhos pode ser uma forma sutil de desistir", disse Julia, sorrindo séria para Robert. "Eles se tornam os saudáveis, os de bem com a vida, a postergação da felicidade, os que nunca vão beber demais, desistir, se divorciar, ficar mal da cabeça. A parte da pessoa que luta contra a decadência e a depressão é transferida para protegê-los da decadência e da depressão. Nesse ínterim a pessoa fica decadente e deprimida."

"Não concordo", disse seu pai. Lutar apenas por si mesmo é autodefesa, uma coisa repugnante."

"Qualidades muito úteis", interrompeu Julia. "Por isso é que é fundamental não tratar os filhos bem demais — senão eles não vão ser capazes de competir no mundo real. Se você quer que seus filhos se tornem produtores de televisão, por exemplo, ou diretores executivos, não adianta encher a cabecinha deles com ideias sobre deveres e honestidade e confiabilidade. Eles vão é acabar se tornando secretários de alguém."

Robert decidiu que ia perguntar à mãe se aquilo era verdade ou se Julia só estava sendo... bem, ela mesma. Todos os anos ela vinha ficar ali com Lucy, sua filha bastante metida e um ano mais velha que Robert. Ele sabia que sua mãe não morria de amores por Julia, pois ela era ex-namorada de seu pai. Ela sentia um pouco de ciúme dela e também ficava um pouco entediada em sua companhia. Julia não sabia como parar de querer que as pessoas a achassem inteligente. "Pessoas realmente inteligentes apenas pensam em voz alta", sua mãe havia lhe dito. "Julia só fica pensando na impressão que ela passa aos outros."

Julia vivia tentando juntar Robert e Lucy. No dia anterior, Lucy tinha tentado beijá-lo. Era por isso que ele não queria assistir vídeo com ela. Ele duvidava que seus dentes da frente sobreviveriam a outra colisão como aquela. A teoria de que era bom para ele passar o tempo com crianças da sua idade, ainda que ele não gostasse delas, persistia. Por acaso seu pai convidaria uma mulher para tomar chá só porque ela tinha quarenta anos?

Julia estava brincando com o açúcar de novo, mexendo a colher pra lá e pra cá no pote.

"Desde que me divorciei de Richard", disse ela, "tenho tido crises horríveis de tontura. Sinto de repente como se eu não existisse."

"Eu também sinto isso!", disse Robert, animado por eles terem escolhido um assunto sobre o qual ele sabia alguma coisa.

"Na sua idade", disse Julia, "é muita pretensão. Tem certeza que apenas não ouviu os adultos falando sobre isso?"

"Não", disse ele, com voz espantada pela injustiça. "Eu sinto isso por mim mesmo."

"Acho que você está sendo injusta", seu pai disse a Julia. "Robert sempre teve uma capacidade para o horror muito além da sua idade. Isso não muda o fato de ele ser uma criança feliz."

"Bem, na verdade muda", Robert disse, corrigindo o pai, "quando está acontecendo."

"Ah, quando está acontecendo", cedeu o pai com um sorriso amável.

"Entendo", disse Julia, pousando a mão na de Robert. "Nesse caso, bem-vindo ao clube, querido."

Ele não queria ser um membro do clube de Julia. Sentiu o corpo todo formigar porque queria tirar a mão, mas não queria ser grosseiro.

"Sempre achei que as crianças fossem mais simples que nós", disse Julia, retirando a mão e pousando-a no antebraço do pai de Robert. "Nós somos como quebra-gelos abrindo caminho à força na direção do próximo objeto de desejo."

"O que poderia ser mais simples do que abrir caminho à força na direção do próximo objeto de desejo?", perguntou o pai.

"*Não* abrir caminho na direção dele."

"Isso é renúncia; não é tão simples quanto parece."

"Só é renúncia quando, pra começo de conversa, você sente o desejo", disse Julia.

"Crianças sentem bastante desejo, pra começo de conversa", disse o pai, "mas acho que você tem razão; trata-se essencialmente de um desejo: estar perto das pessoas que elas amam."

"Crianças normais também querem assistir *Os caçadores da arca perdida*", disse Julia.

"Nós nos deixamos distrair mais facilmente", disse o pai, ignorando o último comentário dela, "nos acostumamos mais à cultura da substituição, ficamos mais facilmente confusos sobre a quem exatamente amamos."

"Nós?", disse Julia, sorrindo. "Que bom."

"Até certo ponto", completou o pai.

Ele não sabia sobre o que eles estavam falando, mas Julia parecia ter se animado. A substituição devia ser uma coisa maravilhosa. Antes que ele tivesse a chance de perguntar o que ela significava, uma voz, uma afetuosa voz irlandesa, chamou.

"Olá? Olá?"

"Ah, meu Deus", resmungou seu pai, "é o chefe."

"Patrick!", disse Seamus efusivamente, vindo na direção deles com uma camiseta cheia de palmeiras e arco-íris. "Robert", cumprimentou ele, bagunçando seu cabelo com vigor. "Prazer em vê-la", disse a Julia, fixando seus cândidos olhos azuis nela e dando-lhe um firme aperto de mão. Ninguém poderia acusá-lo de não ser amigável.

"Ah, este lugar é encantador", disse ele, "encantador. A gente costuma sentar aqui fora depois de uma sessão, com todo mundo rindo ou chorando, ou apenas sendo eles mesmos, sabe. Sem dúvida nenhuma aqui é um ponto de energia, um lugar de uma tremenda libertação. É mesmo." Suspirou, como se concordando com a sábia percepção de alguém. "Já vi gente se desapegar de muita coisa aqui."

"Falando em 'se desapegar de muita coisa'", seu pai devolveu a frase para ele como quem segura pela ponta o lenço usado de outra pessoa, "quando abri a gaveta da minha mesa de cabeceira encontrei-a tão cheia de panfletos do 'Tambor Curador' que não havia espaço nem para o meu passaporte. Também há centenas de cópias de O caminho do xamã no meu guarda-roupa, bem no caminho dos meus sapatos."

"O caminho dos sapatos...", disse Seamus, soltando uma enorme e saudável gargalhada. "Seria um bom título para um livro sobre, sabe, manter os pés no chão."

"Você acha que esses sinais da vida institucional", continuou seu pai com frieza, rapidamente, "poderiam ser retirados antes de chegarmos aqui, de férias? Afinal, minha mãe de fato quer que a casa, todo mês de agosto, volte à sua encarnação de casa familiar."

"Claro, claro", disse Seamus. "Peço desculpas, Patrick. Isso é coisa de Kevin e de Annette. Eles passaram por um processo pessoal bastante poderoso, sabe, antes de voltarem para a Irlanda de férias, e com certeza não foram cuidadosos o suficiente para deixar tudo preparado para vocês."

"Você também vai voltar para a Irlanda?", perguntou seu pai.

"Não, vou ficar no chalé em agosto", respondeu Seamus. "A Pegasus Press me pediu que eu escrevesse um pequeno livro sobre o trabalho xamânico."

"Ah, sério?", exclamou Julia. "Que interessante. Você mesmo é um xamã?"

"Dei uma olhada no livro que estava no caminho dos meus sapatos", disse seu pai, "e me ocorreram algumas perguntas óbvias. Você já passou vinte anos como discípulo de um curandeiro siberiano? Você já colheu plantas raras na lua cheia durante o breve verão? Você já foi enterrado vivo e morreu para o mundo? Seus olhos já lacrimejaram na fumaça das fogueiras de acampamento enquanto você murmurava preces aos espíritos que poderiam ajudá-lo a salvar um homem moribundo? Você já bebeu a urina de um caribu que tenha pastado em afloramentos de *Amanita muscaria* e viajou para outros mundos para resolver o mistério de um diagnóstico difícil? Ou você estudou no Brasil com os *ayahuascaras* da bacia amazônica?"

"Bem", respondeu Seamus, "fiz um treinamento para enfermeiro no Serviço Nacional de Saúde na Irlanda."

"Tenho certeza de que isso valeu como substituição de ser enterrado vivo", disse seu pai.

"Trabalhei numa casa de repouso por muitos anos, fazendo o básico, sabe: limpando pacientes cobertos por suas fezes e urina; dando comida de colher para idosos que não conseguiam mais se alimentar sozinhos."

"Por favor", disse Julia, "acabamos de almoçar."

"Era a minha realidade na época", disse Seamus. "Às vezes eu me perguntava por que não tinha ido para a universidade e obtido as qualificações médicas, mas quando olho para trás me sinto grato por aqueles anos na casa de repouso; eles me ajudaram a manter o equilíbrio. Quando descobri a Respiração Holotrópica e fui para a Califórnia estudar com Stan Grof, conheci algumas pessoas bem fora da casinha, sabe. Lembro de uma senhora que usava um vestido com as cores do pôr do sol; ela se levantou e disse: 'Eu sou Tamara do sistema Vega e vim à Terra para curar e ensinar'. Bem, naquele momento pensei nos idosos da casa de repouso da Irlanda e fiquei grato a eles por manterem meus pés bem plantados no chão."

"Essa holo... sei lá como você chama, é um lance xamânico?", perguntou Julia.

"Não, na verdade não. Era o que eu fazia antes de entrar no trabalho xamânico, mas está tudo ligado, sabe. Isso põe as pessoas em contato com aquele algo além, com aquela outra dimensão. Quando as pessoas a alcançam, isso pode provocar uma mudança radical na vida delas."

"Mas eu não entendo por que isto aqui é considerado uma instituição de caridade. As pessoas não pagam para vir aqui?", perguntou Julia.

"Sim, elas pagam", respondeu Seamus, "mas reciclamos os lucros, sabe, de modo a dar bolsas de estudos para estudantes como Kevin e Annette, que estão aprendendo o trabalho xamânico. E eles começaram a trazer grupos de garotos dos conjuntos habitacionais do centro de Dublin. Nós os deixamos participar dos cursos de graça, sabe, e é uma coisa maravilhosa ver as transformações. Eles amam a música de transe e os tambores. Eles vêm até mim e dizem: 'Seamus, isto é incrível, é como ter uma viagem sem drogas', e eles levam essa mensagem para as suas comunidades e começam a formar grupos xamânicos por conta própria."

"Será que a gente precisa de uma instituição de caridade para ter uma viagem?", perguntou seu pai. "De todas as mazelas do mundo, o fato de haver umas poucas pessoas que não estão tendo viagens parece um buraco problemático para se tapar. Além disso, se as pessoas querem ter uma viagem, por que não dar a elas uma dose forte de ácido, em vez de ficar de bobeira com tambores?"

"Dá pra ver que ele é advogado", comentou Seamus em tom amigável.

"Eu sou a favor das pessoas terem seus passatempos", disse seu pai. "Só acho que elas deviam explorá-los no conforto de suas próprias casas."

"Infelizmente, Patrick", rebateu Seamus, "algumas casas não são assim tão confortáveis."

"Eu sei como é", disse seu pai. "O que me faz lembrar: será que podemos nos livrar de alguns daqueles livros, anúncios, panfletos, badulaques…?"

"Com certeza", disse Seamus, "com certeza."

Seu pai e Seamus levantaram-se para sair e Robert percebeu que ia ficar sozinho com Julia.

"Eu ajudo", ele se ofereceu, seguindo-os pelo terraço. Seu pai foi na frente e ao entrar no hall deteve-se quase de imediato.

"Todos esses folhetos ao léu", disse, "anunciando outros centros, outras instituições, círculos de cura, cursos avançados de tambor, eles são realmente um desperdício conosco. Na verdade, todo esse quadro de avisos", continuou, tirando-o da parede, "apesar de sua atrativa superfície de cortiça e de suas tachinhas multicoloridas, também poderia não estar aqui."

"Sem problemas", disse Seamus, abraçando o quadro de avisos.

Embora a atitude de seu pai se mantivesse rigorosamente controlada, Robert o sentia intoxicado de raiva e desprezo. Seamus se anuviava quando Robert tentava descobrir o que ele estava sentindo, mas, tateando às cegas, acabou chegando à terrível conclusão de que Seamus tinha pena de seu pai. Sabendo que estava no comando, Seamus podia se dar ao luxo de tolerar a fúria de uma criança traída. Sua pena repulsiva o salvava de sentir o impacto da fúria de Patrick, mas Robert viu-se preso entre o saco de pancadas e a pancada e, sentindo-se assustado e inútil, escapuliu pela porta da frente, enquanto seu pai conduzia Seamus para o próximo ataque.

Lá fora, a sombra da casa estendia-se até os canteiros de flores na borda do terraço, indicando para alguma parte instintiva de sua mente que o meio da tarde havia chegado. As cigarras continuavam cantando. Ele podia ver sem olhar, escutar sem ouvir; tinha consciência de que não estava pensando. Sua atenção, que costumava saltar de uma coisa a outra, estava imóvel. Pressionou-se a fim de testar sua resistência, mas não o fez com muita força, sabendo que provavelmente iria conseguir se forçar a pular pra lá e pra cá de novo se tentasse. Sua mente estava desfocada, como um lago preguiçoso copiando os desenhos do céu.

O engraçado é que ao imaginar um lago ele tinha começado a perturbar o transe ao qual o estava comparando. Agora queria ir ao lago no topo da trilha, um semicírculo de pedra com água ao final da entrada da casa, onde os peixinhos estariam escondidos sob o escudo de um reflexo. Isso mesmo, ele não queria percorrer a casa com seu pai e Seamus; queria jogar pão na água para ver se conseguia fazer aqueles escorregadios peixes alaranjados, que mais pareciam fogos do tipo roda de Catarina, romper a superfície. Correu até a cozinha e pegou um pedaço de pão velho antes de subir correndo os degraus da trilha até o lago.

Seu pai lhe dissera que no inverno a nascente derramava-se para fora do cano e caía potente em meio aos peixes correndo em disparada; a água transbordava para os lagos mais baixos e por fim chegava ao riacho que corria ao longo da dobra do vale. Ele bem que gostaria de ver isso um dia. Em agosto o lago ficava apenas parcialmente cheio. Do cano barbado de algas pingava uma água esverdeada. Vespas, marimbondos e libélulas enchiam sua superfície quente e empoeirada, pousando nas folhas dos lírios--d'água para beberem em segurança. Os peixes permaneciam invisíveis, a menos que fossem tentados com comida. O melhor método era esfregar dois pedaços de pão velho um no outro, até eles se desintegrarem em boas migalhas secas. Bolinhas de pão simplesmente afundavam, mas as migalhas mantinham-se na superfície como poeira. O peixe mais bonito, aquele que ele realmente queria ver, possuía manchas vermelhas e brancas. Os outros tinham tons de laranja, com exceção de alguns peixinhos pretos menores, que depois iriam ficar alaranjados ou morrer, pois não havia peixes pretos grandes.

Ele partiu o pão e friccionou uma metade contra a outra, vendo uma chuva leve de migalhas pousar na água e se espalhar. Nada aconteceu.

A verdade é que ele só tinha visto o frenesi rodopiante de peixes uma vez, e desde então nada havia acontecido, a não ser um peixe solitário se alimentando preguiçosamente sob as migalhas que balançavam e afundavam.

"Peixes! Peixes! Peixes! Venham! Peixes! Peixes! Peixes!"

"Você está invocando o seu animal de poder?", perguntou uma voz atrás dele.

Ele parou abruptamente e se virou. Seamus estava parado ali, sorrindo benevolente para ele, sua camiseta tropical resplandecendo no sol.

"Peixes! Peixes! Peixes!", chamou Seamus.

"Eu só estava alimentando eles", murmurou Robert.

"Você acha que tem uma ligação especial com os peixes?", perguntou Seamus, inclinando-se mais para perto dele. "É isso que um animal de poder significa, sabe. Ele te ajuda na sua jornada pela vida."

"Eu apenas gosto deles como peixes mesmo", disse Robert. "Eles não precisam fazer nada para mim."

"Veja os peixes, por exemplo, eles nos trazem mensagens das profundezas, do que está embaixo da superfície das coisas." Seamus serpenteou a mão no ar. "Ah, esta terra é mágica", disse Seamus, empurrando os cotovelos para trás e virando o pescoço de um lado para o outro de olhos fechados. "Meu ponto de energia, sabe, é lá em cima no pequeno bosque, junto à fonte dos pássaros. Sabe onde fica? Foi sua avó quem me mostrou o lugar, que também era especial para ela. A primeira vez que fiz uma viagem ali foi quando me conectei com a realidade não ordinária."

Robert de repente percebeu, e ao percebê-lo também se deu conta da inevitabilidade disto, que detestava Seamus.

Seamus pôs as mãos em concha em torno da boca e gritou: "Peixes! Peixes! Peixes!".

Robert queria matá-lo. Se tivesse um carro, o atropelaria. Se tivesse um machado, o cortaria de cima a baixo.

Ouviu a porta de cima da casa sendo aberta, depois a porta de tela se abrir também com um rangido e dali sair sua mãe com Thomas nos braços.

"Ah, é você. Oi, Seamus", disse sua mãe educadamente. "Estávamos meio dormindo e eu não conseguia entender por que um peixeiro ambulante estaria berrando aqui fora."

"Nós estávamos, sabe, invocando os peixes", explicou Seamus.

Robert correu até sua mãe. Ela sentou com ele no muro baixo em torno da borda do lago, afastada de Seamus, e inclinou Thomas para que ele pudesse ver a água. Robert desejava de todo o coração que os peixes não subissem à superfície agora, senão Seamus provavelmente ia achar que ele tinha feito isso acontecer com seus poderes especiais. Pobre Thomas, talvez ele jamais visse o rodopio laranja, talvez jamais visse o grande peixe com manchas vermelhas e brancas. Seamus estava tirando o lago, o bosque, a fonte dos pássaros e toda a paisagem dele. Pensando bem, Thomas tinha sido ferido por sua avó desde o momento em que nasceu. Definitivamente ela não era uma avó; era mais uma madrasta de conto de fadas, amaldiçoando-o no berço. Como ela pôde ter mostrado a Seamus a fonte dos pássaros no bosque? Ele afagou a cabeça de Thomas com ar protetor. Thomas começou a rir, sua risada gorgolejante surpreendentemente profunda, e Robert percebeu que seu irmão de fato não sabia nada das coisas que estavam deixando Robert maluco, e que ele não precisava saber, a não ser que Robert lhe contasse.

# 4.

Josh Packer era um garoto da turma de Robert na escola. Ele tinha decidido (por conta própria) que um era o melhor amigo do outro. Ninguém entendia por que eles eram inseparáveis, muito menos Robert. Se conseguisse escapar de Josh por tempo suficiente, certamente teria achado outro melhor amigo, mas Josh seguia Robert pelo parquinho, copiava seus testes de ortografia e o arrastava para a sua casa para tomar chá. Tudo que Josh fazia fora da escola era assistir televisão. Ele tinha sessenta e cinco canais, enquanto Robert só os canais abertos. Os pais de Josh eram muito ricos, portanto com frequência ele aparecia com brinquedos novos incríveis antes que alguém sequer tivesse ouvido falar deles. Em seu último aniversário, ele havia ganhado um jipe elétrico de verdade, com um aparelho de DVD e uma televisão em miniatura. Ele o dirigia pelo jardim, esmagando as flores e tentando atropelar Arnie, seu cachorro. Um dia ele bateu contra um arbusto, e ele e Robert ficaram sentados na chuva assistindo à televisão em miniatura. Quando ia ao apartamento de Robert, ficava falando como os brinquedos dele eram patéticos e reclamando que estava entediado. Robert tentava inventar jogos com ele, mas Josh não sabia inventar coisas. Ele apenas fingia ser um personagem de televisão por uns três segundos e em seguida caía e gritava: "Estou morto".

Jilly, a mãe de Josh, tinha telefonado no dia anterior para dizer que ela e Jim haviam alugado uma casa fabulosa em Saint-Tropez para o mês todo de agosto, e por que a família de Robert não ia lá para um dia de diversão e jogos? Seus pais disseram que seria bom para ele passar um dia com alguém da sua idade. Disseram que seria uma aventura para eles também, pois só tinham encontrado os pais de Josh uma vez, no dia de esportes da escola. Mesmo nesse dia Jim e Jilly estavam ocupados demais para conversar muito, porque concorriam entre si fazendo vídeos das corridas de Josh. Jilly mostrou-lhes como sua filmadora podia deixar tudo em câmera lenta, o que não era realmente necessário já que Josh tinha chegado em último.

Agora, a caminho de lá, o pai de Robert estava reclamando ao volante do carro. Ele parecia bem mais mal-humorado desde que Julia fora embora. Ele não podia acreditar que estavam passando um dia de suas preciosas férias num engarrafamento, em meio a uma onda de calor, se arrastando para aquela "piada de cidade mundialmente famosa".

Robert estava sentado perto de Thomas, que ia na sua antiga cadeirinha de bebê virada ao contrário, só com o tecido manchado do banco de trás para entretê-lo. Robert fazia sons de latido enquanto escalava a perna de Thomas com um pequeno cachorro de brinquedo. Thomas não se mostrava nem um pouco interessado. E por que estaria?, pensou Robert. Ele ainda não tinha visto um cachorro de verdade. Se bem que, se ele só tivesse curiosidade sobre as coisas que já tinha visto, ainda estaria preso a um redemoinho de luzes de sala de parto.

Quando por fim encontraram a rua certa, foi Robert quem avistou a inscrição inclinada *"Les Mimosas"* rabiscada numa telha rústica. Eles desceram ruidosamente pelo asfalto estriado até um estacionamento já congestionado com o salão do automóvel particular de Jim: um Range Rover preto, uma Ferrari vermelha e um antigo conversível cor de creme com assentos de couro rachado e para-lamas bulbosos cromados. Seu pai encontrou um espaço para o Peugeot deles ao lado de um cacto gigante, suas línguas dentadas estiradas para todas as direções.

"Uma casa de campo neorromana decorada por um discípulo do crepúsculo sifilítico de Gauguin", disse seu pai. "O que mais se poderia esperar?" Ele falou com sua voz especial de locutor: "Situada no condomínio fechado de maior prestígio de St. Tropay, a apenas seis horas de carro do lendário cemitério de bichinhos de estimação de Brigitte Bardot...".

"Querido", interrompeu sua mãe.

Houve uma batidinha na janela.

"Jim!", disse seu pai calorosamente enquanto baixava o vidro.

"Estávamos saindo para ir comprar alguns infláveis para a piscina", disse Jim, baixando a câmera com que filmara a chegada deles. "Será que o Robert quer ir com a gente?"

Robert deu uma olhada em Josh afundado no banco de trás do Range Rover. Teve quase certeza que Josh estava brincando com seu GameBoy.

"Não, obrigado", respondeu. "Vou ajudar a tirar as coisas do carro."

"Você o treinou bem, hein?", disse Jim. "Jilly está na piscina, pegando um bronzeado. É só vocês seguirem a trilha do jardim."

Atravessaram uma colunata caiada de branco e mal pintada com murais do Pacífico e seguiram por um gramado esburacado em direção à piscina, perfeitamente escondida sob uma flotilha de infláveis de girafas, caminhões de bombeiro, bolas de futebol, carros de corrida, hambúrgueres, Mickeys, Minnies e Patetas, seu pai torto de carregar a cadeira de bebê na qual Thomas ainda dormia e sua mãe feito uma mula, os dois lados do corpo abarrotados de bolsas. Jilly estava desmaiada numa espreguiçadeira branca e amarela, ladeada por dois reluzentes estranhos, os três com perucas de walkman e fios de celulares. A sombra do pai de Robert despertou Jilly ao cair sobre seu rosto escaldante.

"Oi, gente!", disse ela, tirando os fones de ouvido. "Desculpem, eu estava no mundo da lua."

Ela levantou para cumprimentar os convidados e em seguida já cambaleava para trás, olhando para Thomas, uma das mãos sobre o coração.

"Ah, meu Deus", disse, ofegante, "o seu bebê é lindo. Me desculpe, Robert", ela cravou suas longas unhas brilhantes nos ombros dele para ajudá-lo a se firmar, "não quero atiçar as chamas da rivalidade entre irmãos, mas o seu irmãozinho é uma coisa realmente especial. Você não é um garotinho especial?", ela perguntou, precipitando-se na direção de Thomas. "Você vai morrer de ciúmes dele", Jill alertou sua mãe, "com todas as garotas se atirando aos seus pés. Olha só esses cílios! Você vai ter outro? Se o meu fosse assim, eu teria pelo menos uns seis. Estou soando gananciosa, não estou? Mas não posso evitar, ele é encantador demais. Ele me fez perder a cabeça, ainda nem apresentei vocês a Christine e Roger. Como se eles se importassem. Olhem só, os dois estão no mundo da lua. Vamos, acordem!" Ela fingiu que chutava Roger. "Roger é sócio de Jim", ela informou, "e Christine é australiana. Ela está grávida de quatro meses."

Ela chacoalhou Christine para acordá-la.

"Ah, oi!", disse Christine, "eles já chegaram?"

Jilly fez as apresentações.

"Acabei de contar a eles que você está grávida", ela explicou a Christine.

53

"Ah, sim. Na verdade, acho que estamos numa total negação disso", acrescentou Christine. "Só me sinto um pouco mais pesada, é tudo, como se tivesse bebido quatro litros de Evian ou algo assim. Quero dizer, nem enjoo de manhã eu sinto. Outro dia o Roger disse: 'Quer ir esquiar em janeiro? Preciso estar na Suíça a negócios de qualquer forma', e eu respondi: 'Claro, por que não?'. Nós dois esquecemos que em janeiro vou estar tendo nenê!"

Jilly soltou uma gargalhada estridente e revirou os olhos.

"Tem como ser mais distraída?", comentou Christine. "Mas, olha, a gravidez realmente acaba com o seu cérebro."

"Olhe só pra eles", disse Jilly, apontando para a mãe e o pai de Robert, "eles estão chocados — eles são pais amorosos."

"Nós também somos", protestou Christine. "Você sabe como a gente é com a Megan. Megan é a nossa de dois anos", ela explicou aos convidados. "Nós a deixamos com a mãe de Roger. Ela acabou de descobrir a raiva; sabe como é quando eles descobrem as emoções e então as exploram ao máximo, até passarem para a próxima."

"Que interessante", disse o pai de Robert, "então você não acha que as emoções tenham alguma coisa a ver com como uma criança está se sentindo — elas são apenas camadas de uma escavação arqueológica. Quando elas descobrem a alegria?"

"Quando você as leva para a Legoland", respondeu Christine.

Roger acordou meio grogue, apertando seu fone de ouvido.

"Ah, oi. Desculpe, entrou uma ligação."

Ele se ergueu e começou a andar de um lado a outro do gramado.

"Vocês trouxeram sua babá?", perguntou Jilly.

"A gente não tem babá", respondeu a mãe de Robert.

"Que coragem", disse Jilly. "Não sei o que eu faria sem a Jo.

Ela está com a gente só há uma semana e já é parte da família. Você pode largar a sua turma com ela, ela é maravilhosa."

"A gente gosta bastante de cuidar nós mesmos deles", disse sua mãe.

"Jo!", gritou Jilly. "Jo-eee!"

"Diga a eles que é um portfólio misto de lazer", disse Roger. "Não dê mais detalhes a eles nessa fase."

"Jo!", chamou Jilly de novo. "Cadela preguiçosa. Ela passa o dia vendo a revista *Hello!* e tomando sorvete Ben & Jerry. Mais ou menos como a patroa dela, he-he, você poderia dizer, mas está me custando uma fortuna, afinal *ela* está recebendo."

"Não me interessa o que eles disseram ao Nigel", disse Roger, "não é da porra da conta deles. Eles podem manter o nariz fora disso."

Jim veio andando a passos largos pelo gramado, radiante por suas compras bem-sucedidas. O gorducho Josh vinha atrás, um emaranhado de pés se arrastando. Jim pegou uma bomba de ar com pedal e tirou a capa de plástico de outro inflável sobre a laje ao lado da piscina.

"O que você comprou para ele?", perguntou Jilly, olhando furiosa para a casa.

"Você sabe que ele estava maluco por uma casquinha de sorvete", disse Jim, inflando uma boia em forma de Cornetto de morango. "Comprei pra ele o Rei Leão."

"E a metralhadora", disse Josh, pedante.

"Inland Revenue", Jim disse ao pai de Robert, apontando com o queixo na direção de Roger, "estão em cima dele. Talvez ele vá querer algum conselho legal no almoço."

"Eu não trabalho quando estou de férias", disse seu pai.

"Você não trabalha muito quando não está de férias", emendou a mãe de Robert.

"Ih, será que estou detectando algum conflito conjugal?",

disse Jim, filmando o Cornetto de morango enquanto ele se desenrugava no chão.

"Jo!", gritou Jilly.

"Estou aqui", respondeu uma garota grande e sardenta de bermuda cáqui, saindo da casa. As palavras "Estou no clima" dançavam na frente de sua camiseta enquanto ela vinha bamboleando pelo gramado.

Thomas acordou aos berros. Quem poderia culpá-lo? A última lembrança que ele tinha era de estar no carro com sua adorável família, e agora via-se cercado por estranhos barulhentos de olhos tapados por lentes pretas; por um bando nervoso de monstros se acotovelando lustrosamente no ar clorado e outro monstro se inchando aos pés dele. Robert também não suportava aquilo.

"Quem é um homenzinho faminto?", disse Jo, inclinando-se para Thomas. "Ah, como ele é lindo", ela disse à mãe de Robert. "É uma alma antiga, dá pra ver."

"Sossegue estes dois na frente de um vídeo", disse Jilly, "para que a gente possa ter um pouco de paz e silêncio. E mande Gaston descer com uma garrafa de rosé. Você vai amar Gaston", ela disse à mãe de Robert. "Ele é um gênio. Um chef francês bem à antiga. Já engordei uns vinte quilos desde que chegamos, e isso faz só uma semana. Mas não faz mal. À tarde Heinrich vem nos salvar — ele é personal trainer, um alemão imenso que é um pedaço de mau caminho, que te dá um bom e velho treino decente. Você deveria se juntar a mim, pra te ajudar a recuperar o corpo depois da gravidez. Não que você já não esteja ótima."

"É isso que você quer", sua mãe perguntou a Robert, "assistir um vídeo?"

"Sim, claro", respondeu ele, desesperado para escapar dali.

"É difícil imaginar como ele conseguiria nadar", admitiu seu pai, "com toda essa comida inflável na piscina."

"Vamos!", disse Jo, estendendo uma mão de cada lado do corpo. Achava que Josh e Robert iam pegar cada um uma mão para subir saltitando a ladeira com ela.

"Ninguém vai me dar a mão?", berrou Jo, simulando um acesso de choro.

Josh juntou sua palma rechonchuda com a dela, mas Robert deu um jeito de se manter livre, seguindo-os de uma pequena distância, fascinado pelo protuberante traseiro cáqui de Jo.

"Estamos entrando na caverna do vídeo", disse Jo, fazendo ruídos fantasmagóricos. "Certo! O que vocês dois vão assistir? E eu não quero briga."

"*As aventuras de Sinbad*", gritou Josh.

"De novo! Caramba!", disse Jo, e Robert não pôde deixar de concordar com ela. Ele gostava de assistir a um bom vídeo umas cinco ou seis vezes, mas quando já sabia todos os diálogos de cor e cada tomada era como uma gaveta cheia de meias idênticas, ele começava a sentir uma pontada de relutância. Josh era diferente. Ele começava com uma espécie de ganância carrancuda por um vídeo novo e só desenvolvia um entusiasmo verdadeiro por ele lá pela vigésima reprodução. O amor, uma emoção que ele não saía desperdiçando livremente, estava reservado para *As aventuras de Sinbad*, agora visto mais de uma centena de vezes, demasiadas delas com Robert. Vídeos eram o sonhar acordado de Josh, enquanto o de Robert era a solidão. Como poderia escapar da caverna do vídeo? Quando você é criança, ninguém o deixa sozinho. Se ele fugisse agora, iriam mandar uma equipe de busca atrás dele, capturá-lo e entretê-lo até a morte. Talvez pudesse apenas ficar deitado ali, pensando, enquanto Josh pegava emprestada a imaginação piscando na parede. O lamento do vídeo rebobinando estava diminuindo e Josh havia voltado a afundar no amassado já formado por sua sessão de vídeo do café da manhã e recomeçado a mastigar os salgadinhos alaranjados espalhados na mesa a seu lado. Jo pôs a fita para rodar, apagou a luz e saiu discretamente. Josh não era um vândalo acelerador de vídeos: o aviso sobre pirataria, os trailers de filmes que ele já tinha visto, as propagandas de brinquedos com os quais ele já não brincava e a mensagem do Conselho de Normas de Vídeo não podiam ser rapidamente deixados para trás como tantos subúrbios feios antes de um trem adentrar a melancolia bovina de uma típica área rural; eles eram apreciados com tudo a que tinham direito, com sua dignidade assegurada, o que convinha a Robert, já que o lixo que se derramava agora da tela era familiar demais para exercer qualquer impacto sobre sua atenção.

Ele fechou os olhos e deixou que o inferno à beira da piscina se dissipasse. Depois de algumas horas de outras pessoas, ele precisava tirar o acúmulo de impressões dele de um jeito ou de outro, fazendo imitações, ou entendendo como as coisas funcionavam, ou simplesmente tentando esvaziar a mente. Do contrário as impressões se acumulavam numa densidade crítica e ele sentia como se fosse explodir.

Às vezes, quando estava deitado na cama, uma única palavra como "medo" ou "infinito" arrancava o teto da casa, sugando Robert na noite, passando pelas estrelas torcidas em ursos e arados e adentrando uma escuridão pura onde tudo era aniquilado exceto a sensação de aniquilamento. Enquanto a pequena cápsula de sua inteligência se desintegrava, ele continuava sentindo as beiradas dela queimando, seu casco se fragmentando, e quando a cápsula se separava, voando, ele era as partes separadas voando, e quando as partes se transformavam em átomos ele era o próprio separar-se, ficando mais forte em vez de esmorecer, como uma energia maléfica desafiando o esgotamento de tudo e se alimentando das sobras, e logo todo o espaço era uma torrente movida a sobras e não havia espaço para uma mente humana; mas lá estava ele, ainda sentindo.

Ele ia cambaleando pelo corredor até o quarto de seus pais, sufocando. Faria qualquer coisa para deter aquilo, assinaria qualquer contrato, faria qualquer promessa, mas sabia que era inútil, sabia que tinha visto algo verdadeiro, que ele não podia mudar aquilo, apenas ignorar por algum tempo, chorar nos braços de sua mãe e deixar que ela colocasse o telhado de volta e o apresentasse a algumas palavras mais amáveis.

Não que ele fosse infeliz. Apenas tinha visto algo e às vezes isso era mais verdadeiro do que qualquer outra coisa. Ele viu isso pela primeira vez quando sua avó sofreu um derrame. Não quis abandoná-la, mas como ela mal conseguia falar ele passou um bom tempo imaginando o que ela estaria sentindo. Todo mundo dizia que você tinha de ser dedicado, então ele se ateve a isso. Segurou a mão dela por muito tempo e ela agarrou a dele. Ele não gostou, mas não soltou. Via que ela estava assustada. Os olhos da avó estavam baços. Parte dela sentia-se aliviada: ela sempre tivera problemas de comunicação, agora ninguém esperava que ela se esforçasse. Parte dela já havia partido, voltado à fonte, talvez, ou pelo menos para longe do plano material sobre o qual ela tinha dúvidas tão crônicas. A parte da qual ele conseguia se aproximar era aquela que ficara para trás se perguntando se ela queria todos aqueles segredos no final das contas, agora que era obrigada a guardá-los. A doença a despedaçara como a um dente-de-leão. Ele havia se perguntado se ele próprio iria acabar assim, umas poucas sementes presas a um caule quebrado.

"Esta é a minha parte favorita", disse Josh, apaixonado. Piratas estavam atacando o navio de Sinbad. O papagaio do navio voou no rosto do pirata com cara de mais malvado. Ele cambaleou, desorientado, e foi facilmente derrubado no mar pelos homens de Sinbad. Tomada do papagaio satisfeito, grasnando.

"Humm", disse Robert. "Escuta, eu já volto."

Josh nem prestou atenção na saída de Robert. Ele examinou o corredor à procura de Jo, mas ela não estava ali. Refez o trajeto pelo qual eles tinham vindo e, quando chegou à porta do jardim, viu que os adultos não estavam mais na piscina. Esgueirou-se para fora e virou-se com um giro para os fundos da casa. O gramado planejado definhava com um tapete de agulhas de pinheiro e umas duas lixeiras grandes. Ele sentou e recostou-se na casca enrugada do pinheiro, sem vigilância.

Robert perguntou-se quem estaria perdendo mais tempo ao passar um dia com os Packer, sem contar os próprios Packer, que estavam sempre perdendo mais tempo que todo mundo e que geralmente tinham um filme provando isso. Thomas tinha apenas sessenta dias, então era a maior perda de tempo para ele, porque um dia era um sexagésimo de sua vida, enquanto seu pai, que tinha quarenta, estava desperdiçando a menor proporção de sua vida. Robert tentou determinar qual era a proporção de um dia na vida de cada um deles. Era difícil manter os cálculos na mente, então imaginou diferentes tamanhos de rodas num relógio. Depois se perguntou sobre como incluir fatos opostos: de que Thomas tinha a vida inteira pela frente, enquanto seus pais já tinham um bom tanto dela nas costas, de modo que um dia era um desperdício menor para Thomas, porque lhe restavam mais dias. Isso gerou uma nova série de rodas — vermelhas em vez de prateadas —, a de seu pai girando rápido e a de Thomas girando com um imponente clique infrequente. Ele ainda precisava incluir as diferentes qualidades de sofrimento e os diferentes benefícios para cada um deles, mas como isso tornou sua máquina complicada demais, numa salutar reviravolta decidiu que todos estavam sofrendo do mesmo modo e que nenhum deles tinha ganhado nada com aquilo, tornando o valor do dia um belo e gordo zero. Imensamente aliviado, visualizou de novo as bielas ligando as duas séries de rodas. Era tudo muito parecido com o grande motor a vapor do Science Museum, exceto pelo fato de que papel saía de uma ponta com um número para as unidades de desperdício. No final das contas, Robert descobriu, quando leu os números, que era ele quem perdia mais tempo que todo mundo. Ficou tão horrorizado quanto satisfeito com esse resultado. Nisso, ouviu a temível voz de Jo chamando-o pelo nome.

Por um momento, ficou paralisado pela indecisão. O problema era que se esconder só deixava a equipe de busca mais frenética e furiosa. Decidiu agir com naturalidade e dobrar a esquina bem a tempo de ouvir Jo berrando seu nome pela segunda vez.

"Oi", disse ele.

"Onde você estava? Eu te procurei por toda a parte."

"Não deve ter procurado, senão teria me encontrado."

"Não dê uma de espertinho comigo, rapazinho", disse Jo. "Você andou brigando com Josh?"

"Não", respondeu ele. "Como alguém poderia brigar com Josh? Ele é uma ameba."

"Ele não é uma ameba, ele é o seu melhor amigo", corrigiu Jo.

"Não, não é."

"Vocês *definitivamente* brigaram", insistiu Jo.

"Nós não brigamos", repetiu ele.

"Bem, de qualquer forma, você não pode simplesmente sair desse jeito."

"Por que não?"

"Porque todos nós nos preocupamos com você."

"Eu me preocupo com meus pais quando eles saem, mas isso não os impede de sair", argumentou ele. "E nem deveria."

Sem dúvida ele estava ganhando a discussão. Numa emergência, seu pai poderia mandar Robert substituí-lo no tribunal.

Ele se imaginou de peruca, convencendo o júri a ver as coisas da sua maneira, mas então Jo agachou-se à sua frente e olhou inquisitiva em seus olhos.

"Os seus pais saem muito?", perguntou.

"Na verdade, não", respondeu. No entanto, antes que ele pudesse dizer que nunca os dois haviam ficado fora de casa por mais do que umas três horas, viu-se arrebatado para os braços dela e esmagado contra as palavras "Estou no clima", sem entender bem o que elas significavam. Ele precisou arrumar a camisa depois que ela a tirou de dentro da calça dele com sua consoladora esfregada de mãos nas costas.

"O que significa 'Estou no clima'?", Robert perguntou depois de recuperar o fôlego.

"Nada de mais", ela respondeu, de olhos arregalados. "Venha! Hora do almoço!"

Ela o conduziu para dentro da casa. Agora que eles eram praticamente amantes, ele não pôde se recusar a segurar na mão dela.

Um homem de avental estava parado junto à mesa de almoço.

"Gaston, você está nos mimando demais", disse Jilly em tom de reprovação. "Estou engordando uns seis quilos só de olhar esses pastéis. Você deveria ter o seu próprio programa de televisão. *Vous sur le television*, Gaston, você ganha *beaucoup de monnaie. Fantastique!*"

A mesa estava repleta de garrafas de vinho rosé, duas delas vazias, e de uma variedade de quiches: uma quiche com pedaços de presunto, uma quiche com pedaços de cebola, uma quiche com tomates retorcidos e uma quiche com abobrinhas retorcidas.

Apenas Thomas estava a salvo, mamando.

"Então você capturou o desgarrado", disse Jilly. Ela chicoteou o ar com a mão e desatou a cantar. "Prenda-os já! Traga-os cá! Raw-w h-ide!"

Robert sentiu seu corpo todo formigar de constrangimento. Devia ser desesperador ser Jilly.

"Ele costuma ficar bastante sozinho, não é?", comentou Jo, desafiando a mãe de Robert.

"Sim, quando ele quer", respondeu sua mãe, sem perceber que Jo pensava que era quase como se Robert vivesse num orfanato.

"Eu acabei de dizer aos seus pais que eles precisam te levar para ver o verdadeiro Papai Noel", disse Jilly, servindo a comida. "É só pegar o Concorde no Gatwick de manhã e voar até a Lapônia, com motoneves esperando e, vapt-vupt, em vinte minutos você está na caverna do Papai Noel. Ele dá um presente para as crianças, depois você pega o Concorde de volta e chega em casa a tempo para o jantar. Fica no Círculo Ártico, sabe, o que torna mais real do que ficar de bobeira na Harrods."

"Parece bem educativo", disse seu pai, "mas acho que as mensalidades escolares vão ter prioridade."

"Josh nos mataria se não o levássemos", disse Jim.

"Não me surpreende", disse seu pai.

Josh fez o som de uma gigantesca explosão e deu um soco no ar.

"Quebrando a barreira do som", gritou.

"Qual dessas quiches você quer?", Jilly perguntou a Robert. Todas pareciam repugnantes.

Ele deu uma olhada em sua mãe, com seu cabelo cor de cobre caindo espiralado na direção de Thomas, que sugava, e sentiu os dois se misturando como argila molhada.

"Quero a do Thomas", disse ele. Não tivera intenção de dizer isso em voz alta, mas escapou.

Jim, Jilly, Roger, Christine, Jo e Josh zurraram como um bando de jumentos. Roger parecia ainda mais irritado quando ria.

"O meu é leite materno", disse Jilly, erguendo sua taça bebadamente.

63

Seus pais sorriram solidários para ele.

"Acho que agora você já está nos sólidos, amigão", disse seu pai. "Eu me acostumei a desejar ser mais novo, mas não esperava que você já fosse começar tão cedo. Você ainda deveria estar na fase de desejar ser mais velho."

Sua mãe deixou-o sentar na ponta da cadeira dela e deu-lhe um beijo na testa.

"É perfeitamente normal", disse Jo em tom tranquilizador para os pais dele, que para ela mal tinham visto uma criança antes na vida. "Eles geralmente não são tão diretos sobre isso, mas é só." Ela se permitiu um último soluço de riso.

Robert alheou-se do burburinho em volta e fixou os olhos em seu irmão. A boca de Thomas ficava ocupada, depois quieta, depois ocupada, massageando o leite do peito da mãe. Robert desejou estar ali, encolhido no âmago de seus sentidos, antes de saber sobre coisas que ele nunca tinha visto — a extensão do Nilo, o tamanho da Lua, o que as pessoas vestiram na Boston Tea Party —, antes de ser bombardeado pela propaganda adulta, avaliando sua experiência com base nela. Desejou estar ali também, mas queria levar junto seu senso de si mesmo, a sorrateira testemunha da exata coisa que não tinha testemunhas. Thomas não estava testemunhando a si mesmo fazendo coisas; ele simplesmente as fazia. Era uma tarefa impossível juntar-se a ele ali da forma como Robert estava agora, era como dar cambalhotas e permanecer imóvel ao mesmo tempo. Já havia meditado sobre essa ideia muitas vezes e, embora não tivesse concluído que poderia fazê-lo, sentia a impossibilidade sumindo enquanto os músculos de sua imaginação tornavam-se mais tensos, como um mergulhador postado bem na beirada da prancha antes de saltar. Isto era tudo que ele podia fazer: cair na atmosfera que cercava Thomas, deixando que seu desejo pela observação se afastasse à medida que ele ia se aproximando do solo onde Thomas vivia e onde outrora ele também tinha vivido. Mas era difícil fazer isso, porque Jilly estava no pé dele de novo.

"Por que você não fica aqui com a gente, Robert?", sugeriu ela. "Jo poderia te levar amanhã. Você ia se divertir mais brincando com Josh do que se for para casa e ficar morrendo de ciúmes do seu irmãozinho."

Ele apertou, desesperado, a perna de sua mãe.

Por fim Gaston retornou, distraindo Jilly com a sobremesa, um montículo viscoso de creme numa poça de caramelo.

"Gaston, você está nos arruinando", lamuriou-se Jilly, dando um tapa no incorrigível punho de bater ovos dele.

Robert inclinou-se para perto da mãe. "*Por favor*, podemos ir agora?", sussurrou no ouvido dela.

"Logo depois do almoço", ela sussurrou de volta.

"Ele está implorando?", perguntou Jilly, fazendo uma careta.

"Para falar a verdade, está", disse sua mãe.

"Ah, vamos, deixe ele dormir uma noite fora", insistiu Jilly.

"Ele vai ser bem cuidado", disse Jo, como se isso fosse uma espécie de novidade.

"Infelizmente não podemos. Vamos visitar a avó dele na casa de repouso", explicou sua mãe, sem mencionar que eles iriam lá dali a três dias.

"Engraçado", disse Christine, "Megan não parece sentir nenhum ciúme ainda."

"Dê-lhe uma chance", disse seu pai, "ela acabou de descobrir a raiva."

"É mesmo", disse Christine, rindo. "Talvez seja porque eu não estou realmente abraçando a minha gravidez."

"Deve ser", suspirou seu pai. Robert via que seu pai estava ferozmente entediado.

Terminado o almoço, eles saíram de imediato da casa dos Packer com uma urgência só vista em brigadas de incêndio.

"Estou morrendo de fome", disse enquanto saíam de carro pela entrada de acesso.

Todos caíram na risada.

"Eu jamais sonharia em criticar um amigo que você escolheu", disse seu pai, "mas será que a gente não podia ficar só com o vídeo?"

"Eu não escolhi", protestou Robert; "ele simplesmente... grudou em mim."

Ele viu um restaurante à beira da estrada, e lá eles fizeram um almoço tardio com pizzas maravilhosas, salada e suco de laranja. O pobre Thomas precisava tomar leite de novo. Ele só tinha isto: leite, leite, leite.

"Minha parte favorita foi sobre a casa em Londres", disse o pai de Robert. Ele fez uma vozinha bem boba, que não imitava particularmente a de Jilly, e sim a atitude dela. "'Ela parecia enorme quando a compramos, mas depois que arrumamos a suíte dos hóspedes, a sala de ginástica, a sauna, o escritório e o cinema, sabe, vimos que não havia tanto espaço assim.'"

"Espaço para quê?", perguntou seu pai, assombrado. "Espaço para espaço. Este é o espaço do espaço, para ter algum espaço. Na próxima vez que precisarmos nos pendurar nos nossos cabides em Londres para dormir como uma família de morcegos, vamos apreciar não estarmos a apenas alguns quartos da verdadeira civilização, mas a um espaço do espaço de distância."

"'Eu disse ao Jim'", continuou seu pai imitando Jilly, "'espero que possamos arcar com isso, porque eu gosto do nosso estilo de vida — os restaurantes, as férias, as compras — e não vou desistir disso. Jim garante que podemos arcar com os dois.'"

"E este é o ponto", continuou seu pai: "'Ele sabe que, se não pudermos arcar com isso, eu me divorcio dele.' Ela é inacreditável. Nem atraente é".

"Ela é um espanto", disse sua mãe. "Mas senti que, com

aquele jeito silencioso deles, Christine e Roger também tinham muito a oferecer. Quando contei que conversava com os meus filhos na gravidez, ela disse" — sua mãe fez um sotaque australiano esganiçado — "'Calma lá! Bebê só depois que nasce. Eu não vou conversar com a minha gravidez. Roger mandaria me internar.'"

Robert imaginou sua mãe falando com ele quando estava isolado no ventre dela. Claro que ele não tinha como saber o que aquelas sílabas disformes dela significavam, mas tinha certeza de ter sentido uma corrente fluindo entre eles, a contração de um medo, uma intenção se espalhando. Thomas ainda estava próximo dessas transfusões de sentimento; Robert, em vez disso, recebia explicações. Thomas ainda sabia como entender a linguagem silenciosa que Robert quase havia esquecido enquanto as margens selvagens de sua mente caíam sob o domínio do império verbal. Ele estava parado num cume, prestes a atirar-se colina abaixo, tornando-se mais rápido, tornando-se mais alto, adquirindo mais palavras, tornando-se maior e recebendo explicações maiores, comemorando durante todo o caminho. Agora Thomas o fizera olhar para trás e baixar sua espada um instante, enquanto ele também percebia tudo o que havia perdido. Ficara tão imerso na construção de frases que quase se esquecera dos dias primitivos nos quais pensar era como um respingo de cor caindo numa página. Ao olhar para trás, ainda o via: vivendo o que agora pareciam pausas — quando você abria pela primeira vez as cortinas e via toda a paisagem coberta de neve, prendia a respiração e fazia uma pausa antes de soltar o ar de novo. Ele não conseguiria recuperar tudo, mas talvez ainda não se apressasse colina abaixo; talvez se sentasse um pouco e apreciasse a paisagem.

"Vamos dar o fora desta cidade triste", disse seu pai, terminando seu copinho de café.

"Só preciso trocá-lo antes", disse sua mãe, pegando uma bolsa abaulada coberta de coelhos azul-celestes.

Robert observou Thomas, afundado em sua cadeira e olhando para o quadro de um barco a vela sem saber o que era um quadro, sem saber o que era um barco a vela, e sentiu como era terrível ser um gigante preso num pequeno corpo incompetente.

# 5.

Enquanto atravessavam os corredores longos e facilmente laváveis da casa de repouso de sua avó, o ruído das solas de borracha da enfermeira fazia o silêncio de sua família parecer mais histérico do que era. Eles passaram pela porta aberta de uma sala comum onde o rugido de uma televisão mascarava outro tipo de silêncio. Os residentes amarrotados e cor de papel sentavam-se em filas. O que poderia estar retardando tanto a morte? Alguns pareciam mais assustados do que entediados, outros mais entediados do que assustados. Robert ainda se lembrava de sua primeira visita à brilhante geometria que decorava as paredes. Lembrava de ter imaginado o vértice de um comprido triângulo amarelo esfaqueando-o no peito e a borda afiada daquele semicírculo vermelho cortando seu pescoço.

Este ano eles estavam levando Thomas para ver sua avó pela primeira vez. Ela não seria capaz de dizer muita coisa, mas Thomas também não. Talvez os dois se dessem muito bem.

Quando entraram no quarto, sua avó achava-se sentada

numa poltrona junto à janela. Lá fora, perto demais da janela, estava o tronco grosso de um choupo ligeiramente amarelado e, mais além, a sebe azulada do cipreste que encobria parte do estacionamento. Percebendo a chegada de sua família, sua avó armou um sorriso no rosto, mas seus olhos permaneceram separados do processo, paralisados de perplexidade e dor. Enquanto seus lábios se abriam, ele viu seus dentes escurecidos e quebrados. Eles pareciam não dar conta de qualquer coisa sólida. Talvez por isso o corpo dela se mostrasse tão mais debilitado do que na última vez que Robert a vira.

Todos beijaram o rosto macio e bastante peludo de sua avó. Em seguida, sua mãe segurou Thomas perto da avó e disse: "Este é o Thomas".

A expressão de sua avó hesitou enquanto ela tentava lidar com a estranheza e a intimidade da presença dele. Seus olhos fizeram Robert sentir como se ela estivesse se movendo em um céu nublado, precipitando-se brevemente para o espaço aberto e depois correndo de volta pelos véus espessos para dentro da cegueira leitosa de uma nuvem. Ela não conhecia Thomas e ele não a conhecia, mas ela pareceu ter uma percepção de sua ligação com ele. Porém essa percepção ficava desaparecendo, e ela precisava lutar para recuperá-la. Quando estava prestes a falar, o esforço de elaborar o que dizer naquelas circunstâncias específicas a esgotou. Não conseguia se lembrar de quem ela era em relação a todas aquelas pessoas no quarto. A tenacidade já não funcionava; quanto mais ela se agarrava a uma ideia, mais depressa ela escapava.

Por fim, hesitante, fechou os dedos em torno de alguma coisa, ergueu os olhos para o pai de Robert e disse: "Ele... gosta... de mim?".

"Sim", respondeu a mãe de Robert de imediato, como se aquela fosse a pergunta mais natural do mundo.

"Sim", disse a avó, a poça de desespero em seus olhos jorrando de volta para dentro do restante do rosto. Não era o que ela pretendia perguntar, mas uma pergunta que havia se precipitado. Ela afundou de novo na cadeira.

Depois do que tinha ouvido de manhã, Robert ficou atônito com a pergunta dela e por ela parecer ter sido dirigida a seu pai. Por outro lado, não se surpreendeu por sua mãe ter respondido no lugar dele.

De manhã ele estava brincando na cozinha enquanto sua mãe, no andar de cima, arrumava a sacola de Thomas. Robert não tinha percebido que a babá eletrônica estava ligada até ouvir Thomas acordar com alguns gritos curtos e sua mãe ir até o quarto de seu irmão falar ternamente com ele. Antes que começasse a avaliar se ela era mais amorosa com Thomas quando ele não estava por perto, a voz de seu pai surgiu esbravejando através do aparelho.

"Não acredito na porra desta carta."

"Que carta?", perguntou sua mãe.

"O babaca do Seamus Dourke está tentando fazer Eleanor tornar a doação desta propriedade absoluta durante a vida dela. Eu tinha providenciado para que o advogado a colocasse numa faixa elástica de dívida. No testamento dela, abre-se mão da dívida e a casa é transferida de forma irrevogável para a instituição de caridade, mas enquanto ela for viva a instituição recebe como empréstimo o valor desta propriedade, e se ela recobrar a dívida o lugar volta para ela. Ela concordou em fazer as coisas dessa forma alegando que podia ficar doente e precisar do dinheiro para se tratar, mas nem preciso dizer que eu também esperava que ela caísse em si e percebesse que essa piada de caridade estava nos prejudicando muito e que não fazia bem a ninguém senão a Seamus. Que sorte a dos irlandeses. Lá estava ele, um enfermeiro do Serviço Nacional de Saúde trocando penicos no condado de Meath, até minha mãe resgatá-lo da ilha Esmeralda e torná-lo o único beneficiário de uma enorme receita livre de impostos proveniente de um hotel estilo Nova Era disfarçado de instituição de caridade. Isso me deixa doente, me enoja."

A essa altura seu pai já estava gritando.

"Querido, você está berrando", disse sua mãe. "Thomas está ficando nervoso."

"Eu preciso berrar", disse seu pai. "Acabei de ver esta carta. Ela sempre foi uma péssima mãe, mas pensei que fosse tirar umas férias no final da vida, sentir que já tinha traído e sido negligente o suficiente e que estava na hora de dar um tempo, de brincar com os netos, de nos deixar ficar na casa, esse tipo de coisa. O que realmente me assusta é perceber o quanto eu a odeio. Quando li essa carta, fui afrouxar a camisa para conseguir respirar, mas aí percebi que ela já estava frouxa o bastante; eu simplesmente senti como se um nó estivesse se apertando em volta do meu pescoço, um nó de ódio."

"Ela é uma velha senhora confusa", disse a mãe de Robert.

"Eu sei."

"E nós vamos vê-la hoje."

"Eu sei", disse seu pai, falando bem mais baixo agora, quase inaudível. "O que eu realmente odeio é esse veneno pingando de geração em geração. Minha mãe se sentiu deserdada por seu padrasto ter ficado com todo o dinheiro da mãe dela e agora, depois de trinta anos de oficinas de autoconscientização e programas de crescimento pessoal, ela encontrou Seamus Dourke para assumir o lugar do seu padrasto. Na verdade ele é só um instrumento incrivelmente interessado do inconsciente dela. É essa repetição que me enlouquece. Prefiro cortar a garganta a infligir uma coisa igual aos meus filhos."

"Você não vai fazer isso", observou sua mãe.

"Se você imaginar alguma coisa..."

Robert se inclinou mais para perto do aparelho, a fim de tentar entender a voz sumida de seu pai, quando a ouviu mais alta atrás de si à medida que os dois desciam a escada.

"... o resultado seria a minha mãe", seu pai dizia.

"Rei Lear e sra. Jellyby", disse sua mãe, rindo.

"Na charneca", acrescentou seu pai, "um rápido acasalamento entre o débil tirano e a fanática filantropa."

Robert saíra correndo da cozinha, para que seus pais não soubessem que ele tinha ouvido a conversa pela babá eletrônica. Ele havia deixado essa informação de lado durante toda a manhã, mas quando sua avó olhara fixamente para seu pai, perguntando como se estivesse se referindo a ele: "Ele gosta de mim?", Robert não conseguiu evitar de ter a ideia maluca de que ela havia escutado a mesma conversa que ele.

Embora Robert não tivesse entendido tudo o que seu pai havia dito de manhã, entendeu o bastante para sentir fissuras se abrindo no chão. E agora, no silêncio que se seguiu à sagaz pergunta não intencional de sua avó, ele sentiu a tristeza dela, sentiu o desejo de sua mãe por harmonia e sentiu a tensão do autocontrole de seu pai. Ele quis fazer alguma coisa para que tudo ficasse bem.

Sua avó estava levando uma meia hora para perguntar se Thomas já havia sido batizado.

"Não", respondeu sua mãe, "nós não vamos fazer um batizado formal. A questão é que de fato não achamos que as crianças nasçam no pecado, e boa parte da cerimônia parece baseada na ideia de que elas estão caídas e precisam ser salvas."

"Sim", disse sua avó. "Não."

Thomas começou a sacudir o pequeno haltere prateado que havia reencontrado nas dobras de sua cadeirinha. O brinquedo fazia um estranho som tilintante e alto enquanto ele o sacudia bruscamente acima da cabeça. Não demorou muito, ele bateu com o brinquedo na testa. Depois de um atraso em que pareceu tentar entender o que havia acontecido, Thomas começou a chorar.

"Ele não sabe se foi ele quem bateu em si mesmo ou se foi o haltere que bateu nele", disse o pai de Robert.

Sua mãe posicionou-se contra o haltere e disse: "Haltere malvado", dando um beijo na testa de Thomas.

Robert bateu no lado da própria cabeça e caiu da cama de sua avó teatralmente. Thomas não achou tanta graça quanto Robert esperava que ele achasse.

Sua avó estendeu os braços com uma simpatia suplicante, como se Thomas estivesse expressando algo que ela também sentia, mas do qual não queria ser lembrada. A mãe de Robert pôs Thomas gentilmente no colo de sua avó. Seduzido pela novidade da posição, Thomas parou de chorar e olhou interrogativamente para ela. A presença dele pareceu acalmá-la. Ele ficou sentado no colo dela, dando-lhe o que ela precisava, e eles afundaram juntos numa muda solidariedade. O resto da família ficou em silêncio também, não querendo dedurar os não falantes. Robert sentiu seu pai rondando sua avó, segurando-se para não dizer o que estava em sua mente. No fim, foi sua avó quem falou, de modo não muito fluente mas bem melhor que antes, como se seu discurso, abandonando a rodovia irremediavelmente bloqueada do anseio, tivesse se refugiado sob o abrigo da escuridão e do silêncio.

"Quero que vocês saibam", disse, "que estou muito... triste... por não conseguir me comunicar."

Sua mãe estendeu a mão e tocou no joelho de sua avó.

"Deve ser horrível para você", disse seu pai.

"Sim", disse sua avó, mirando ao longe o piso.

Robert não sabia o que fazer. Seu pai odiava a própria mãe. Ele não podia juntar-se a ele e não podia condená-lo. Sua avó tinha feito certo mal à família dela, mas ela estava sofrendo demais. Robert podia apenas ater-se a como as coisas eram antes de terem sido obscurecidas pela decepção de seu pai. Aqueles dias límpidos em que ele só precisava amar sua avó; ele nem sabia ao certo se eles chegaram a existir, mas tinha certeza de que agora não existiam. Ainda assim era injusto demais conspirar contra a sua avó assustada, mesmo que ela estivesse deixando a casa para Seamus.

Ele saltou para fora da cama e sentou no braço da poltrona da avó, pegando sua mão, como costumava fazer quando ela adoeceu. Dessa forma ela poderia lhe dizer coisas sem precisar falar, os pensamentos dela inundando-o com imagens.

As pontes estavam queimadas e quebradas e todas as coisas que sua avó queria dizer ficavam amontoadas num dos lados de um desfiladeiro, sem nunca assumirem forma, sem nunca se moverem. Ela sentia uma pressão perpétua, um arranhar atrás dos globos oculares, como um cachorro implorando para que o deixassem entrar, uma plenitude que só poderia escapar em lágrimas, suspiros e gestos falhos.

Sob a machucadura da sensação, havia um instinto brutal de permanecer viva, como uma cobra atropelada debatendo-se numa pista quente, ou raízes cegas bombeando seiva para um toco a sangrar.

Por que ela estava sendo torturada? Eles a haviam fechado num saco e a atirado para o fundo de um barco, correntes amarradas nos seus pés. Ela devia ter feito algo muito ruim para ser atormentada pelos remadores enquanto eles a levavam baía adentro. Algo muito ruim do qual ela não conseguia se lembrar.

Ele tentou fazer aquilo cessar. Era demais. Não soltou a mão dela, apenas tentou interromper a transmissão, mas era impossível cortar completamente o elo.

Ele percebeu que sua avó estava chorando. Ela apertou a mão dele.

"Eu sou... não." Ela não conseguia falar. Um pensamento cuidadosamente tecido se desfez e se espalhou pelo chão. Ela não conseguia pegá-lo de volta. Algo opaco agarrava-se a ela o tempo todo. Sua cabeça tinha sido selada num saco plástico sujo; ela queria arrancá-lo, mas suas mãos estavam atadas.

"Eu... sou", ela tentou de novo. "Corajosa. Sim."

A luz do entardecer estava no outro lado do prédio e o quarto vinha ficando cada vez mais escuro. Todos estavam sem palavras, exceto Thomas, que desde o início não tinha nenhuma. Ele recostou-se contra os braços da avó, mirando-a com seu olhar frio e objetivo. Sua atitude equilibrou a atmosfera. Eles permaneceram sentados sob a luz fraca do quarto quase pacífico, sentindo-se solidários e um pouco entediados. A avó de Robert mergulhou numa angústia mais silenciosa, como alguém sentado no fundo das molas quebradas de uma poltrona, observando uma tempestade de areia cobrir o mundo com uma película abrupta e cinza.

Depois de bater na porta e não esperar pela resposta, uma enfermeira entrou, empurrando ruidosamente um carrinho de comida e colocando uma bandeja a estrepitar sobre a mesa móvel ao lado da cama. A mãe de Robert pegou Thomas no colo de novo, enquanto seu pai posicionava a mesa e retirava a tampa de papel-alumínio do prato principal. A suarenta tainha e o *ratatouille* oleoso poderiam ter feito um homem guloso hesitar, mas para sua avó, que de um jeito ou de outro teria preferido morrer de fome, toda comida era igualmente indesejável; ela apertou uma última vez a mão de Robert e quebrou o circuito que havia introduzido tantas imagens violentas na imaginação dele, pegando o garfo com a estranha obediência apática do desespero. Conseguiu colocar uma lasca de peixe no garfo e começou a erguê-lo em direção à boca. Então parou e baixou o garfo de novo, fitando o pai de Robert.

"Não consigo… encontrar a boca", disse com uma precisão urgente.

Seu pai pareceu frustrado, como se sua mãe tivesse descoberto um truque para impedi-lo de se zangar com ela, mas a mãe de Robert imediatamente pegou o garfo e, sorrindo, disse: "Posso te ajudar, Eleanor?" da forma mais natural possível.

Os ombros de sua avó encolheram-se um pouco mais diante da ideia de haver chegado a esse ponto. Ela assentiu e sua mãe começou a lhe dar de comer, ainda segurando Thomas no outro braço. Seu pai, temporariamente paralisado, caiu em si e pegou Thomas do colo da mãe de Robert.

Depois de mais algumas garfadas, a avó balançou a cabeça e disse: "Não", recostando-se exausta na cadeira. No silêncio que se seguiu, seu pai deixou Thomas de novo com sua mãe e sentou-se ao lado da avó de Robert.

"Não sei se deveria mencionar isto", disse seu pai, tirando uma carta do bolso.

"Acho que você não deveria", sugeriu sua mãe depressa.

"Não posso", ele lhe disse, "mais adiar." Ele se voltou para a avó de Robert. "A Brown & Stone me escreveu dizendo que você pretende tornar definitiva sua doação da Saint-Nazaire para a Fundação. Só quero dizer que eu acho que isso te deixa bastante desamparada. Você mal consegue se bancar aqui e, se precisasse de qualquer outro cuidado médico, rapidamente iria à falência."

Robert não imaginara que sua avó poderia parecer ainda mais infeliz, mas de alguma forma suas feições conseguiram produzir uma nova impressão de horror.

"Eu… realmente… eu… realmente… não."

Ela cobriu o rosto com as mãos e gritou.

"Eu realmente discordo…", gemeu ela.

Sua mãe passou o braço em volta de sua avó, sem olhar para

seu pai. O pai guardou a carta de novo no bolso e, com um olhar de profundo desprezo, baixou os olhos.

"Está tudo bem", disse sua mãe. "Patrick só quer ajudá-la, ele está preocupado que você faça a doação cedo demais; ninguém está questionando que você pode fazer o que quiser com a Fundação. Os advogados apenas contaram isso a ele porque uma vez você lhe pediu ajuda."

"Eu... preciso... descansar", disse sua avó.

"Então nós vamos sair", declarou sua mãe.

"Sim."

"Sinto muito se chateei você", disse seu pai, soltando um suspiro. "Eu só não entendo a pressa: de qualquer forma a Saint-Nazaire vai para a Fundação no seu testamento."

"Acho melhor esquecer esse assunto", sugeriu sua mãe.

"Tudo bem", concordou ele.

A avó de Robert permitiu que cada um deles a beijasse. Robert foi o último a se despedir dela.

"Não... me deixe", pediu ela.

"Agora?", perguntou ele, confuso.

"Não... só... não." Ela desistiu.

"Não vou deixá-la."

Qualquer discussão sobre a visita à casa de repouso parecia arriscada demais, e eles começaram o trajeto de volta para casa em silêncio. Mas não demorou muito e a determinação de seu pai em falar predominou. Ele tentou ater-se a questões gerais, tentou manter-se longe do assunto de sua mãe.

"Hospitais são lugares chocantes", disse, "cheios de doentes tolos e iludidos que não estão em busca de fama nem de somas obscenas de dinheiro, mas que acham que o sentido da vida é ajudar os outros. De onde eles tiram essas ideias? Precisamos mandá-los participar de uma oficina de fim de semana sobre fortalecimento com os Packer."

A mãe de Robert sorriu.

"Tenho certeza que Seamus poderia organizá-la de um ponto de vista xamânico", disse seu pai, irresistivelmente arrastado para fora de sua órbita. "Mas, olha, embora hospitais sejam repletos de santos alegres, eu preferia um tiro na cabeça a experimentar a degradação de uma personalidade como a que testemunhamos hoje."

"Achei que Eleanor foi muito bem", disse sua mãe. "Fiquei comovida quando ela disse que era corajosa."

"O que enlouquece um homem é ele ser forçado a sentir a emoção que está proibido de ter", disse seu pai. "A traição de minha mãe me forçou a ter raiva dela, mas daí sua doença me forçou a sentir pena. Agora sua imprudência me fez sentir raiva de novo, mas sua coragem supostamente deveria sufocar a minha raiva com admiração. Bem, eu sou um cara simples, e a verdade é que eu continuo *irritado pra caralho*", ele gritou, socando o volante.

"Quem é Rei Lear?", perguntou Robert do banco de trás.

"Você ouviu nossa conversa de manhã?", perguntou sua mãe.

"Ouvi."

"Ouvindo escondido", comentou seu pai.

"Não, não foi isso", objetou ele. "Vocês deixaram a babá eletrônica ligada."

"Ah, é", admitiu sua mãe, "deixei mesmo. Em todo caso, isso pouco importa agora, não é, querido?", ela disse docemente a seu pai, "já que você está gritando a plenos pulmões que está 'irritado pra caralho'."

"Rei Lear", disse seu pai, "é um tirano petulante criado por Shakespeare que dá tudo o que tem e depois é surpreendido quando Goneril e Regana — ou Seamus Dourke, como prefiro vê-las — se recusam a lhe fornecer o cuidado que ele requer e o põem para fora."

"E quem é a sra. Jellybean?"

"Jellyby. É uma mulher que tem compulsão por caridade e que escreve cartas indignadas sobre órfãos africanos enquanto seus próprios filhos estão despencando da lareira do outro lado da sala."

"E o que é acasalamento?"

"Bem, a ideia é que se você combinasse esses dois personagens obteria alguém como Eleanor."

"Ah", disse Robert, "é bem complicado."

"É", disse seu pai. "A questão é que Eleanor está tentando comprar para si mesma um assento na primeira fila no céu ao doar todo o seu dinheiro para a 'caridade', mas, como você vê, o que ela fez foi comprar uma passagem para o inferno."

"Não acho que seja inteligente colocar Robert contra a avó", disse sua mãe.

"Não acho que ela foi inteligente em tornar isso inevitável."

"É você quem se sente traído; a mãe é sua."

"Ela mentiu para nós", insistiu seu pai. "A cada etapa ela foi me dizendo que isso e aquilo era para Robert, mas essas pequenas concessões ao sentimento familiar foram sendo arrancadas, uma por uma, dos seus pedestais e sugadas para dentro do buraco negro da Fundação."

A mãe de Robert deixou passar algum tempo e depois disse: "Bem, pelo menos não tivemos de receber a *minha* mãe este ano".

"É, você está certa", disse seu pai, "devemos cultivar a gratidão."

A atmosfera abrandou um pouco após esse instante de harmonia. Eles subiram a ruela em direção à casa. O pôr do sol estava simples naquele entardecer, sem nuvens para formar montanhas, câmaras e escadarias, apenas uma clara luz rosada em volta do alto das colinas e uma ponta de lua pairando no céu a escurecer. Enquanto eles sacolejavam pela entrada irregular, Robert teve uma sensação de volta ao lar que ele sabia que precisava aprender a ignorar. Por que sua avó estava causando tantos problemas? A luta por um assento na primeira fila no céu parecia insuportavelmente cara. Ele olhou para Thomas em sua cadeirinha de bebê e perguntou-se se ele estava mais perto da "fonte" que eles e se seria uma coisa boa se estivesse. A impaciência de sua avó em ser reabsorvida num luminoso anonimato subitamente encheu-o de uma impaciência contrária: viver de forma o mais diferenciada possível antes que o tempo o pregasse a uma cama de hospital e cortasse sua língua.

Agosto de 2001

# 6.

De dia, quando Patrick escutava o latido ecoante do cachorro infeliz do outro lado do vale, ele imaginava o pastor-alemão peludo do vizinho correndo para lá e para cá diante da cerca de meio bambu do quintal no qual estava preso, mas agora, no meio da noite, ele pensava em todo o espaço no qual os anéis de som uivante e lamentoso se expandiam e se dissipavam. A casa cheia de gente comprimia sua solidão. Não havia ninguém a quem pudesse recorrer, exceto, possivelmente, ou melhor, quase impossivelmente (ou talvez com alguma chance), Julia, de volta depois de um ano.

Como sempre, ele estava cansado demais para ler e inquieto demais para dormir. A torre de livros sobre sua mesa de cabeceira parecia satisfazer todos os humores, exceto o estado de desespero agitado no qual ele invariavelmente se encontrava. *O universo elegante* o deixava nervoso. Não queria ler sobre a curvatura do espaço quando o teto já se movia e arqueava sob seu olhar exausto. Não queria pensar nos neutrinos atravessando sua pele — ela já parecia bem vulnerável. Ele havia começado e depois teve de abandonar as *Confissões* de Rousseau. Já possuía todas as manias de perseguição com que podia lidar; não precisava importar mais uma. Um romance que fingia ser o diário de um dos oficiais do Capitão Cook em sua primeira viagem ao Havaí era bem fundamentado demais para ter qualquer semelhança com a realidade. Oprimido pelas minúsculas variações de emblemas nos biscoitos do Victualling Board, Patrick tinha começado a se sentir deprimido, mas quando uma segunda narrativa, escrita por um descendente do primeiro narrador que vivia na Plymouth do século XXI e passava férias em Honolulu, estabeleceu um contraponto lúdico à primeira narrativa, ele achou que ia enlouquecer. Duas obras de história, uma sobre a história do sal e outra sobre a história do mundo todo desde 1500 a.C., competiam por um lugar na base da pilha.

Como sempre também, Mary tinha ido dormir com Thomas, deixando Patrick dividido entre a admiração e o abandono. Mary era uma mãe bastante dedicada porque ela sabia como era não ter uma mãe assim. Patrick também sabia como era isso e, como ex-beneficiário do empenho maternal de Mary, ele às vezes precisava se lembrar de que não era mais um bebê, argumentar consigo mesmo que havia crianças de verdade na casa, ainda não treinadas para o horror; ele às vezes precisava passar um bom sermão em si mesmo. Entretanto, esperava em vão pelos efeitos do amadurecimento da paternidade. Estar rodeado de crianças apenas o levava para mais perto de sua infantilidade. Sentia-se como um homem com medo de deixar o porto, sabendo que sob o convés de seu impressionante iate havia apenas um motorzinho sujo de dois tempos: temendo e desejando, temendo e desejando.

Kettle, a mãe de Mary, havia chegado à tarde e, como sempre, encontrado imediatamente uma fonte de atrito com a filha.

"Como foi o seu voo?", perguntou Mary educadamente.

"Péssimo", disse Kettle. "Havia uma mulher horrorosa sentada ao meu lado no avião, com um orgulho terrível dos seus peitos, e toda hora ela os enfiava na cara do filho."

"Isso se chama amamentação, mamãe", disse Mary.

"Obrigada, querida", disse Kettle. "Sei que é a última moda agora, mas quando eu tive filhos falava-se em recuperar a silhueta. Uma mulher inteligente era a que ia a uma festa parecendo como se jamais tivesse engravidado, e não uma com os peitos de fora, pelo menos não para a amamentação."

Como sempre, o frasco de temazepam estava instalado na mesa de cabeceira dele. Patrick sem dúvida tinha um problema com o temazepam, isto é, o de ele não ser forte o bastante. Os efeitos colaterais, a perda de memória, a desidratação, a sensação de ressaca, a ameaça de abstinências aterrorizantes, tudo isso funcionava lindamente. Só faltava a parte do sono. Ele continuava tomando os comprimidos para não ter de se confrontar com a abstinência. Ele se lembrava de uma bula perdida no passado que dizia para não tomar temazepam por mais de trinta dias seguidos. Ele tomava o remédio todas as noites havia três anos em doses cada vez maiores. Ficaria "bem feliz", como as pessoas falavam quando queriam dizer o contrário, em sofrer horrores, só que ele nunca encontrava tempo para isso. Ou era o aniversário de um de seus filhos, ou ele tinha de comparecer ao tribunal, já de ressaca, ou era alguma outra enorme obrigação que exigia a ausência de alucinação e de uma ansiedade extrema. No dia seguinte, por exemplo, sua mãe viria almoçar. Ambas as mães de uma só vez: não era ocasião para provocar nenhuma psicose extra.

No entanto ele ainda se lembrava com prazer dos dias em que uma psicose extra fora seu passatempo favorito. Passara seu segundo ano em Oxford assistindo às flores que pulsavam e giravam. Foi nesse verão de experimentos alarmantes que conheceu Julia. Ela era a irmã mais nova de um sujeito chato do mesmo andar que ele na Trinity. Patrick, já nos primeiros estágios de uma viagem com cogumelo, recusava às pressas um convite para tomar chá, quando viu pela porta entreaberta uma garota escandalosamente bonita sentada no banco da janela com os braços em torno dos joelhos. Ele desviou para uma "rápida xícara de chá" e passou as duas horas seguintes olhando vidrado e com ar estúpido para aquela Julia injustamente adorável, com seu rosto rosado e olhos azul-escuros. Ela vestia uma camiseta framboesa que deixava os mamilos à vista e uma calça jeans azul desbotada com um rasgo alguns centímetros abaixo do bolso de trás e outro acima do joelho direito. Patrick jurou a si mesmo que quando ela tivesse idade suficiente ele a seduziria, mas ela se antecipou à sua tímida resolução e o seduziu naquela noite mesmo. Fizeram um amor preenchido de lapsos de tempo, em câmera lenta e tecnicamente ilegal (ela faria dezesseis anos só na semana seguinte). Os dois haviam caído para cima, desaparecido dentro de tocas de coelho, visto relógios andando em sentido anti-horário e fugido de policiais que os perseguiam. Quando foram para a Grécia, Patrick ajudou-a a esconder o ácido no esconderijo favorito dele: entre as pernas dela. Ele achou que as coisas iriam jorrar de uma aventura a outra, mas agora o êxtase balbuciante deles fazendo amor parecia um milagre de liberdade que pertencia a um mundo perdido. Nada seria tão espontaneamente íntimo outra vez, não mesmo, e ele vivia se forçando a se lembrar disso quando conversava com a Julia mais séria e mais irônica hospedada com ele agora. No entanto, lá estava ela, logo ali no corredor, machucada mas ainda bonita. Será que ele deveria ir? Será que deveria arriscar? Será que eles deveriam fazer uma retrospectiva juntos? Será que a intensidade voltaria quando seus corpos se entrelaçassem? Uma ideia maluca. Ele teria que passar por Robert, o insone loucamente observador, pela feroz Kettle, por Mary, que pairava como uma libélula sobre a superfície do sono a fim de não perder a menor inflexão de sofrimento de seu bebê, e então entrar no quarto de Julia (a quina da porta raspava no chão), que de qualquer forma já deveria ter sido invadido por sua filha, Lucy. Como sempre, ele se viu paralisado entre forças iguais e opostas.

Tudo muito conhecido. Era isto a depressão: estar preso, agarrado a uma versão ultrapassada de si mesmo. Durante o dia, quando brincava com as crianças, ele estava muito próximo do que aparentava ser, um pai brincando com os filhos, mas à noite ou ele ficava padecendo de nostalgia ou contorcendo-se em autorrejeição. Sua juventude havia corrido para longe com o tênis Nike Air Max dela (só a juventude de Kettle ainda usava sandálias com asas), deixando um redemoinho de poeira e uma coleção de antiguidades falsas. Tentava lembrar a si mesmo de como sua juventude tinha realmente sido, mas só o que conseguia recordar era a abundância de sexo e a sensação de potencial grandeza, substituída, à medida que sua visão se fechava no presente, pelo desaparecimento do sexo e pela sensação de um potencial desperdiçado. Temendo e desejando, temendo e desejando. Talvez devesse tomar mais vinte miligramas de temazepam. Quarenta miligramas, desde que ele bebesse bastante vinho tinto no jantar, o que às vezes comprava umas duas horas de sono; não o alheamento maravilhoso pelo qual ansiava, mas um sono de suores e turbulento, marcado por pesadelos. O sono, na verdade, era a última coisa que ele queria, se fosse para ter aqueles sonhos: amarrado a uma cadeira no canto do quarto vendo seus filhos sendo torturados enquanto ele berrava insultos para o torturador ou lhe implorava que parasse. Havia também uma versão diet, o Pesadelo Leve, no qual ele se atirava na frente dos filhos bem a tempo de ter seu corpo estraçalhado por tiros ou desmembrado pelo trânsito assassino. Quando não era despertado por essas imagens chocantes, permanecia cochilando sem sonhos e minutos depois acordava com falta de ar. O preço que ele pagava pela sedação de que necessitava para dormir era que sua respiração se interrompia, até que uma unidade de emergência no fundo de seu cérebro enviava uma estridente ambulância para seus lobos frontais e o sacudia de volta à consciência.

Seus sonhos, por si só terríveis o suficiente, quase sempre vinham acompanhados por uma continuação analítica de defesa. Seu amigo Johnny, psicólogo infantil, havia dito que se tratava de um "sonho lúcido", no qual o sonhador percebia que estava sonhando. Do que ele estava protegendo os filhos? De sua própria sensação de estar sendo torturado, claro. Os seminários sobre sonhos dentro de sonhos sempre chegavam a essas conclusões razoáveis.

Patrick estava obcecado, era verdade, em deter o fluxo de veneno de uma geração a outra, mas já sentia que havia falhado. Determinado em não infligir as causas de seu sofrimento a seus filhos, não conseguiu protegê-los das consequências. Patrick havia enterrado seu pai fazia vinte anos e quase nunca pensava nele. No auge de sua amabilidade, David fora grosseiro, frio, sarcástico, alguém que se impacientava com facilidade e que compulsivamente levantava o obstáculo no último instante, para ter certeza de que Patrick ia arrebentar as canelas. Teria sido óbvio demais se Patrick se tornasse um pai deplorável, ou se divorciasse, ou deserdasse os filhos; no entanto, eles eram obrigados a conviver com a consequência violenta e insone dessas coisas. Ele sabia que Robert herdara sua angústia da meia-noite e recusava-se a acreditar que havia um gene de angústia da meia-noite que servisse de explicação. Lembrava-se de haver falado sem parar de sua insônia numa época em que Robert queria imitar tudo nele. Também via, com uma mistura de culpa e satisfação e culpa pela satisfação, a mudança gradual em Robert de empatia e lealdade para ódio e desprezo por Eleanor e a crueldade filantrópica dela.

Um grande alívio era eles não terem de ver os Packer este ano. Josh fora tirado da escola por três semanas e se desabituara a fingir que ele e Robert eram os melhores amigos. Durante esse período de liberdade inebriante, Patrick e Robert haviam esbarrado com Jilly no Holland Park e descoberto que ela estava se divorciando de Jill.

"O diamante perdeu o brilho", admitiu ela. "Mas pelo menos consegui ficar com o diamante", acrescentou com uma risadinha triunfante. "É horrível que Roger tenha sido preso. Vocês não ficaram sabendo? É uma prisão aberta, daquelas chiques. Ainda assim, não é nada legal, não é mesmo? Eles o prenderam por fraude e evasão fiscal. Basicamente, por fazer o que todo mundo faz, mas sem conseguir se safar. Christine está acabada, com as duas crianças e tudo o mais. Ela não consegue nem pagar uma babá. Eu disse a ela: 'Você devia se divorciar, isso realmente dá uma animada na pessoa'. Mas esqueci que ela não ia sair com um grande acordo. Não sei se *dá* pra se animar sem uma fortuna. Estou falando coisas horríveis, não estou? Mas é preciso ser realista. O médico me receitou uns comprimidos; não consigo parar de falar. É melhor vocês irem embora, senão vão ficar aqui o dia todo me ouvindo tagarelar. É engraçado pensar em nós no ano passado, todos sentados em volta daquela piscina em St. Trop, nos divertindo como nunca, e agora todo mundo seguindo sua própria vida, separados. Ainda assim, temos as crianças, não é? Isso é o principal. Não esqueça que Josh ainda é o seu melhor amigo", ela gritou para Robert enquanto eles se afastavam.

Thomas tinha começado a falar no ano anterior. Sua primeira palavra foi "luz", seguida de "não". Todas essas atmosferas se evaporaram e foram substituídas de forma tão convincente que era difícil imaginar o começo, quando ele falava mais para ver como era sair do silêncio e chegar às palavras do que para contar uma história. O fascínio foi aos poucos substituído pelo desejo. Ele não ficava mais fascinado de ver, por exemplo, mas de ver o que ele queria. Avistava uma vassoura a centenas de metros na rua, antes que eles sequer enxergassem a jaqueta fluorescente do gari. Aspiradores de pó escondiam-se em vão atrás de portas; o desejo lhe dera uma visão de raio X. Ninguém ficava com o cinto por muito tempo se ele estivesse por perto; Robert era requisitado para um jogo obscuro, no qual Thomas, com ar solene, girava a fivela, zunindo como uma máquina. Nas vezes em que saíam de Londres, seus pais cheiravam as flores e admiravam a paisagem, Robert procurava boas árvores para escalar e Thomas, que ainda não estava longe o bastante da natureza para torná-la um objeto de culto, precipitava-se pelo gramado na direção dos rolos moles de uma mangueira de água, quase invisível, largada na grama não cortada.

Em sua primeira festa de aniversário na semana anterior, Thomas fora agredido pela primeira vez, por um garoto chamado Eliot. Um tumulto do outro lado da sala subitamente chamou a atenção de Patrick. Thomas, que estava andando vacilante com seu coelho de madeira preso a uma corda, tinha acabado de ser empurrado por um brutamontes do seu jardim de infância e tivera a cordinha arrancada de sua mão. Ele soltou um grito de indignação e irrompeu em lágrimas. O bandido se afastou triunfante com o coelho em zigue-zague estrepitando atrás dele sobre rodas desiguais.

Mary agachou-se de imediato e pegou Thomas do chão. Robert foi verificar se ele estava bem, a caminho de recapturar o coelho.

Thomas sentou no colo de Mary e logo parou de chorar. Parecia pensativo, como se tentando introduzir a novidade de ser agredido em seu quadro de referências. Então se contorceu para fora do colo de Mary e voltou para o chão.

"Quem era aquela criança medonha?", perguntou Patrick. "Acho que nunca vi um rosto tão sinistro. Parece um Mao Tsé--tung bombado."

Antes que Mary tivesse tempo de responder, a mãe do brutamontes se aproximou.

"Desculpe", disse. "Eliot é tão competitivo… igual ao pai. Odeio reprimir todo esse impulso e energia."

"Você pode contar com o sistema penal para isso", disse Patrick.

"Eu queria ver ele tentar me derrubar", disse Robert, praticando seus movimentos de artes marciais.

"Não vamos exagerar nesse lance do coelho", disse Patrick.

"Eliot", disse a mãe do brutamontes numa voz especialmente falsa, "devolva o coelho do Thomas para ele."

"Não", rosnou Eliot.

"Ah, meu Deus", disse sua mãe, encantada com a tenacidade do filho.

A atenção de Thomas fora atraída para as pinças da lareira. Ele as arrastava ruidosamente para fora do balde. Eliot, convencido de que devia ter roubado a coisa errada, abandonou o coelho e foi na direção das pinças. Mary pegou a cordinha do coelho e entregou-a a Thomas, deixando Eliot a girar perto do balde, incapaz de decidir pelo que deveria lutar. Thomas ofereceu a cordinha do coelho a Eliot, que a recusou e saiu gingando na direção de sua mãe com um grito de dor.

"Você não quer as pinças?", ela perguntou em tom bajulador.

Patrick esperava conseguir lidar com Thomas de forma mais sensata do que tinha feito com Robert, sem infundir nele suas próprias ansiedades e preocupações. Os obstáculos eram sempre erguidos no último instante. Ele estava bem cansado agora. Os obstáculos sempre se erguiam… é claro… ele poderia pensar que… ele estava perseguindo o rabo agora… o cachorro latia do outro lado do vale... os mundos interno e externo colidindo... ele estava quase pegando no sono... quem sabe para sonhar... foda-se. Ele sentou e concluiu o pensamento. Sim, até o cuidado mais esclarecido carregava uma sombra. Até mesmo Johnny (só que ele era psicólogo infantil) se repreendia por fazer seus filhos sentirem como se ele realmente os entendesse, como se soubesse o que eles estavam sentindo antes de eles mesmos saberem, como se pudesse ler seus impulsos inconscientes. Eles viviam na prisão pan-óptica da empatia e expertise do pai. Ele havia roubado a vida interior deles. Talvez a maior generosidade ao alcance de Patrick fosse desestruturar sua família, oferecer aos filhos uma catástrofe crua e sólida. Afinal, todos os filhos precisavam se libertar. Por que não lhes dar um muro duro para chutar, uma prancha alta da qual saltar? Santo Deus, ele realmente devia descansar um pouco.

Depois da meia-noite, o maravilhoso dr. Zemblarov nunca deixava de rondar seus pensamentos. Um búlgaro que atendia na vila local, ele tinha um sotaque inglês carregado e falava extremamente rápido. "Na nossa cultura, só temos isto", dizia, assinando uma elaborada receita, *"la pharmacologie*. Se morássemos no *Pacifique*, talvez pudéssemos dançar, mas para nós há apenas manipulação química. Quando volto para a Bulgária, por exemplo, eu tomo *de l'amphétamine*. Dirijo, dirijo, dirijo, vejo minha família, dirijo, dirijo, dirijo e volto para Lacoste." Na última vez, Patrick, muito hesitante, tinha pedido um pouco mais de temazepam. O dr. Zemblarov repreendeu-o por ser tão tímido. "*Mais il faut toujours demander*. Eu mesmo tomo quando viajo. *L'administration* quer nos limitar a trinta dias, então vou pôr 'um à tarde e um à noite', o que naturalmente não é verdade, mas vai evitar que você venha aqui com tanta frequência. Também vou te dar Stilnox, que é de outra família — a dos hipnóticos! Também temos a família dos barbitúricos", acrescentou com um sorriso de apreciação, a caneta suspensa sobre a página.

Não era de estranhar que Patrick estivesse sempre cansado e só pudesse oferecer breves intervalos para se dedicar aos cuidados infantis. Hoje Thomas sentira dor. Alguns dentes abriam caminho à força em suas gengivas doloridas, suas bochechas estavam vermelhas e inchadas e ele, agitado à procura de distrações. À tardezinha, Patrick tinha finalmente contribuído com um rápido tour pela casa. A primeira parada deles foi diante da tomada sob o espelho. Thomas observou-a avidamente e então se antecipou ao pai, dizendo: "Não, não, não, não, não". Balançou a cabeça com vigor, empilhando o máximo de "nãos" possível entre ele e a tomada, mas o desejo logo derrubou a pequena barragem de sua consciência e ele se lançou em direção a ela, improvisando um plugue com seus dois dedinhos molhados. Patrick agarrou-o no ato e saiu carregando-o pelo corredor. Thomas gritou em protesto, dando uns dois chutes certeiros nos testículos do pai.

"Vamos ver a escada", propôs Patrick com um fio de voz, sentindo que seria injusto oferecer-lhe qualquer coisa menos perigosa que uma eletrocussão. Thomas reconheceu a palavra e se acalmou, sabendo que a frágil escada de alumínio salpicada de tinta na sala da caldeira tinha seu potencial para lesões e morte. Patrick segurou-o de leve pela cintura enquanto macaqueava escada acima, quase derrubando a escada sobre eles. Assim que foi posto no chão, Thomas precipitou-se numa corrida cambaleante em direção à caldeira. Patrick pegou-o e o impediu de cair dentro do reservatório de água. A essa altura, estava completamente esgotado. Era o suficiente. Era como se já tivesse cumprido sua cota de cuidados infantis. Agora precisava de umas férias. Voltou se arrastando para a sala, carregando seu filho a se contorcer.

"Como você está?", perguntou Mary.

"Acabado", respondeu Patrick.

"Não me surpreende, afinal você ficou com ele um minuto e meio."

Thomas jogou-se na direção de sua mãe, inclinando-se no último instante. Mary pegou-o antes que ele caísse de cabeça no chão e o pôs de pé novamente.

"Não sei como você consegue ficar sem babá", comentou Julia.

"Não sei é como eu conseguiria ficar com uma. Sempre quis cuidar eu mesma dos meus filhos."

"A maternidade faz isso com algumas pessoas", disse Julia. "Devo dizer que não foi o meu caso, mas também eu era muito *nova* quando tive Lucy."

Para mostrar que ela também ficava enlouquecida no sul ensolarado, Kettle tinha descido para o jantar com uma blusa de seda turquesa e uma calça de linho amarelo-limão. O restante das pessoas da casa, ainda com suas camisetas manchadas de suor e calças cáqui, deixou-a exatamente no papel que ela queria estar, o da mártir solitária de seus próprios padrões elevados.

Thomas jogou as mãos sobre o rosto quando ela entrou.

"Ah, que gracinha", disse Kettle. "O que ele está fazendo?"

"Se escondendo", explicou Mary.

Thomas tirou as mãos do rosto e olhou para os outros com a boca escancarada. Patrick cambaleou para trás, atordoado com seu reaparecimento. Era a nova brincadeira de Thomas. Parecia a Patrick a brincadeira mais velha do mundo.

"É tão relaxante tê-lo se escondendo onde todos podemos vê-lo", disse Patrick. "Eu temo o momento em que ele achar que deve sair da sala."

"Ele acha que não o vemos só porque ele não nos vê", disse Mary.

"Não posso negar que simpatizo muito com isso", disse Kettle. "Eu adoraria que as pessoas vissem as coisas exatamente como eu."

"Mas você sabe que elas não veem", observou Mary.

"Nem sempre, querida", disse Kettle.

"Não tenho certeza se a questão é a criança autocentrada e o adulto bem ajustado", disse Patrick, cometendo o erro de teorizar. "Thomas sabe que não vemos as coisas como ele vê, do contrário não estaria rindo. A graça está na mudança de perspectiva. Ele espera que entremos no seu ponto de vista quando ele cobre o rosto e que voltemos para o nosso quando ele tira as mãos. Nós é que estamos presos."

"Sinceramente, Patrick, você sempre torna tudo muito intelectual", reclamou Kettle. "Ele é só um garotinho fazendo um jogo. Aliás, falando em se esconder", disse ela, como alguém tomando o volante de um motorista bêbado, "lembro que fui a Veneza com seu pai antes de nos casarmos. Estávamos tentando ser discretos porque se esperava que a pessoa fizesse um esforço naquela época. Bem, claro que a primeira coisa que aconteceu foi toparmos com Cynthia e Ludo no aeroporto. Decidimos nos comportar um pouco como Thomas e fingir que, se não olhássemos para eles, eles não nos veriam."

"E deu certo?", perguntou Patrick.

"De forma nenhuma. Eles gritaram nossos nomes a plenos pulmões no aeroporto. Para mim, tinha ficado mais do que óbvio que não queríamos ser vistos, mas tato nunca foi o forte de Ludo. De qualquer forma, respondemos com todo o barulho esperado."

"Mas Thomas quer, sim, ser visto, este é o seu grande momento", disse Mary.

"Não estou dizendo que é exatamente a mesma situação", rebateu Kettle com uma pequena gagueira de irritação.

"Qual é o 'barulho esperado'?", Robert perguntara a Patrick a caminho do jantar.

"Qualquer coisa que venha da chaleira da sua avó", respondeu ele, meio que desejando que ela ouvisse.

Não ajudava o fato de Julia ser tão desagradável com Mary; não que ajudasse se ela fosse amistosa. A lealdade dele a Mary não estava em questão (ou será que estava?); o que estava em questão é se ele aguentaria mais um segundo sem sexo. Ao contrário dos apetites desenfreados da adolescência, seus desejos atuais tinham um tom trágico, eram desejos pelos apetites, metadesejos, o querer querer. A questão agora era se ele conseguiria manter uma ereção, e não se conseguiria se livrar da maldita coisa. Ao mesmo tempo, os desejos tinham que cultivar a simplicidade, tinham que recair num objeto de desejo, a fim de esconder sua trágica natureza. Não eram desejos por coisas que ele pudesse ter, mas por capacidades que ele jamais recuperaria. O que iria fazer se de fato tivesse Julia? Desculpar-se por estar exausto, claro. Desculpar-se por ser comprometido. Ele estava vivendo (desabafa, querido, vai te fazer bem) uma crise de meia-idade, e também não estava, porque uma crise de meia-idade era um clichê, um temazepam verbal feito para pôr uma experiência para dormir, e a experiência pela qual ele passava ainda estava bem desperta — às três e meia da porra de uma manhã.

Ele não aceitava nada disto: horizontes reduzidos, faculdades diminuídas. Recusava-se a comprar os óculos grossos que sua visão padrão Mr. Magoo requeria. Ele odiava o fungo que parecia ter invadido sua corrente sanguínea, embaçando tudo. A impressão de perspicácia que ele às vezes ainda passava era simulada. Sua fala era como um quebra-cabeça que ele já havia montado centenas de vezes, bastava se lembrar do que fizera antes. Ele não fazia mais novas conexões. Tudo isso tinha acabado.

Do corredor, ouviu Thomas começar a chorar. O som foi como uma lixa em seus nervos. Queria consolar Thomas. Queria ser consolado por Julia. Queria que Mary fosse consolada consolando Thomas. Queria que todo mundo ficasse bem. Ele não aguentava mais. Atirou as cobertas para o lado e começou a perambular pelo quarto.

Thomas logo se acalmou, mas seus gritos haviam desencadeado em Patrick uma reação que ele não conseguia mais controlar. Iria até o quarto de Julia. Iria transformar a horta estreita de sua vida num campo de papoulas esplendorosas. Abriu a porta devagar, erguendo-a nas dobradiças para ela não ranger. Fechou-a de novo, segurando a maçaneta bem para baixo, evitando que estalasse. Soltou devagar a lingueta na fechadura. O corredor brilhava com uma luz tranquilizante para as crianças. Estava tão claro quanto um pátio de prisão. Ele o atravessou pé ante pé, seguindo até o final, até a porta entreaberta de Lucy. Primeiro queria ver se ela ainda estava em seu quarto. Sim. Bom. Deu meia-volta em direção à porta de Julia. Seu coração batia em disparada. Sentia-se espantosamente vivo. Inclinou-se para muito perto da porta e escutou.

O que ia fazer em seguida? O que Julia faria se ele entrasse no quarto dela? Chamar a polícia? Puxá-lo para a cama, sussurrando: "Por que você demorou tanto?". Talvez fosse um pouco indelicado acordá-la às quatro da manhã. Talvez ele devesse marcar um encontro para a noite seguinte. Seus pés estavam ficando gelados ali parados no piso de cerâmicas hexagonais.

"Papai."

Ele se virou e viu Robert, pálido e franzindo o cenho na soleira da porta de seu quarto.

"Oi", sussurrou Patrick.

"O que você está fazendo?"

"Boa pergunta", disse Patrick. "Bem, eu ouvi o Thomas chorar…" Até aí era verdade. "E quis saber se ele estava bem."

"Mas por que você está na frente do quarto da Julia?"

"Eu não queria incomodar o Thomas caso ele já tivesse voltado a dormir", explicou Patrick. Robert era inteligente demais para esse papo-furado, mas talvez fosse um tanto novo demais para ouvir a verdade. Dali a uns dois anos Patrick poderia lhe oferecer um charuto e dizer: "Estou tendo este lance bastante incômodo de *mezzo del camin* e preciso de um breve caso para me estimular". Robert lhe daria uma batidinha nas costas e diria: "Entendo perfeitamente, meu velho. Boa sorte e feliz caçada". Por ora ele tinha seis anos e a verdade precisava ser escondida dele.

Como se para salvar Patrick do apuro, Thomas soltou outro gemido de dor.

"Acho melhor eu ir", disse Patrick. "A pobre da mamãe passou a noite toda acordada."

Sorriu estoicamente para Robert. "Seria bom você dormir um pouco", sugeriu, beijando-o na testa.

Robert voltou para o seu quarto, não convencido.

O plugue de segurança no quarto abarrotado de Thomas projetava um brilho fraco e alaranjado no chão. Patrick abriu caminho em direção à cama para a qual Mary levava Thomas todas as noites, livrando-o de seu odiado berço, e inclinou-se sobre o colchão, empurrando meia dúzia de bichinhos de pelúcia para o chão. Thomas contorceu-se e se virou, tentando encontrar uma posição confortável. Patrick deitou ao lado dele, oscilando na beirada da cama. Ele com certeza não conseguiria dormir naquela precária lata de sardinhas, mas se ao menos conseguisse fazer a mente vagar, talvez pudesse descansar um pouco; se conseguisse ficar omnogógico, beneficiando-se da leveza dos sonhos sem sua tirania, já seria alguma coisa. Ele iria simplesmente esquecer o incidente com Julia. Que incidente com Julia?

Talvez Thomas não se transformasse numa ruína quando crescesse. O que mais se poderia pedir?

Ele começava a planar em meios pensamentos... um quarto de pensamento, contagem regressiva... contando.

Patrick sentiu um chute violento no rosto. A corrente quente e metálica do sangue encheu seu nariz e o céu da boca.

"Jesus", disse ele, "acho que meu nariz está sangrando."

"Pobrezinho", murmurou Mary.

"É melhor eu voltar para o meu quarto", sussurrou ele, rolando para trás, para o chão. Recolocou os guarda-costas de veludo de Thomas e se pôs tropegamente de pé. Seus joelhos doíam. Talvez estivesse com artrite. Podia muito bem se mudar para a casa de repouso de sua mãe. Não seria uma delícia?

Voltou se arrastando pelo corredor, apertando o nariz com o nó do indicador. Havia manchas de sangue em seu pijama: que grande campo de papoulas ele conseguiu. Eram cinco da manhã, tarde demais para uma das metades da vida e cedo demais para a outra. Nenhuma chance de dormir. Ele poderia muito bem descer, beber uns cinco litros de um saudável café orgânico e pagar algumas contas.

# 7.

Kettle, de óculos escuros e com um enorme chapéu de palha, já estava sentada à mesa de pedra. Usando seu cartão de embarque expirado como marcador de página, ela fechou seu exemplar da biografia da rainha Mary, escrita por James Pope-Hennessy, e depositou-a ao lado de seu prato.

"É como um sonho", disse Patrick, posicionando com cuidado a cadeira de rodas de sua mãe, "ter vocês duas aqui ao mesmo tempo."

"Como... um... sonho", repetiu Eleanor, generalizando.

"Como você está, minha querida?", perguntou Kettle, cheia de indiferença.

"Muito..."

O esforço que Eleanor fez para produzir, depois de algum tempo, um estridente "bem" deu a impressão de algo muito diferente, como se ela estivesse prestes a dizer "louca" ou "miserável" e só tivesse conseguido se desviar no último instante. Seu sorriso radiante revelava o lugar da explosão da bomba dental que Patrick tantas vezes implorara que ela arrumasse. Foi inútil: ela não estava disposta a desperdiçar dinheiro consigo mesma enquanto ainda pudesse respirar um ar caridoso. A minúscula quantia da renda extra que lhe sobrara estava sendo poupada para os tanques de privação sensorial de Seamus. Nesse meio-tempo ela já estava bem encaminhada para privar a si própria da sensação de comer. Sua língua se enrolava e se contorcia entre rochedos quebrados, procurando tristemente um dente inteiro. Havia diversas áreas interditadas, sensíveis demais para receber comida.

"Vou ajudar com o almoço", anunciou um pesaroso Patrick às voltas com o dever, disparando pelo gramado como um nadador subindo para a superfície depois de um mergulho longo demais.

Ele sabia que não era de sua mãe que ele precisava escapar, mas da venenosa combinação de tédio e raiva que sentia sempre que pensava nela. Esse, porém, era um projeto de longo prazo. "Pode levar mais de uma vida", alertou a si mesmo com uma voz terna e afetada. Só de pensar nos minutos seguintes, precisou colocar o máximo de quilômetros imaginários que pôde entre ele e a mãe. De manhã, na casa de repouso, a encontrara sentada junto à porta com a bolsa no colo, como se já estivesse pronta havia horas. Ela entregou-lhe um bilhete fracamente escrito a lápis. Dizia que ela desejava transferir Saint-Nazaire para a Fundação de imediato, e não depois de sua morte, como estava acertado. No ano passado ele havia conseguido adiar as coisas, mas será que conseguiria de novo? No bilhete ela dizia que "precisava de um fechamento" e queria a ajuda e a "bênção" dele. A retórica de Seamus deixara impressões digitais por toda a prosa dela. Sem dúvida ele tinha um ritual de fechamento preparado, uma dança em transe nativo-americana que fecharia o próprio fechamento dela com uma expulsão macrocósmica e microcósmica, com pai, céu e mãe terra, uma expulsão simbólica e real, imediata e eterna de Patrick e de sua família de Saint-Nazaire. No centro de um duelo de emoções contraditórias, Patrick às vezes vislumbrava seu desejo de se livrar do maldito lugar. Em algum momento ia ter que largar tudo, ia ter que voltar a Saint-Nazaire para um fim de semana de cura pelo tambor, pedir a Seamus que o ajudasse a se desligar da casa de sua infância, a pôr um "trans" em algo que parecia terrivelmente pessoal.

Enquanto seguia do terraço para o olival, Patrick imaginou-se exaltando, para um grupo de neo-xahomens e neo-xamulheres, a conveniência, o desafio, e "Jamais acreditei que isso seria possível, mas sou obrigado a usar a palavra 'beleza' para definir minha volta a essa propriedade para fazer o fechamento do processo de desprendimento (suspiros de apreciação). Houve um tempo em que eu me ressentia e, sim, devo admitir, odiava Seamus, a Fundação e minha própria mãe, mas meu ódio foi milagrosamente transformado em gratidão, e posso dizer com sinceridade (garganta um pouco embargada) que Seamus tem sido não só um maravilhoso professor e guia no tambor, mas também meu mais leal amigo (som de aplausos e chocalhos)".

Patrick abandonou sua pequena fantasia com um lamento sarcástico e sentou no chão, de costas para a casa, apoiado no tronco nodoso e cinzento de uma velha oliveira bifurcada onde a vida toda ele havia ido se esconder e pensar. Tinha que continuar se lembrando de que Seamus não era um simples vigarista que havia enganado uma velhinha e arrancado seu dinheiro. Eleanor e Seamus haviam corrompido um ao outro com a extravagância de suas boas intenções. Seamus poderia ter continuado fazendo algum bem, trocando penicos em Navan — a única cidade irlandesa cujo nome podia ser escrito igualmente de trás para a frente —, e Eleanor poderia ter vivido à base de bolachas e dado seus rendimentos aos cegos, para pesquisas médicas ou para as vítimas de tortura; porém, em vez disso, eles tinham juntado forças para produzir um monumento de presunção e traição. Juntos iriam salvar o mundo. Juntos iriam elevar a consciência, emburrecendo uma clientela já perigosamente burra. Qualquer bondade que houvesse em Seamus estava sendo destruída pela generosidade patológica de Eleanor, e qualquer bondade que tivesse existido em Eleanor estava sendo destruída pela visão inane de Seamus.

O que tornara Eleanor tão beata? Patrick sentia que a aversão dela à sua própria mãe estava na base de seu superambicioso altruísmo. Eleanor tinha lhe contado a história de quando foi levada por sua mãe à sua primeira grande festa. Fora em Roma, logo depois da Segunda Guerra Mundial. Eleanor era uma garota de quinze anos voltando para as férias de seu internato na Suíça. Sua mãe, uma americana rica e esnobe convicta, tinha se divorciado do pai de Eleanor, um homem devasso, carismático e sem título, e se casado com um duque francês absurdamente baixinho e mal-humorado, Jean de Valençay, obcecado por questões de classe e estirpe. No palco despedaçado de uma República quase comunista, e totalmente financiado pela recente fortuna industrial de sua mulher, ele estava mais que disposto a insistir na antiguidade de sua linhagem. Na noite da festa, Eleanor ficou sentada no imenso Hispano-Suiza de sua mãe, estacionado perto de um prédio bombardeado, na esquina das iluminadas janelas da casa da princesa Colonna. Seu padrasto havia adoecido, mas, definhando numa ornamentada cama renascentista que estava na família desde que sua mulher a comprara para ele no mês anterior, ele a fez jurar que só entraria na casa da princesa depois da duquesa Di Dino, sobre quem ela tinha precedência. Precedência, em outras palavras, significava que sua mãe deveria chegar atrasada. As duas ficaram esperando no carro. Na frente, ao lado do motorista, havia um criado, de tempos em tempos enviado para ir ver se a inferior duquesa já havia chegado. Eleanor era uma garota tímida e idealista, que gostava mais de conversar com o cozinheiro do que com os convidados para quem ele cozinhava, mas ainda assim estava bastante impaciente e curiosa sobre a festa.

"Não podemos simplesmente entrar? Nem italianas somos."

"Jean me mataria", disse sua mãe.

"Ele não pode se dar a esse luxo", retrucou Eleanor.

Sua mãe ficou paralisada de fúria. Eleanor se arrependeu do que acabara de dizer, mas também sentiu uma pontada de orgulho juvenil por ter dado precedência à honestidade sobre o tato. Olhou para fora da gaiola de vidro do carro de sua mãe e viu um mendigo vindo aos tropeções na direção delas com uma roupa marrom esfarrapada. Conforme ele se aproximava, ela observava a aspereza esquelética de seu rosto, a fome descomunal em seus olhos. Ele arrastou-se até o carro e deu uma batidinha na janela, apontando suplicante para a boca, erguendo as mãos em oração e apontando novamente para a boca.

Eleanor voltou-se para a mãe. Ela olhava fixamente para a frente, à espera de um pedido de desculpas.

"Temos que lhe dar algum dinheiro", disse Eleanor. "Ele está morrendo de fome."

"Eu também", disse a mãe, sem virar a cabeça. "Se essa italiana não aparecer logo, vou enlouquecer."

Ela bateu no vidro que a separava do banco da frente e gesticulou, impaciente, para que o criado saísse.

Quando elas enfim entraram na casa, Eleanor passou a festa tendo seu primeiro acesso de febre filantrópica. Sua rejeição dos valores de sua mãe fundiu-se com seu idealismo de produzir uma visão inebriante de si mesma como uma santa descalça: ela ia dedicar a vida a ajudar os outros, desde que eles não tivessem ligação com ela. Anos depois, sua mãe impulsionou Eleanor no caminho da autonegação ao se permitir ser intimidada, enquanto morria de câncer, a deixar quase toda a sua imensa fortuna ao padrasto de Eleanor. Ele havia protestado que o testamento original, segundo o qual ele apenas poderia fazer uso da fortuna dela em vida, era um insulto à sua honra, já que dava a entender que ele poderia enganar suas enteadas, deserdando-as. Ele, no entanto, quebrou a promessa que havia feito à sua mulher moribunda e deixou a pilhagem para o sobrinho dele. A essa altura, Eleanor estava envolvida demais em sua busca espiritual para admitir o quanto ficara perplexa com a perda de todo aquele dinheiro. O ressentimento estava sendo passado para Patrick, cuidadosamente preservado como uma das antiguidades que Jean adorava colecionar às custas de sua mulher. Sua mãe havia gostado de duques, enquanto Eleanor gostava de pretensos curandeiros, mas apesar do declínio social a fórmula básica permaneceu a mesma: despojar os filhos pelo bem de uma acalentada autoimagem, a grande dama ou a santa tola. Eleanor empurrara para a geração seguinte as partes de sua experiência da qual ela queria se livrar: divórcio, traição, ódio maternal, deserdação; e se agarrara à ideia de si mesma como parte da salvação do mundo, a Era de Aquário, o retorno ao cristianismo primitivo, o renascimento do xamanismo — os termos mudavam ao longo dos anos, mas o papel de Eleanor permanecia o mesmo: heroico, otimista, visionário, orgulhoso de sua humildade. O resultado de seu apartheid psicológico era que se mantinham paralisadas tanto suas partes rejeitadas quanto suas partes aspirantes. Na noite da festa em Roma, ela havia pedido emprestado algum dinheiro de um amigo da família e saído às pressas para encontrar o mendigo faminto cuja vida ia salvar. Algumas quadras depois, descobriu que as ruas não tinham se recuperado tão rapidamente dos seis anos de guerra quanto os foliões da casa da princesa. Não pôde deixar de se sentir ostensiva em meio aos ratos e aos escombros, com seu vestido de baile azul-celeste e segurando uma nota alta na mão ansiosa. Sombras deslocaram-se numa soleira de porta, e uma pontada de medo a fez voltar, tremendo, ao carro de sua mãe.

Cinquenta e cinco anos depois, Eleanor ainda não havia encontrado uma forma realista de direcionar seu desejo de ser boa. Ela ainda perdia o banquete sem aliviar a fome. Quando as coisas davam errado, e elas sempre davam, as más experiências não serviam de alerta à apaixonada adolescente; elas eram exiladas no depósito de lixo das más experiências. Uma metade secreta de Eleanor foi se tornando cada vez mais amarga e desconfiada, para que a metade visível pudesse permanecer crédula e ávida. Antes de Seamus houvera uma longa procissão de aliados. Eleanor entregava sua vida a eles em total confiança, e depois, passadas algumas horas de seu último momento de perfeição juntos, eles de repente eram repelidos e nunca mais mencionados. O que exatamente eles tinham feito para merecerem o exílio nunca era mencionado também. A doença estava produzindo uma assustadora confluência dos dois eus que Eleanor tivera tanto trabalho em manter separados. Patrick estava curioso para saber se o ciclo de confiança e rejeição permaneceria intacto. Afinal, se Seamus cruzasse o limite e adentrasse as sombras, Eleanor poderia querer acabar com a Fundação com o mesmo ímpeto com que desejara criá-la. Talvez Patrick conseguisse postergar as coisas por mais um ano. Lá estava ele, ainda esperando manter o lugar para si.

Patrick lembrava de vagar pelos quartos e jardins da meia dúzia de casas exemplares de sua avó. Ele tinha visto uma fortuna de primeira reduzir-se à moderada riqueza que sua mãe e sua tia Nancy desfrutavam, proveniente de uma herança relativamente menor que elas receberam antes de a mãe delas se render às mentiras e à intimidação do segundo marido. Eleanor e Nancy pareciam ricas para algumas pessoas, residiam em bons endereços, uma em Londres, a outra em Nova York, ambas com uma casa de campo e nenhuma delas precisando trabalhar, fazer compras para a casa, lavar roupa, cuidar do jardim ou cozinhar para si, mas, considerando a história da família, elas sobreviviam com trocados. Nancy, que ainda morava em Nova York, vasculhava os catálogos das casas de leilão internacionais à procura de fotografias de objetos que poderiam ter sido seus. Na última vez que Patrick a visitou na rua 69, nem bem ela lhe oferecera uma xícara de chá, foi buscar um lustroso catálogo preto da Christie's de Genebra. O catálogo tinha acabado de chegar e nele havia uma foto de duas floreiras de chumbo, decoradas com abelhas de ouro que quase se ouviam zunindo em meio a galhos de prata florescentes. Elas tinham sido feitas para Napoleão.

"Nós nem mesmo costumávamos falar delas", disse Nancy com amargura. "Entende o que quero dizer? Havia tantas coisas bonitas. Elas simplesmente ficavam lá no terraço, sob a chuva. Um milhão e meio de dólares, foi o que o sobrinhozinho conseguiu pelas banheiras de jardim da mamãe. Quero dizer, você não gostaria de ter algumas dessas coisas para dar aos seus filhos?", ela perguntou, trazendo uma nova série de álbuns de fotografia e catálogos para associar o preço de venda ao significado sentimental do que se havia perdido.

Nas duas horas seguintes, ela continuou decantando o veneno de seu ressentimento sobre ele.

"Isso foi há trinta anos", ele lembrava de tempos em tempos.

"Mas o sobrinhozinho vende alguma coisa de mamãe toda semana", rosnava ela em defesa de sua obsessão.

O drama contínuo de engano e autoengano deprimiu Patrick violentamente. Ele só se sentiu feliz quando Thomas foi cumprimentá-lo com a explosão de um amor descomplicado, abrindo os braços para recebê-lo. De manhã, ele tinha levado

Thomas ao terraço para procurarem lagartixas atrás das venezianas. Thomas agarrava cada veneziana pela qual eles passavam, até Patrick soltá-la e abri-la com um rangido. Às vezes uma lagartixa disparava parede acima em direção a uma veneziana do andar superior. Thomas apontava com o dedo, a boca arredondada de surpresa. A lagartixa era o gatilho para o grande acontecimento, o instante do entusiasmo compartilhado. Patrick abaixava a cabeça até ficar com os olhos no mesmo nível dos de Thomas e nomeava as coisas que iam aparecendo. "Valeriana... camélia... figueira", disse Patrick. Thomas ficou em silêncio, até que subitamente disse: "Rodo!". Patrick tentou imaginar a palavra do ponto de vista de Thomas, mas era impossível. Na maior parte do tempo, ele não conseguia nem imaginar o mundo do ponto de vista dele próprio. Contava com o cair da noite para receber um curso intensivo do real desespero que subjazia sob os velhos dias, remotos e irregularmente prazerosos. Thomas era seu antidepressivo, porém o efeito logo ia embora quando a lombar de Patrick começava a doer e ele se deixava levar pelo seu pavor de morte prematura, de morrer antes que seus filhos tivessem idade suficiente para ganhar a vida ou para lidar com a perda. Ele não tinha motivos para acreditar que ia morrer de forma prematura; era só a maneira mais flagrante e incontrolável de deixar seus filhos na mão. Thomas se tornara o grande símbolo da esperança, não deixando espaço para mais ninguém.

Graças a Deus Johnny chegaria no fim do mês. Patrick tinha certeza de que não estava entendendo alguma coisa que Johnny poderia esclarecer para ele. Era fácil ver o que estava doente, mas como era difícil saber o que significava estar bem.

"Patrick!"

Estavam atrás dele. Ele ouvia Julia chamando seu nome. Talvez ela pudesse se juntar a ele atrás da oliveira, fazer um boquete bem rápido, assim ele se sentiria um pouco mais leve e calmo durante o almoço. Que ótima ideia. Parado em frente à porta dela na noite anterior. Um emaranhado de vergonha e frustração. Ele se ergueu com dificuldade. Joelhos falhando. Velhice e morte. Câncer. Deixar seu espaço privado para entrar na confusão de outras pessoas, ou sair da confusão do seu espaço privado para entrar na autoridade fácil do seu compromisso com os outros. Ele nunca sabia qual seria o da vez.

"Julia. Oi, estou aqui."

"Me mandaram te encontrar", disse Julia, andando cuidadosamente pelo solo mais irregular do olival. "Você está se escondendo?"

"Não de você. Venha sentar aqui um pouco."

Julia sentou-se ao lado dele, ambos encostados no tronco bifurcado.

"Que aconchegante", disse ela.

"Me escondo aqui desde criança. Estou surpreso de não haver uma marca no chão", disse Patrick. Ele fez uma pausa e avaliou os riscos de contar a ela.

"Fiquei parado diante da sua porta esta madrugada, às quatro da manhã."

"Por que não entrou?", perguntou Julia.

"Você teria ficado feliz em me ver?"

"Claro", respondeu ela, inclinando-se e beijando-o brevemente nos lábios.

Patrick sentiu uma onda de excitação. Podia se imaginar fingindo-se de jovem, rolando entre as pedras pontiagudas e os galhos caídos, rindo virilmente enquanto pernilongos se alimentavam de sua carne nua.

"O que te impediu?", perguntou Julia.

"Robert. Ele me encontrou indeciso no corredor."

"É melhor você não hesitar da próxima vez."

"Vai haver uma próxima vez?"

"Por que não? Você está entediado e solitário; eu estou entediada e solitária."

"Meu Deus", disse Patrick, "se ficássemos juntos, haveria uma quantidade assustadora de tédio e solidão no quarto."

"Ou talvez eles tenham cargas elétricas opostas e se anulem."

"Você está positiva ou negativamente entediada?"

"Positivamente. E estou absoluta e positivamente solitária."

"Talvez nesse caso você tenha razão", disse Patrick, sorrindo. "Há algo bastante negativo no *meu* tédio. Vamos ter de conduzir um experimento sob condições estritamente controladas para ver se alcançamos uma perfeita eliminação do tédio ou uma sobrecarga da solidão."

"Eu agora deveria te arrastar para o almoço", disse Julia, "senão todo mundo vai achar que estamos tendo um caso."

Eles se beijaram. Línguas. Ele tinha esquecido isso das línguas. Sentia-se como um adolescente se escondendo atrás de uma árvore, fazendo experimentos com beijos reais. Era desconcertante sentir-se vivo, era quase doloroso. Sentiu o desejo reprimido por proximidade fluindo por sua mão enquanto a colocava cuidadosamente sobre a barriga dela.

"Não vai me excitar agora", disse ela, "não é justo."

Levantaram-se resmungando.

"Seamus tinha acabado de chegar quando vim atrás de você", disse Julia, limpando a poeira da saia. "Ele estava explicando a Kettle o que acontece aqui durante o resto do ano."

"E o que Kettle achou?"

"Na minha opinião ela está decidida a achar Seamus encantador só para irritar você e Mary."

"Claro que sim. Foi só porque você me deixou todo perturbado é que eu não me dei conta."

Seguiram em direção à mesa de pedra, tentando não sorrir demais nem parecerem solenes demais. Patrick se sentiu deslizando outra vez sob o microscópio da atenção de sua família. Mary sorriu para ele. Thomas estendeu os braços para saudá-lo. Robert mirou-o com seus olhos intimidadores e sábios. Patrick pegou Thomas e sorriu para Mary, pensando: "Um homem pode sorrir e sorrindo, ser canalha". Então sentou ao lado de Robert, sentindo-se como quando defendia um cliente claramente culpado diante de um juiz sabidamente difícil. Robert percebia tudo. Patrick admirava sua inteligência, mas, longe de dar curtos-circuitos em sua depressão como Thomas, Robert o fazia se sentir mais ciente da sutil tenacidade da influência destrutiva que pais exerciam sobre os filhos — que ele exercia sobre seus filhos. Ainda que fosse um pai carinhoso, ainda que não estivesse cometendo os erros crassos que seus pais haviam cometido, a vigilância que Patrick investia na tarefa criava outro nível de tensão, uma tensão que Robert havia captado. Ele seria diferente com Thomas — mais livre, mais tranquilo, se é que uma pessoa pode ser livre e tranquila quando não se sente nem livre nem tranquila. Era tudo muito desanimador. Ele realmente precisava de uma boa noite de sono. Serviu-se de uma taça de vinho tinto.

"Bom te ver, Patrick", disse Seamus, afagando as costas dele. Patrick sentiu vontade de dar um soco nele.

"Seamus estava me contando sobre as oficinas dele", comentou Kettle. "Parecem fascinantes."

"Por que você não se inscreve numa?", sugeriu Patrick. "É a única maneira de você ver este lugar na estação das cerejas."

"Ah, as cerejas", disse Seamus. "Bem, elas são uma coisa realmente especial. Nós temos um ritual em torno das cerejas — sabe, os frutos da vida."

"Parece muito profundo", disse Patrick. "Por acaso as cerejas ficam com um gosto melhor do que se vocês as consumissem como frutas de uma cerejeira?"

"As cerejas…", disse Eleanor. "Sim… não…" Rapidamente ela apagou o pensamento com as mãos.

"Ela ama as cerejas. São magníficas, não são?", disse Seamus, apertando a mão de Eleanor num gesto tranquilizador. "Eu sempre levo uma tigela para ela na casa de repouso, recém--colhidas, sabe."

"Um belo aluguel", disse Patrick, entornando sua taça de vinho.

"Não", disse Eleanor, tomada de pânico, "não aluguel."

Patrick percebeu que estava aborrecendo sua mãe. Ele não podia nem continuar sendo sarcástico. Todas as ruas bloqueadas. Serviu-se de outra taça de vinho. Um dia ia ter de largar a coisa toda, mas por ora continuaria lutando; não conseguia evitar. Mas lutando com o que em mãos? Gostaria de não ter se esforçado tanto para tornar a loucura da mãe legalmente viável. Ela lhe passara, sem nenhuma ironia, a tarefa de deserdar a si mesmo, e ele a havia cumprido cuidadosamente. Algumas vezes pensara em plantar uma falha oculta nas fundações. Ele havia participado das reuniões com notários e advogados, discutindo formas de contornar a herança forçada do código napoleônico, a melhor maneira de criar uma instituição de caridade, as consequências fiscais, os procedimentos contabilísticos, e nunca tinha feito nada além de refinar o plano a fim de torná-lo mais forte e mais eficiente. A única saída era a faixa elástica de dívida que Eleanor agora propunha cortar. Ele realmente a tinha colocado para protegê-la. Patrick havia tentado deixar de lado a esperança de que ela tiraria vantagem disso, mas agora que estava prestes a perder essa esperança percebeu que a estivera alimentando secretamente, usando-a para se manter a uma pequena mas fatal distância da verdade. Saint-Nazaire logo estaria perdida, e não havia nada que ele pudesse fazer. Sua mãe era uma idiota não maternal e sua mulher o havia trocado por Thomas. Ele ainda tinha um amigo confiável, soluçou em silêncio, servindo-se de mais vinho tinto. Definitivamente ia ficar bêbado e insultar Seamus, ou talvez não. No final das contas, era mais difícil se comportar mal do que se comportar bem. Esse é o problema de não ser um psicopata. Todas as ruas bloqueadas.

Uma cena se desenrolava à sua volta, sem dúvida, mas sua atenção estava tão submersa que ele mal entendia o que se passava. Se voltasse a subir pelo poço escorregadio, o que encontraria, afinal, a não ser Kettle louvando os métodos educativos da rainha Mary ou Seamus irradiando carisma céltico? Patrick passou os olhos pelo vale, um punhado de lembranças e associações. No meio da paisagem, via-se a quinta horrorosa dos Mauduit, as duas grandes acácias ainda crescendo no jardim da frente. Quando criança, ele havia brincado muitas vezes com o imbecil do Marcel Mauduit. Os dois costumavam fazer lanças com os bambus verde-claros que ladeavam o córrego no fundo do vale. Eles as atiravam nos passarinhos, que conseguiam escapar muito antes de o bambu se chocar contra o ramo abandonado. Quando Patrick tinha seis anos, Marcel o convidou para ver seu pai decapitar uma galinha. Não havia nada mais curioso e divertido do que ver uma galinha correndo em círculos idiotas, procurando sua cabeça, Marcel explicara. Você realmente precisava ver com os próprios olhos. Os garotos esperaram sob a sombra das acácias. Um velho machado estava preso num ângulo prático em meio aos cortes cruzados na superfície de um toco de plátano amarronzado. Marcel dançou em volta como um índio com uma machadinha, fingindo decapitar seus inimigos. Ao longe, Patrick ouvia o pânico no galinheiro. Quando por fim o pai de Marcel chegou segurando uma galinha pelo pescoço, as asas batendo inutilmente contra a barriga enorme do homem, Patrick já estava começando a tomar o partido dela. Queria que ela escapasse. Percebia que ela sabia o que estava acontecendo.

A galinha foi segura de lado, seu pescoço imprensado contra a borda do toco. Monsieur Mauduit desceu o machado, fazendo a cabeça dela cair habilmente a seus pés. Em seguida colocou o resto dela depressa no chão e, com um tapinha encorajador, a fez sair numa corrida frenética por liberdade, enquanto Marcel zombava, ria e apontava. Em outro lugar, os olhos da galinha miravam o céu e Patrick mirava os olhos dela.

Na quarta taça de vinho, Patrick flagrou sua imaginação tendendo ao melodrama vitoriano. Cenas sombrias formavam-se por conta própria, sem que ele nada fizesse para detê-las. Viu o corpo inchado de um Seamus afogado boiando no Tâmisa. A cadeira de rodas de sua mãe parecia ter perdido o controle e descia aos saltos por uma trilha costeira na direção de um penhasco de Dorset. Patrick notou o magnífico pano de fundo da Fundação Nacional enquanto ela despencava no abismo. Um dia ele teria que largar a coisa toda, encarar a realidade, embarcar no presente, aceitar os fatos, mas por ora continuaria a se imaginar dando os últimos retoques num testamento forjado, enquanto Julia, sentada na ponta de sua escrivaninha, o atordoava com a complexidade de suas roupas íntimas. Apenas por ora ele iria tomar mais um golinho de vinho.

Thomas inclinou-se para a frente no colo de Mary e, com sua perfeita e costumeira intuição, ela imediatamente lhe estendeu um biscoito. Ele afundou outra vez no peito dela, convencido, como ocorria centenas de vezes por dia, de que sempre lhe dariam tudo de que precisasse. Patrick examinou-se à procura de ciúmes, mas ele não estava lá. Havia emoções escuras de sobra, porém nenhuma rivalidade com seu filho pequeno. O segredo era manter alto o nível de ódio por sua mãe, não deixando nenhum espaço para que o sentimento de ciúmes por Thomas recebesse as bases sólidas de que seu pai tão obviamente carecia. Thomas inclinou-se para a frente outra vez e, com um murmúrio inquiridor, estendeu seu biscoito a Julia, oferecendo-lhe uma mordida. Julia olhou para o biscoito molhado e mole, fez uma careta e disse: "Eca. Não, muito obrigada".

Patrick percebeu de repente que não poderia fazer amor com alguém que ignorava tão completamente a essência generosa de Thomas. Ou poderia? Apesar de sua repulsa, sentiu a luxúria ainda correndo dentro dele, não muito diferente de uma galinha decapitada. Ele havia atingido o pseudodistanciamento da embriaguez, o pequeno morro antes dos pântanos de auto-comiseração e perda de memória. Viu que realmente precisava ficar bem, que não podia continuar daquele jeito. Um dia ia ter de largar a coisa toda, mas não podia fazer isso até estar pronto, e não podia controlar quando ia estar pronto. No entanto, podia se preparar para estar pronto. Patrick afundou de novo na cadeira e concordou ao menos com isto: sua ocupação no restante do mês seria se preparar para estar pronto para ficar bem.

# 8.

"Como você está?", perguntou Johnny, acendendo um charuto barato.

O fósforo aceso trouxe um pouco de cor para a paisagem em preto e branco projetada pelo luar. Os dois homens tinham ido para fora depois do jantar, a fim de conversar e fumar. Patrick olhou para a grama cinza e depois para o céu descorado de estrelas pela violência da lua. Não sabia por onde começar. Na noite anterior tinha de alguma forma conseguido superar o incidente do "Eca" e se enfiado na cama de Julia depois da meia-noite, lá ficando até as cinco da manhã. Tinha dormido com Julia em meio a uma bruma especulativa que sua impulsividade e sua avidez não foram capazes de afastar. Ocupado demais perguntando-se como se sentia ao cometer adultério, ele quase havia se esquecido de notar como se sentia em relação a Julia. Perguntava-se o que significava estar de novo dentro de uma mulher que, para além da realidade relativamente fraca de seus membros e pele, era acima de tudo um lugar de nostalgia. O que com certeza aquilo não significou foi Tempo Recuperado. Chafurdar como um porco na gamela de uma emoção indecorosa acabou significando menos que a intemporalidade espontânea da memória involuntária e do pensamento associativo. Onde estavam os paralelepípedos irregulares, as colheres de prata e as campainhas de prata de sua própria vida? Se topasse com essas coisas, será que pontes flutuantes se formariam de repente, com a própria e estranha soberania delas, não pertencentes nem ao original nem à repetição, nem ao passado nem ao presente fugidio, mas a algum tipo de presente enriquecido capaz de englobar a linearidade do tempo? Patrick não tinha motivos para achar que sim. Sentia-se privado não só da magia ordinária da imaginação intensificada, mas da magia ainda mais ordinária da imersão em suas próprias sensações físicas. Ele não ia se repreender por uma falta de particularidade na experimentação de seu prazer sexual. Todo sexo era uma prostituição para as duas pessoas, nem sempre no sentido comercial da coisa, mas no sentido etimológico mais profundo de que eles estavam substituindo alguma outra coisa. O fato de isso às vezes ser feito de forma tão eficiente a ponto de haver semanas ou meses em que o objeto de desejo e a pessoa com quem por acaso se estava dormindo pareciam idênticos não impedia que o modelo subjacente de desejo começasse a se afastar, mais cedo ou mais tarde, de seu lar ilusório. A estranheza do caso de Julia é que ela substituía a si mesma, assim como o fizera vinte anos atrás, uma amante pré-afastamento.

"Às vezes um charuto é só um charuto", disse Johnny, percebendo que Patrick não queria responder a pergunta.

"Quando isso?", perguntou Patrick.

"Antes de você acendê-lo; depois, é um sintoma de uma oralidade não elaborada."

"Eu não estaria fumando esse charuto a menos que tivesse parado de fumar", disse Patrick. "Que fique bem claro."

"Entendo perfeitamente", disse Johnny.

"Um dos fardos de ser psicólogo infantil", disse Patrick, "é que se você pergunta às pessoas como elas estão, elas vão te contar mesmo. Em vez de dizer que estou bem, devo dar a resposta verdadeira: *nada* bem."

"Nada bem?"

"Mal, caótico, apavorado. Minha vida emocional parece estar desmoronando numa falta de palavras para tudo que é lado, e não só porque Thomas ainda não começou a falar e Eleanor já foi abandonada pelas palavras, mas também, internamente, porque sinto a fragilidade de tudo o que posso controlar cercada pela imensidão de tudo o que não posso controlar. É algo bastante primitivo e forte. Não há mais lenha para pôr na fogueira que mantém longe os animais selvagens, esse tipo de coisa. Mas também é algo ainda mais confuso: os animais selvagens são uma parte de mim que está vencendo. Não posso impedir que eles me destruam sem destruí-los, mas não posso destruí-los sem destruir a mim mesmo. Até isso faz com que pareça algo organizado demais. Na verdade, a coisa é mais como um quadrinho retratando gatos brigando: uma bola preta girando com pontos de exclamação voando dela."

"Você fala como se tivesse uma boa noção do que está acontecendo", observou Johnny.

"Isso deveria me animar, mas como estou tentando dizer o quão limitada é a minha compreensão do que se passa, é um entrave."

"Não é um entrave para o seu relato do caos. É só um entrave se você está tentando manifestá-lo."

"Talvez eu queira mesmo manifestá-lo, para fazer com que assuma uma forma concreta, em vez de ser só esse enorme estado de espírito."

"Tenho certeza que ele já assumiu uma forma concreta."

"Humm..."

Patrick examinou as formas concretas, a insônia, a bebedeira pesada, as crises de gula, o constante desejo por solidão, que, se alcançada, o deixava desesperado por companhia, sem contar (ou será que ele deveria contar? Ele sentia o pesado campo gravitacional da confissão rodeando Johnny) o incidente adúltero da noite anterior.

Ele se lembrava de, apenas algumas horas antes, haver concluído que fora um erro e começado a imaginar a discussão madura que ia ter com Julia. Agora que a maré do álcool estava subindo de novo, ele ficava cada vez mais convencido de que tinha simplesmente ido para a cama com a atitude errada. Precisava fazer melhor. Iria fazer melhor.

"Preciso me sair melhor", disse Patrick.

"Se sair melhor no quê?"

"Ah, em tudo", respondeu Patrick de forma vaga.

Não, ele não ia contar a Johnny e ter seus inflamados apetites lançados em algum contexto patológico ou, pior, num programa terapêutico. Por outro lado, que sentido havia em sua amizade com Johnny se ela não fosse sincera? Os dois eram amigos fazia trinta anos. Os pais de Johnny tinham conhecido os pais de Patrick. Eles conheciam profundamente a vida um do outro. Se Patrick estivesse na dúvida se deveria cometer suicídio, teria pedido a opinião de Johnny. Talvez devesse desviar a conversa do tema de sua própria saúde mental para um dos tópicos favoritos dos dois: a forma como aquela época estava destroçando a geração deles. O bordão desse processo era "a retirada de Moscou", graças à imagem vívida que ambos tinham dos sobreviventes desgarrados do Exército capenga de Napoleão, manchados de sangue e descalços em meio a um cenário de cavalos congelados e homens moribundos. Por curiosidade profissional, recentemente Johnny havia participado de um jantar da turma de escola deles. E trouxe um relatório a Patrick. O capitão da equipe titular agora era viciado em crack. O aluno mais brilhante da turma deles estava enterrado nas fileiras do médio escalão do funcionalismo público. Gareth Williams não pudera ir porque estava num hospital psiquiátrico. O contemporâneo deles mais "bem-sucedido" era o diretor de um banco de investimentos que, de acordo com Johnny, "falhou em entrar no gráfico da autenticidade". Esse era o gráfico que importava para Johnny, o gráfico que determinaria se, a seus próprios olhos, ele tinha ou não acabado na sarjeta.

"Sinto muito que você não esteja bem", disse Johnny antes que Patrick o arrastasse para o terreno seguro da decepção, traição e perda coletivas.

"Dormi com Julia na noite passada", disse Patrick.

"Isso fez você se sentir melhor?"

"Fez eu me perguntar se estava me sentindo melhor. Talvez tenha sido só um pouco racional demais."

"É nisso que você precisa 'se sair melhor'."

"Exato. Eu não sabia se te contava. Pensei que talvez tivesse de parar se descobríssemos exatamente o que estava se passando."

"Você já descobriu."

"Até certo ponto. Eu sei que Thomas está me fazendo revisitar minha infância de um jeito que nunca aconteceu com Robert. Talvez seja a proeminência daquele velho apoio, uma mulher que precisa dedicar cuidados maternais, que investiu tanta autenticidade nesse renascimento. Em todo caso, uma profunda sensação de tristeza ancestral me persegue à noite, e eu preferiria passá-la com Julia, que, em vez do caos primordial que eu sinto sozinho, oferece a morte relativamente inócua da juventude."

"Tudo isso soa bem alegórico — o Caos Primordial e a Morte da Juventude. Às vezes uma mulher é só uma mulher."

"Antes de você acendê-la?"

"Não, não, isso é um charuto", disse Johnny.

"Sinceramente, não existem respostas fáceis. Quando você acha que entendeu alguma coisa…"

Patrick ouvia o zunido de um pernilongo em seu ouvido direito. Virou a cabeça e soprou fumaça na direção dele. O som parou.

"É óbvio que eu adoraria ter experiências reais, encarnadas e plenamente presentes — acima de tudo no sexo", continuou Patrick, "mas, como você disse, estou me refugiando num terreno alegórico onde tudo parece representar uma síndrome ou um conflito bem conhecido. Lembro de reclamar com meu médico dos efeitos colaterais da Ribavirina que ele me prescreveu. 'Ah, sim, isso é normal, ele respondeu com uma espécie de calma assustadora e não contagiosa. E quando lhe falei de um efeito colateral que não era normal, ele fez pouco-caso e disse: 'Nunca ouvi falar disso'. Acho que estou tentando ser como ele, me imunizar contra a experiência concentrando-me nos fenômenos. Não paro de pensar: 'Isto é normal', quando na verdade sinto o contrário, que é algo estranho, ameaçador e fora de controle."

Patrick sentiu uma picada aguda. "Pernilongos de merda", disse, batendo com força demais em sua nuca. "Estão me comendo vivo."

"Nunca ouvi falar disso", disse Johnny em tom cético.

"Ah, isso é bem *comum*", garantiu Patrick. "É bem comum entre os montanheses da Papua-Nova Guiné. A única questão é se eles fazem você se comer vivo."

Johnny deixou essa possibilidade morrer em silêncio.

"Escuta", disse Patrick, inclinando-se para a frente e falando mais rápido, "eu não tenho nenhuma dúvida de que tudo por que estou passando no momento coincide de alguma forma com a textura da minha infância. Tenho certeza de que a minha angústia de meia-noite espelha alguma queda livre que senti no berço quando, para o meu próprio bem, e para impedir que eu me tornasse um monstrinho manipulador, meus pais fizeram exatamente o que lhes convinha e me ignoraram. Como você sabe, minha mãe só prepara o caminho para o inferno com a melhor das intenções, então podemos supor que foi meu pai quem defendeu as vantagens da construção de um caráter através do aniquilamento da vontade. Mas como saber realmente e que bem isso vai me fazer se eu descobrir?"

"Bem, para começo de conversa, você não está usando sua força de persuasão para afastar Mary de Thomas. Sem qualquer sentimento de ligação com sua própria infância, é quase certeza que você a teria usado. É verdade que os mapas mais difíceis de traçar são os da primeira infância, os dois primeiros anos. Só podemos trabalhar com inferências. Por exemplo, se alguém tivesse uma forte intolerância a ser deixado esperando, se sentisse uma fome perpétua a ponto de comer se transformar num desespero insuportável e se fosse mantido acordado por hipervigilância…"

"Para! Para!", lamentou Patrick. "É tudo verdade."

"Isso implicaria um certo cuidado precoce", continuou Johnny, "diferente do tipo de mundo de fantasia onipotente que Eleanor quer perpetuar com sua 'realidade não ordinária' e seus 'animais de poder'. Nós sempre somos 'os véus que nos encobrem para nós mesmos', mas ao olharmos para a infância, sem nenhuma lembrança e sem um senso estabelecido de nós mesmos, *só existem* véus. Se a privação é consideravelmente ruim, não há ninguém lá para ter as percepções sobre isso. É apenas questão de reforçar a melhor falsa versão que se possa ter de si mesmo — o projeto de autenticidade não é uma opção. Mas esse não é o seu caso. Acho que você pode se dar ao luxo de perder o controle, de se deixar cair em queda livre. Se fosse para o passado te destruir, ele já teria feito isso."

"Não necessariamente. Ele poderia estar esperando o momento certo. O passado tem todo o tempo do mundo. É só o futuro que está se esgotando."

Patrick esvaziou a garrafa de vinho em sua taça.

"E o vinho", acrescentou.

"Então", disse Johnny, "você vai tentar 'se sair melhor' esta noite?"

"Vou. Minha consciência não está se rebelando do jeito que eu esperava. Não estou tentando punir Mary ao ir para a cama com Julia; só estou atrás de um pouco de carinho. Acho que Mary ficaria quase aliviada se soubesse. É um peso para alguém como ela não ser capaz de me dar o que eu preciso."

"Você está lhe fazendo um favor", afirmou Johnny.

"Estou", disse Patrick, "não gosto de me gabar disso, mas eu a estou ajudando. Ela não vai precisar se sentir culpada por me abandonar."

"Se todas as pessoas tivessem a sua generosidade…"

"Acho que muitas pessoas têm", disse Patrick. "Em todo caso, esses impulsos filantrópicos estão no sangue."

"Só o que eu gostaria de dizer", acrescentou Johnny, "é que a sua queda livre só faz sentido se gerar alguma nova percepção. Este é o momento para Thomas desenvolver um apego seguro. Se você conseguir chegar ao terceiro aniversário dele sem destruir seu casamento nem fazer Mary ficar deprimida, isso seria uma grande realização. Acho que Robert já tem uma boa base. De qualquer forma, ele possui aquele talento incrível de imitação que usa para brincar quando as coisas pesam em sua mente."

Antes que tivesse tempo de responder, Patrick ouviu a porta telada se abrir com força e fechar de novo em sua faixa magnética. Os dois homens ficaram em silêncio e esperaram para ver quem estava saindo da casa.

"Julia", disse Patrick, quando ela apareceu bamboleando pelo gramado cinzento, "junte-se a nós."

"Ficamos todos nos perguntando o que vocês estariam aprontando", disse Julia. "Vocês estão uivando para a lua ou tentando descobrir qual é o sentido da vida?"

"Nem uma coisa nem outra", respondeu Patrick. "Já temos uivos demais neste vale e já descobrimos o sentido da vida anos atrás: 'Ande de cabeça erguida e cuspa nos túmulos dos seus inimigos'. Não era isso?"

"Não, não", disse Johnny. "Era 'Ame o teu próximo como a ti mesmo.'"

"Ah, bem, considerando o quanto eu me amo, dá quase na mesma."

"Ah, querido", disse Julia, pousando as mãos nos ombros de Patrick, "você é o seu pior inimigo?"

"Espero que sim", respondeu Patrick. "Não quero nem pensar no que aconteceria se alguém acabasse se saindo melhor que eu nesse quesito."

Johnny enterrou seu charuto crepitando e se desintegrando no cinzeiro.

"Acho que vou para a cama", declarou, "enquanto vocês decidem em que túmulo vão cuspir."

"Uni duni tê, salamê minguê", cantou Patrick.

"Por falar nessas músicas, vocês sabem que a geração de Lucy não diz mais 'Atirei o pau no gato'? Eles cantam 'Não atire o pau no gato'. Não é fofo?"

"Eles também reescreveram 'Nana neném'? Ou ainda deixam a cuca pegar o bebê?", perguntou Patrick. "Meu Deus", acrescentou, olhando para Johnny, "deve ser difícil para você ouvir o inconsciente de uma pessoa irrompendo a cada frase."

"Eu tento não ouvi-lo quando estou de férias", respondeu Johnny.

"Mas não consegue."

"Não consigo", disse Johnny, sorrindo.

"Todo mundo já foi pra cama?", perguntou Patrick.

"Todos menos Kettle", informou Julia. "Ela quis ter um tê-te-à-tête; acho que está apaixonada por Seamus. Nas duas últimas tardes ela foi tomar chá na cabana dele."

"Ela o quê?", exclamou Patrick.

"Ela parou de falar na viuvez da rainha Mary e começou a falar sobre 'se abrir para o seu pleno potencial'."

"Aquele filho da puta. Ele vai tentar fazer com que Mary também seja deserdada", disse Patrick. "Vou ter de matá-lo."

"Não seria mais prático matar Kettle antes de ela mudar o testamento?", sugeriu Julia.

"Bem pensado. Meu raciocínio foi obscurecido pela emoção."

"O que é isso?", disse Johnny. "Uma noite com os Macbeth? Que tal apenas deixá-la se abrir para o seu pleno potencial?"

"Meu Deus", disse Patrick, "o que você anda lendo ultimamente? Achei que você fosse realista, e não um bobão do potencial humano que alega ver Eldorados de criatividade em cada arranjo floral. Mesmo nas mãos de um gênio da psicoterapêutica, o auge de Kettle seria entrar numa turma de tango em Cheltenham. Só que com Seamus o 'pleno potencial' dela vai ser plenamente roubado."

"O potencial de que Kettle não se deu conta — e ela não é a única", disse Johnny, "não tem nada a ver com passatempos nem realizações, e sim com saber desfrutar de qualquer coisa."

"Ah, esse potencial", disse Patrick. "Você tem razão, é claro, todos nós precisamos trabalhar nisso."

Julia roçou discretamente as unhas na coxa dele. Patrick sentiu uma semiereção abrir caminho na posição mais inconveniente possível pelas dobras de sua cueca. Como não estava particularmente a fim de lutar com a calça na frente de Johnny, esperou, confiante, que o problema desaparecesse. E não precisou esperar muito tempo.

Johnny se levantou e deu boa-noite para Patrick e Julia.

"Durmam bem", acrescentou, indo em direção à casa.

"Talvez alguém esteja ocupado demais abrindo-se para o seu pleno potencial", disse Patrick numa versão maliciosa da voz de Kettle.

Assim que eles ouviram Johnny entrar na casa, Julia subiu no colo de Patrick, sentando-se de frente para ele, as mãos pendendo suavemente em seus ombros.

"Ele sabe?", perguntou ela.

"Sabe."

"Será que é uma boa ideia?"

"Ele não vai contar pra ninguém."

"Talvez, mas agora já é tarde demais para não contarmos pra ninguém. Não acredito que já estamos nisso de quem sabe o quê, só isso. Acabamos de ir pra cama e isso já é um problema de quem será que sabe."

"Sempre é um problema de quem será que sabe."

"Por quê?"

"Porque havia um certo jardim, lembra? E uma certa macieira…"

"Ah, nada a ver com isso. Esse é um saber diferente."

"Eles se uniram. Na ausência de Deus, temos a onisciência da fofoca para nos preocuparmos com quem sabe o quê."

"Na verdade não estou preocupada com quem sabe o quê; estou preocupada com o que sentimos um pelo outro. Acho que você quer que seja uma questão de quem será que sabe porque se sente mais em casa na sua cabeça do que no seu coração. De qualquer modo, você não precisava ter contado ao Johnny."

"Que seja", disse Patrick, subitamente esvaziado de qualquer desejo de provar alguma coisa ou de ganhar uma discussão. "Vivo pensando que deveria existir um super-herói chamado Super-Queseja. Não seria um herói de ação como o Super-Homem ou o Homem-Aranha, mas um herói da inação, um herói da resignação."

"Há vírgula entre 'Super' e 'Que seja'?"

"Só quando ele se dá ao trabalho de falar, coisa que, acredite, não acontece com frequência. Quando alguém grita: 'Um meteoro está vindo na nossa direção! É o fim da vida na Terra!', ele diz: 'Súper, que seja', com uma vírgula no meio. Mas quando ele é chamado durante um episódio de limpeza étnica ou de esquizofrenia paranoide, como na frase 'Este é um trabalho para o Super-Queseja', temos uma palavra composta."

"Ele usa capa?"

"Não, pelo amor de Deus! Ele usa os mesmos velhos jeans e camiseta entra ano, sai ano."

"E essa fantasia está toda a serviço de não admitir que você errou ao contar ao Johnny."

"Eu errei se isso te chateou", disse Patrick. "Mas quando o meu melhor amigo me perguntou o que estava acontecendo, eu não teria sido sincero se deixasse de fora o fato mais importante."

"Pobrezinho, você simplesmente é muito…"

"Autêntico", interrompeu Patrick. "Esse sempre foi o meu problema."

"Por que você não leva um pouco dessa autenticidade lá pra cima?", perguntou Julia, inclinando-se para a frente e dando um beijo lento e demorado em Patrick.

Ele estava grato por Julia ter tornado impossível que ele respondesse a pergunta dela. Não saberia o que dizer. Será que ela estava zombando da presença superficial e desencarnada dele na noite anterior? Ou ela não tinha reparado? Ah, o problema das outras mentes. Meu Deus, lá estava ele de novo. Eles estavam se beijando. Envolva-se. A imagem dele se envolvendo. Não, não a imagem, a coisa em si. O que quer que ela fosse. Quem foi que disse que a autenticidade estava em ser indiferente ao aspecto reflexivo da mente? Ele era especulativo. Para que suprimir isso em favor do que era, afinal, só uma imagem de autenticidade, um clichê do envolvimento?

Julia interrompeu o beijo.

"Pra onde você viajou?", perguntou.

"Me perdi aqui dentro da cabeça", admitiu ele. "Acho que fiquei desconcertado com seu pedido de eu levar minha autenticidade lá pra cima — é que há tanto dela; não sei se vou dar conta."

"Eu ajudo", disse Julia.

Eles se desembaraçaram e voltaram para a casa, de mãos dadas, como um insensato casal de adolescentes apaixonados.

Quando chegaram ao patamar da escada e iam se esgueirar para dentro do quarto de Julia, ouviram um riso abafado vindo do quarto de Lucy, seguido por um crescendo de pedidos de silêncio. Como amantes furtivos transformados em pais preocupados, seguiram pelo corredor com uma nova autoridade. Julia deu uma batidinha suave na porta e imediatamente a abriu com um empurrão. O quarto estava escuro, mas a luz do corredor projetava-se até uma cama lotada. Todos os bichinhos de pelúcia indispensáveis de Lucy, seu coelho branco e seu cachorro de olhos azuis e, por incrível que pareça, o esquilo que ela tinha mastigado religiosamente desde seu terceiro aniversário, achavam-se espalhados em várias posições pela colcha, substituídos, dentro da cama, por um garoto vivo.

"Querida?", disse Julia.

As crianças não deram um pio.

"Não adianta fingir que estão dormindo. Nós ouvimos vocês do corredor."

"Bem", disse Lucy, sentando de repente, "não estamos fazendo nada de errado."

"Não dissemos que vocês estavam", disse Julia.

"Este é o subenredo mais ultrajante", observou Patrick. "Ainda assim, não vejo por que eles não poderiam dormir juntos, se é o que eles querem."

"O que é um subenredo?", perguntou Robert.

"Uma parte da história principal", explicou Patrick, "que a reflete de forma mais ou menos flagrante."

"Por que *nós* somos um subenredo?", perguntou Robert.

"Vocês não são", disse Patrick. "Vocês já formam o seu próprio enredo."

"A gente tinha uma porção de coisas para falar", explicou Lucy. "Simplesmente não dava para esperar até amanhã."

"É por isso que vocês ainda estão acordados?", perguntou Robert. "Porque vocês têm uma porção de coisas para falar? É por isso que você disse que nós somos um subenredo?"

"Escuta, esqueça isso que eu disse", pediu Patrick. "Somos todos subenredos uns dos outros", acrescentou, tentando confundir Robert o máximo possível.

"Como a Lua girando em volta da Terra", sugeriu Robert.

"Exato. Todo mundo pensa que está na Terra, mesmo quando está na lua de alguma pessoa."

"Mas a Terra gira em torno do Sol", disse Robert. "Quem está no Sol?"

"O Sol é inabitável", explicou Patrick, aliviado por eles terem viajado para tão longe do motivo original de seu comentário. "Seu único enredo é nos fazer ficar girando, girando."

Robert parecia atordoado e estava prestes a fazer outra pergunta, quando Julia o interrompeu.

"Podemos voltar ao nosso planeta por um instante?", perguntou. "Não me importo que vocês dividam a cama, mas lembrem que vamos para o Aqualand amanhã, então vocês precisam ir dormir agora."

"O que mais a gente poderia fazer?", perguntou Lucy, começando a rir. "Se sujar?"

Ela e Robert fizeram sons de repulsa extravagante e atiraram-se na cama numa mistura de membros e risadas.

# 9.

Patrick pediu outro *espresso* duplo e ficou vendo a garçonete ziguezaguear de volta ao balcão, por um instante paralisado pela visão dela debruçada sobre uma das mesas, agarrando-se às laterais, enquanto ele a fodia por trás. Ele era fiel demais para se demorar na garçonete, quando já estava envolvido numa fantasia com a garota de biquíni preto do outro lado do café, os olhos dela fechados e suas pernas ligeiramente abertas, absorvendo os raios do sol da manhã, imóvel como um lagarto. Talvez ele jamais se recuperasse do olhar de intensa seriedade com que ela havia examinado as linhas de seu biquíni. Uma mulher comum teria reservado aquela expressão para um espelho de banheiro, mas ela era um modelo de autoadmiração, passando o dedo pela borda interna do biquíni, levantando-o e realinhando-o ainda mais próximo do centro, de modo que interferisse o mínimo possível na nudez total, que era o seu verdadeiro objetivo. A turba de veranistas na Promenade Rose, que num passo arrastado ia exigir seu pedaço de praia tamanho caixão, poderia muito bem nem existir; ela estava fascinada demais com seu bronzeado, com sua depilação, com sua cintura, apaixonada demais por si mesma para reparar neles. Ele também estava apaixonado por ela. Ia morrer se não a tivesse. Se ele ia se perder, o que parecia ser o caso, queria se perder dentro dela, afogar-se na pequena piscina de amor-próprio dela — se houvesse espaço.

Ah, não, isso não. Por favor. Uma peça de equipamento esportivo que acabara de ganhar vida foi até a mesa dela, colocou seu maço de Marlboro vermelho e seu celular ao lado do celular e do maço de Marlboro Light dela, beijou-a nos lábios e se sentou, se é que esse era o termo correto para o movimento musculoso com que ele se acomodou na cadeira ao lado dela. Desalento. Repugnância. Fúria. Patrick deslizou sobre o solo de suas emoções imediatas e depois se forçou para cima, para o céu melancólico da resignação. Claro que ela já fora requisitada um milhão de vezes. No final das contas era uma coisa boa. Não poderia haver um diálogo verdadeiro entre os que ainda achavam que o tempo estava a seu lado e os que se percebiam presos às mandíbulas dele, como os filhos de Saturno, já devorados pela metade. Devorados. Podia sentir isso: a eficiência morosa de um louva-a-deus arrancando arcos de carne do pulgão ainda vivo preso em suas patas dianteiras; o coxear circular de um gnu, relutante em se deitar com o leão pendurado confiante em seu pescoço. A queda, a poeira, o último espasmo.

Sim, no final das contas era uma coisa boa a Garota do Biquíni já ter dono. Faltava a Patrick a paciência pedagógica e o tipo específico de vaidade que lhe teriam permitido optar pela solução barata de ser um vampiro da juventude. Fora Julia quem o acostumara ao sexo durante sua estadia de quinze dias, e era entre os refugiados do tempo da geração arruinada dela que ele deveria procurar amantes. Com a possível exceção, é claro, da garçonete que agora ziguezagueava de volta em direção a ele.

Havia algo na sinceridade gasta de vitrine de seu sorriso que fazia bem ao humor dele. Ou será que era o beicinho teimoso do molde labial formado por sua calça jeans? Será que ele deveria pedir uma dose de brandy para batizar seu *espresso*? Eram só dez e meia da manhã, mas pelas mesas redondas já havia vários copos de cerveja suados e luzidios. Ele só tinha mais dois dias de férias. Eles poderiam muito bem ser devassos. Pediu o brandy. Pelo menos dessa forma ela voltaria logo. Era assim que ele gostava de pensar nela, ziguezagueando para lá e para cá por causa dele, atendendo, incansável, à tola busca de alívio dele.

Ele se virou na direção do mar, mas o brilho forte da água o cegou e, enquanto protegia os olhos do sol, pegou-se imaginando todas as pessoas naquela curva de areia clara tomada por corpos, reluzindo com protetores solares, brincando com tacos e bolas, refestelando-se na baía plácida, lendo em suas toalhas e esteiras, todas sendo atingidas por um vento feroz e arrastadas para dentro de um belo véu de areia cintilante, o murmúrio coletivo, atravessado por gritos mais altos e berros mais estridentes, se calando.

Ele devia ir correndo à praia para proteger Mary e as crianças da destruição, dar-lhes mais alguns segundos de vida com o escudo em decomposição de seu próprio corpo. Ele dava um duro tão grande para escapar dos papéis de pai e marido e, no momento em que obtinha sucesso, sentia falta deles. Não havia antídoto melhor para o seu enorme senso de futilidade do que o enorme senso de propósito que seus filhos davam às tarefas mais fúteis, como despejar baldes de água do mar em buracos feitos na areia. Antes de conseguir escapar de sua família, ele gostava de imaginar que, uma vez sozinho, iria se transformar num campo aberto de atenção, ou num observador solitário treinando seus binóculos em algumas espécies raras de insights normalmente obscurecidas pela massa de obrigações que se agitavam diante dele como um bando de estorninhos gorjeando. Na realidade, a solidão produzia seus próprios papéis, baseados não no dever mas no desejo. Ele se transformava num voyeur de café, bêbado de desejo, ou numa calculadora calculando compulsivamente a inadequação de sua renda. Havia alguma atividade que não congelava num papel? Será que ele poderia ouvir sem ser um ouvinte, pensar sem ser um pensador? Sem dúvida havia um mundo fluente de particípios presentes, de escuta e pensamento, passando rápido por ele, mas parte do sombrio tom alegórico de sua mentalidade era ele se sentar de costas para essa torrente brilhante, olhando fixamente para um mundo de pedra. Mesmo seu caso com Julia parecia ter a inscrição *As Amarguras do Adultério* esculpida em seu pedestal. Em vez de tê-lo extasiado por sua audácia, aquilo o lembrava do quão pouco lhe restava. Depois que começaram a dormir juntos, ele passava os dias estendido numa espreguiçadeira à beira da piscina, sentindo que poderia muito bem estar largado numa sarjeta, desencorajando o entusiasmo de alguns ratos famintos, em vez de rejeitando as solicitações de seus adoráveis filhos. Seus acessos de charme com Mary, movidos a culpa, eram tão óbvios quanto seus argumentos para provocar brigas. A margem de liberdade que ele tinha ganhado com Julia logo foi preenchida com a concretude de outro papel. Ela era sua amante, ele era o homem casado dela. Ela lutava para afastá-lo, ele lutava para mantê-la na fenda de amante sem dividir sua família. Os dois já viviam uma situação estruturada à perfeição, com interesses fundamentalmente opostos, cuja moeda era o engano: de Mary, um do outro e de si próprios. Só na ânsia imediata de cama eles encontravam algum solo comum. Ele se impressionava com a quantidade de frustração e inconveniência que já cercava seu caso com Julia. A única ação sensata seria pôr um fim nele imediatamente, defini-lo como uma aventura de verão e não tentar elaborá-lo como um caso amoroso. O pior é que ele já havia perdido o controle da situação. Só se sentia bem na cama com ela, quando estava dentro dela, quando gozava dentro dela. Ajoelhado no chão, isso tinha sido bom, ela sentada na poltrona com os joelhos erguidos e as pernas abertas. E a noite da tempestade de trovões, o ar inundado de íons livres, quando ela estava na janela, ofegando diante do relâmpago, e ele ficou atrás dela e... ah, aí vinha o seu brandy, graças a Deus.

Sorriu para a garçonete. Qual era mesmo a palavra francesa para "Que tal, hein, querida?". Algo, algo, algo, *chérie*. Melhor limitar seu francês a "Mais um deste", ficar em terreno seguro. Sim, ele estava perdido porque gostava de tudo em Julia: do cheiro de tabaco em sua respiração, do gosto de seu sangue menstrual. Não podia contar com algum tipo de repulsa para se libertar. Ela era doce, ela era cuidadosa, ela era acolhedora. Ele ia ter que contar com o mecanismo da situação deles para destruí-los, como sabia que aconteceria.

*"Encore la même chose"*, ele disse à garçonete, girando o dedo sobre seu copo vazio enquanto ela esvaziava sua bandeja numa mesa próxima. Ela assentiu com a cabeça. Ela era a atendente e ele era o cliente à espera de ser atendido pela atendente. Todos tinham seu papel.

Ele podia sentir o *fin de saison*, a lassidão das praias e dos restaurantes, a sensação de que estava na hora de voltar à escola e ao trabalho, de voltar às grandes cidades; entre os hóspedes, alívio pelo número de pessoas que diminuía, pelo calor que baixava. Todos os convidados de Patrick haviam ido embora de Saint-Nazaire. Kettle partira em triunfo, sabendo que seria a primeira a voltar. Ela tinha se inscrito na oficina de Xamã Básico de Seamus e depois, numa espécie de euforia consumista, decidido ficar para o curso de Chi Kung ministrado por um artista marcial de rabo de cavalo para cuja foto ela ficava olhando atentamente sempre que alguém a observava. Seamus havia lhe dado um livro chamado *O poder do agora*, que ela deixava virado para baixo ao lado de sua espreguiçadeira, não como material de leitura, obviamente, mas como um símbolo da lealdade ao poder que agora comandava Saint-Nazaire. Ela tomara o partido dele pela simples razão de ser a coisa mais irritante a fazer que lhe ocorrera. Isso ocupava seu tempo quando ela não estava criticando Mary pela forma como ela criava as crianças. Mary aprendera a se afastar toda vez que isso acontecia, a ficar indisponível metade do dia. Kettle nunca sabia o que fazer nesses momentos improdutivos, até decidir se tornar uma entusiasta da Fundação Transpessoal de Seamus. *O poder do agora* só desapareceu quando Anne Whitling, uma velha amiga de Kettle que usava seu próprio e largo chapéu de palha com um comprido lenço à la Isadora Duncan arrastando-se perigosamente atrás dela, esnobou o livro, quando desceu para a costa vindo de um dos Caps da moda. Sua profunda incapacidade de ouvir quem quer que fosse infelizmente se casava com uma preocupação histérica sobre o que as outras pessoas pensavam dela. Quando Thomas, animado, começou a balbuciar para Mary sobre o chafariz que ficava perto da casa da piscina, Anne perguntou: "O que ele falou? O que ele falou? Se ele disse que meu nariz é grande demais, vou cometer". Essa encantadora abreviação, que Patrick nunca tinha ouvido, o fez imaginar artigos sanguinolentos sobre o medo que os homens tinham de se comprometer. Será que ele deveria se comprometer com seu casamento? Ou se comprometer com Julia? Ou simplesmente cometer suicídio?

Como podia continuar se sentindo tão mal? E como podia deixar de se sentir assim? Roubar uma pintura de sua mãe senil era uma forma óbvia de se animar. Os dois últimos quadros valiosos que ela possuía eram um par de Boudin com paisagens complementares da praia de Deauville no valor aproximado de duzentas mil libras. Ele se repreendeu por supor que herdaria os

Boudin no "curso natural das coisas". Apenas três dias antes, logo depois de acenar um emocionante adeus a Kettle, ele havia recebido outro bilhete de Eleanor escrito a lápis, com letras frágeis e esmeradas, dizendo que ela queria que os Boudin fossem vendidos e o dinheiro usado para construir o anexo de privação sensorial de Seamus. As coisas simplesmente não estavam se movendo rápido o bastante para o Kubla Khan dos reinos irracionais.

Ele podia se imaginar em algum passado distante pensando que precisava "manter os Boudin na família", emocionado com aquelas nuvens amontoadas, a atmosfera de um mundo perdido e ao mesmo tempo vivamente presente, os fios culturais irradiando daquelas praias normandas. Agora eles podiam muito bem ser dois caixas eletrônicos na parede da casa de repouso de sua mãe. Se ia ser forçado a sair de Saint-Nazaire, lhe daria um novo ânimo saber que a venda dos Boudin, a venda do apartamento em Londres e uma preparação para se mudar para o Queen's Park lhe permitiriam salvar Thomas do armário adaptado no qual ele atualmente dormia e lhe oferecer um quarto de criança de tamanho normal num sobrado numa estrada principal, a não mais do que duas horas da escola de seu irmão. Em todo caso, a última coisa de que ele precisava era da paisagem de uma praia do outro lado da França quando podia tão facilmente admirar o inferno cancerígeno de Les Lecques pelas lentes âmbar de seu segundo conhaque. "O mar encontra o céu aqui também, muito obrigado, monsieur Boudin", ele murmurou já um pouco tonto.

Será que Seamus sabia do bilhete? Será que ele próprio o escrevera? Enquanto Patrick iria simplesmente ignorar o pedido de Eleanor de tornar a doação de Saint-Nazaire absoluta durante a sua vida, sua recusa seria mais drástica no caso dos Boudin: ele os roubaria. A não ser que Seamus possuísse uma evidência escrita de que Eleanor desejava doar as pinturas para a Fundação, qualquer disputa seria, no final das contas, a da palavra dele contra a de Seamus. Por sorte, a assinatura pós-derrame de Eleanor parecia uma falsificação incompetente. Patrick sentia-se confiante de que poderia vencer legalmente o irlandês visionário, ainda que fosse incapaz de ganhar uma disputa de popularidade contra ele se a juíza fosse sua própria mãe. Era realmente, ele se tranquilizou enquanto pedia um súbito *dernier cognac* como um homem que tinha mais o que fazer do que ficar torto de bêbado antes do almoço, era realmente só uma questão de tirar aqueles dois caixas automáticos oleosos da parede.

A luminosidade na Promenade Rose atingiu-o como uma chuva de agulhas quentes. Mesmo atrás dos óculos escuros seus olhos doíam. Ele estava realmente bem... o café, o brandy... um pequeno assobio de motor a jato. "Walkin' on the beaches/ Lookin' at the peaches/ Na, na-na, na-na-na-na-na." De onde era essa letra? Aperte Recuperar. Nada acontece, como sempre. Gerard Manley Hopkins? Ele gargalhou freneticamente.

Tinha que fumar um charuto. Tinha que, tinha que, tinha que, simplesmente tinha que. Quando um charuto é só um charuto? Antes de você ter que fumá-lo.

Com alguma sorte, voltaria à praia Tahiti (sotaque irlandês) bem a tempo de uma botelha sifilítica de vinho. "Que Deus abençoe Seamus", acrescentou, religiosamente, fazendo um som de vômito aos pés de um poste de bronze anão. Jogos de palavras: o sintoma de uma personalidade esquizoide.

Ali estava o *tabac*. O cilindro vermelho. Ops. "*Pardon, Madame*." Qual era a dessas francesas grandalhonas, bronzeadas e enrugadas com joias de ouro grossas, cabelo alaranjado e poodles caramelo? Elas estavam *por toda a parte*. Destrancar o armário de vidro. "*Celui-là*", apontando para um Hoyo de Monterey. A pequena guilhotina. Corte. Você tem algo mais sério nos fundos da loja? *Un vrai guillotine. Non, non, Madame, pas pour les cigars, pour les clients!* Estalo.

Mais agulhas quentes. Correr para a próxima sombra de pinheiro. Talvez ele devesse tomar mais um dedinho de brandy antes de voltar para a sua família. Mary e os garotos, ele os amava tanto que tinha vontade de chorar.

Parou em Le Dauphin. Café, conhaque, charuto. Ainda bem que ia se livrar logo dessas tarefas, assim estaria livre para aproveitar o restante do dia. Acendeu seu charuto e, enquanto a fumaça espessa saía lentamente de sua boca, sentiu que estavam lhe revelando um padrão, como um tapete sendo desenrolado numa loja de tapetes. Tinha pego Mary, uma boa mulher, e a transformado num instrumento de tortura, num assombroso eco da Eleanor de quarenta anos atrás: nunca disponível, sempre exausta por sua dedicação a um projeto altruísta que não o incluía. Ele tinha conseguido isso pelo irônico recurso de rejeitar o tipo de mulher que teria resultado numa mãe ruim como Eleanor e escolher uma mãe tão boa a ponto de ser incapaz de deixar uma só gota de seu amor escapar de seus filhos. Ele via que sua obsessão com não ter dinheiro suficiente não passava de uma forma material de sua privação emocional. Tivera consciência desses fatos por anos, mas só naquele instante sentiu que seu conhecimento deles era particularmente sutil e claro e que seu entendimento lhe dava controle total da situação. Uma segunda golfada de uma densa fumaça azul cubana flutuou no ar. Estava fascinado com seu senso de distanciamento, como se tivesse sido libertado por um especialista do instinto, como uma ave marinha que sai voando segundos antes de uma onda quebrar na rocha onde ela estava empoleirada.

O sentimento passou. Com apenas um suco de laranja no café da manhã, os seis *espressos* e os quatro copos de brandy estavam tendo uma briga de bar em seu estômago. O que ele estava fazendo? Tinha parado de fumar. Atirou o charuto em direção à valeta. Ops. *"Pardon, madame."* Meu Deus, era a mesma mulher, ou quase a mesma mulher. Ele poderia ter botado fogo no poodle dela. Dava horror só de pensar nas manchetes dos jornais... *Anglais intoxiqué... incendie de caniche...* Precisava telefonar para Julia. Podia viver sem ela desde que soubesse que ela não podia viver sem ele. Esse era o acordo que os furiosamente fracos faziam entre sua decepção permanente e suas consolações temporárias. Contemplava isso com certo nojo, mas sabia que iria assinar o contrato mesmo assim. Tinha que se certificar de que ela estava esperando por ele, sentindo sua falta, ansiando por ele e esperando-o em seu apartamento na segunda-feira à noite.

A cabine telefônica mais próxima, uma cesta de lixo sem porta e com cheiro de mijo, ardia em plena luz do sol na esquina à frente. O plástico azul queimou sua mão enquanto ele discava o número.

"Não posso atender no momento, mas por favor deixe sua mensagem..."

"Alô? Alô? É o Patrick. Você está se escondendo atrás da secretária eletrônica?... Tá, eu te ligo amanhã. Te amo." Ele quase tinha esquecido de dizer isso.

Então ela não estava em casa. A não ser que estivesse na cama com outro homem, rindo baixinho da mensagem insegura de Patrick. Se ele tinha uma coisa para dizer ao mundo, era: nunca, nunca tenha um filho antes de primeiro conseguir uma amante confiável. E não se deixe enganar pelos falsos horizontes — "quando a amamentação acabar; quando ele passar a noite toda na própria cama dele; quando ele for para a universidade". Como uma parelha de cavalos em fuga, as promessas vazias arrastam um homem sobre pedras despedaçadas e cactos gigantescos enquanto ele reza para que as rédeas emaranhadas se partam. Estava tudo acabado, não havia nenhum consolo no casamento, apenas deveres e obrigações. Afundou no banco mais próximo, sentindo necessidade de fazer uma pausa antes de ver sua família de novo. As tendas e os guarda-sóis cerúleos da praia Tahiti já estavam à vista, escavando profundamente em sua memória. Ele tinha a idade de Thomas na primeira vez que fora ali e a de Robert quando suas lembranças se tornaram mais intensas: aqueles passeios de pedalinho que ele esperava fossem acabar em praias africanas; pulando para lá e para cá sobre os castelos de areia cuidadosamente construídos para ele por *au pairs* estrangeiras; ter permissão para pedir suas próprias bebidas e sorvetes enquanto seu queixo limpava o balcão de madeira pela primeira vez. Já adolescente, levava livros para a praia. Eles o ajudavam a esconder seus calções inchados enquanto olhava fixamente de trás de seus enormes óculos escuros para o primeiro sinal de banho de sol de topless a passar pelas areias claras de Les Lecques. Desde então, Tahiti havia ficado cada vez mais estreita, até a praia toda ser praticamente engolida pelo mar. Lá pelos seus vinte anos, ele tinha visto o município reconstruí-la com milhares de toneladas de seixo importado. Toda Páscoa, areia era dragada da baía e espalhada sobre a praia artificial por uma série de escavadoras, e todo inverno tempestades arrastavam-na de volta para a baía.

Ele se inclinou para a frente e apoiou o queixo nas mãos. O impacto inicial do café e do brandy estava passando, deixando-o apenas com uma energia nervosa, condenada, como uma pedra arremessada quicando algumas vezes na superfície da água antes de afundar. Olhou cansado para o simulacro da praia original, se é que "original" era a palavra certa para a praia que ele conhecera quando tinha a mesma idade de seus filhos agora. Deixou que essa lamentável definição de local se esvaísse e tombou de volta pelo tempo geológico na direção do tédio perfeito da primeira praia, com suas piscinas naturais vazias e suas moléculas simples não sabendo o que fazer consigo mesmas por bilhões de anos a fio. Será que alguém consegue pensar em outra coisa para fazer além de sair abrindo caminho à força? Filas de rostos inexpressivos, como que pedindo a um grupo de velhos amigos a sugestão de um novo restaurante num domingo à noite. Vista dessa costa primitiva, a emergência da vida humana parece A balsa da Medusa de Géricault, fantasmas esverdeados se afogando num frígido oceano de tempo.

Ele realmente precisava de outra bebida para se recuperar do caos da sua imaginação. E de alguma comida. E de algum sexo. Precisava pôr os pés no chão, como diria Seamus. Precisava se juntar aos de sua espécie, às filas e filas de animais arrotando na praia só com uma lâmina de barbear ou uma depilação a cera entre eles e uma grande e grossa pelagem; pagando com agonizantes dores lombares por sua pretensiosa postura ereta, mas secretamente desejosos de sair bamboleando, os nós dos dedos arrastando na areia, guinchando e grunhindo, lutando e fodendo. Sim, ele precisava cair na real. Só a consideração pela velhinha de cabelo branco e tornozelos inchados mais adiante no banco o impedia de lançar uma saraivada de socos em seu peito cerrado e soltar um urro territorial. Consideração e, claro, seu senso cada vez maior de uma melancolia nauseada e ressaca de meio-dia.

Pôs-se de pé com esforço e foi se arrastando pelas últimas centenas de metros até a praia Tahiti. Rebolando na direção dele sobre o concreto liso e rosa, uma garota quase nua, com seios avassaladoramente perfeitos e um diamante aninhado no umbigo cruzou o olhar com o dele e sorriu, erguendo os braços ao que parecia para prender seu longo cabelo loiro num nó solto no alto da cabeça, mas na realidade para simular o modo como seus membros ficariam dispostos se ela estivesse deitada numa cama com os braços jogados para trás. Ah, meu Deus, por que a vida era tão mal organizada? Por que ele não podia simplesmente puxá-la para o capô de um carro e arrancar aquele pretexto azul-turquesa de calcinha de biquíni? Ela queria, ele queria. Bem, em todo caso, ele queria. Ela talvez quisesse exatamente o que tinha, o poder de perturbar todo homem heterossexual — e não vamos esquecer das nossas colegas lésbicas, acrescentou com uma afetação de político —, que ela ia ceifando enquanto perambulava para lá e para cá entre seu deprimente namorado e seu carrinho veloz. Ela passou por ele, ele seguiu cambaleando. Ela poderia muito bem ter decepado suas genitálias e as largado na areia. Ele sentia o sangue descendo por suas pernas, ouvia os cães brigando pela carne inesperada. Queria se sentar de novo, deitar, se enterrar bem fundo na terra. Estava acabado como homem. Invejava o macho da aranha, que era comido logo depois de fertilizar a fêmea, em vez de ir sendo consumido aos poucos por sua contraparte humana.

Ele parou no alto da ampla escadaria branca que descia até a praia Tahiti. Via Robert correndo de um lado para o outro com um balde, tentando encher um fosso que vazava. Thomas estava deitado nos braços de sua mãe, chupando o dedo, segurando seu trapinho e observando Robert com seu estranho olhar objetivo. Eles eram felizes porque tinham a atenção total de sua mãe, e ele era infeliz porque tinha sua desatenção total. Essa era, pelo menos, a razão pontual, mas dificilmente a praia original de sua infelicidade. Que se dane a praia original. Ele precisava descer para esta aqui e ser um pai.

"Olá, querido", disse Mary, com aquele sorriso permanentemente exausto do qual seus olhos não participavam. Eles habitavam um mundo mais difícil, no qual ela tentava sobreviver às demandas incessantes de seus filhos e ao efeito destrutivo sobre uma natureza solitária de passar anos sem um momento de solidão.

"Oi", disse Patrick. "Vamos almoçar?"

"Acho que Thomas vai pegar no sono."

"Certo", disse Patrick, afundando em sua espreguiçadeira. Havia sempre um bom motivo para frustrar seus desejos.

"Olha", disse Robert, mostrando a Patrick um inchaço na pálpebra, "um mosquito me mordeu."

"Não seja muito duro com os mosquitos", disse Patrick com um suspiro. "Só as fêmeas grávidas gemem, enquanto as mulheres nunca param de choramingar, mesmo depois de ter tido vários filhos."

Por que ele disse isso? Ele parecia estar cheio de misoginia zoológica hoje. Se alguém estava choramingando, era ele. Mary, com certeza, não estava fazendo isso. Era ele quem sofria de uma desconfiança febril das mulheres. Seus filhos não tinham nenhuma razão para compartilhá-la. Ele devia tentar se recompor. O mínimo que podia fazer era conter sua depressão.

"Me desculpe", disse, "não sei por que fui dizer isso. Estou terrivelmente cansado."

Ele lançou um sorriso amarelo de desculpa ao redor.

"Parece que você está precisando de uma ajuda com esse fosso", ele sugeriu a Robert, pegando outro balde.

Eles ficaram andando de um lado a outro, pegando água no mar e a despejando na areia, até Thomas adormecer nos braços da mãe.

# Agosto de 2002

# 10.

De repente Thomas deixou a piscina azul onde estava brincando alegremente e saiu correndo pela areia, olhando para trás, para ver se sua mãe o seguia. Mary saltou de sua cadeira e disparou atrás dele. Ele agora era muito rápido, cada dia ficava mais rápido. Thomas já estava no último degrau e só precisava atravessar a Promenade Rose para ir dar no trânsito da estrada. Ela foi subindo de três em três degraus e o alcançou no instante em que ele se aproximou de um carro estacionado que o escondia dos motoristas que cruzavam a estrada à beira-mar. Ele chutou e se contorceu enquanto ela o levantava no ar.

"Nunca faça isso", ela disse, quase chorando. "Nunca faça isso. É *muito* perigoso."

Thomas gorgolejou, rindo, excitado. Ele tinha descoberto esse novo jogo um dia antes, quando chegaram à praia Tahiti. No ano anterior ele costumava dar meia-volta se se afastava três metros dela.

Enquanto Mary o levava de volta para o guarda-sol, ele mudou de atitude, começou a chupar o dedo e a acariciar o rosto dela com a mão.

"Você está bem, mamãe?"

"Estou chateada porque você correu para a estrada."

"Vou fazer uma coisa muito perigosa", disse Thomas, orgulhoso. "É, eu vou."

Mary tentou não sorrir, mas não conseguiu. Thomas era muito charmoso.

Como ela podia dizer que estava triste, quando no minuto seguinte estava feliz? Como podia dizer que estava feliz, quando no minuto seguinte sua vontade era de gritar? Ela não tinha tempo de desenhar uma árvore genealógica de cada emoção que a invadia. Havia passado tempo demais numa empatia destrutiva com os humores instáveis de seus filhos. Às vezes se sentia prestes a se esquecer completamente de sua própria existência. Tinha necessidade de chorar para se refazer. As pessoas que não entendiam achavam que suas lágrimas eram consequência de alguma tragédia havia muito reprimida, ou de sua exaustão extrema, ou de seu enorme saldo negativo no banco, ou de seu marido infiel, mas na verdade elas eram uma incursão ao egoísmo necessário de alguém que precisava recuperar seu eu para poder sacrificá-lo de novo. Ela sempre fora assim. Mesmo quando criança só precisava ver um passarinho pousar num galho para que as frenéticas batidas do coração dele logo substituíssem as suas. Às vezes se perguntava se tanta abnegação era uma virtude ou uma patologia. Ela não possuía nenhuma resposta definitiva para isso também. Quem trabalhava num mundo onde juízos e opiniões tinham que ser emitidos com ar de autoridade era Patrick.

Ela sentou Thomas em seu lugar à mesa, nas cadeiras de plástico empilhadas.

"Não, mamãe, eu não quero sentar nas cadeiras duplas", disse Thomas, descendo e sorrindo maliciosamente enquanto seguia em direção aos degraus de novo. Mary recapturou-o de imediato e o colocou de volta nas cadeiras.

"Não, mamãe, não me pegue, realmente é insuportável."

"Onde você aprende essas frases?", perguntou Mary rindo.

Michelle, a proprietária, veio com o *dorade* grelhado deles e olhou para Thomas com ar de reprovação.

"*C'est dangereux, ça*", ela o repreendeu.

No dia anterior Michelle havia dito que teria espancado seus filhos se eles tivessem corrido para a estrada daquele jeito. Mary vivia recebendo conselhos inúteis. Ela não conseguiria espancar Thomas sob nenhuma circunstância. Além da náusea que essa ideia lhe causava, ela acreditava que a punição era a melhor forma de mascarar a lição que deveria ser dada; as crianças só acabavam se lembrando da violência, substituindo a aflição justificada dos pais pela sua própria.

Kettle era uma fonte suprema de conselhos inúteis, alimentados pelos poços profundos de sua própria inutilidade como mãe. Ela sempre tentara reprimir a personalidade independente de Mary. Não que tratasse Mary como uma boneca — estava ocupada demais sendo ela própria uma boneca para fazer isso —, e sim como uma espécie de fundo de capital de risco: alguém que de início não tinha nenhum valor, mas que um dia poderia dar algum lucro se se casasse com uma grande casa ou com um grande nome. Ela havia deixado claro que se casar com um advogado prestes a perder uma casa de tamanho médio no exterior estava aquém da riqueza que ela tinha em mente. A decepção de Kettle com a Mary adulta era só o resultado da decepção que ela sentiu com seu nascimento. Mary não era um menino. Meninas que não eram meninos geravam uma frustração muito grande. Kettle fingiu que o pai de Mary estava desesperado para ter um garoto, enquanto o desespero, na verdade, tinha sido do próprio pai de sua mãe, um soldado que preferia guerra de trincheiras à companhia feminina e que só concordou com o mínimo contato necessário com o sexo mais fraco na esperança de produzir um herdeiro homem. Três filhas depois, ele se recolheu em seu escritório.

O pai de Mary, pelo contrário, ficara encantado com a filha exatamente do jeito que ela era. Sua timidez se entrelaçou com a dela de uma forma que libertou os dois. Mary, que mal falara durante seus vinte primeiros anos de vida, amava-o por nunca fazê-la sentir que seu silêncio era um fracasso. Ele entendia que se tratava de uma espécie de superintensidade, uma superabundância de impressões. A fenda entre a vida emocional dela e as convenções sociais era grande demais para Mary atravessar. Ele também tinha sido assim quando jovem, mas aos poucos aprendeu a mostrar ao mundo algo que não era exatamente ele. A violenta autenticidade de Mary o trouxera de volta à sua própria essência.

Mary se lembrava vividamente dele, mas suas lembranças estavam embalsamadas por sua morte precoce. Ela tinha catorze quando ele morreu de câncer. Ela foi "protegida" da doença do pai por um sigilo ineficaz que tornou a situação ainda mais preocupante do que de fato era. O sigilo fora uma contribuição de Kettle, seu substituto para a compreensão. Depois que Henry morreu, Kettle disse para Mary "ser corajosa". Ser corajosa significava não pedir solidariedade também naquele momento. Não faria sentido pedi-la, ainda que a oportunidade não tivesse sido fechada. A experiência das duas fora, em essência, muito diferente. Mary ficou absolutamente perdida na perda, perdida em imaginar o sofrimento do pai, perdida na loucura de saber que apenas ele teria entendido o que ela sentia com a morte dele. Ao mesmo tempo, confusamente, o relacionamento dos dois ocorrera em grande parte numa comunhão tão silenciosa que parecia não haver motivo para pôr um fim nele. Kettle só parecia haver perdido a mesma pessoa que Mary. Na verdade ela estava sofrendo com o último episódio de sua inevitável decepção. Era injusto demais. Ela era muito jovem para ser viúva e velha demais para recomeçar de modo satisfatório. Foi com a morte do pai que Mary teve plena consciência da esterilidade emocional de sua mãe e passou a desprezá-la. A crosta de misericórdia que se formara desde então tinha ficado um pouco mais fina depois que ela teve seus próprios filhos. Agora essa crosta vivia sob a constante ameaça de ser despedaçada por erupções frescas de fúria.

A contribuição mais recente de Kettle fora se desculpar por não ter comprado nenhum presente para Thomas no seu aniversário de dois anos. Ela disse que tinha procurado "por toda a parte" (tradução: na Harrods) "uma daquelas coleiras infantis maravilhosas que você tinha quando era criança". Depois que a Harrods a frustrou, ela ficou cansada demais para ir atrás de outra coisa. "Elas com certeza vão voltar à moda", ela disse, como se pudesse dar uma para Thomas quando ele estivesse com vinte ou trinta anos, ou assim que o mundo caísse em si e começasse a vender coleiras infantis de novo.

"Imagino que você esteja muito desapontado com a vovó, por eu não ter te dado uma coleira", ela disse a Thomas.

"Não, eu não quero uma coleira", disse Thomas, que tinha começado a ritualmente contradizer a última frase que ouvia. Sem saber disso, Kettle ficou atônita.

"A babá jurava que era a melhor coisa do mundo", continuou ela.

"E eu xingava aquela coleira o tempo todo", disse Mary.

"Não, você não fazia nada disso", rebateu Kettle. "Ao contrário de Thomas, você nunca foi encorajada a praguejar como um marinheiro bêbado."

Na última vez que eles tinham ido visitar Kettle em Londres, Thomas dissera: "Ah, não! Puta que pariu, minha máquina de lavar está ligada de novo", e em seguida fingiu desligá-la apertando a campainha desconectada ao lado da lareira de Kettle.

Ele tinha ouvido Patrick dizer "puta que pariu" naquela manhã, depois de ler uma carta da Sotheby's. Os Boudin, no final das contas, eram falsificados.

"Que desperdício de conflito moral", disse Patrick.

"Não foi um desperdício. Você já tinha decidido não roubá-los antes de saber que eram falsificações."

"Eu sei, essa é a questão: teria sido uma decisão tão mais fácil se eu tivesse sabido antes. 'Roubar minha própria mãe? Jamais!', eu poderia ter vociferado desde o início, em vez de passar um ano me perguntando se eu deveria me tornar um tipo de Robin Hood intergeracional e corrigir um desequilíbrio com meu crime virtuoso. Minha mãe conseguiu fazer eu me odiar por ser honesto", disse Patrick, apertando a cabeça com as mãos. "Que tormento mais desnecessário."

"Do que o papai está falando?", perguntou Thomas.

"Estou falando das pinturas falsas da sua maldita avó."

"Não, ela não é minha maldita avó", disse Thomas, balançando a cabeça com ar solene.

"Seamus não é a primeira pessoa a passar a perna nela levando-a a doar o pouco dinheiro que a *minha* maldita avó deixou para ela. Um antiquário de Paris já tinha aplicado esse golpe simplório trinta anos atrás."

"Não, ela não é a sua maldita avó", disse Thomas, "ela é a minha maldita avó."

Propriedade era outra coisa com que Thomas começara a lidar. Ele tinha passado um longo tempo sem nenhum sentimento de possuir coisas, mas agora tudo lhe pertencia.

Mary ia passar aquela primeira semana de agosto sozinha com Thomas. Patrick estava retido em Londres em razão de um caso difícil que ela suspeitava se chamar Julia versus Mary, mas que para todos os efeitos tinha algum outro nome. Como ela poderia dizer que estava com ciúme de Julia, quando no momento seguinte já não estava? Às vezes, na verdade, até se sentia grata a ela. Não queria que lhe tirassem Patrick e não achava que isso aconteceria. Mary era ao mesmo tempo naturalmente ciumenta e naturalmente tolerante, e a única forma de esses dois lados dela colaborarem era cultivar a tolerância. Assim Patrick nunca iria querer deixá-la, e com isso seu ciúme também era acalmado. O fluxograma parecia bastante simples, exceto por duas complicações mais imediatas. Primeiro, às vezes ela ficava tomada de nostalgia pela vida erótica que eles haviam tido antes de ela se tornar mãe. Sua paixão atingiu o auge, naturalmente, quando estava planejando sua própria extinção, na época em que tentava engravidar. A outra complicação é que ela sentia raiva quando percebia que Patrick estava piorando a relação deles de propósito, a fim de fortalecer seu adultério. Era assim: ele precisava de sexo, ela não podia dá-lo, ele ia procurá-lo em outro lugar. A infidelidade era uma questão técnica, mas a deslealdade introduzia uma dúvida fundamental, uma atmosfera terminal.

Era a primeira vez que Robert dormia mais de uma noite fora de casa. Ele estava avassaladoramente tranquilo em sua primeira noite na casa de seu amigo Jeremy, quando eles conversaram por telefone. Claro que ela estava contente, claro que Robert sentir que o amor de seus pais estava presente mesmo quando eles não estavam fisicamente com ele era um sinal da confiança dele no amor de seus pais. Ainda assim, era estranho ficar sem Robert. Ela se lembrava dele com a idade de Thomas correndo para ser perseguido e ainda se escondendo para ser encontrado. Ele fora mais introspectivo que Thomas, mais preocupado. Se por um lado habitara um paraíso primitivo que Thomas jamais conheceria, por outro fora um protótipo. Thomas havia se beneficiado dos erros aprendidos e das esperanças mais precisas que se seguiram a eles.

"Para mim chega", disse Thomas, começando a descer das cadeiras.

Mary fez sinal para Michelle, mas ela estava atendendo outro cliente. Ela tinha guardado um prato de batatas fritas para esse momento. Se Thomas as tivesse visto antes, não ia comer o peixe e se as visse agora ficaria mais cinco minutos sentado. Mary não conseguia chamar a atenção de Michelle, e Thomas continuou descendo.

"Você quer batata frita, querido?"

"Não, mamãe, eu não quero. Sim, eu quero batata frita, sim", corrigiu-se Thomas.

Ele escorregou e bateu o queixo no tampo da mesa.

"Mamãe pega você", ele mesmo disse, estendendo os braços.

Ela pegou Thomas e o pôs sentado em seu colo, balançando-o delicadamente. Sempre que se machucava ele voltava a se chamar de "você", apesar de já ter descoberto o uso correto da primeira pessoa do singular seis meses antes. Até então, ele costumava se referir a si mesmo como "você" pelo motivo perfeitamente lógico de que todo mundo fazia isso. E também se referia aos outros como "eu", pelo motivo perfeitamente lógico de que era assim que eles se referiam a si mesmos. Então, numa determinada semana, "você quer isso" se transformou em "eu quero isso". Tudo o que ele fazia naquele momento — o fascínio pelo perigo, a afirmação de propriedade, o ritual de contradizer as afirmações, o desejo de fazer as coisas para si — teve a ver com essa transição explosiva de ser "você" para se tornar "eu", com ver a si mesmo através dos olhos dos pais e passar a se ver com os próprios olhos. Nesse exato momento, porém, Thomas estava tendo uma regressão gramatical, ele queria ser "você" de novo, a criatura de sua mãe.

"É tão difícil, porque a sua vontade é o que te move na vida", Sally tinha dito na noite anterior. "Por que você iria querer dobrar a vontade de seu filho? Era isso que nossas mães quiseram fazer. Era isso que significava ser 'bom' — ser dobrado."

Sally, a amiga americana de Mary, era sua maior aliada; uma mãe também bombardeada de conselhos inúteis, também determinada a dar apoio incondicional a seus filhos, a tirar do caminho a pedra de sua própria criação para que eles pudessem correr livremente. Essa tarefa era cercada por comentários hostis: pare de ser capacho; não seja escrava dos filhos; recupere a silhueta; mantenha seu marido feliz; volte "para a vida"; vá a uma festa, passar o tempo todo com os filhos te deixa literalmente maluca; aumente sua autoestima deixando seus filhos com alguém e escrevendo um artigo dizendo que as mulheres não devem se sentir culpadas por deixarem os filhos com alguém; não mime os filhos dando a eles tudo o que querem; deixe os pequenos tiranos chorar até dormir — quando eles perceberem que é inútil chorar eles vão parar; afinal, as crianças adoram limites. Por baixo dessa camada havia as sugestões confusas: nunca use paracetamol, sempre use paracetamol, paracetamol impede a homeopatia de funcionar, a homeopatia não funciona, a homeopatia funciona para algumas coisas, mas não para outras; um colar de âmbar faz com que os dentes deles parem de doer; essa irritação na pele pode ser alergia a leite de vaca, pode ser alergia a trigo, pode ser alergia à qualidade do ar, Londres se tornou cinco vezes mais poluída nos últimos dez anos; ninguém sabe de fato, é provável que isso simplesmente passe. E havia as comparações desagradáveis e as mentiras evidentes: minha filha dorme a noite toda sem acordar; ela não usa fraldas desde as três semanas de idade; a mãe dele o amamentou até os cinco anos; somos tão sortudos, os dois têm vaga garantida na Acorn; a melhor amiga dela na escola é a neta da Cilia Black.

Quando conseguia ignorar todas essas abstrações, Mary tentava cortar a madeira morta de seu próprio condicionamento, da supercompensação, da exaustação e da irritação e do pavor, da tensão entre dependência e independência que estava viva nela assim como em seus filhos, a qual ela era obrigada a reconhecer mas para a qual não tinha tempo, e voltar, talvez, à raiz de um instinto de amor, tentando ficar ali e agir desse lugar.

Sentia que Sally estava amarrada do mesmo lado do penhasco que ela e que uma podia confiar na outra. Sally havia mandado um fax na noite anterior, mas Mary ainda não tinha tido tempo de lê-lo. Ela o havia pegado do aparelho e o enfiado na mochila. Talvez quando Thomas tirasse uma soneca — a soneca de Thomas, o momento no qual o resto da vida deveria ser artisticamente organizado. Quando por fim isso acontecia, ela em geral estava tão desesperada para dormir também que acabava entrando no ritmo dele e nunca fazia nada de diferente.

A batata frita já tinha perdido seu poder de distrair Thomas e ele estava descendo de novo das cadeiras. Mary pegou sua mão e conduziu-o pelos degraus nos quais ele subira correndo antes. Eles perambularam pela Promenade Rose juntos, de mãos dadas.

"Está adorável e macio embaixo dos meus pés", disse Thomas. "Ah", ele exclamou, parando de repente diante de uma fileira de cactos murchos, "como se chama isso?"

"É um tipo de cacto, querido. Não sei o nome específico dele."

"Mas eu quero saber o nome específico", disse Thomas.

"Vamos ter que procurar no meu livro quando chegarmos em casa."

"Sim, mamãe, vamos ter... Ah! O que aquele garoto está fazendo?"

"Ele está com uma pistola d'água."

"Para regar as flores."

"Bem, sim, esse seria um bom uso para ela."

"É para regar as flores", ele informou.

Thomas soltou a mão dela e saiu andando à sua frente. Embora estivessem constantemente juntos, ela quase não tinha a chance de olhar para ele por muito tempo. Ou ele estava perto demais para ela poder vê-lo por inteiro, ou ela estava concentrada nos elementos perigosos da situação e não tinha como apreciar o resto. Agora podia vê-lo por inteiro, sem ansiedade, adorável com sua camiseta de listras azuis, calça cáqui e seu passo determinado. O rosto dele era incrivelmente bonito. Às vezes ela se preocupava com o tipo de atenção que ele iria atrair e com o tipo de impacto que iria se acostumar a produzir. Lembrou-se da primeira vez que Thomas abriu os olhos no hospital. Eles ardiam com um senso inexplicavelmente forte de intenção; um esforço para entender o mundo, a fim de acomodar outro tipo de conhecimento que ele já possuía. Robert havia chegado numa atmosfera completamente diferente, com um senso de intensidade emocional, de confusão que precisava ser elaborada.

"Ah", disse Thomas apontando, "o que aquele homem engraçado está fazendo?"

"Ele está colocando a máscara e o tubo dele."

"É a minha máscara e o meu tubo."

"Bem, é muito legal que você deixe ele usar."

"Eu deixo ele usar", repetiu Thomas. "Ele pode usar, mamãe."

"Obrigada, querido."

Ele continuou andando. Agora estava sendo generoso, mas dali a uns dez minutos sua energia ia despencar e tudo começaria a dar errado.

"Vamos voltar para a praia e dar uma descansadinha?"

"Eu não quero dar uma descansadinha. Quero ir para o parquinho. Eu amo muito o parquinho", ele disse e saiu correndo.

O parquinho estava deserto a essa hora do dia, seu perigoso trepa-trepa levando a um escorregador de metal quente o bastante para fritar um ovo. A seu lado, um pônei de plástico rangia de modo insuportável sobre uma mola espiralada. Quando eles chegaram ao portão de madeira, Mary adiantou-se e o abriu para Thomas.

"Não, mamãe, eu abro", ele disse com um súbito lamento de agonia.

"Está bem, está bem", disse Mary.

"Não, eu abro", disse Thomas, abrindo com certa dificuldade o portão, tornado mais pesado por uma placa de metal que informava as oito regras do parquinho, quatro vezes mais que a quantidade de brinquedos. Eles passaram para um piso emborrachado cor-de-rosa que imitava asfalto. Thomas escalou as barras curvas até a plataforma no alto do escorregador e então correu na direção da outra abertura, de frente para uma barra de bombeiro pela qual ele jamais poderia descer sozinho. Mary deu a volta depressa no trepa-trepa para ir até ele. Será que Thomas iria mesmo pular? Será que realmente iria avaliar tão mal suas capacidades? Será que ela estava introduzindo medo numa situação onde apenas deveria haver divertimento? Tratava-se de um instinto para antecipar desastres ou será que todas as mães do mundo eram mais tranquilas que ela? Será que valia a pena fingir tranquilidade ou o fingimento era sempre algo ruim? Assim que Mary ficou ao lado do poste, Thomas voltou ao escorregador e rapidamente se lançou nele. Ele se inclinou no final da descida e bateu a cabeça na borda. O choque fundiu-se com sua exaustão, produzindo um longo momento de silêncio; seu rosto ficou vermelho e ele soltou um grito longo, sua língua rosa tremendo na boca e seus olhos espessamente vidrados de lágrimas. Como sempre, Mary sentiu que haviam atirado um dardo em seu peito. Ela o pegou nos braços e o abraçou, tranquilizando os dois.

"Trapinho com etiqueta", ele pediu, soluçando. Ela lhe estendeu um retalho da Harrington ainda com a etiqueta. Um trapinho sem etiqueta era não só algo que não consolava, mas também duplamente perturbador por sua torturante semelhança com os que ainda tinham etiquetas.

Ela voltou depressa para a praia, carregando-o no colo. Ele estremeceu e foi se aquietando, agarrando o trapinho e chupando o dedo com a mesma mão. A aventura tinha acabado, a exploração havia chegado ao limite e terminado da única maneira que poderia, involuntariamente. Ela o colocou numa esteira sob um guarda-sol e se deitou encolhida ao lado dele, fechando os olhos e ficando completamente imóvel. Ela o ouviu chupar o dedo com mais intensidade enquanto se acomodava e então teve certeza, pela mudança na respiração dele, de que o filho havia adormecido. Ela abriu os olhos.

Agora ela tinha uma hora, talvez duas, para responder cartas, pagar seus impostos, manter contato com seus amigos, reavivar seu intelecto, fazer algum exercício, ler um bom livro, pensar num plano brilhante para ganhar dinheiro, fazer ioga, consultar um osteopata, ir ao dentista ou dormir um pouco. Dormir, lembra da palavra dormir? Ela já havia significado grandes porções de inconsciência, blocos de seis, oito, nove horas; agora ela lutava por fragmentos de vinte minutos de um repouso inquietante, repouso que a fazia lembrar que ela estava um absoluto caco. Na noite anterior havia perdido o sono por um pânico avassalador de que algum mal iria acontecer a Thomas se ela dormisse. Ficou rígida de tensão a noite toda, como um sentinela que sabe que a morte é a punição por cochilar em sua vigília. Agora ela realmente precisava de um sono da tarde agitado, estilo ressaca, encharcado de sonhos desagradáveis, mas antes ela ia ler o fax de Sally, como um sinal de sua independência, que com frequência ela sentia ser ainda menos bem estabelecida que a de Thomas, já que ela não podia testar seus limites com tanta ousadia quanto ele. Era um fax prático, conforme Sally a avisara, com as datas e os horários de sua chegada a Saint-Nazaire, mas no final Sally tinha acrescentado: "Ontem deparei com esta citação de Alexander Herzen: 'Achamos que o propósito de uma criança é crescer porque ela de fato cresce. Mas seu propósito é brincar, se divertir, ser uma criança. Se apenas olharmos para o final do processo, o propósito da vida é a morte'".

Sim, era isso que ela queria ter dito a Patrick quando eles ainda estavam sozinhos com Robert. Patrick se preocupara tanto em moldar a mente de Robert, em lhe fazer uma transfusão de ceticismo, que às vezes tinha se esquecido de deixá-lo brincar, se divertir e ser criança. Ele permitiu que Thomas seguisse seu caminho em parte porque estava preocupado demais com sua própria sobrevivência psicológica e também porque o desejo de Thomas por conhecimento superava qualquer ambição dos pais. Com ele, Mary pensou enquanto fechava os olhos depois de dar uma última olhada no rosto adormecido do filho, estava tão claro que brincar e se divertir significava aprender a dominar o mundo à sua volta.

# 11.

"Pra onde foi o meu pipi?", perguntou Thomas, deitado em sua toalha azul depois do banho.

"Desapareceu", respondeu Mary.

"Ah! Olha ele aqui, mamãe", Thomas disse, descruzando as pernas.

"Que alívio", disse Mary.

"É um alívio mesmo", disse Thomas.

Depois de brincar no banho, ele ficava relutante em voltar para a cela acolchoada de uma fralda. Pijama, o sinal pavoroso de que ele devia ir para a cama, às vezes tinha de esperar até ele estar dormindo para ser colocado. Qualquer impressão de que Mary estava com pressa o fazia demorar o dobro do tempo para ir para a cama.

"Ah, não! Meu pipi desapareceu de novo", disse Thomas. "Estou muito chateado com isso."

"Está, querido?", disse Mary, percebendo que ele tinha usado a frase que ela dissera no dia anterior, quando ele jogou um copo no chão da cozinha.

"Sim, mamãe, isto está me deixando louco."

"Aonde será que ele foi?", perguntou Mary.

"Não acredito", disse ele, fazendo uma pausa para que ela apreciasse a gravidade da perda. "Ah, aqui está ele!" Thomas fez uma imitação perfeita da satisfação com que ela reencontrava uma garrafa de leite ou um sapato perdido.

Ele começou a pular para lá e para cá e em seguida caiu na cama, rolando entre os travesseiros.

"Cuidado", disse Mary, observando-o saltar perto demais da proteção de metal que cercava a beira da cama.

Era difícil estar a postos para pegá-lo de repente, ficar de olho em cantos pontudos e beiradas duras, deixá-lo ir até o limite de sua aventura. Ela realmente queria se deitar agora, mas a última coisa que devia fazer era demonstrar algum sinal de exasperação ou impaciência.

"Sou um acrobata no circo", disse Thomas, tentando dar uma cambalhota para a frente, mas caindo de lado. "Mamãe diz: 'Tome cuidado, macaquinho'."

"Tome cuidado, macaquinho", Mary repetiu sua fala obedientemente. Ela devia arranjar uma cadeira de diretor e um megafone para o filho. Viviam dizendo o que ele devia fazer, agora era a vez de Thomas.

Ela se sentia esgotada por causa do dia longo e principalmente pela visita a Eleanor na casa de repouso. Mary tinha tentado disfarçar sua sensação de choque quando entrou no quarto de Eleanor com Thomas. Todos os dentes de cima de um lado da boca de Eleanor tinham caído e apenas três pendiam como estalactites pretas do outro lado. Seu cabelo, que ela costumava lavar dia sim, dia não, estava reduzido a um caos gorduroso preso a seu crânio agora visivelmente irregular. Enquanto se inclinava para beijar Eleanor, Mary foi assaltada por um fedor que a fez querer pegar o trocador portátil que carregava na mochila. Ela tinha de reprimir seu instinto maternal, especialmente na presença de uma comprovada campeã do autodomínio materno.

A decadência de Eleanor foi realçada por sua perda de igualdade com Thomas. No ano anterior, nenhum dos dois conseguia falar direito nem andar com firmeza; Eleanor tinha perdido dentes suficientes para deixá-la com praticamente a mesma quantidade que Thomas havia ganhado; sua necessidade de fraldas geriátricas combinava com a necessidade dele por fraldas. Neste ano tudo havia mudado. Thomas não ia precisar de fraldas por muito mais tempo e Eleanor precisava mais do que as que vinha usando; só faltavam nascer os molares posteriores dele, enquanto os molares posteriores dela logo seriam os únicos dentes que lhe restariam; ele estava ficando tão rápido que sua mãe mal conseguia acompanhá-lo, e Eleanor mal conseguia se manter ereta na cadeira e logo ficaria acamada. Mary deteve-se no topo das encostas geladas de potenciais conversas. A suposição já forçada de que elas compartilhavam um entusiasmo pelo progresso de Thomas parecia agora um insulto encoberto. Também não adiantava lembrá-la de Robert, seu antigo aliado, agora discípulo da hostilidade de seu pai.

"Ah, não!", disse Thomas para Eleanor. "Alabala roubou meu halumbalum."

Thomas, que com frequência via-se preso com adultos num congestionamento de sílabas incompreensíveis, às vezes respondia com sua pequena linguagem particular. Mary estava acostumada com essa doce vingança e também intrigada com o surgimento de Alabala, uma recente criação que parecia estar assumindo o clássico papel de fazer travessuras para e por Thomas, e que vinha acompanhado por sua consciência, um personagem chamado Felan. Ele ergueu os olhos para Eleanor com um sorriso. Ela não retribuiu. Eleanor olhou para Thomas com horror e desconfiança. O que ela via não era a ingenuidade de uma criança mas o prenúncio de seu maior temor: de que em breve, além de ser incapaz de se fazer entender, ela seria incapaz de entender qualquer pessoa. Mary interveio rapidamente.

"Ele não fala só coisas sem sentido", disse. "Uma de suas frases favoritas no momento — acho que você vai perceber a influência de Patrick —", ela tentou outro sorriso cúmplice, "é 'absolutamente insuportável'."

O corpo de Eleanor se inclinou uns cinco centímetros para a frente. Ela agarrou os braços de madeira de sua poltrona e olhou para Mary com uma concentração furiosa.

"Absolutamen-te in-suportável", ela cuspiu, e então caiu de volta para trás, acrescentando um agudo e fraco "Sim".

Eleanor se voltou de novo para Thomas, mas dessa vez olhou para ele com uma espécie de avidez. Um instante atrás, ele parecia estar anunciando uma tempestade de coisas sem sentido que logo a envolveria, mas agora havia lhe dado uma frase que ela entendia perfeitamente, uma frase que ela não teria conseguido elaborar sozinha, descrevendo com exatidão como ela se sentia.

Algo semelhante ocorreu quando Mary leu em voz alta uma lista de audiolivros que Eleanor poderia querer encomendar da Inglaterra. O método de Eleanor para escolher os livros não tinha nenhuma relação óbvia com os autores ou as categorias. Mary ia lendo monotonamente os títulos de obras de Jane Austen, Proust, Jeffrey Archer, Jilly Cooper, sem nenhum sinal de interesse de Eleanor. Quando leu o título *Punição para a inocência*, Eleanor começou a assentir com a cabeça e a abanar as mãos avidamente, como se estivesse espirrando água no peito. *Colheita de poeira* provocou os mesmos acessos de entusiasmo. Estimulada por essas comunicações inesperadas, Eleanor se lembrou do bilhete que havia escrito antes e estendeu-o para Mary com sua mão trêmula e com manchas senis.

Mary decifrou as palavras quase apagadas, escritas a lápis com letras maiúsculas: "POR QUE SEAMUS NÃO VEM?".

Mary suspeitava do motivo, mas mal podia acreditar nele. Não havia imaginado que Seamus fosse tão acintoso. Seu oportunismo sempre pareceu se misturar com a ilusão genuína de que ele era um homem bom, ou pelo menos com um desejo forte de passar por um. No entanto, transcorridos apenas quinze dias da transferência definitiva de Saint-Nazaire para a Fundação, lá estava: ele havia abandonado sua benfeitora como um saco numa caçamba.

Lembrou do que Patrick lhe dissera quando finalmente usou o poder de advogado que sua mãe havia lhe concedido para assinar a doação da casa: "Essas pessoas que desejam caminhar sem culpa para seu túmulo simplesmente não conseguem. Não existe uma segunda infância, não existe licença para a irresponsabilidade". Depois disso ele ficou torto de bêbado.

Mary olhou para o rosto de Eleanor, atormentado de infelicidade. Os olhos dela estavam semiabertos como os de um peixe recém-morto, mas ali a apatia parecia resultado do esforço de se manter desligada da realidade. Mary via agora que a falta de dentes na verdade era um gesto suicida, como a passividade violenta de uma greve de fome. Eles poderiam ter sido substituídos com facilidade, devia ter sido necessária uma grande dose de teimosia para permanecer no redemoinho da autonegligência, semana após semana, enquanto eles caíam, um por um, ignorando os médicos, os antidepressivos, a casa de repouso e o que restava de sua vida.

Mary se sentiu atravessada por uma sensação de tragédia. Ali estava uma mulher que tinha abandonado sua família por causa de uma ilusão e de um homem, e agora o homem e a ilusão a haviam abandonado. Lembrou de Eleanor ter lhe contado, quando ainda conseguia se expressar bem, que ela e Seamus tinham se conhecido em "vidas passadas". Uma dessas vidas passadas havia transcorrido em algo chamado "skelig", uma espécie de monte irlandês à beira-mar, que Seamus levou Eleanor para conhecer logo no início de seu galanteio financeiro, naquele dia inesquecível de ventos fortes em que ele pegou na mão dela e disse: "A Irlanda precisa de você". Depois que Eleanor percebeu, numa "recordação de vidas passadas", que ela e Seamus tinham vivido como marido e mulher bem naquele skelig durante a Idade Média, quando a Irlanda era um farol do cristianismo naquela confusão de pilhagens e migrações, sua família nesta vida, com quem ela tinha um passado relativamente superficial, começou a desaparecer no horizonte. E quando Seamus foi a Saint-Nazaire ele percebeu que a França precisava dele ainda mais do que a Irlanda precisava de Eleanor. A casa fora um convento no século XVII, e uma segunda "recordação de vidas passadas" revelou que Eleanor tinha sido (parecia óbvio depois que você ficava sabendo) a madre superiora dali. O substantivo, Mary lembrou de ter pensado, havia se colado ao adjetivo desde então. Seamus, por incrível que pareça, fora o abade de um mosteiro da região exatamente na mesma época. E com isso o acaso os unira novamente, dessa vez numa "amizade espiritual", que tinha sido mal interpretada e causado grande escândalo.

Quando Eleanor lhe contou tudo isso, numa paródia opressiva de conversa de garotas, Mary decidiu não discutir. Eleanor acreditava praticamente em qualquer coisa que não fosse a verdade. Era parte de sua natureza caridosa correr a acreditar no inacreditável, como se fosse um atendimento de emergência. Ela claramente precisava habitar esses romances históricos para disfarçar a decepção com uma paixão que não estava sendo vivida no quarto (já havia evoluído demais para isso), mas que vinha rendendo um caso bem emocionante no Cartório de Registro de Imóveis. Tudo tinha parecido ridículo demais para Mary na época; agora desejava recolocar o papel de parede da credulidade de Eleanor, que estava descolando. Sob a pavorosa sinceridade da confissão original havia aquela necessidade de ser necessária que Mary reconhecia tão bem.

"Vou perguntar a ele", disse ela, cobrindo a mão de Eleanor gentilmente com a sua. Embora ainda não o tivesse visto, sabia que Seamus estava em seu chalé. "Talvez ele esteja doente ou na Irlanda."

"Irlanda", sussurrou Eleanor.

Quando eles estavam voltando para o carro, Thomas parou e balançou a cabeça. "Caramba", disse. "Eleanor não está nada bem."

Mary amava a empatia sincera dele com o sofrimento. Thomas ainda não tinha aprendido a fingir que não havia sofrimento ou a culpar a pessoa que sofria. Ele caiu no sono no carro e ela resolveu ir direto para o chalé de Seamus.

"Puxa, que coisa terrível", disse Seamus. "Achei que com a família aqui, e tudo o mais, Eleanor não fosse querer me ver muito. E, para ser sincero com você, Mary, a Pegasus Press está no meu pé. Eles querem incluir meu livro no catálogo de primavera. Tenho tantas ideias, só preciso pôr tudo no papel. Qual você acha melhor: *O rufar do meu coração* ou *O pulsar do meu tambor*?"

"Não sei", respondeu Mary. "Acho que depende do que você quer dizer."

"É um bom conselho", disse Seamus. "Por falar em tambor, estamos muito satisfeitos com o progresso de sua mãe. Ela se adaptou ao trabalho de recuperação de alma como um pato na água. Acabei de receber um e-mail dela dizendo que quer vir para o intensivo de outono."

"Que ótimo", disse Mary. Ela estava nervosa, com medo que a babá eletrônica não funcionasse. A luz verde parecia estar piscando como sempre, mas ela nunca a havia usado no carro.

169

"A recuperação de alma poderia beneficiar enormemente Eleanor. Só estou pensando em voz alta", disse Seamus, girando animado em sua cadeira e bloqueando a visão de Mary de uma velha inuíte enrugada e com um cachimbo pendendo da boca, que brilhava na tela de seu computador. "Se sua mãe conduzisse uma cerimônia com Eleanor no centro do círculo, isso poderia ser muito poderoso com todas as, sabe, conexões que existem." Ele abriu os dedos das mãos e entrelaçou-os carinhosamente.

Pobre Seamus, pensou Mary, ele não era um homem ruim, apenas um perfeito idiota. Às vezes ela se tornava meio competitiva com Patrick, discutindo sobre quem tinha a mãe mais irritante. Kettle não dava nada, Eleanor dava tudo o que possuía, mas os resultados acabavam sendo os mesmos para a família, exceto por Mary ainda ter "expectativas", tornadas, porém, extraordinariamente remotas em vista da robustez do egoísmo meticuloso de sua mãe, que só pensava no próprio conforto, que corria para o médico toda vez que espirrava e que se "tratava" com férias uma vez por mês a fim de superar a decepção da última. O fato de Patrick ter sido deserdado o colocara à frente na disputa pela pior mãe, mas talvez Seamus estivesse planejando eliminar essa vantagem arrancando o dinheiro de Kettle também. Será que, no final das contas, ele era um homem ruim fazendo a personificação brilhante de um idiota? Difícil saber. As ligações entre estupidez e malícia eram muito emaranhadas e densas.

"Ando vendo mais e mais conexões", disse Seamus, enroscando os dedos uns nos outros. "Para ser sincero com você, Mary, acho que não vou escrever outro livro. Isso pode te fazer perder a cabeça."

"Aposto que sim", disse Mary. "Eu não conseguiria nem começar a escrever um livro."

"Ah, eu já escrevi o começo", disse Seamus. "Na verdade, já fiz vários começos. Talvez a questão toda sejam os começos, se é que você me entende."

"A cada novo pulsar", disse Mary. "Ou rufar."

"É verdade, é verdade", disse Seamus.

O choro de Thomas acordando invadiu a babá eletrônica. Mary ficou aliviada em saber que estava por perto.

"Ih, nossa, preciso ir."

"Vou tentar ver Eleanor nos próximos dias", disse Seamus, acompanhando-a até a porta do chalé. "Eu realmente agradeço pelo que você disse sobre o pulsar e viver o momento — isso me deu um monte de ideias."

Ele abriu a porta, produzindo um tilintar de sinos. Mary olhou para cima e viu três pictogramas chineses agrupados em volta de uma haste de bronze pendurada na porta.

"Felicidade, Paz e Prosperidade", disse Seamus. "São inseparáveis."

"Que chato saber disso", observou Mary. "Eu esperava conseguir as duas primeiras sem precisar da terceira."

"Ah, mas o que é prosperidade, afinal?", disse Seamus, acompanhando-a até o carro. "Basicamente, é ter o que comer quando se tem fome. Essa é a prosperidade que foi negada à Irlanda, por exemplo, na década de 1840, e que ainda é negada a milhões de pessoas no mundo."

"Minha nossa", disse Mary, "não há muito que eu possa fazer pelos irlandeses da década de 1840, mas posso dar a Thomas sua 'prosperidade básica'. Ou será que posso continuar chamando-a de 'almoço'?"

Seamus jogou a cabeça para trás e soltou uma série de gargalhadas vigorosas.

"Acho que seria mais simples mesmo", disse ele, fazendo um carinho inoportuno nas costas de Mary.

Ela abriu a porta e tirou Thomas de sua cadeirinha no carro. "Como vai o homenzinho?", perguntou Seamus. "Vai muito bem", disse Mary. "Está passando dias ótimos aqui."

"Bem, tenho certeza de que se deve aos seus excelentes cuidados", disse Seamus, sua mão já queimando um buraco nas costas da camiseta dela. "Mas eu também diria que o trabalho de alma é muito importante para criar um ambiente seguro. É o que fazemos aqui. Bem, talvez Thomas esteja captando isso, sabe, em algum nível."

"Espero que sim", disse Mary, relutante em negar um elogio a Thomas, mesmo que na verdade ele fosse dirigido ao próprio Seamus. "Ele é muito bom em captar as coisas."

Ela deu um jeito de ficar fora do alcance de Seamus, segurando Thomas nos braços.

"Ah", disse Seamus, enquadrando os dois com um largo gesto parentético, "o arquétipo mãe e filho. Isso me lembra minha mãe. Ela cuidava de oito filhos. Acho que na época eu estava preocupado com pequenas maneiras de conseguir mais do que a minha cota legítima de atenção." Ele riu indulgente diante da lembrança de seu eu mais novo e menos esclarecido. "Essa foi, sem dúvida nenhuma, uma grande dinâmica na minha família; mas, quando olho para o passado agora, o que mais me impressiona é o quanto ela continuou dando e dando. E sabe de uma coisa, Mary? Cheguei à conclusão de que ela estava se utilizando de uma fonte universal, daquela energia arquetípica de mãe e filho. Entende o que quero dizer? Quero pôr algo sobre isso no meu livro. Está tudo relacionado com o trabalho xamânico em algum nível. A questão é pôr no papel. Eu apreciaria qualquer reflexão sobre isso: momentos em que você se sentiu apoiada por algo que ultrapassou o normal, sabe, um sacrifício pessoal."

"Vou pensar no assunto", disse Mary, percebendo de repente onde Seamus tinha aprendido seus pequenos truques para fazer as mães entregarem seus bens a ele. "Nesse meio-tempo preciso fazer Thomas almoçar."

"Claro, claro", disse Seamus. "Bem, foi maravilhoso conversar com você, Mary. Eu realmente sinto que nós nos conectamos."

"Sinto que aprendi muito também", disse Mary.

Agora ela sabia que a tímida promessa dele de "tentar ver Eleanor nos próximos dias" significava que ele não iria vê-la nem hoje, nem amanhã, nem depois de amanhã. Por que desperdiçar seus "pequenos truques" com uma mulher a quem só restavam dois Boudin falsos?

Ela levou Thomas até a cozinha e o pôs no balcão. Ele tirou o dedo da boca e olhou para ela com uma expressão sutil, entre sério e brincalhão.

"Seamus é um homem muito engraçado, mamãe."

Mary soltou uma gargalhada.

"Ele é mesmo", disse ela, beijando-o na testa.

"Ele é mesmo um homem muito engraçado!", disse Thomas, rindo com ela. Ele estreitou os olhos para rir de um jeito mais sério.

Não era de estranhar que estivesse cansada depois de ver Eleanor e Seamus no mesmo dia, não era de estranhar que fosse difícil extrair qualquer atenção adicional de seu corpo dolorido e de sua mente esgotada. Algo havia acontecido hoje; ela ainda não tinha apreendido toda a extensão daquilo, mas tinha a ver com um daqueles súbitos rompimentos de barragem que eram a única forma de ela conseguir encerrar um longo período de conflito. Mas não tinha tempo para elaborar isso enquanto Thomas continuasse pulando nu no meio da cama.

"Este foi um salto bem grande", disse Thomas, erguendo-se de novo. "Você deve ter ficado impressionada, mamãe."

"Fiquei, sim, querido. O que você gostaria de ler esta noite?"

Thomas parou a fim de se concentrar numa tarefa difícil.

"Vamos falar moderadamente de pirulitos", ele disse, reproduzindo uma frase de um velho livro de Patrick que tinha ficado em Saint-Nazaire.

"Dr. Upping e dr. Downing?"

"Não, mamãe, eu não quero ler isso."

Mary tirou *Babar e o Professor Grifiton* da prateleira e pulou a proteção instalada na beira da cama. Eles tinham o ritual de repassar o dia, e Mary lançou a pergunta costumeira: "O que nós fizemos hoje?". Como ela esperava, Thomas parou de pular.

Ele baixou a voz e balançou a cabeça solenemente.

"Pedro Coelho andou comendo as minhas uvas", disse.

"Não me diga!", Mary reagiu, chocada.

"O sr. McGregor vai ficar muito bravo com Seamus."

"Por que Seamus? Não foi Pedro Coelho quem comeu as uvas?"

"Não, mamãe, foi Seamus."

Seja lá o que Thomas estivesse "captando", não era a sensação do "ambiente seguro" que Seamus tinha se gabado de criar para "o trabalho de alma". Era a atmosfera de roubo. Se Seamus estava disposto a tratar Eleanor com tão pouca cerimônia, mesmo ela tendo feito soar o sino da prosperidade na vida dele com um tilintar tão sonoro, por que ele iria se dar ao trabalho de honrar as promessas que ela fizera a seus rivais derrotados? A imaginação dele fervilhava de irmãos competindo, e ele havia adotado Patrick e Mary a fim de triunfar sobre eles numa disputa arcaica para a qual nenhum dos dois tinha recebido o mesmo treinamento de ataque. Que graça tinha uma velha que nem podia lhe comprar um tanque de privação sensorial? E que sentido havia nos descendentes dela lotando sua Fundação no mês de agosto?

# 12.

"Mas eu não entendo", disse Robert, vendo Mary fazer as malas. "Por que a gente tem que ir embora?"

"Você sabe por quê", disse Mary.

Ele sentou na beira da cama, os ombros encurvados e as mãos debaixo das coxas. Se tivesse tempo, ela teria ido se sentar ao lado dele e o abraçado e o deixado chorar de novo, mas precisava continuar arrumando malas enquanto Thomas estava dormindo.

Fazia dois dias que Mary não dormia, igualmente atormentada pelo clima de perda e pelo desejo de ir embora. Casas, pinturas, árvores, os dentes de Eleanor, a infância de Patrick e as férias de seus filhos: para a sua mente cansada, todas essas coisas pareciam destroços amontoados de uma enchente. Ela tinha passado os últimos sete anos vendo a infância de Patrick como uma corda escapando das mãos fechadas dele. Agora queria dar o fora dali. Já era tarde demais para impedir que Robert se identificasse com a sensação de injustiça de Patrick, mas ainda podia salvar Thomas de ficar emaranhado no drama da deserdação.

A família estava sendo dividida ao meio e só podia se juntar de novo se eles fossem embora.

Patrick tinha ido se despedir de Eleanor. Ele havia prometido não fazer nenhum discurso amargo, porque poderia ser o caso de nunca mais voltar a vê-la. Se fosse avisado a tempo da morte próxima dela, ele sem dúvida iria voando para lá segurar a mão dela, mas era absurdo pensar que o restante deles iria se hospedar no Grand Hôtel des Bains para montar uma vigília no leito de morte de Eleanor na casa de repouso. Mary admitia que não via a hora de Eleanor sair de uma vez por todas da vida deles.

"Será que a gente ficaria com a casa se matássemos Seamus?", perguntou Robert.

"Não", disse Mary, "ela ficaria para o próximo diretor da Fundação."

"É muito injusto", disse Robert. "A não ser que eu me torne o diretor. Isso! Sou um gênio!"

"Mas você ia ter que dirigir a Fundação."

"Ah, é mesmo", disse Robert. "Bem, talvez Seamus se arrependa." Ele adotou um forte sotaque irlandês. "Posso apenas me desculpar, Mary. Não sei o que houve comigo por querer roubar a casa de você e dos seus pequenos, mas agora caí em mim e quero que você saiba que, ainda que você me perdoe pelo sofrimento que causei a vocês, eu mesmo jamais conseguirei me perdoar." E Robert caiu num choro soluçante.

Ela sabia que o choro falso dele era quase real. Pela primeira vez desde o nascimento de Thomas sentiu que Robert era quem mais precisava dela. Sua força vinha de ele estar mais interessado em brincar com o que estava acontecendo do que em perder tempo tentando controlar aquilo — embora ele também fizesse muito isso. Seu jeito brincalhão tinha decaído por alguns dias e fora substituído por expressões de desejo, anseios e lamentações. Agora Mary o via de volta. Ela nunca conseguiu se acostumar direito com a forma como Robert criava imitações a partir das coisas que ouvia. Seamus tinha se tornado sua última obsessão, e não era de estranhar. Ela estava exausta demais para fazer qualquer coisa além de lhe dar um sorriso cansado e dobrar a sunga que ela havia tirado da mala para ele fazia menos de uma semana. Tudo tinha acontecido muito rápido. No dia que chegou com Robert, Patrick havia encontrado um bilhete perguntando se Kevin e Annette poderiam ter "algum espaço" na casa. Seamus tinha passado lá no dia seguinte, no café da manhã, para obter a resposta.

"Espero não estar interrompendo", chamou ele.

"De forma alguma", disse Patrick. "Foi bom você ter vindo tão rápido. Quer um pouco de café?"

"Não, obrigado, Patrick. Eu ando abusando da cafeína ultimamente para tentar me manter escrevendo, sabe."

"Bem, espero que você não se importe se eu abusar um pouco da cafeína sem você."

"Fique à vontade", disse Seamus.

"É assim que eu devo me sentir? À vontade como se eu fosse seu convidado?", perguntou Patrick, precipitando-se sobre ele como um cão que acabou de se soltar da guia. "Ou será que você é o meu convidado durante este mês? Esse é o xis da questão. Você sabe que os termos da doação de minha mãe incluíam usarmos a casa em agosto, e não vamos hospedar seus amigos conosco."

"Bem, olha, 'termos' é uma forma muito jurídica de encarar as coisas", disse Seamus. "Não há nada escrito sobre a Fundação proporcionar a vocês férias grátis. Entendo sinceramente as dificuldades que você teve para aceitar a vontade de sua mãe. Por isso me preparei para lidar com muita negatividade sua."

"Não estamos discutindo as dificuldades que eu tive com a vontade da minha mãe, mas as dificuldades que você está tendo com isso. Não vamos fugir do assunto."

"Elas são inseparáveis."

"Tudo parece inseparável para um imbecil."

"Não precisa levar para o lado pessoal. Elas são inseparáveis porque as duas dependem de saber o que Eleanor quis."

"É óbvio o que ela quis. O que não está claro é se você é capaz de aceitar a parte que não te convém."

"Bem, minha visão é mais global, Patrick. Vejo o problema em nível holístico. Acredito que todos nós precisamos encontrar uma solução juntos, você e sua família, Kevin e Annette, e eu. Talvez possamos fazer um ritual expressando o que trazemos para essa comunidade e o que esperamos obter dela."

"Ah, não, outro ritual não. Qual é a de vocês com esses rituais, hein? Qual o problema de conversar? Quando passei minha adolescência no que acabou virando o seu chalé, havia dois quartos. Por que você não põe seus amigos no seu quarto extra?"

"Ali agora é o meu escritório e espaço de trabalho."

"Deus nos livre se eles invadirem seu espaço privado."

Thomas se contorceu para sair dos braços de Mary e começou a andar por ali. O desejo dele de se movimentar deixou-a ainda mais consciente de como todos eles estavam paralisados. Ela não sentia nenhum prazer em ver Patrick congelado numa espécie de adolescência outonal: dogmático e sarcástico, ressentido com as ações de sua mãe, ainda secretamente pensando no chalé de Seamus como o recanto adolescente no qual ele tinha passado meia dúzia de verões de semi-independência. Apenas Thomas, por não ter recebido nenhuma coordenada desse mapa específico, podia deslizar para o chão e deixar sua mente vagar por onde ela quisesse. Vê-lo se afastar proporcionou a Mary algum distanciamento da cena interpretada por Patrick e Seamus, ainda que pudesse sentir uma violência sombria tomando o lugar da apática afabilidade usual de Seamus.

"Você sabia", disse Patrick, dirigindo-se a Seamus de novo, "que, entre os pastores de rena da Lapônia, o xamã top bebe a urina da rena que comeu os cogumelos mágicos, e o assistente dele bebe a urina do xamã top, e assim por diante, até chegar ao mais humilde dos humildes, que se arrasta na neve, suplicando por um respingo do xixi da duodécima geração de renas?"

"Eu não sabia disso", Seamus respondeu, sem emoção.

"Achei que fosse a sua especialidade", disse Patrick, surpreso. "Em todo caso, a ironia é que o premier cru, o primeiro gole, é muito mais tóxico. O pobre do xamã top fica cambaleando e suando, tentando eliminar todo o veneno, ao passo que, alguns fígados danificados depois, a urina fica inofensiva sem perder seu poder alucinógeno. O apego humano ao status é tanto, que as pessoas sacrificam sua paz de espírito e seu precioso tempo penando para alcançar o que é, no final das contas, uma experiência absolutamente venenosa."

"Muito interessante", disse Seamus, "mas não vejo o que isso tem a ver com o nosso problema imediato."

"Apenas isto: se há uma coisa que eu admito é o orgulho, e não estou preparado para ficar na base da hierarquia de mijo desta 'comunidade'."

"Se você não quer ser parte desta comunidade, você não precisa ficar", disse Seamus baixinho.

Houve uma pausa.

"Que bom", disse Patrick. "Agora pelo menos sabemos o que você realmente quer."

"Por que *você* não vai embora?", gritou Robert. "Apenas nos deixe em paz. Esta casa é da minha avó, e nós temos mais direito de estar aqui do que você."

"Vamos nos acalmar", disse Mary, pousando uma mão no ombro de Robert. "Não vamos embora no meio das férias das crianças, independentemente de virmos ou não para cá no ano que vem. Talvez possamos chegar a um acordo sobre seus amigos. Se você sacrificar seu escritório por uma semana, podemos recebê-los na nossa última semana aqui. Parece justo."

Seamus hesitou entre o momentum de sua raiva e o seu desejo de parecer razoável.

"Depois te dou uma resposta", ele disse. "Para ser sincero, preciso processar alguns sentimentos negativos que estou tendo neste momento antes de poder tomar uma decisão."

"Pois pode processar bem longe daqui", disse Patrick, erguendo-se para pôr um fim na conversa. "Fique à vontade. Faça um ritual."

Ele deu a volta na mesa e abriu os braços como se para espantar Seamus da casa, mas então parou de repente.

"Aliás…", disse Patrick, inclinando-se para mais perto de Seamus, "Mary me disse que você abandonou Eleanor agora que ela te deu a casa. É verdade? Depois de tudo que ela fez por você, você poderia dar uma passada lá para vê-la."

"Eu não preciso de nenhum sermão seu sobre a importância da minha amizade com Eleanor", disse Seamus.

"Olha, eu sei que ela não é nenhuma grande companhia", disse Patrick, "mas isso é apenas uma parte do tesouro encontrado que vocês têm em comum."

"Para mim chega da sua atitude hostil", disse Seamus, o rosto carmim de rubor. "Tentei ser paciente…"

"Paciente?", interrompeu Patrick. "Você tentou empurrar os seus amiguinhos pra cima de nós e jogou Eleanor no monte de sucata só porque não há mais nada para você arrancar dela. Quem acha que 'paciente' é a palavra para descrever esse tipo de coisa deveria é estar fazendo inglês como língua estrangeira em vez de assinar um contrato para escrever um livro."

"Não sou obrigado a tolerar esses insultos", disse Seamus. "Eleanor e eu criamos essa Fundação, e sei que ela não ia querer que nada minasse o seu sucesso. O mais trágico, na minha opinião, é que você não vê como a Fundação é central para o propósito de vida da sua mãe e não percebe que mulher extraordinária ela é."

"Você está muito enganado", disse Patrick. "Eu não poderia desejar uma mãe mais extraordinária."

"Sabemos bem onde tudo isso vai acabar", disse Mary. "Vamos dar um tempo para esfriar a cabeça. Não vejo nenhum sentido para mais animosidade."

"Mas, querida", disse Patrick, "animosidade é só o que nos resta."

Com certeza era tudo que restava para ele. Mary sabia que ia acabar sobrando para ela resgatar as férias dos destroços deixados pelo desdém de Patrick. A expectativa de que ela seria ao mesmo tempo incansavelmente engenhosa e completamente solidária com Patrick não era algo que ela pudesse suportar nem frustrar.

Enquanto pegava Thomas no colo, sentiu de novo o quanto a maternidade havia destruído sua solidão. Desde os vinte anos, Mary tinha vivido sozinha a maior parte do tempo, e teimosamente ela manteve seu apartamento até ficar grávida de Robert. Sentia uma necessidade forte de se distanciar da enxurrada dos outros. Agora ela raramente ficava sozinha e, se ficava, seus pensamentos eram requisitados por suas obrigações familiares. Significados negligenciados empilhavam-se como cartas ainda não abertas. Mary sabia que eles continham lembretes ainda mais ameaçadores sobre sua vida não examinada.

Solidão era algo que ela tinha de compartilhar com Thomas neste momento. Lembrava-se de uma frase que Johnny certa vez dissera sobre a criança estar "sozinha na presença de sua mãe". Isso a marcara e, sentada com Thomas depois da briga de Patrick e Seamus, enquanto ele brincava com sua mangueira favorita, apontando-a para um lado e observando o arco prateado de água cair no chão, Mary sentia a pressão de encorajá-lo a ser útil, a regar as plantas e a não deixar que a lama espirrasse em sua calça, mas não cedeu a isso, vendo uma espécie de liberdade na inutilidade da brincadeira dele. Thomas não tinha nenhum resultado em mente, nenhum projeto ou lucro, apenas gostava de ver a água correr.

Teria feito todo o sentido ela abrir espaço para a nostalgia agora que a partida pela qual tanto ansiara parecia inevitável, mas se viu olhando com frieza para o jardim, a paisagem e o céu límpido. Estava na hora de ir.

De volta à casa, ela foi até seu quarto para descansar um pouco e encontrou Patrick esparramado na cama com uma taça de vinho do lado.

"Você não foi muito simpática hoje de manhã", ele disse.

"Como assim? Eu não fui antipática. Você estava envolvido na discussão com Seamus."

"Bem, a empolgação com as Termópilas está acabando", disse Patrick.

Ela sentou na beira da cama e afagou a mão dele distraidamente.

"Lembra, lá nos Velhos Tempos, quando a gente costumava ir pra cama à tarde?", perguntou Patrick.

"Thomas acabou de pegar no sono."

"Você sabe que esse não é o verdadeiro motivo. Não estamos rangendo os dentes de frustração, jurando que vamos nos atirar na cama assim que tivermos uma chance: nem chega a ser uma possibilidade." Patrick fechou os olhos. "Sinto como se estivéssemos deixando para trás um túnel branco e reluzente…"

"Isso foi ontem, vindo do aeroporto", disse Mary.

"Um osso sem carne", insistiu Patrick. "Nada nunca será como antes, por mais que a gente repita essa frase mágica para a garçonete no bar."

"Nunca no meu caso", disse Mary.

"Parabéns", disse Patrick, ficando subitamente em silêncio, os olhos ainda fechados.

Será que ela estava sendo insensível? Será que deveria fazer um boquete nele por caridade? Sentia que essas súplicas por atenção eram cronometradas para serem impossíveis de atender, de forma a mantê-lo autojustificadamente infiel. Patrick teria se horrorizado se ela começasse a transar com ele. Ou será que não? Como ela poderia saber, se era incapaz de tomar qualquer iniciativa sexual? A coisa toda havia morrido para ela, e não podia culpar o caso extraconjugal dele pelo colapso. Acontecera no momento em que Thomas nasceu. Ela não tinha como não se assombrar com a força do rompimento. Era a autoridade de um instinto redirecionando os recursos de Mary do gasto, debilitado e afetado Patrick para o potencial emocionante de seu novo filho. Havia acontecido a mesma coisa com Robert, mas só por alguns meses. Dessa vez sua vida erótica foi absorvida pela intimidade com Thomas. Seu relacionamento com Patrick estava acabado, ainda que a culpa e o dever tivessem comparecido ao funeral. Ela afundou na cama ao lado dele, olhou fixamente para o teto por alguns segundos de intensidade vazia e em seguida também fechou os olhos. Eles ficaram deitados juntos na cama, flutuando num sono raso.

"Ah, meu Deus", Mary disse a Robert, erguendo-se do chão onde estivera ajoelhada ao lado da mala aberta, "ainda não desmarquei com a vovó e com Sally."

"Devo dizer que é uma tremenda decepção", disse Robert com a sua voz de Kettle.

"Vamos ver se você acertou", disse Mary, sentando ao lado dele para discar o número de sua mãe.

"Bem, devo dizer que é *mesmo* uma decepção", disse Kettle, fazendo Mary cobrir o bocal enquanto tentava segurar o riso.

"No alvo", ela sussurrou para Robert. Ele ergueu os braços em triunfo.

"Por que você não vem mesmo assim?", Mary disse à mãe. "Seamus parece apreciar sua companhia ainda mais do que nós. O que é dizer muito", acrescentou depois de uma longa pausa.

Sally disse que iria vê-los em Londres, então, e comentou que era uma "ótima notícia".

"Para alguém de fora esse lugar parece uma linda redoma de vidro com o ar acabando aos poucos. Vocês têm que se mandar daí antes que explodam."

"Ela está feliz por nós", disse Mary.

"Bem, caramba", disse Robert, "espero que ela perca sua casa, assim podemos ficar felizes por ela também."

Quando Patrick voltou, ele pôs um pedaço de papel em cima da mala que Mary estava lutando para fechar e afundou na cadeira junto da porta. Ela pegou o papel e viu que era um dos bilhetes escritos fracamente a lápis por Eleanor.

*Meu trabalho aqui acabou. Quero ir para casa.*
*Você poderia por favor encontrar uma casa de repouso em Kensington?*

Ela passou o bilhete a Robert.

"É difícil saber qual frase me agradou mais", disse Patrick. "A minúscula reserva de capital não xamânico de Eleanor vai ser mutilada em menos de um ano se ela se mudar para Kensington. Depois disso, se tiver o mau gosto de permanecer viva, adivinhe quem vai ter de mantê-la vegetando no Royal Borough?"

"Eu gosto do ponto de interrogação", disse Mary.

"A verdadeira habilidade de Eleanor é pôr os nossos impulsos emocionais e morais em total conflito. De novo e de novo ela continua fazendo eu me odiar por agir do modo certo, ela transforma a virtude em punição."

"Imagino que devemos protegê-la do horror de descobrir que Seamus só estava interessado no dinheiro dela."

"Por quê?", disse Robert. "É bem feito para ela."

"Escuta", disse Patrick, "o que eu vi hoje foi uma pessoa apavorada. Apavorada de morrer sozinha. Apavorada que sua família a abandone, como Seamus fez. Apavorada por estar fodida, por ter reproduzido como uma sonâmbula o comportamento de sua mãe. Apavorada com a impotência de suas convicções diante do sofrimento real, apavorada com tudo. Se concordarmos com o seu pedido, ela pode trocar a filantropia pela família. Na essência, nenhuma das duas funciona mais, mas a troca pode lhe dar um pequeno alívio antes de ela voltar para o inferno."

Ninguém disse nada.

"Vamos torcer para que seja o purgatório em vez do inferno", disse Mary.

"Não estou muito por dentro dessas coisas", disse Patrick, "mas se o purgatório é um lugar onde o sofrimento refina a pessoa em vez de degradá-la, não vejo nenhum sinal disso."

"Bem, talvez possa pelo menos ser o purgatório para nós."

"Não estou entendendo", disse Robert. "A vovó vai vir morar com a gente?"

"Não no apartamento", disse Mary. "Numa casa de repouso."

"E nós vamos ter que pagar?"

"Ainda não", respondeu ela.

"Mas dessa forma Seamus sai totalmente vitorioso", disse Robert. "Ele fica com a casa e a gente fica com a aleijada."

"Ela não é uma aleijada", disse Mary, "ela é uma inválida."

"Ah, desculpe", disse Robert, "isso faz muita diferença. Sorte nossa." Ele fez sua voz de apresentador de televisão. "E os sortudos vencedores de hoje, a família Melrose, de Londres, vai levar para casa nosso fabuloso prêmio do primeiro lugar. Esta incrível *inválida*, que não fala, não anda *e* não consegue controlar os intestinos." Robert fez o som de aplausos delirantes e depois mudou para um tom solene e consolador. "Que azar, Seamus", disse, passando o braço em volta de um concorrente imaginário, "você jogou bem, mas no final eles te venceram na rodada da Morte Lenta. Mas você não vai voltar para casa de mãos vazias, pois estamos premiando você com essa vila particular no sul da França, com trinta acres de um bosque exuberante, uma gigantesca piscina e várias áreas ajardinadas para as crianças brincarem…"

"Essa foi incrível", disse Mary. "De onde você tirou isso?"

"Acho que Seamus ainda não sabe", disse Patrick. "Ela me fez ler um cartão-postal dizendo que ele iria vê-la depois que a família fosse embora. Ou seja, ele ainda não foi visitá-la."

"E você achou que isso a fez mudar de ideia?"

"Não", disse Patrick. "Ela sorriu quando me deu o bilhete."

"O sorriso mecânico ou o radiante?"

"O radiante", disse Patrick.

"É pior do que a gente imaginava", disse Mary. "Ela não só está fugindo da verdade sobre os motivos de Seamus como está fazendo outro sacrifício. A única coisa que ela ainda tinha para dar a ele era a sua ausência. É amor incondicional, aquilo que as pessoas geralmente reservam para os filhos, quando chegam a tanto. Nesse caso os filhos é que são o sacrifício."

"Há um ranço horrível de cristianismo nisso também", disse Patrick. "Ser útil e ao mesmo tempo afirmar a sua inutilidade — tudo a serviço do orgulho ferido. Se ela ficar aqui, vai ter de prestar atenção na traição de Seamus, mas dessa forma nós somos os únicos traídos. Não consigo engolir a teimosia dela. Nada como fazer a vontade de Deus para tornar uma pessoa cabeça-dura."

"Ela não pode falar nem se mover", disse Mary, "mas olha o poder que ela tem."

"Pois é", disse Patrick. "Todo esse blá-blá-blá que acontece no meio da vida não é nada comparado com o choro e os gemidos que ocorrem nas duas extremidades da vida. Isto me deixa louco: somos controlados por um tirano incapaz de falar após outro."

"E para onde a gente vai nas férias do ano que vem?", perguntou Robert.

"Podemos ir para qualquer lugar", disse Patrick. "Não somos mais prisioneiros dessa perfeição provençal. Estamos pulando fora do cartão-postal, caindo na estrada." Ele sentou ao lado de Robert na cama. "Bogotá! Blackpool! Ruanda! Solte a imaginação. Pense só no verão efêmero do Alaska irrompendo pelos buracos da tundra. Tierra del Fuego é agradável nesta época do ano. As praias de lá não são disputadas, exceto por aqueles hilários leões-marinhos cor de *blueberry*. Já tivemos o bastante dos prazeres previsíveis do Mediterrâneo, com seus pedalinhos e suas pizzas *au feu de bois*. O mundo é nosso, podemos fazer o que quisermos, comer quantas ostras quisermos."

"Eu odeio ostra", disse Robert.

"É, mancada minha", admitiu Patrick.

"Para onde você quer ir?", perguntou Mary. "Pode escolher o lugar que quiser."

"Para os Estados Unidos", disse Robert. "Quero ir para os Estados Unidos."

"Por que não?", respondeu Patrick. "É para lá que os europeus costumam ir quando são expulsos."

"Não estamos sendo expulsos", disse Mary, "estamos finalmente nos libertando."

Agosto de 2003

# 13.

Será que os Estados Unidos seriam exatamente como ele imaginara? Junto com o resto do mundo, Robert tinha vivido sob uma chuva de imagens americanas durante a maior parte de sua vida. Talvez já tivesse imaginado tanto o lugar que não seria capaz de ver absolutamente nada.

A primeira impressão que cruzou seu caminho enquanto o avião ainda se encontrava em terra, em Heathrow, foi uma sensação de suavidade histérica. O fluxo de passageiros no corredor da aeronave estava bloqueado por uma mulher ruiva cujos joelhos cediam sob seu peso.

"Não posso ir para lá. Não posso entrar ali", ela dizia, ofegante. "Linda quer que eu sente na janela, mas não vou caber ali."

"Sente você lá, Linda", disse o enorme pai da família.

"Pai!", reclamou Linda, cujo tamanho falava por si.

Aquilo parecia típico de algo que ele já tinha visto nos pontos turísticos de Londres: um tipo especial de tenra obesidade americana; não a gordura duramente conquista de um gourmet, ou o corpo rolo compressor de um motorista de caminhão, mas a gordura apreensiva de gente que tinha decidido se tornar o seu próprio sistema de air bag num mundo perigoso. E se o ônibus deles fosse sequestrado por um psicopata que não tinha trazido nenhum amendoim? Melhor comer alguns agora. Se houvesse um ataque terrorista, por que piorar as coisas com a fome?

Por fim, os Air Bags se espremeram em seus assentos. Robert nunca tinha visto rostos tão inexpressivos, meros esboços na imensidão de seus corpos. Até as feições relativamente protuberantes do pai pareciam a cera derretida de uma vela acesa. Enquanto se enfiava em seu assento no corredor, a sra. Air Bag voltou-se para a longa fila de passageiros obstruídos, uma mancha marrom de cansaço irradiando de seus desbotados olhos castanho-claros.

"Obrigada pela paciência de todos", ela grunhiu.

"Muito gentil ela nos agradecer por algo que não lhe demos", disse o pai de Robert. "Talvez eu devesse lhe agradecer por sua agilidade."

A mãe de Robert lançou um olhar de advertência a ele. Eles estavam atrás dos Air Bags na fila.

"Você vai ter que baixar os braços da poltrona na decolagem", advertiu o pai de Linda.

"Mamãe e eu estamos dividindo os assentos", disse Linda, rindo. "Nosso bumbum está se espalhando!"

Robert espiou pela fresta entre os bancos. Ele não via como eles iam baixar os braços das poltronas.

Depois de conhecer os Air Bags, a sensação de suavidade de Robert se expandiu. Até a dureza de alguns rostos que ele viu naquela tarde quente e cerácea em que chegaram, nas fendas minerais do centro de Manhattan tomado por bandeiras, pareceu-lhe como a suavidade amargurada de crianças traídas a quem prometeram tudo. Para aqueles dispostos a ser consolados sempre havia algo para comer; uma barraquinha de *pretzel*, um carrinho de sorvete, um serviço de entrega de comida, uma tigela de castanhas no balcão, uma máquina de *snacks* no corredor. Ele sentia a pressão de se deixar levar pela mentalidade de gado pastando, não um gado qualquer, mas um gado industrializado, que não precisa esperar nem tem autorização para tanto.

No Oak Bar, Robert viu uma porção de homens tão pálidos e esponjosos quanto cogumelos, todos metidos nos talos largos de suas calças cáqui diante do armário de charutos. Pareciam estar brincando de ser homens. Riam baixinho e sussurravam como colegiais à espera de ser pegos no flagra e forçados a retirar as almofadas que tinham enfiado debaixo de suas camisas de botão cor pastel e a desgrudar da cabeça as coberturas de plástico que os faziam parecer carecas. Observá-los fez Robert se sentir muito adulto. Viu a velhinha da mesa ao lado colar os lábios empoados na borda do copo de seu drinque e sugar habilmente o líquido rosa pela boca. Parecia um camelo tentando esconder a dentadura. No reflexo convexo da tigela de cerâmica preta na janela, ele viu pessoas indo e vindo, táxis amarelos chegando e saindo, as rodas das carruagens do parque girando e se aproximando até ficar tão pequenas quanto as rodas de um relógio de pulso e desaparecerem.

O parque estava luminoso e quente, cheio de vestidos sem mangas e jaquetas penduradas nos ombros. Robert sentiu o estado alerta da chegada ser consumido pela exaustão, e a novidade de Nova York sobreposta por uma sensação de que ele já tinha visto aquele lugar novo mil vezes. Enquanto os parques de Londres que ele conhecia privilegiavam a natureza, o Central Park privilegiava a recreação. Cada centímetro era planejado para o prazer. Trilhas de cinzas serpeavam entre as pequenas colinas e planícies, passando por um zoológico e uma pista de patinação, por áreas silenciosas, campos esportivos e uma pletora de parquinhos. Pessoas andando de patins e com fones de ouvido buscavam sua música particular. Adolescentes escalavam pequenos montes de rochas cinza-amarronzadas. A música sinuosa de um flautista ecoava úmida sob o arco de uma ponte. À medida que desaparecia atrás deles, ia sendo substituída pelo guincho mecânico e estridente de um carrossel.

"Olha, mamãe, um carrossel!", exclamou Thomas. "Eu quero ir nele. Não posso resistir a isso, realmente."

"Está bem", disse o pai de Robert com um suspiro de evitar birra.

Robert foi incumbido de levar Thomas para dar uma volta no carrossel, sentado no mesmo cavalo que ele e com um cinto de couro preso em volta da cintura.

"Este cavalo é de verdade?", perguntou Thomas.

"É", disse Robert. "É um enorme cavalo selvagem americano."

"Você ser Alabala e diz que é um cavalo selvagem americano", disse Thomas.

Robert obedeceu ao irmão.

"Não, Alabala!", disse Thomas asperamente, abanando o indicador. "É um cavalo de carrossel."

"Ops, foi mal", disse Robert enquanto o carrossel começava a se mover.

Logo ele já estava andando rápido, rápido demais. Nada no carrossel de Lacoste o preparara para esses cavalos que bufavam e empinavam, as narinas pintadas de vermelho e o pescoço virado de forma pretensiosa para o parque. Ele estava num continente diferente agora. A música assustadoramente alta parecia ter enlouquecido todas as nuvens do teto central, e ele viu que, em vez de elas estarem disfarçadas por um céu pintado e cravejado de luzes, barras fortemente engraxadas giravam acima deles. Junto com a violência do giro, esse maquinário exposto lhe pareceu algo tipicamente americano. Ele não sabia por quê. Talvez tudo nos Estados Unidos revelasse este talento de ser instantaneamente típico. Assim como seu corpo estava sendo enganado por uma segunda tarde, por causa do fuso horário, cada surpresa era assombrada por essa sensação de ser exemplar.

Logo que saíram do carrossel, eles depararam com uma animada mulher de meia-idade curvada sobre seu cãozinho de estimação.

"Você quer um cappuccino?", ela perguntou, como se aquilo fosse uma tremenda tentação para o cachorro. "Está pronto para um cappuccino? Vamos! Vamos!" Ela bateu as mãos, extasiada.

Mas o cachorro se esticou para trás na coleira, como se dissesse: "Sou um *dandie dinmont*, não bebo cappuccino".

"Acho que isso é um sonoro 'não'", disse o pai de Robert.

"Shhh…", fez Robert.

"Quero dizer", disse Thomas, tirando o dedo da boca e se inclinando em seu carrinho, "Acho que isso é um sonoro não." Ele riu. "Quero dizer, é incrível. O cachorrinho não quer um cappuccino!" Ele pôs o dedo de novo na boca e ficou brincando com a etiqueta macia de seu trapinho.

Passados outros cinco minutos, seus pais estavam prontos para voltar ao hotel, mas Robert avistou um pouco de água e correu mais adiante.

"Olha", ele disse, "um lago."

O paisagismo criou a impressão de que a outra margem do lago banhava a base de um arranha-céu de duas torres em West Side. Sob o olhar desse penhasco perfurado, homens de camiseta rebocavam barcos de metal passando por ilhas de juncos, enquanto garotas tiravam fotos umas das outras em meio aos remos e crianças ficavam sentadas imóveis, inchadas em coletes salva-vidas azuis.

"Olha", disse Robert, incapaz de expressar como aquilo tudo parecia incrivelmente típico.

"Quero ir no lago", disse Thomas.

"Hoje não", disse o pai de Robert.

"Mas eu quero", Thomas gritou, lágrimas instantaneamente surgindo como pequenas pérolas em suas pálpebras.

"Vamos dar uma corrida", disse o pai de Robert, agarrando o carrinho e disparando por uma avenida de estátuas de bronze, os protestos de Thomas sendo aos poucos substituídos por gritos de "Mais rápido!".

Quando por fim o alcançaram, o pai de Robert estava curvado sobre a alça do carrinho, recuperando o fôlego.

"O comitê de seleção devia estar baseado em Edimburgo", disse ele ofegante, apontando com a cabeça para as gigantescas estátuas de Robert Burns e Walter Scott, curvados sob o peso de sua genialidade. Um pouco mais adiante, um Shakespeare vivaz e muito menor exibia um traje de época.

O Churchill Hotel no qual eles estavam hospedados não tinha serviço de quarto, então o pai de Robert saiu para comprar uma chaleira e algumas "provisões básicas". Quando voltou, Robert sentiu o cheiro de uísque fresco no hálito dele.

"Meu Deus", disse seu pai, pescando uma caixa da sacola de compras, "você sai para comprar uma chaleira e volta com nada menos que uma Máquina Inteligente de Bebidas Quentes para Viagem."

Como os traseiros irrestritos de Linda e de sua mãe, as expressões americanas pareciam se sentir no direito de ocupar tanto espaço quanto podiam. Robert observou seu pai tirar chá, café e uma garrafa de uísque de um saco de papel pardo. A garrafa já tinha sido aberta.

"Olha essas cortinas imundas", disse seu pai, vendo Robert calcular a proporção já esvaziada da garrafa. "Nova York só está respirando um ar maravilhosamente puro porque esses filtros especiais de poluição do nosso quarto estão sugando todas as impurezas da atmosfera. Sally disse que a decoração deste lugar 'te contagia' — é exatamente com isso que estou preocupado. Tente não tocar em nenhuma superfície."

Robert, que estivera empolgado só com o fato de se hospedar num hotel, começou a olhar com ar crítico para o seu entorno. Um tapete chinês rosa-barriga-de-rato, com um pictograma de um medalhão aleonzado no centro, conduzia ao oleoso estofado francês provinciano do sofá e da poltrona. Acima do sofá, na parede amarela botão-de-ouro, uma tapeçaria indiana de mulheres dançando rigidamente junto de um poço, com algumas vacas no primeiro plano, confrontava uma pintura enorme de duas bailarinas, uma de tutu amarelo-limão e outra de tutu cor-de-rosa. O banheiro tinha tantas crateras quanto a Lua. O cromado das torneiras ficara cinza e o esmalte estava manchado. Se você não precisava de um banho antes de entrar, certamente ia precisar depois de sair. A vista do quarto de seus pais, onde Thomas pulava para lá e para cá na cama gritando "Olhem para mim! Sou um astronauta!", dava para um sistema de ar-condicionado enferrujado que ressoava poucos metros abaixo da janela mal instalada. Da sala de estar, onde ele ia dormir no sofá-cama com Thomas (ou, conhecendo Thomas, onde seu pai ia dormir depois que Thomas se apossasse da cama de sua mãe), havia uma vista perfeita da cobertura de concreto do arranha-céu vizinho.

"É como morar numa pedreira", disse seu pai, derramando uns dois dedos de uísque num copo. Ele foi até a janela e abaixou a persiana de plástico cinza. O varão caiu em cima do ar-condicionado da sala com um estrondo seco.

"Puta que pariu", disse seu pai.

A mãe de Robert caiu na risada. "É só por algumas noites.

Vamos sair para jantar. Thomas vai demorar uma eternidade para dormir de novo. Ele dormiu três horas no avião. E você, querido?", ela perguntou a Robert.

"Eu quero continuar alerta. Posso tomar uma coca-cola?"

"Não", respondeu sua mãe, "você já está bem agitado."

"Sabor maçã com canela", resmungou o pai de Robert enquanto continuava desempacotando as compras. "Não consegui achar nenhuma aveia sabor de aveia nem maçã com gosto de maçã, apenas aveia sabor maçã. E canela, claro, para combinar com a pasta de dentes. Um homem menos sóbrio poderia acabar escovando os dentes com aveia ou comer uma tigela de pasta de dentes no café da manhã sem nem perceber. É o bastante para te deixar maluco. E se não há nenhum aditivo, eles também se gabam disso. Vi um pacote de chá de camomila que dizia 'Livre de cafeína'. Por que a camomila teria alguma cafeína?" Ele tirou o último pacote.

"Morning Thunder", disse a mãe de Robert. "Será que Thomas já não é um 'Trovão da Manhã' suficiente?"

"Este é o seu problema, querida, você acha que Thomas pode substituir tudo: chá, café, trabalho, vida social..." Ele deixou a lista despencar em silêncio e em seguida enterrou depressa a observação com comentários mais gerais. "Esse Trovão da Manhã é muito literário, só tem citações de aditivo. Pigarreou e leu em voz alta: "*Frequentemente nascido sob outro céu, colocado no meio de uma cena sempre movente, ele próprio movido por uma torrente irresistível que arrasta tudo à sua volta, o americano não tem tempo para se prender a nada, ele cresce acostumado apenas a mudar, e acaba por considerá-lo o estado natural do homem. Ele sente a necessidade disso, mais ainda, ele ama isso; pois a instabilidade, em vez de significar desastre para ele, parece produzir apenas milagres à sua volta*'. Alexis de Tocqueville."

"Portanto veja", ele disse, bagunçando o cabelo de Robert, "querer 'continuar alerta' está em perfeita sintonia com o espírito deste país, pelo menos em 1840, ou sabe-se lá quando."

Thomas subiu numa mesa cujo círculo protetor de vidro era cerca de trinta centímetros menos largo que a própria mesa, deixando a toalha de poliéster cor de amora exposta nas bordas.

"Vamos para um restaurante", disse a mãe de Robert, pegando-o gentilmente no colo.

Robert captou a sensação de quase violência do silêncio no elevador, resultante das coisas que seus pais não estavam dizendo um para o outro, mas também causada pelo ar de doença mental do ascensorista de cabeça nodosa, que, em vez do pedido de desculpas que Robert achava que eles mereciam, os informou com orgulho que o elevador fora instalado em 1926. Robert gostava que algumas coisas fossem velhas — dinossauros, por exemplo, ou planetas —, mas preferia seus elevadores novinhos em folha. O desejo da família de escapar da jaula de veludo vermelho era explosivo. Enquanto o louco manobrava uma alavanca de bronze para a frente e para trás, o elevador dava guinadas nas proximidades do térreo até que por fim parou apenas um ou dois centímetros abaixo do saguão.

Sob a luz do crepúsculo, eles caminharam através de calçadas brilhantes, vapor de bueiros e grades gigantescas em lugar de paralelepípedos em trechos inquietantemente longos. Robert recusava-se a ceder à covardia de evitá-las, mas andava sobre elas relutante, tentando se fazer mais leve. A gravidade nunca tinha parecido tão grave.

"Por que as calçadas brilham?", perguntou.

"Só Deus sabe", disse seu pai. "Provavelmente é a adição de ferro, ou os pedaços de citações. Ou talvez eles apenas sugaram a cafeína lá do fundo delas."

A não ser por alguns artigos de jornais amarelados expostos

na janela e um cartaz feito à mão dizendo DEUS ABENÇOE NOSSAS TROPAS, a Venus Pizza não dava nenhuma pista da comida repugnante que estava sendo preparada lá dentro. Os ingredientes das saladas e das pizzas pareciam se ajustar à expansão irrefletida na qual Robert vinha reparando desde Heathrow. Uma lista começava razoavelmente, com queijo *feta* e tomate e então passava dos limites com abacaxi e queijo suíço. Frango defumado invadia o que parecia ser uma festa de frutos do mar, e "todos acima" eram servidos com batata frita e cebola empanada.

"Tudo é 'de dar água na boca'", disse Robert. "O que isso significa? Que você precisa de um enorme copo d'água para tirar o gosto da boca?"

Sua mãe soltou uma gargalhada.

"Isto aqui está mais para um relatório policial do que eles encontraram no lixo de alguém do que para um prato", reclamou seu pai. "O suspeito era obviamente um aficionado por frutas tropicais com um amor profundo por brie e marisco", ele resmungou com um sotaque americano.

"Achei que as batatas fritas francesas agora se chamavam batatas da liberdade", disse Robert.

"Sai mais barato escrever DEUS ABENÇOE NOSSAS TROPAS do que reimprimir uma centena de cardápios", disse seu pai. "Graças a Deus que a Espanha aderiu à coalizão da boa vontade, do contrário estaríamos dizendo coisas do tipo 'Eu quero uma omelete suprema corte com batatas da liberdade de acompanhamento'. Os *muffins* ingleses provavelmente vão sobreviver à limpa, mas eu não sairia por aí pedindo café turco depois do modo como eles se comportaram. Sinto muito." O pai de Robert afundou de novo na cadeira. "Eu tive um caso de amor tão grande com os Estados Unidos que acho que me sinto rejeitado pela sua atual encarnação. Claro que é uma sociedade vasta e complexa, e tenho muita fé na sua capacidade de autocorreção. Mas onde está ela? Onde estão os protestos? A sátira? O ceticismo?"

"Oi!" A garçonete usava um crachá onde se lia KAREN. "E aí, pessoal, já escolheram seus pedidos? Ah", ela suspirou, olhando para Thomas, "você é maravilhoso."

Robert ficou hipnotizado pela estranha simpatia vazia dos modos dela. Ele queria liberá-la da obrigação de se mostrar animada. Dava para ver que ela queria mesmo era ir para casa.

Sua mãe sorriu para ela e disse: "Poderíamos pedir uma Vesúvio sem os pedaços de abacaxi ou o peru defumado ou…". Ela começou a rir, incapaz de se conter. "Desculpe…"

"Mãe!", disse Robert, começando a rir também.

Thomas apertou os olhos e balançou-se para lá e para cá, não querendo ficar de fora. "Quero dizer", ele disse, "é incrível."

"Talvez devêssemos tentar por outro caminho", disse o pai de Robert. "Poderíamos pedir uma pizza só com tomate, anchova e azeitona preta?"

"Como as pizzas de Les Lecques", disse Robert.

"Vamos ver", disse seu pai.

Karen tentou controlar sua perplexidade diante da pobreza dos ingredientes.

"Vocês querem mozarela, certo?"

"Não, obrigado."

"Que tal um fio de azeite de manjericão?"

"Sem azeite, obrigado."

"O.k.", disse ela, endurecida pela teimosia deles.

Robert deslizou pela mesa de fórmica e descansou a cabeça de lado no travesseiro de seus braços cruzados. Sentia que estivera preso o dia todo numa discussão com seu corpo: confinado no avião quando estava pronto para sair por aí, e saindo agora quando deveria estar na cama. No canto, uma televisão com o volume baixo o suficiente para ser inaudível, mas não o bastante para ficar silenciosa, iluminava diagonalmente o ambiente. Robert nunca tinha visto um jogo de beisebol, mas já vira filmes nos quais o espírito humano triunfava sobre a adversidade num campo de beisebol. Achava que se lembrava de um em que gângsteres tentavam fazer um astro honesto do beisebol perder um jogo de propósito, mas no último instante, bem quando ele estava prestes a pôr tudo a perder e os gemidos de decepção da torcida pareciam expressar toda a insatisfação de um mundo no qual não havia mais nada em que acreditar, ele entrou num transe e se lembrou da primeira vez em que rebateu uma bola para bem longe num campo de trigo no meio dos Estados Unidos. Ele não podia trair aquela incrível sensação de destino em *slow motion* e não podia trair sua mãe, sempre vestida com um avental e que lhe dizia para não mentir, então ele rebateu a bola, mandando-a para fora do estádio, e os gângsteres ficaram parecendo um pouco como Karen quando anotou o pedido da pizza, só que muito mais irritados, mas a namorada dele estava toda orgulhosa, ainda que os gângsteres estivessem postados um de cada lado dela, pois ela era basicamente como a mãe dele com roupas cor de pêssego muito mais caras, e a torcida foi à loucura, porque havia algo em que acreditar de novo. Então houve uma perseguição de carros, e os gângsteres, cujos reflexos não tinham sido afiados por uma vida inteira dedicada ao esporte e cujo mau caráter se transformou em má condução numa curva perigosa, bateram o carro e explodiram com ele.

No jogo na televisão os gângsteres pareciam estar tendo muito mais sucesso e a bola mal e mal chegava a ser rebatida. A cada poucos minutos anúncios interrompiam a transmissão e as palavras WORLD SERIES, em enormes letras douradas, surgiam girando do nada e piscando na tela.

"Cadê o nosso vinho?", disse seu pai.

"O seu vinho", corrigiu a mãe de Robert.

Ele viu seu pai cerrar a mandíbula e engolir um comentário. Quando Karen chegou com a garrafa de vinho tinto, seu pai começou a beber, decidido, como se o comentário que ele não tinha feito estivesse entalado em sua garganta. Karen deu a Robert e Thomas enormes copos de gelo manchados com suco de oxicoco. Robert bebericou seu suco com apatia. O dia fora insuportavelmente longo. Não apenas por causa do ranço pressurizado cor de biscoito do voo, mas também pelas formalidades da imigração. Seu pai, que brincara dizendo que ia se apresentar como "turista internacional", visto ser essa a pronúncia do presidente Bush para "terrorista internacional", conseguiu resistir à tentação. Mesmo assim foi levado a uma sala por uma oficial negra da imigração depois que carimbaram o passaporte dele.

"Ela não conseguia entender por que um advogado inglês tinha nascido na França", ele explicou no táxi. "Ela apertou a cabeça e disse: 'Só estou tentando formar uma ideia da sua vida, sr. Melrose'. Eu disse a ela que também estava tentando fazer isso e que se um dia escrevesse uma autobiografia lhe mandaria um exemplar."

"Ah", disse a mãe de Robert, "então foi por isso que ficamos esperando meia hora a mais."

"Bem, você sabe, quando as pessoas odeiam burocracia elas se tornam covardes ou engraçadinhas."

"Então tente ser covarde da próxima vez, é mais rápido."

Quando as pizzas finalmente chegaram, Robert viu que eles estavam perdidos. Grossas como fraldas, elas não tinham sido ajustadas aos noventa por cento de redução de ingredientes. Robert separou todos os tomates, anchovas e azeitonas pretas de um lado e deu duas garfadas na pizza em miniatura. Não era nem um pouco parecida com a pizza deliciosa, fina e ligeiramente torrada de Les Lecques, mas de alguma forma, porque ele achou que poderia ser, ele tinha aberto um alçapão para os verões que costumava ter e que jamais teria de novo.

"O que foi?", perguntou sua mãe.

"Eu só queria uma pizza como a de Les Lecques." Ele foi assaltado por uma sensação de injustiça e desespero. Ele não queria chorar.

"Ah, meu querido, entendo perfeitamente", ela disse, tocando na mão dele. "Sei que parece difícil de acreditar nisto, estando aqui neste restaurante maluco, mas vamos passar dias deliciosos nos Estados Unidos."

"Por que o Bobby está chorando?", perguntou Thomas.

"Ele está triste."

"Mas eu não quero que ele chore", disse Thomas. "Eu não quero!", gritou e começou a chorar também.

"Puta que pariu", disse o pai de Robert. "Eu sabia que a gente devia ter ido para Ramsgate."

No caminho de volta para o hotel, Thomas adormeceu no carrinho.

"Vamos direto ao ponto", disse o pai de Robert, "sem fingir que vamos dormir juntos. Você fica com os garotos no quarto e eu fico no sofá-cama."

"Está bem", disse a mãe de Robert, "se é isso que você quer."

"Não há por que introduzir palavras excitantes como 'querer'. É o que eu realisticamente estou prevendo."

Robert pegou no sono de imediato, mas acordou quando os dígitos vermelhos no relógio de cabeceira marcavam 2:11. Sua mãe e Thomas estavam dormindo, mas ele ouvia um som abafado na sala de estar. Encontrou seu pai no chão na frente da TV.

"Dei um mau jeito nas costas abrindo a porra do sofá-cama", ele disse, fazendo flexões com o quadril ainda pressionado no carpete.

A garrafa de uísque estava na mesa de vidro, três quartos vazia, ao lado de uma cartela saqueada de analgésicos Codis.

"Lamento pela Venus Pizza", disse seu pai. "Depois de ir lá, fazer compras na Carnegie Foods e assistir algumas horas dessa rede delinquente de televisão, cheguei à conclusão de que provavelmente deveríamos jejuar durante nossas férias aqui. A criação industrial não para no abatedouro, ela para na nossa corrente sanguínea, depois dos mísseis de comida de Henry Ford terem sido lançados de suas gaiolas para as nossas bocas abertas e dissolvido seus hormônios de crescimento e suas rações geneticamente modificadas no nosso organismo cada vez mais instável. Mesmo quando a comida não é 'rápida', a conta é instantânea, atirando um comedor preguiçoso de volta para as ruas cheias de lanches. No final, estamos na mesma esteira rolante das galinhas sem penas sendo eletrocutadas."

Robert achou seu pai vagamente assustador, com os olhos injetados e manchas de suor na camisa, girando o saca-rolhas de sua própria fala. Robert sabia que seu pai não estava falando com ele, mas ficou ouvindo seus discursos. O tempo todo em que ele estivera dormindo, seu pai tinha andado para lá e para cá num tribunal mental, fazendo acusações.

"Eu gostei do parque", disse Robert.

"O parque é legal", admitiu seu pai, "mas o resto do país são pessoas em carros enormes se perguntando o que comer em seguida. Quando alugarmos um carro você vai ver que ele é realmente uma sala de jantar móvel, com mesinhas e porta-copos por toda parte. É uma nação de crianças famintas com armas de verdade. Se você não explode com uma bomba, explode com uma pizza Vesúvio. É assustador."

"Por favor, pare", disse Robert.

"Desculpe. É que eu me sinto…" De repente seu pai pareceu perdido. "Simplesmente não consigo dormir. O parque é ótimo. A cidade é incrivelmente linda. O problema sou eu."

"O uísque vai fazer parte do jejum?"

"Infelizmente", disse seu pai, imitando o modo travesso com que Thomas gostava de dizer a palavra, "o uísque é algo *muito* puro e não é sensato incluí-lo na guerra anticorrupção."

"Ah", disse Robert.

"Ou na guerra *contra* a corrupção, como diriam aqui. Guerra contra o terror; guerra contra o crime; guerra contra as drogas. Imagino que se você for um pacifista aqui você tem que fazer uma guerra contra a guerra, do contrário ninguém vai prestar atenção em você."

"Pai", alertou Robert.

"Desculpe, desculpe." Ele pegou o controle remoto. "Vamos desligar este lixo destruidor de mentes e ler uma história."

"Excelente", disse Robert, saltando para o sofá-cama. Ele sentiu que estava fingindo uma animação maior do que sentia, um pouco como Karen. Talvez fosse contagioso ou era alguma coisa nos alimentos.

# 14.

"Ah, Patrick, por que não nos contaram que a vida adorável que levávamos ia acabar?", comentou tia Nancy, virando as páginas do álbum de fotografias.

"Não contaram para você?", respondeu Patrick. "Que loucura. Só que ela não acabou para as pessoas que deveriam ter contado para você. Sua mãe simplesmente a arruinou ao confiar no padrasto de vocês."

"Sabe qual é a pior parte disso? Vou usar a palavra 'cruel'…"

"Uma palavra popular hoje em dia", murmurou Patrick.

"… para descrever este homem", continuou Nancy, apenas fechando brevemente as pálpebras para não se deixar distrair com o comentário de Patrick. "Ele me apalpava no banco de trás do carro da mamãe enquanto ela morria de câncer em casa. Naquela época ele estava com Parkinson e tinha um apertão trêmulo, se é que você me entende. Depois que a mamãe morreu, ele chegou a me pedir em casamento. Dá para acreditar? Eu apenas ri, mas às vezes penso que deveria ter aceitado. Ele só durou mais dois anos, e eu poderia ter sido poupada da visão dos carregadores do sobrinhozinho dele levando a minha penteadeira do quarto, enquanto eu estava deitada na cama, na manhã em que Jean morreu. Eu disse para os brutamontes de macacão azul: 'O que vocês estão fazendo? Estas escovas de cabelo são minhas'. 'Nos disseram para levar tudo', eles grunhiram, e me jogaram para fora da cama, para que também pudessem carregá-la no furgão."

"Poderia ter sido ainda mais traumático casar com alguém que você odiava e que considerava fisicamente repugnante", disse Patrick.

"Ah, olha", disse Nancy, virando uma página do álbum, "aqui é Fairley, onde passamos o início da guerra, enquanto mamãe ainda estava emperrada na França. Era a casa mais divina de Long Island. Você sabia que o tio Bill possuía um jardim de cento e cinquenta acres? E não estou falando só de bosques e campos, embora houvesse muito disso também. Hoje as pessoas já se julgam todo-poderosas se têm um jardim de dez acres em Long Island. No meio do jardim topiário onde costumávamos brincar de estátua, havia um trono de mármore rosa lindo. Ele tinha pertencido ao imperador de Bizâncio..." Ela suspirou. "Tudo perdido, todas as coisas bonitas."

"A questão com as coisas é que elas simplesmente teimam em se perder", disse Patrick. "O imperador perdeu seu trono antes de o tio Bill perder sua mobília de jardim."

"Bem, pelo menos os filhos do tio Bill puderam vender Fairley", disse Nancy, inflamada. "Não a roubaram deles."

"Olha, eu sou o primeiro a me solidarizar. Depois do que Eleanor fez, somos o ramo mais financeiramente murcho da família", disse Patrick. "Quanto tempo vocês ficaram separadas de sua mãe?", ele perguntou, como se para introduzir um tom mais ameno.

"Quatro anos."

"Quatro anos!"

"Bem, nós viemos para os Estados Unidos dois anos antes de a guerra começar. Mamãe ficou na Europa tentando tirar as coisas realmente boas da França, da Inglaterra e da Itália, e só conseguiu chegar aos Estados Unidos dois anos depois de os alemães invadirem. Ela e Jean escaparam por Portugal, e quando chegaram lembro que o baú de sapatos deles tinha caído do barco de pesca que eles contrataram para levá-los até Nova York e afundado no mar. Pensei que se tinha sido possível escapar dos alemães e perder apenas um baú de sapatos, então não estávamos tendo uma guerra tão ruim assim."

"E como você se sentiu por não vê-la todo esse tempo?"

"Bem, sabe, tive uma conversa estranha com Eleanor uns dois anos antes de ela sofrer o derrame. Ela me contou que, quando mamãe e Jean chegaram a Fairley, ela remou para o meio do lago e se recusou a falar com eles porque estava muito chateada por mamãe ter nos abandonado por quatro anos. Eu fiquei chocada porque não me lembrava disso. Quero dizer, teria sido uma coisa e tanto nas nossas jovens vidas. Mas só o que eu lembro é dos sapatos perdidos de mamãe."

"Imagino que cada um se lembra do que é mais importante para si", observou Patrick.

"Ela me disse que odiava mamãe", continuou Nancy. "Quero dizer, eu não sabia que isso era *geneticamente* possível."

"Os genes devem apenas ter ficado do lado dela, horrorizados", disse Patrick. "A história que Eleanor sempre me contou foi que ela odiava a mãe porque ela dispensou as duas pessoas que ela amava e de quem dependia: o pai e a babá."

"Eu me amarrei no carro quando a babá estava sendo levada embora", disse Nancy, competitiva.

"Bem, aí está — você não sentiu uma pontadazinha de afronta de gene…"

"Não! Eu culpei Jean. Foi ele quem convenceu mamãe de que já estávamos velhas demais para ter babá."

"E o seu pai?"

"Bem, mamãe disse que simplesmente não tinha mais condições de mantê-lo. Toda semana ele a deixava maluca com alguma nova extravagância. Às vésperas da Ascot, por exemplo, ele não comprou só um cavalo de corrida; ele comprou um haras de cavalos de corrida. Entende o que eu quero dizer?"

"Aquilo é que era vida", disse Patrick. "Eu adoraria poder ficar irritado com Mary por ela ter comprado uns vinte cavalos de corrida, em vez de entrar em pânico quando Thomas precisa de um sapato novo."

"Você está exagerando."

"É a única extravagância a que eu ainda posso me dar ao luxo."

O telefone tocou, levando Nancy para um estúdio ao lado de sua biblioteca e deixando Patrick no sofá macio e afundado pelo peso do álbum de couro vermelho com um 1940 estampado em dourado na lombada.

A imagem de Eleanor remando para o meio do lago e se recusando a falar com quem quer que fosse fundiu-se na imaginação de Patrick com sua atual condição, acamada e incomunicável com o resto do mundo.

Um dia depois de ela ter se instalado em sua tumba de repouso espessamente acarpetada e superaquecida em Kensington, Patrick recebeu uma ligação do diretor.

"Sua mãe gostaria de vê-lo imediatamente. Ela acha que vai morrer hoje."

"E há alguma razão para acreditarmos que ela esteja certa?"

"Não existe nenhuma razão médica, mas ela está insistindo muito."

Patrick arrastou-se para fora de seus aposentos e foi ver Eleanor. Encontrou-a chorando pela frustração indescritível de ter algo tão importante para dizer. Passada meia hora, ela por fim deu à luz um "Morrer hoje", entregue com todo o assombro aturdido da recente maternidade. Depois disso, quase não se passava um dia sem que uma promessa de morte emergisse depois de uma meia hora de esforço balbuciante e lacrimoso.

Quando Patrick reclamou para Kathleen, a animada enfermeira irlandesa encarregada do andar de Eleanor, ela apertou o antebraço dele e assobiou: "Ela provavelmente vai viver mais que todos nós. Veja o caso do dr. MacDougal, do andar de cima. Quando ele tinha setenta anos, se casou com uma mulher com a metade da idade dele —uma senhora adorável, muito simpática. Bem, um ano depois, foi bem trágico na verdade, ele teve Alzheimer e se mudou para cá. Ela foi sempre muito dedicada, vinha vê-lo todos os dias. E teria continuado a vir se não tivesse tido câncer de mama no ano seguinte. Ela morreu três anos depois de ter se casado com ele, e ele ainda está lá em cima, *firme e forte*."

Depois de um último acesso de riso, ela o deixou sozinho no corredor abafado, ao lado da farmácia trancada.

O que o deprimia ainda mais que a inexatidão das previsões de Eleanor era a obstinação do autoengano dela e de sua vaidade espiritual. A ideia de que ela tinha alguma percepção especial da hora exata de sua morte era típica dos devaneios que conduziam sua vida. Foi só em junho, depois que ela caiu e quebrou a bacia, que ela começou a assumir uma atitude mais realista sobre o grau de controle que poderia ter sobre sua morte.

Patrick foi visitá-la no Chelsea and Westminster Hospital depois da queda.

Eleanor tinha recebido morfina de café da manhã, mas sua inquietação era indomável. A necessidade desesperada de sair da cama, que havia provocado várias quedas, deixando sua têmpora direita com um tom preto-arroxeado, seu nariz inchado e vermelho, tingindo sua pálpebra direita de amarelo e consequentemente fraturando sua bacia, a fez, mesmo agora, esticar-se para se agarrar à barra lateral de sua cama de Jubileu Evans Nesbit e tentar se erguer com aqueles flácidos braços brancos feridos com marcas frescas de agulha que Patrick não pôde deixar de invejar. Algumas frases claras surgiram como ilhas no Pacífico de um oceano resmungado e gemebundo de sílabas desconexas.

"Tenho um encontro", ela disse, lançando-se com um impulso renovado na direção da ponta da cama.

"Tenho certeza de que qualquer pessoa com quem você tenha que se encontrar vai vir aqui", disse Patrick, "sabendo que você não pode se mover."

"Sim", ela disse, por um momento caindo de volta nos travesseiros manchados de sangue, mas atirando-se para a frente de novo e gemendo: "Tenho um encontro".

Ela não estava forte o bastante para se manter desperta por muito tempo, e logo voltou a se contorcer devagar na cama e a emitir outra longa bateria de murmúrios absurdos e urgentes. Então um "não mais" apareceu, solto. Ela passou as mãos pelo rosto, exasperada, como se quisesse chorar mas estivesse sendo deixada na mão por seu corpo também nesse aspecto.

Por fim ela conseguiu.

"Quero que você me mate", ela disse, agarrando a mão dele com uma força surpreendente.

"Eu adoraria ajudar", disse Patrick, "mas infelizmente é contra a lei."

"Não mais", gritou Eleanor.

"Estamos fazendo todo o possível", ele disse vagamente.

Procurando consolo na praticidade, Patrick tentou dar à sua mãe um gole de suco de abacaxi do copo plástico na mesa de cabeceira. Passou a mão por baixo do último travesseiro e ergueu a cabeça dela, derramando o suco delicadamente em seus lábios descamados. Ele se sentiu transformado pela ternura do ato. Nunca havia tratado ninguém com tanto cuidado, exceto seus próprios filhos. O fluxo de gerações se inverteu e ele se viu segurando sua mãe inútil, traiçoeira e confusa com uma rara ansiedade. Como erguer sua cabeça, como ter certeza de que ela não ia engasgar. Observou-a rolar o gole de suco pela boca com uma expressão alarmada e desligada no rosto e desejou que ela tivesse sucesso enquanto tentava lembrar sua garganta de como engolir.

Pobre Eleanor, pobrezinha da Eleanor, ela definitivamente não estava bem, ela precisava de ajuda, ela precisava de proteção. Não havia obstáculo, não havia interrupção para o seu desejo de ajudá-la. Ficou impressionado ao ver sua mente argumentativa e decepcionada dominada por um ato físico. Inclinou-se mais para a frente e deu-lhe um beijo na testa.

Uma enfermeira entrou e viu o copo na mão de Patrick.

"Você lhe deu um pouco do espessante?", perguntou ela.

"Um pouco do quê?"

"Espessante", ela repetiu, dando uma batidinha numa lata que tinha esse nome.

"Não acho que minha mãe queira ficar mais espessa", disse Patrick. "Você por acaso não tem uma lata de definhante?"

A enfermeira pareceu chocada, mas Eleanor sorriu.

"Efinhante", ela repetiu.

"Ela tomou um café da manhã muito bom hoje", insistiu a enfermeira.

"Orça", disse Eleanor.

"Forçada?", sugeriu Patrick.

Ela voltou seu rosto de olhos arregalados para ele e disse: "Sim".

"Quando você voltar para a casa de repouso, pode parar de comer se quiser", disse Patrick. "Você terá mais controle sobre o seu destino."

"Sim", ela murmurou, sorrindo.

Eleanor pareceu relaxar pela primeira vez. E o mesmo fez Patrick. Iria proteger sua mãe da vida horrível que queriam lhe impor. Aqui estava finalmente um papel filial que ele podia assumir.

Patrick olhou para os outros álbuns de fotografia de Nancy, mais de uma centena de volumes idênticos de couro vermelho datados de 1919 a 2011, organizados nas prateleiras imediatamente à sua frente. O resto da sala estava forrado por blocos decorativos de livros de couro e, mais abaixo, de livros brilhantes sobre a arte da decoração. Até as duas portas, uma para o hall e outra para o estúdio no qual Nancy estava falando ao telefone, não interrompiam o tema biblioteca. A parte de trás delas estava repleta de lombadas de livros falsos sobre prateleiras em *trompe-l'œil* perfeitamente alinhadas com as prateleiras reais, de modo que quando as portas estavam fechadas a sala provocava uma impressionante claustrofobia. A rajada de ressentimento e nostalgia que vinha de Nancy, inalterada desde que a vira pela última vez oito anos antes, fez Patrick ficar ainda mais determinado a não viver no mundo do-que-foi, conservado na parede de álbuns — e muito menos no reino do-que-poderia-ter-sido, onde a imaginação de Nancy ardia ainda mais feroz. Parecia não fazer muito sentido lhe passar um sermão construtivo sobre o valor de se manter no contemporâneo, quando ela nem mesmo se atinha ao passado como ele fora, preferindo uma versão purificada da injustiça que sofrera havia quase quarenta anos. O crepúsculo da plutocracia não o seduzia mais do que uma pilha de pratos sujos depois do jantar. Algo havia morrido, e sua morte estava ligada à ternura que sentira por Eleanor quando a tinha ajudado a beber daquele copo de suco de abacaxi no hospital.

Ver sua tia o fez se admirar de novo do quanto ela era diferente da irmã. No entanto as atitudes das duas de extremo mundanismo e de extremo desapego tinham como origem comum um sentimento de traição maternal e de decepção financeira. Nancy havia reatribuído a culpa ao padrasto, enquanto Eleanor tentara descarregar o sentimento de traição em Patrick. Sem sucesso, ele agora gostava de pensar, embora passadas só algumas horas na companhia de sua tia e ele se sentisse como um alcoólico em recuperação que ganhara uma coqueteleira de presente de aniversário.

As janelas altas e claras davam para um amplo gramado que se inclinava até um lago ornamental atravessado por uma ponte de madeira japonesa. De onde ele estava sentado, via Thomas tentando se pendurar na beirada da ponte, e gentilmente contido por Mary, enquanto apontava para as exóticas aves aquáticas que flutuavam sobre o círculo brilhante de água. Ou talvez houvesse carpas *koi* dando profundidade ao tema japonês. Ou alguma armadura de samurai reluzindo na lama. Era perigoso subestimar o rigor decorativo de Nancy. Robert estava escrevendo em seu diário no pequeno pagode ao lado do lago.

Várias prateleiras de clássicos ilegíveis se abriram e Nancy voltou para a sala.

"Era o nosso primo rico", informou ela, como se revigorada pelo contato com o dinheiro.

"Qual deles?"

"Henry. Ele disse que vocês vão para a ilha dele na semana que vem."

"Isso mesmo", confirmou Patrick. "Somos apenas puro lixo branco nos atirando nos braços caridosos do nosso parente americano."

"Ele queria saber se seus filhos eram bem-comportados. Eu disse que eles ainda não tinham quebrado nada. 'Há quanto tempo eles estão aí?', ele perguntou. Quando eu disse que vocês tinham chegado fazia umas duas horas, ele respondeu: 'Ah, pelo amor de Deus, Nancy, que tipo de amostra é essa? Amanhã eu te ligo de novo para pegar o relatório completo'. Imagino que não são todos que têm a coleção mais importante do mundo de estatuetas de Meissen."

"Imagino que nem ele terá depois de receber Thomas."

"Não diga isso!", respondeu Nancy. "Agora você está me deixando nervosa."

"Eu não sabia que Henry tinha se tornado tão pedante. Eu não o vejo há pelo menos vinte anos; ele foi realmente hospitaleiro em nos convidar. Quando adolescente, ele era aquele tipo familiar de rebelde complacente. Suponho que o rebelde tenha sido derrotado pelo exército de estatuetas de Meissen. Quem pode culpá-lo por ter se rendido? Imagine hordas reluzentes de ordenhadoras, todas de porcelana, descendo do alto do monte e inundando a bacia do vale, e o pobre Henry tendo nas mãos apenas uma declaração de carteira de títulos enrolada para enfrentá-las."

"Você se deixa levar demais pela imaginação", disse Nancy.

"Desculpe", disse Patrick. "Já faz três semanas que não vou ao tribunal. Os discursos vão se acumulando…"

"Bem, sua antiquíssima tia vai descansar um pouco agora. Vamos à casa de Walter e Beth para o chá, e é bom eu estar na minha melhor forma. Não deixe as crianças andarem descalças na grama nem se aproximarem dos bosques. Infelizmente esta parte de Connecticut é um dos focos da doença de Lyme, e os carrapatos estão simplesmente terríveis este ano. O jardineiro tenta manter a hera venenosa fora do jardim, mas os bosques não há como ele controlar. A doença de Lyme é horrorosa. É recorrente e, se não for tratada, pode destruir a sua vida. Um garotinho que mora aqui na vila está bem mal. Tem ataques psicóticos e tudo o mais. Beth simplesmente toma antibióticos vinte e quatro horas por dia. Ela se automedica. Diz que o mais seguro é partir do princípio que você está sempre em perigo."

"A base para a guerra perpétua", disse Patrick. *"Tout ce qu'il y a de plus chic."*

"Bem, se você quer colocar dessa forma."

"Acho que eu quero. Necessariamente não na cara dela."

"*Não* necessariamente na cara dela", inflamou-se Nancy. "Ela é uma das minhas amigas mais antigas e, além disso, é a mulher mais poderosa de Park Avenue. Não é uma boa ideia contrariá-la."

"Jamais sonharia com isso", disse Patrick.

Depois que Nancy saiu, Patrick foi até a bandeja de bebidas e, para não deixar um copo sujo, tomou vários goles de uísque direto de uma garrafa de Maker's Mark. Ele afundou de volta numa poltrona e ficou olhando para fora através da janela. O impenetrável campo da Nova Inglaterra parecia lindo, mas na verdade estava repleto de mais perigos que um pântano cambojano. Mary já tinha vários panfletos sobre a doença de Lyme — que recebera esse nome por causa de uma cidade de Connecticut a apenas alguns quilômetros dali —, então não havia necessidade de sair correndo para avisar a família.

"É mais seguro supor que você está sempre em perigo." Algum tique verbal o deixava com vontade de dizer: "É mais seguro supor que você está seguro a não ser que esteja em perigo", mas ele foi rapidamente vencido pela plausibilidade da paranoia. Em todo caso, ele agora se sentia em perigo o tempo todo. Perigo de colapso do fígado, crise conjugal, medo terminal. Ninguém nunca morria de um sentimento, ele dizia a si mesmo, sem acreditar numa palavra disso, enquanto lidava, suando, com a sensação de que estava morrendo de medo. As pessoas morriam de sentimentos o tempo todo, depois de passarem pela formalidade de materializá-los em balas, garrafas e tumores. Alguém organizado como ele, com bases caóticas, um intelecto fortemente desenvolvido e quase nada no espaço intermediário, precisava desesperadamente desenvolver um terreno do meio. Sem esse terreno, ele se dividia em uma mente do dia vigilante, uma ave de rapina pairando sobre uma paisagem e uma mente da noite impotente, uma água-viva esparramada no convés de um navio. "A Águia e a Água-Viva", uma fábula de Esopo que ele não se deu ao trabalho de escrever. Soltou uma gargalhada abrupta e um pouco demente e ergueu-se para tomar outro gole de uísque da garrafa. Sim, o terreno do meio estava agora ocupado por uma lagoa de álcool. O primeiro drinque o centrava por cerca de vinte minutos e depois o resto fazia sua mente da noite precipitar-se sobre a paisagem como a lâmina escura de um eclipse.

A coisa toda, ele sabia, era um humilhante drama edipiano. Apesar da revolução superficial em suas relações com Eleanor, uma vitória local da compaixão sobre o ódio, o impacto subjacente que ela tinha exercido em sua vida permanecia intacto. Seu senso fundamental de ser era uma espécie de queda livre, um pavor ilimitado, uma agorafobia claustrofóbica. Sem dúvida havia algo de universal no medo. Seus filhos, apesar do tratamento generoso de Mary, tinham momentos de medo, mas eram aflições temporárias, enquanto Patrick sentia que aquele medo era o solo sobre o qual ele estava, ou a falta de solo na qual caía, e não podia evitar relacionar essa convicção com a incapacidade absoluta de sua mãe de se concentrar em outro ser humano. Ele precisava se lembrar de que a característica que definia a vida de Eleanor era a sua incompetência. Ela queria ter um filho e se tornou uma péssima mãe; ela queria escrever histórias infantis e se tornou uma péssima escritora; ela queria ser uma filantropa e deu todo o seu dinheiro para um charlatão interesseiro. Agora ela queria morrer e também não conseguia fazer isso. Só conseguia se comunicar com pessoas que se apresentavam como os portais para alguma generalização bombástica, como "humanidade" ou "salvação", algo que o Patrick chorão e vomitão deve ter sido incapaz de fazer. Um dos problemas de ser criança era a dificuldade de distinguir incompetência de maldade, e essa dificuldade às vezes retornava para ele no meio embriagado da noite. E agora também estava começando a invadir a visão que ele tinha de Mary.

Mary fora uma mãe dedicada para Robert, mas depois da absorção do primeiro ano a esposa havia reaparecido, nem que fosse só porque queria outro filho. Com Thomas, talvez porque soubesse que era seu último filho, ela parecia presa num campo de força da Madona com o Filho, preservando ali uma zona de pureza, onde incluía sua virgindade redescoberta. Patrick estava no papel nada invejável de José nessa interminável e insuportável Belém. Mary o tinha retirado completamente do seu centro de atenção e quanto mais ele a solicitava mais parecia um rival impostor de seu filho mais novo. Ele tinha se voltado para outro lugar, para Julia e, depois que isso acabou, para o abraço alheado do álcool. Precisava parar. Na sua idade ou ele se juntava à resistência ou se tornava um colaborador da morte. Não havia mais espaço para brincar de autodestruição depois que a ilusão juvenil da indestrutibilidade evaporava.

Ah, meu Deus, ele tinha avançado demais no Maker's Mark. O lógico era levar essa garrafa lá para cima, derramar o resto na garrafa esvaziada de uísque que ele tinha escondido na mochila e depois dar uma escapada até a cidade e comprar outra para pôr na mesa de bebidas de Nancy. Ele ia, é claro, precisar fazer investidas convincentes na garrafa nova para que ela ficasse com um nível de bebida parecido com o da antiga antes de ele tê-la quase terminado. Praticamente tudo era menos complicado do que ser um alcoólico bem-sucedido. Bombardear países do Terceiro Mundo — eis uma ocupação para um homem ocioso. "Sorte de quem pode", murmurou, ziguezagueando para fora da sala. Ele provavelmente só tinha ficado um tantinhozinho bêbado demais para essa hora do dia. Seus pensamentos estavam falhando, andando meio em staccato, sendo derrotados bem quando ele estava prestes a vencer o jogo.

Ele confere: família no jardim. Ele confere: silêncio no vestíbulo. Sobe a escada acima, fecha a porta, pega a mochila, passa o uísque para a outra garrafa — tudo na mão dele. Esconde a garrafa vazia em cima do armário. Chaves do carro. Desce e sai. Conta para a família? Sim, não. Sim. Não! Entra no carro. Dim-dim-dim. Porra de dim-dim-dim de segurança de carro americano. Garantia, isto sim, de uma morte súbita violenta. Polícia não por favor sem polícia, p-o-r f-a-v-o-r. Escapa pelo cascalho nutritivo e crocante. Controle de velocidade, fora de controle. Sugestões sugestionáveis. Salta os trilhos, sai do triturador de sílabas e entra no, no campo de armadilha mortal iluminado pelo sol. Melhor pavimentar a coisa toda de uma vez. Legiões furiosas de cidadãos ordinários com motosserras e betoneiras. "Já vivemos com medo por tempo suficiente! Temos o direito de proteger nossas famílias! Está na Bíblia: 'Os locais selvagens serão domados. E as pessoas dominarão os carrapatos'."

Ele estava à deriva em seu Buick LeSabre azul-prateado, gritando com um sotaque caipira. Não conseguia parar. Ele não conseguia parar nada. Ele não conseguia parar o carro, ele não conseguia parar de beber, ele não conseguia parar o Koncreto Klux Klan. Uma placa vermelho-brilhante de Pare passou enquanto ele entrava silenciosamente na estrada principal que levava à cidade. Estacionou perto da loja de bebidas Vino Veritas. O carro de alguma forma tinha se trancado sozinho, só para ficar do lado seguro. Dim-dim-dim. Chaves ainda na ignição. Ele se inclinou para trás, tentando aliviar a dor indefinida na lombar. Vértebras corroídas? Rins inchados? "Temos que pensar fora da caixa das nossas dicotomias habituais", ronronou, com o tom presunçoso de uma fita de autoajuda. "Não é uma situação *nem* de vértebras *nem* de rins, é uma situação *ao mesmo tempo* de vértebras *e* de rins. Pense fora da caixa! Seja criativo!"

E ali, bem à sua frente, do lado de lá dos trilhos do trem, no meio dos campos esportivos, havia outra situação de *ao mesmo tempo*. Em meio aos tubos, escorregadores e balanços brilhantemente coloridos de um parquinho, com seus pontos macios de aterrissagem de lascas de madeira, a sentimentalidade exuberante da vida familiar americana, e ao mesmo tempo, numa área extensa e gramada atrás de uma cerca de arame, dois policiais barrigudos treinando um pastor-alemão para triturar qualquer doente fodido que ousasse perturbar a paz e a prosperidade de Nova Milton. Um policial segurava o cachorro pela coleira, enquanto o outro aguardava numa extremidade do campo com uma enorme proteção de braço acolchoada. O pastor-alemão disparou pelo gramado, pulou no braço acolchoado e balançou a cabeça ferozmente de um lado para o outro, seu rosnado apenas ligeiramente audível no ar úmido atravessado pelos gritos das crianças e pela solicitude sônica de carros conscientes da segurança. Será que as crianças se sentiam mais seguras ou apenas sentiam que era mais seguro partir do princípio de que estavam sempre em perigo? Uma família de formas à la Botero, mastigando pãezinhos macios numa mesa de piquenique de bordas arredondadas, assistia ao primeiro policial correr pelo gramado e tentar tirar o jovem e ávido pastor-alemão do braço de seu colega. O segundo policial se debatia, tentando convencer o cachorro de que ele não era um doente fodido, e sim um dos mocinhos.

Vino Veritas tinha três tamanhos de Maker's Mark. Sem saber ao certo qual deveria repor, Patrick comprou os três.

"Melhor prevenir do que remediar", explicou ao vendedor.

"Põe verdade nisso", disse o vendedor, com uma veemência que catapultou Patrick de volta para o estacionamento.

Ele já estava em outra fase de sua embriaguez. Mais suado, mais triste, mais lento. Precisava *ao mesmo tempo* de outro gole *e* de uma enorme quantidade de café para conseguir ficar em pé na casa de Walter e Beth ou em qualquer outro lugar. Ele tinha certeza, na verdade via-se obrigado a admitir isto, que a garrafa menor de Maker's Mark não era a que ele precisava substituir. Ele não tinha conseguido resistir a comprar a garrafa bebê para completar a família. Dim-dim-dim. Descascou a tampa de cera artificial vermelha e desarrolhou a garrafa. Enquanto o uísque deslizava por sua garganta, imaginou uma chama flamejante atingindo os pisos e telhados de um edifício, espalhando fogo e escombros. Que alívio.

A cafeteria Antes Tarde do Que Nunca fazia jus à promessa maluca de seu nome. Patrick passou direto pelo convite de um apetitoso *frapuccino* grande de baunilha e caramelo com baixo teor de gordura num copo plástico transparente já cheio de gelo e chantili sabor morango, e pediu um café preto. Ele foi andando através da linha de produção.

"Tenha um ótimo dia!", disse Pete, uma besta loira de queixo largo e de avental, empurrando o café pelo balcão.

Velho o bastante para se lembrar do surgimento do "Tenha um bom dia", Patrick se alarmou com a hiperinflação de "Tenha um ótimo dia". Onde ia parar aquela Weimar da animação intimidadora? "Tenha um dia profundo e significativo", ele disse entredentes e sorrindo afetado enquanto cambaleava com sua gigantesca caneca. "Que o dia de vocês seja extasiante", rosnou sentando-se à mesa. "Que você tenha um orgasmo múltiplo e avassalador", sussurrou com sotaque sulista, "e que o faça durar." Porque você merece. Porque você deve isso a si mesmo. Porque você é único e especial. No fim, havia um limite do que se podia esperar de uma xícara de café e de um *muffin* intragável. Se ao menos Pete tivesse se limitado a desejar realizações realistas. "Tome um banho frio" ou "Tente não bater o carro".

Ele reencontrara a embriaguez inflamada e lunática que

havia deixado no estacionamento quente. Sim sim sim. Depois de alguns litros de café nada poderia detê-lo. Do outro lado da cafeteria, uma voluptuosa estudante de medicina de cardigã rosa e jeans desbotado trabalhava em seu computador. O celular dela estava no parapeito de ardósia da lareira Heat & Glow, ao lado do walkman e da bebida complicada. Ela estava sentada na cadeira com os joelhos erguidos e as pernas escancaradas, como se tivesse acabado de dar à luz o seu Hewlett Packard, *A patologia da doença* em cima de algumas anotações soltas na ponta da mesa. Ele precisava tê-la, simplesmente precisava. O corpo dela estava todo relaxado. Ficou olhando para a garota e ela retribuiu com um olhar calmo e firme. Ela sorriu. Sua perfeição era assustadora. Patrick desviou os olhos e sorriu timidamente para seu próprio joelho. Não aguentava o ar amistoso dela. Sentia vontade de chorar. Ela já era quase uma médica, provavelmente conseguiria salvá-lo. Seus filhos sentiriam falta dele no início, mas depois se acostumariam. Também poderiam vir ficar com ele. Sem dúvida ela era uma pessoa incrivelmente afetuosa, amorosa.

O redemoinho edipiano o apanhara como uma folha sem vida em seu giro compulsório, buscando consolo atrás de consolo. Alguns idiomas mantêm separadas as ideias de desejo e privação, mas o inglês força as duas à intimidade nua de uma única sílaba: *want*. Querer amar para amenizar a falta de amor. A guerra contra a falta que fazia a pessoa querer mais. O uísque não cuidava melhor dele do que sua mãe tinha feito ou do que sua mulher fazia agora, ou do que o cardigã rosa faria se ele cambaleasse até o outro lado da cafeteria, caísse de joelhos e lhe implorasse compaixão. Por que ele queria fazer isso? Onde é que estava a Águia agora? Por que não se limitava a registrar com frieza o sentimento de atração e reprocessá-lo em seu atual estado de espírito ou, mais do que isso, no simples fato de estar vivo? Por que correr ingenuamente na direção dos objetos de seus pensamentos, quando podia permanecer na fonte deles? Fechou os olhos e afundou na cadeira.

Então, lá estava ele na magnificência de seu reino interior, não perseguindo mais cardigãs rosas nem garrafas âmbar, mas assistindo pensamentos se abrirem num movimento rápido como inúmeros leques numa sala quente e lotada. Ele não estava mais saltando para dentro das cenas pintadas, mas reparando no movimento, reparando no calor, percebendo que a embriaguez conferia certa predominância a imagens em sua mente do oposto predominantemente verbal, percebendo que a conclusão que ele procurava não era amnésia e orgasmo, mas conhecimento e percepção. O problema era que, mesmo quando o objeto de busca mudava, a angústia da busca permanecia. Viu-se despencando para dentro de um vácuo em vez de para fora dele. Grande coisa. No final ele era melhor galopando atrás de uma miragem melosa de uma fodida quente. Abriu os olhos. Ela tinha sumido. Falta em ambas as direções. Direções ilusórias, de qualquer forma. Um universo de falta. Melancolia infinita.

Cadeira arrastada. Atrasado. Família. Chá. Tente não pensar. Pense: não pense. Loucura. Dim-dim-dim. Controle de velocidade, fora de controle. Por favor pare de pensar. Quem é que está perguntando? A quem é a pergunta?

Quando estacionou perto da casa, os Outros estavam dispostos em torno do carro de Nancy num quadro vivo de reprovação e irritação.

"Vocês não acreditariam no que me aconteceu em Nova Milton", ele disse, perguntando-se o que diria se alguém perguntasse.

"Já estávamos indo sem você", disse Nancy. "Beth não suporta pessoas que se atrasam; elas são riscadas na hora de sua lista de convidados."

"Uma possibilidade tentadora", disse Patrick. "Quero dizer, uma possibilidade assustadora", ele se corrigiu. Nenhuma das versões foi ouvida, abafadas pelo som de cascalho esmagado e portas batendo. Ele entrou na parte de trás do carro de Nancy e afundou ao lado de Thomas, lamentando não ter a garrafa bebê de Maker's Mark para amamentá-lo no chá. Durante o percurso cochilou superficialmente até sentir o carro diminuir de velocidade e parar. Quando cambaleou para fora, viu-se cercado por bosques ininterruptos. As Berkshire Hills se estendiam por todas as direções, como uma onda pesada num oceano verde e amarelo, com a arca branca de tábuas de Walter e Beth na crista da onda mais próxima. Sentiu-se ao mesmo tempo enjoado de mar e preso à terra.

"Inacreditável", murmurou.

"Eu sei", disse Nancy. "Eles praticamente são donos da paisagem."

Para Patrick o chá se desenrolou a uma inquietante meia distância. Num momento ele se sentia tão apagado quanto um aquário na televisão, no outro estava se afogando. Havia empregadas de uniforme e sapato branco de doer os olhos. Um pequeno mordomo hispânico. Chá gelado, acanelado, doce e marrom. Fofoca de Park Avenue. Pessoas rindo de alguma coisa que Henry Kissinger tinha dito no jantar da quinta-feira.

Então começou o tour pelo jardim. Walter seguiu à frente, às vezes soltando o braço do de Nancy para cortar um broto impertinente com a tesoura que segurava em sua mão enluvada de camurça. Ele certamente não estaria fazendo nenhuma jardinagem se ela já não tivesse sido feita. A relação dele com a jardinagem era a mesma de um prefeito com o conjunto habitacional cuja fita de inauguração ele corta. Beth seguia com Mary e as crianças. Ela era insistentemente modesta sobre o jardim e às vezes demonstrava total insatisfação com ele. Quando se aproximaram da imagem de um cervo feito em topiaria à beira de um canteiro de flores, ela disse: "Odeio essa coisa! Parece um canguru. Eu jogo vinagre nele para tentar matá-lo. O clima aqui é insuportável: até meados de maio temos neve batendo na cintura e duas semanas depois estamos vivendo no Vietnã".

Patrick foi se arrastando atrás do grupo, tentando fingir que estava num transe horticultural, inclinando-se para olhar sem ver uma flor desconhecida, esperando estar parecendo a sombra de Andrew Marvell e não um velho bêbado morrendo de medo de ser chamado para a conversa. O gramado amplo se transformou num labirinto quadrado, num zoológico em topiaria (do qual o canguru amaldiçoado estava excluído) e por último num pomar de limoeiros.

"Olha, papai! Um *sanglier!*", disse Thomas, apontando para um javali de bronze com um focinho enorme e pelo encaracolado, com pernas que pareciam delicadas demais para suportar o peso de sua barriga caída e de sua cabeça gigantesca e comprida.

"Sim, querido", disse Patrick.

Javali sempre fora francês para Patrick e ele estava arrasado por eles também serem franceses para Thomas. Como ele tinha conseguido guardar essa palavra o ano inteiro? Será que estava pensando no javali selvagem de Saint-Nazaire trotando pelo jardim para comer os figos caídos, ou fuçando entre as videiras à noite, procurando uvas maduras? Não, não estava. *Sanglier* era só uma palavra para o animal na estátua. Thomas já tinha dado as costas para ele e estava correndo pelo pomar de limoeiros fingindo que era um avião. O desgosto de Patrick era só dele, e mesmo isso era falso. Ele não sentia mais uma saudade corrosiva de Saint-Nazaire; sua perda apenas elucidava o verdadeiro fracasso: de que ele não conseguia ser o tipo de pai que desejava ser, um homem que transcendera sua desordem ancestral e oferecia aos filhos um amor não assombrado. Ele tinha conseguido sair do que chamava de Zona Um, em que um pai estava fadado a fazer o filho vivenciar o que ele mais odiara na vida, mas Patrick ainda estava preso na Zona Dois, em que o evitar cuidadoso da Zona Um o cegava, levando-o a novos erros. Na Zona Dois, a doação era baseada naquilo de que o doador carecia. Nada era mais exaustivo do que esse zelo supercompensador movido a deficiência. Ele sonhava com a Zona Três. Sentia que ela estava ali, logo depois da colina, como os boatos de um vale fértil. Talvez seu caos do presente fosse a rejeição final de uma forma insustentável de ser. Ele precisava parar de beber não amanhã, mas ainda nesta tarde, quando surgisse a próxima oportunidade.

Estranhamente empolgado com esse lampejo de esperança, Patrick continuou querendo ficar para trás. O tour ia se arrastando. Uma Diana de pedra assomou na extremidade do pomar, caçando eternamente seu javali de bronze na outra ponta. Atrás da casa, uma trilha suave de lascas de madeira serpenteava através de um bosque muito bem cuidado. Manchas de luz estremeciam no solo nu entre os troncos grossos de carvalhos e faias. Atrás do bosque, eles passaram por um hangar onde ventoinhas enormes, que consumiam eletricidade suficiente para iluminar uma pequena vila, mantinham agapantos aquecidos no inverno. Ao lado do hangar havia um galinheiro um pouco maior que o apartamento de Patrick em Londres, e tão estranhamente imaculado que ele não pôde deixar de se perguntar se elas eram galinhas geneticamente modificadas cruzadas com pepinos para não defecar. Beth foi até a serragem fresca, sob as lâmpadas de calor vermelhas, e achou três ovos marrons com manchinhas nas caixas de ninhos. Cada prato de ovos mexidos devia custar a ela milhares de dólares. A verdade era que ele odiava pessoas muito ricas, especialmente porque jamais seria uma delas. Com frequência elas nada mais eram que a bolinha estridente do apito de suas posses. Sem a influência editorial do verbo "custear", seus desejos vagavam como imensas ondas sem fim, implacáveis e caprichosas. Elas podiam imprimir ares de generosidade a todo tipo de mesquinharia emocional — "Podemos emprestar, sim, a nossa quarta casa que nunca conseguimos usar. Não estaremos lá, mas Carmen e Alfonso cuidarão de vocês. Não, verdade, não é inconveniente nenhum, além disso já está na hora de aqueles dois justificarem seu salário. Nós lhes pagamos uma fortuna e eles nunca mexem um dedo".

"O que você está resmungando aí?", perguntou Nancy, que claramente estava irritada por Patrick estar interpretando muito mal seu papel de convidado admirado.

"Ah, nada", disse Patrick.

"Este galinheiro não é divino?", ela provocou.

"Seria um privilégio viver aqui", disse Patrick, retomando abruptamente seus deveres sociais.

Quando o tour pelo jardim acabou, com ovos de presente, a visita também acabou. No caminho de volta para a casa de Nancy, Patrick se viu confrontado por sua decisão de parar de beber. Nada mais fácil decidir não beber quando não havia escolha, mas dali a alguns minutos ele iria poder se refugiar na sua loja particular de bebidas do Buick. Que diferença fazia se parasse a partir de amanhã? Ele sabia que, de alguma forma, fazia toda a diferença. Se continuasse bebendo hoje, estaria de ressaca amanhã de manhã, e o dia começaria com um legado venenoso. Porém, mais do que isso, queria cultivar a tênue esperança que havia sentido no jardim. Se parasse a partir de amanhã, seria por um excesso de vergonha, por uma motivação mais desagradável e menos confiável. O que, por outro lado, era a Zona Três? Sua mente estava obstruída pela tensão; não conseguia reconstruir a esperança.

De volta à biblioteca de Nancy, ficou olhando pela janela, sentindo-se, por sua vez, observado pela garrafa de uísque que havia reposto na bandeja de bebidas. Seria tão mais simples baixá-la para o nível com que a vazia começara. Bem quando ele estava prestes a ceder, Nancy entrou na sala e afundou na poltrona à sua frente com um suspiro teatral.

"Acabamos não falando realmente sobre Eleanor", disse. "Acho que estou com medo de perguntar porque fiquei muito chocada na última vez em que a vi."

"Você soube da queda?"

"Não!"

"Ela quebrou o quadril e foi para o hospital. Quando fui vê-la, ela começou a me pedir que a matasse. E desde então não parou de me pedir isso. Toda vez que eu vou…"

"Ah, por favor", disse Nancy. "Eu realmente não acho justo! Quero dizer, isso tudo é grego demais. Deve haver umas Fúrias especiais para filhos que matam os pais."

"Pois é", disse Patrick. "Prisão Wormwood Scrubs."

"Ah, meu Deus", disse Nancy, girando na cadeira. "É tão complicado. Quero dizer, sei que eu não ia querer continuar vivendo se não pudesse falar e me mover, ou ler, ou assistir a um filme."

"Não tenho dúvida de que ajudá-la a morrer seria a coisa mais amorosa a fazer."

"Bem, não me interprete mal, mas talvez devêssemos alugar uma ambulância e levá-la para a Holanda."

"Chegar à Holanda não é fatal", disse Patrick.

"Ah, por favor, não vamos falar mais nisso. É perturbador. Eu não ia suportar se acabasse desse jeito."

"Quer uma bebida?", perguntou Patrick.

"Ah, não. Eu não bebo", disse Nancy. "Você não sabia? Eu vi a bebida destruir a vida de papai. Mas, por favor, sirva-se se quiser."

Patrick imaginou um de seus filhos dizendo: "Eu vi a bebida destruir a vida de papai". Percebeu que estava se inclinando para a frente na cadeira.

"Eu poderia me fazer o favor de não me servir uma", disse, afundando de novo na cadeira e fechando os olhos.

# 15.

Mary mal acreditava que Patrick e Robert estavam em um quarto de motel parcamente acarpetado e ela e Thomas em outro, com copos de plástico embrulhados em papel filme, faixa de Higienizado para a Sua Proteção nos assentos plásticos dos vasos sanitários e uma máquina no corredor cujas trêmulas ejaculações de gelo a faziam lembrar a contragosto do estado de seu casamento. Ela podia ouvir o zum-zum constante da rodovia se adensando cedo pela manhã. A trilha sonora perfeita para o fluxo rápido e escorregadio de sua ansiedade. Por volta das quatro da manhã uma frase tinha começado a pulsar como um metrônomo, mas ela estava cansada demais para ir lá desligá-lo: "Interestadual — estado mental; interestadual — estado mental". A insônia era o terreno fértil para essas harmonias sardônicas; máquina de gelo — casamento; interestadual — estado mental. O suficiente para te deixar maluca. Ou o suficiente para te impedir de enlouquecer? Fazendo associações. Mal acreditava que o dinheiro da família estava sangrando só para eles passarem dias horríveis num dos fins do mundo migratórios dos Estados Unidos. Tanta estrada e tão poucos lugares, tanta simpatia e tão pouca intimidade, tanto sabor e tão pouco gosto. Ansiava levar as crianças de volta para casa, em Londres, para longe daquela agitação rasa dos Estados Unidos e de volta à densidade de suas vidas comuns.

Patrick tinha mantido a tradição de fazê-los ser expulsos de algum lugar agradável muito antes do fim das férias. Saint-Nazaire no ano passado, a ilha de Henry neste ano. Claro que ela estava feliz por ele ter parado de beber, mas na primeira semana o efeito foi fazê-lo se comportar como alguém torto de bêbado: explosivo, irascível, desesperado. Todos os furúnculos estavam sendo lancetados de uma vez, os baldes de vômito transbordando. Henry com certeza era um pesadelo, mas também era uma espécie de parente e, acima de tudo, um anfitrião que estava proporcionando às crianças um parque de diversões, com seu próprio porto, suas próprias praias e seus próprios barcos a vela e barcos a motor e, para o infinito assombro de Thomas, com sua própria bomba de gasolina.

"Quero dizer, é inacreditável, Henry tem sua própria bomba de gasolina!", Thomas dizia várias vezes por dia, abrindo os braços e balançando a cabeça. Robert vivia num frenesi estatístico de acres e quartos, calculando a imensidão dos domínios de Henry, e os dois estavam tendo dias maravilhosos, entrando e saindo depressa da água gelada, passeando nas lanchas de Henry, na esteira das grandes balsas que atendiam às ilhas públicas.

A única coisa que deu errado foi tudo mais. No primeiro almoço, Henry praticamente pediu que Mary retirasse Thomas da sala de jantar quando seu monólogo sobre a necessidade moral de aumentar a capacidade de ataque nuclear de Israel foi interrompido pela imitação de Thomas de uma bomba de gasolina.

"Os sírios estão se borrando, e eles têm razão em estar...", Henry estava dizendo alegremente.

"Bvvvv", fez Thomas. "Bvvvv…"

"Tenho certeza de que você conhece a frase 'As crianças devem ser vistas, mas não ouvidas'", disse Henry.

"Quem não conhece?", respondeu Mary.

"Eu sempre a achei liberal demais", disse Henry, esticando o pescoço para fora da camisa a fim de enfatizar seu dito espirituoso.

"Você prefere também não vê-lo?", perguntou Mary, subitamente furiosa. Ela pegou Thomas no colo e carregou-o para fora da sala depressa, o monólogo não molestado de Henry retomando seu fluxo atrás dela.

"Quando o almirante Yamamoto terminou de atacar Pearl Harbor, ele teve a sabedoria de ficar mais apreensivo do que triunfante. 'Cavalheiros', ele disse, 'nós despertamos um dragão adormecido.' É esse pensamento que deveria dominar a mente dos terroristas internacionais do mundo e de seus Estados financiadores. Com um arsenal de armas nucleares táticas, e não apenas um escudo nuclear de intimidação, Israel vai passar uma clara mensagem para a região imediatamente vizinha…"

Ela irrompeu no gramado imaginando Henry como um desses balões de aniversário com nó frouxo que Thomas gostava de ficar vendo girar flatulentamente pela sala até cair de repente no chão exausto e enrugado.

"Vou soltar um balão, mamãe", disse Thomas, girando a mão em círculos fechados.

"Como você sabia que eu estava pensando num balão?", perguntou Mary.

"Eu sabia mesmo", disse Thomas, inclinando a cabeça para um lado e sorrindo.

Esses momentos sem bordas aconteciam com frequência suficiente para Mary já ter se acostumado com eles, mesmo assim sempre se surpreendia com sua precisão.

Numa concordância silenciosa os dois se afastaram da casa e foram até a pequena praia rochosa no final do gramado. Mary sentou num montinho de areia branca prateada entre rochas decoradas por algas pretas frisadas.

"Você vai cuidar de mim por muito tempo?", perguntou Thomas.

"Vou, querido."

"Até eu ter catorze anos?"

"Enquanto você quiser que eu faça isso", disse ela. "Enquanto eu puder...", acrescentou. Outro dia ele havia perguntado se ela ia morrer e ela tinha respondido: "Vou, mas vai demorar, eu espero". Thomas ter descoberto a mortalidade dela soprou a poeira que havia embotado essa ameaça na mente da própria Mary, levando-a a encará-la de novo com todo o seu horror original renovado. Odiava a morte por fazer com que ela o decepcionasse. Por que ele não podia brincar um pouco mais? Por que não podia se sentir seguro por um pouco mais de tempo? Ela havia readquirido o equilíbrio até certo ponto, atribuindo o interesse dele pela morte à transição da primeira para a segunda infância, mas também se perguntando se a impaciência de Patrick com essa transição estava fazendo com que ela ocorresse mais cedo do que o necessário. Robert havia passado pela mesma crise com cinco anos; Thomas tinha apenas três.

Thomas sentou no colo dela e começou a chupar o dedo, acariciando a etiqueta de seu trapinho com a outra mão. Estava prestes a adormecer. Mary sentou sobre os calcanhares e tentou se acalmar. Podia fazer coisas por Thomas que não era capaz de fazer por si mesma ou por qualquer outra pessoa, nem mesmo Robert. Thomas precisava dela para protegê-lo, isso estava mais do que óbvio, e Mary precisava dele para o senso de eficiência dela. Quando se sentia deprimida, ele a fazia querer ficar alegre, quando estava esgotada ele a fazia encontrar novas fontes de energia, quando estava exasperada ela buscava uma paciência mais profunda. Permaneceu sentada ali tão imóvel quanto as rochas ao redor e esperou enquanto ele pegava no sono.

Por mais quente que o dia ficasse, o mar aqui funcionava como um refrigerador, lançando uma leve brisa duvidosa. Ela gostava da sensação de que Maine era basicamente um lugar inóspito, de que logo ia espantar os veranistas, feito um cachorro numa praia. Na fenda entre dois invernos, a luz do norte brilhava avidamente sobre o mar. Ela a imaginou estendida como um santo abatido de El Greco. O pensamento a fez sentir vontade de pintar de novo. Queria fazer amor de novo. Queria pensar de novo, já que estava começando a fazer uma lista, mas de alguma forma havia perdido a independência. Seu ser estava fundido com o de Thomas. Ela era como alguém cujas roupas tinham sido roubadas enquanto dava um mergulho, e agora ela não sabia como sair dessa linda e cansativa piscina.

Como já fazia cinco minutos que Thomas estava dormindo, ela pôde mudar para uma posição mais confortável. Sentou-se contra o banco na extremidade do gramado e colocou-o de comprido entre as pernas, como se ele estivesse nascendo, ainda que na posição errada. Formou um dossel com o trapinho dele, para protegê-lo do sol, e inclinou-se para trás, fechou os olhos e tentou descansar. Porém seus pensamentos a lançaram outra vez e com força para o antigo estilo de ser mãe de Kettle e para o papel que ele desempenhara em produzir a disponibilidade obsessiva de Mary. Pensou em sua babá, em sua doce e dedicada babá, resolvendo um probleminha atrás do outro, habitando um mundo infantil sem sexo, arte, álcool ou conversação, apenas gentilezas práticas e comida. Claro que cuidar de uma criança a fazia se sentir como a babá que havia cuidado dela quando criança. E claro que isso a deixava determinada a ser diferente de Kettle, que falhara em cuidar dela. A personalidade lhe parecia ao mesmo tempo absurda e compulsiva: Mary permanecia presa dentro dela mesmo enxergando além dela. Seus pensamentos sobre mães e criação de filhos se emaranharam, formando um nó que ela não conseguia desfazer.

Por algum motivo, ficar sentada perto desse mar negro com sua brisa ligeiramente fria a fez sentir que podia ver tudo com muita clareza. Thomas estava dormindo e ninguém sabia onde ela estava. Pela primeira vez em meses, ninguém podia pedir alguma coisa a ela, e com essa súbita ausência de pressão Mary analisou a atmosfera tropical da família de uma dependência não resolvida. Eleanor como uma criança doente implorando que Patrick "acabasse com aquilo"; Thomas, como um árbitro, afastando seus pais se Patrick tentava se aproximar do corpo indiferente de Mary; Robert mantendo seu diário, mantendo sua distância. Ela estava no olho do furacão, com sua necessidade de ser necessária fazendo-a parecer mais autossuficiente do que realmente era. Na realidade não seria capaz de sobreviver só com a glória de satisfazer as demandas descabidas das outras pessoas. Sua paixão pelo autossacrifício às vezes a fazia se sentir como uma prisioneira que humildemente prepara a cova para a sua própria execução. Patrick precisava de uma revolução contra a tirania da dependência, mas ela precisava de uma contra a tirania do autossacrifício. Embora estivesse sobrecarregada e monopolizada, um apelo a seus melhores instintos apenas a fazia afundar ainda mais na armadilha. Os protestos que se poderiam esperar de Robert, por causa da rivalidade entre irmãos, vinham, em vez disso, do relativamente instável Patrick. Era muito azar ela ter tomado aversão pelo menor sinal de necessidade dele bem quando tanto Thomas quanto Eleanor estimulavam a sensação de desamparo de Patrick. Ele a acusava de mimar Thomas demais, mas se Thomas já estava pronto para se virar sem alguns confortos maternais, Patrick deveria estar ainda mais. Talvez ele não fosse maduro, e sim podre. Talvez uma gangrena psíquica o tivesse corroído, e o cheiro de decadência é o que a repugnava.

Naquela noite ela se absteve do jantar e ficou com Thomas, deixando Patrick e Robert enfrentarem sozinhos o dragão despertado na conversa à mesa de Henry. Mesmo antes do jantar, enquanto estava sentada nas desbotadas almofadas cor-de-rosa do assento da janela, as vidraças do janelão panorâmico em volta sangrando e brilhando sob a luz do entardecer refletida no mar, as crianças se comportando lindamente e Patrick sorrindo acima de um copo de água mineral, ela sabia que não suportaria mais do que alguns minutos do discurso de Henry à nação. Ele fazia um tour rápido pela política externa, saindo do leste de Israel, passando pelos países "-Stãos" e antigos da Ásia Central e caminhando para a República Popular da China. Ela tinha a terrível sensação de que ele pretendia alcançar a Coreia do Norte antes de ir se deitar. Sem dúvida ele possuía um plano engenhoso para bombardear a Coreia do Norte com armas nucleares antes que esta o fizesse com a Coreia do Sul e o Japão. Mary não queria ouvi-lo.

Depois do banho, Thomas quis deitar na cama dela e ela não teve coragem de recusar. Eles se aconchegaram um no outro e ficaram lendo *O vento nos salgueiros*. Thomas adormeceu enquanto Rato e Toupeira começavam a descer o rio depois de seu piquenique. Quando Patrick entrou no quarto, ela percebeu que tinha pegado no sono com o livro no colo e os óculos de leitura ainda no rosto.

"Cheguei muito perto de brigar com Henry", contou Patrick, marchando pelo quarto com os punhos cerrados ainda procurando um alvo.

"Ah, meu Deus, o que foi esta noite?", perguntou ela.

Patrick vivia dizendo que a vida erótica, conversacional e social deles estava acabada, que eles não passavam de burocratas parentais. Bem, pois ali estava ela, esgotada e abruptamente desperta, mas pronta para uma conversa animada.

"Coreia do Norte."

"Eu sabia."

"Você sempre sabe de tudo. Não admira que você achou que podia abrir mão do jantar."

Tudo o que ela dizia estava sempre errado. Não importava o que ela fizesse, Patrick se sentia abandonado. Ela tentou de novo.

"Eu apenas quis dizer que antes do jantar pressenti que a Coreia do Norte seria a próxima."

"É isso que Henry pensa: a Coreia do Norte é a próxima. Vocês deveriam formar uma coalizão."

"Você discutiu com ele ou vai discutir comigo?"

"Nós contamos fortemente com o milagre democrático de concordar em discordar. Henry odeia a liberdade de expressão, mas, em parte como resultado disso, ele não se sente livre para dizer isso. Ficou insistindo na sorte que temos de não morar num país onde você poderia ser fuzilado por ter as opiniões erradas."

"Ele quer te fuzilar."

"Exato."

"Que ótimo. Isso vai deixar as nossas férias mais divertidas."

"Mais divertidas? Você primeiro não precisa estar se divertindo para então sentir que está se divertindo mais?"

"Acho que as crianças estão se divertindo."

"Ah, bem, isso é o que importa", disse Patrick com um tom ao mesmo tempo piedoso e severo. "Mas eu insinuei a Henry", continuou, andando de um lado para o outro em frente aos pés da cama, "que achava que a política externa do atual governo era feita de projeções. Que os Estados Unidos são o Estado vilão com um presidente fundamentalista e milhares de vezes mais armas de destruição em massa do que todas as outras nações somadas et cetera, et cetera."

"E aí, o que ele achou?" Mary queria que ele continuasse falando, que continuasse com a agressão política.

"Risada incrédula. Pescoço esticando um monte. Sorrisos falsos. Aí ele me lembrou de 'um certo acontecimento que desempenhou um papel importante nas nossas vidas aqui'. Eu disse que o Onze de Setembro foi uma das coisas mais chocantes da história, mas que sua exploração, que eu gosto de chamar de Doze de Setembro, era, à sua própria maneira, tão chocante quanto. O projétil luminoso foi usar a palavra 'guerra' no dia seguinte. Guerra é uma atividade entre Estados-nação. Uma palavra que o governo britânico passou trinta anos cuidadosamente evitando em sua luta contra o IRA. Por que dar o status de nação a algumas centenas de maníacos homicidas, a não ser que você queira usá-los como pretexto para fazer guerra com alguns Estados-nação de verdade? Henry disse: 'Acho que essa é uma distinção que se perderia para a classe média. Tínhamos uma guerra a vender para os americanos'. Esse é o problema das nossas conversas — minhas acusações são os pressupostos dele, vender guerra para o público americano, testar novas armas, estimular o complexo militar-industrial, usar dinheiro público para destruir um país de cuja reconstrução as corporações de estimação do gabinete se beneficiariam e assim por diante. Ele adora tudo isso, então não dá para pegá-lo com suas desculpas furadas."

"E como Robert se saiu?"

"Um excelente advogado júnior", disse Patrick. "Ele usou o argumento das relações não comprovadas e brincou muito habilmente com a ideia de 'vidas inocentes'. Perguntou a Henry se a inocência era uma exclusividade americana. De novo, o problema é que para Henry a resposta é 'Sim', então fica difícil derrotá-lo. Ele não se dá ao trabalho de fingir muito, exceto no caso da liberdade de expressão."

"E que resposta ele deu a Robert?"

"Ah, apenas disse que dava para ver que eu o havia 'treinado'. Ele obviamente achou que éramos uma equipe de revezamento saída do inferno. O que o exaltou foi meu último bombardeio, no qual eu disse que uma nação 'desenvolvida' de fato, em oposição a uma meramente poderosa, poderia se dar ao trabalho de imaginar o impacto que era dois por cento da população mundial consumindo cinquenta por cento de seus recursos, da rápida extinção de todas as espécies de cultura não americana e assim por diante. Acabei me empolgando um pouco e também disse que a morte da natureza era um preço alto a se pagar pelo acréscimo dos últimos poucos arabescos de conveniência na vida dos muito ricos."

"Incrível que ele não tenha nos expulsado daqui", disse Mary.

"Não se preocupe, amanhã tento de novo. Vou pegá-lo no final. Agora eu sei o que o incomoda. Política é um jogo estimulante, mas dinheiro é sagrado."

Ela viu que Patrick falava sério. A tensão dele era tão grande que ele precisava destruir alguma coisa, e dessa vez não seria ele próprio.

"Você se importa em não fazer com que eles nos expulsem por mais um, dois dias? Acabei de desfazer as malas." Ela tentou soar jovial.

"E como sempre você está confortavelmente instalada com seu amante", disse Patrick.

"Meu Deus, para quem diz que não é ciumento…"

"Eu não sou ciumento, eu sou raivoso. É algo mais fundamental. Primeiro a perda causa raiva, depois possessividade."

"Antes da raiva há a ansiedade", disse Mary, sentindo que sabia do que estava falando. "Em todo caso, acho que você lida com os três, ainda que um seja o dominante. Não é como fazer compras, você não pode simplesmente escolher a raiva."

"Você ficaria surpresa."

"Eu sei que você prefere a raiva porque acha que é menos humilhante."

"Eu não prefiro a raiva", gritou Patrick, "mas eu a sinto mesmo assim."

"Quero dizer em relação às outras emoções."

Thomas, perturbado pelos gritos de Patrick, mudou de posição na cama e murmurou algo inaudível.

"Você está se desviando do assunto", disse Patrick num tom mais baixo. "Como sempre, não podemos dormir juntos porque você está na cama com o nosso filho de três anos."

"Nós podemos dormir juntos", disse Mary, soltando um suspiro. "Vou afastá-lo para o lado."

"Eu quero fazer amor com uma mulher, não com uma pilha suspirante de culpa e resignação", sibilou Patrick num sussurro ineficaz.

Thomas se sentou na cama de repente, os olhos turvos.

"Não, papai, pare de falar bobagem!", gritou. "E, mamãe, pare de chatear o papai!"

Ele caiu de volta sobre o travesseiro e pegou no sono, seu trabalho feito. Um silêncio encheu o quarto e Patrick foi o primeiro a quebrá-lo.

"Eu não estava falando bobagem…", começou.

"Ah, pelo amor de Deus", disse Mary. "Você não precisa ganhar uma discussão dele também. Será que você não ouve o que ele está dizendo? Ele quer que a gente pare de discutir, não que você comece a discutir com ele."

"Claro", disse Patrick com seu jeito subitamente entediado. "Vou para a cama dele, apesar de eu não saber por que ainda a chamo de cama 'dele'. Eu poderia parar de fingir e chamá-la de minha."

"Você não precisa…"

"Sim, eu preciso", disse Patrick, se mandando do quarto.

Ele a tinha abandonado abruptamente, mas falhou em transferir seu sentimento de abandono para ela. Mary se sentia aliviada, irritada, culpada, triste. A paisagem enevoada de sua vida emocional passava rápido diante dela, e ela se maravilhava, e até invejava, pessoas que não se achavam "em sintonia com seus sentimentos". Como elas faziam isso? Nesse exato momento ela bem que gostaria de saber.

A varanda de seu quarto fora construída acima do janelão panorâmico da sala de estar onde ela estivera sentada antes do jantar. Mary foi até as janelas francesas e se imaginou abrindo--as, contemplando as estrelas, tendo uma epifania.

Não ia acontecer. Seu corpo já tinha começado a deslizar em direção ao sono. Deu uma última olhada pela janela e desejou não tê-lo feito. Um risco fino de nuvem atravessava a lua de um jeito que a lembrou da elisão em *Um cão andaluz* entre essa mesma imagem e uma navalha cortando um olho. Sua visão era o fim da visão. Será que estava cegada por algo que não podia ver? Ou cega por ver algo que não suportava olhar? Estava cansada demais para chegar a alguma conclusão. Seus pensamentos eram apenas ameaças, o sono apenas escombros da vigília.

Deitou na cama e foi coberta por uma fina camada de descanso atribulado. Não muito tempo depois, despertou ao ouvir Patrick se esgueirando de volta para o quarto. Podia senti-lo olhando para ela para ver se estava acordada. Ela não se entregou. Por fim ele se acomodou do outro lado de Thomas, que estava deitado no meio como a espada colocada entre os não casados numa cama medieval. Por que não conseguia estender a mão para Patrick? Por que não podia fazer um ninho de travesseiros para Thomas num dos lados da cama e ficar com Patrick no outro? Não lhe restava nenhuma benevolência com Patrick. Na verdade, pela primeira vez em seu casamento, conseguiu se imaginar vivendo sozinha com as crianças no apartamento enquanto Patrick estava longe, infeliz em algum lugar.

No dia seguinte ficou chocada com sua frieza, mas logo se acostumou a ela.

Mary sempre soube que ela estava lá, a alternativa para o calor que todo mundo via como tão tropical. Agora ela a aceitava como um eremita de mudança para uma caverna. Resistiu sem esforço aos lampejos nervosos de sedução de Patrick. Era cansativo demais ficar para lá e para cá, ao sabor do ritmo agitado dos humores dele. Ela podia muito bem ficar onde estava. Ele ia arruinar as férias deles, mas primeiro queria fazê-la concordar que brigar com Henry era um sinal de sua esplêndida integridade e não de sua irritação incontrolável. Ela se recusou. Já à noite ficou claro que a concordância de Patrick em discordar de Henry corria perigo.

"Vai ser difícil conversar com você se você não para de atacar tudo o que eu digo", declarou Henry com toda a franqueza. "Vamos nos ater a falar da família."

"A velha e comprovada fórmula da boa vontade e da unidade", disse Patrick com uma de suas bruscas risadas latidas.

"Você é tão ruim quanto Yasser Arafat", disse Henry. "Você acha que paz e derrota são a mesma coisa. Só estou tentando ser hospitaleiro. Vocês não precisam aceitar minha hospitalidade, se têm um problema ideológico com isso." Henry riu consigo mesmo diante da palavra "ideológico", que para ele era tão inerentemente cômica quanto "bumbum" para uma exuberante criança de quatro anos.

"É verdade", disse Patrick. "Não precisamos mesmo."

"Mas queremos", disse Mary depressa.

"Fale por você", acrescentou Patrick.

"Estou falando", disse ela, "e, ao contrário de você, também falando pelas crianças."

243

"Ah, é? De manhã Thomas estava dizendo que Henry era 'um homem muito engraçado' e, como você sabe, o apelido de Robert para ele é 'Hitler'. Duvido até que você esteja falando por si mesma depois de quase ter sido expulsa do almoço ontem."

E foi assim. Eles partiram na manhã seguinte. Ela esperava que Patrick fosse teimoso, orgulhoso e destrutivo, mas ainda não o perdoara por ter incluído as crianças em seu último ataque explosivo.

A máquina de gelo no corredor do motel gerou outra emissão trepidante de cubos logo ali do outro lado da parede fina do quarto. O zum-zum de mosquito da interestadual tinha dado lugar a um zumbido de vespa. Thomas despertou ao lado dela e então, com sua rápida transição usual para o desejo pleno, sentou e disse: "Quero que você leia uma história para mim". Ela obedientemente pegou o exemplar de O vento nos salgueiros que eles tinham começado a ler em Maine.

"Você lembra onde estávamos?", perguntou Mary.

"Ratinho estava dizendo para Toupeirinha que ele era um verdadeiro porco", disse Thomas, arregalando os olhos de espanto. "Mas na realidade ele é um rato."

"É verdade", disse Mary, rindo. Rato e Toupeira estavam voltando para a Margem do Rio na crescente escuridão de uma tarde de dezembro. Toupeira tinha acabado de farejar os traços de sua antiga casa e fora dominado pela saudade e pela nostalgia. Rato tinha seguido em frente na direção da Margem do Rio, sua própria casa, imaginando que Toupeira também ia querer ir para lá. Nisso Toupeira começou a chorar e falou para Rato que estava com saudade de casa. Mary releu a frase em que eles haviam parado na noite anterior.

"Rato ficou olhando para o vazio à sua frente, sem dizer nada, apenas acariciando Toupeira gentilmente no ombro. Depois de um tempo ele murmurou com tristeza: 'Agora eu vejo!

Que porco eu fui! Um porco — este sou eu! Apenas um porco — um verdadeiro porco!'."

"Quero dizer…", começou Thomas.

Houve uma batida na porta. Mary pôs o livro de lado e perguntou quem era.

"Bobby!", disse Thomas. "Eu sabia que era você porque… bem, porque é você!"

Robert sentou na cama com os ombros caídos, ignorando o raciocínio de seu irmão.

"Odeio este lugar", declarou.

"Eu sei", disse Mary, "logo mais iremos embora."

"De novo", gemeu Robert. "Já passamos por três motéis desde que o Advogado de Acusação fez com que nos expulsassem daquela magnífica ilha. Poderíamos muito bem arranjar uma casa móvel."

"Vou ligar para Sally depois do café e perguntar se podemos ir para Long Island alguns dias antes do combinado."

"Eu não quero ir para Long Island, eu quero ir para casa", disse Robert.

"Toupeirinha fareja sua casa e quer ela", disse Thomas, inclinando-se para a frente a fim de apoiar a causa do irmão.

Eles combinaram que, se não conseguissem ir direto para Long Island, iam falar para Patrick que queriam voltar para a Inglaterra.

"Chega da magia da estrada aberta", disse Robert. "Por favor."

Quando ela telefonou para Sally não houve resposta em Long Island. Por fim a encontrou em Nova York.

"Tivemos que voltar para a cidade porque nossa caixa-d'água estourou e inundou o apartamento de baixo. Nossos vizinhos estão nos processando e nós estamos processando os encanadores que instalaram a nossa caixa no ano passado. Os encanadores estão processando a empresa de caixa-d'água por design defeituoso. E os moradores estão processando o prédio, apesar de estarem todos de férias, porque a água foi cortada por dois dias em vez de duas horas, o que lhes causou muito estresse na Toscana e em Nantucket."

"Caramba", disse Mary. "Qual o problema em secar as coisas e comprar uma nova caixa-d'água?"

"Isso é *tão* inglês", disse Sally, encantada com o estoicismo singular de Mary.

No café da manhã, Mary explicou que realmente não havia espaço no apartamento de Nova York, mas que Sally tinha dito que eles eram bem-vindos para se apertarem lá de alguma forma.

"Eu não quero me apertar", disse Robert, "eu quero voar para longe."

"Nós estamos voando agora", disse Thomas, estendendo os braços como asas, "e Alabala está na cabine do piloto!"

"O-ou", disse Robert, "melhor pegarmos o próximo voo."

"Ele também está no próximo voo", disse Thomas, tão surpreso quanto qualquer um com a engenhosidade de Alabala.

"Como ele conseguiu?", perguntou Robert.

Thomas olhou de lado por um momento para procurar a explicação.

"Ele usou seu assento ejetor", explicou, fazendo um barulho de assento ejetor, "e então Felan parou o avião seguinte e Alabala entrou!"

"Há o pequeno problema das nossas passagens não reembolsáveis", lembrou Patrick.

"Já poderíamos ter comprado outras com o dinheiro que gastamos naqueles motéis repugnantes", disse Robert.

"Você o ensinou a argumentar muito bem", disse Mary.

"Não há o que argumentar, não é?", disse Patrick. "Acho que a esta altura todos nós já estamos de saco cheio dos Estados Unidos."

# 16.

Depois da queda de Eleanor, suas incansáveis súplicas de morte forçaram Patrick a investigar a legalidade da eutanásia e do suicídio assistido. Mais uma vez, como no caso de sua deserdação, ele se tornou o servo legal das demandas repulsivas de sua mãe. Superficialmente, era mais atraente se livrar de Eleanor do que perder Saint-Nazaire, mas a obscenidade do que lhe estava sendo pedido rompia a paliçada de aspectos práticos com um vigor jacobino. Ainda que uma casa de repouso não fosse o cenário usual para uma *Tragédia do Vingador*, ele sentia os perigos de usurpar o monopólio de Deus sobre a vingança tão intensamente quanto se estivesse nas catacumbas de um castelo italiano. Tentava se recompor, examinar escrupulosamente suas motivações. Os mortos não eram suficientemente obstinados para criar fantasmas sem a culpa dos vivos. Sua mãe era como uma avalanche bloqueando uma passagem de montanha. Talvez pudesse tirá-la do caminho, mas, se suas intenções fossem assassinas, o fantasma dela iria assombrar a passagem para sempre.

Ele decidiu não se envolver com a organização da morte dela. Pedir para que ele a ajudasse a morrer era o último e mais sórdido truque de uma mulher que sempre insistira, desde o momento em que ele nasceu, que era ela quem precisava de consolo. Mas então ele ia visitar Eleanor e via que a coisa mais cruel que podia fazer era deixá-la exatamente onde estava. Tentou manter a raiva para poder se proibir de ajudá-la, mas a compaixão também o torturava. A compaixão era, de longe, bem mais difícil de suportar, e ele veio a considerar seu espírito vingativo como um estado relativamente frívolo.

"Vá em frente, faça um favor a si próprio, torne-se homicida", ele resmungou consigo enquanto discava o número da Sociedade de Eutanásia Voluntária.

Antes de ir aos Estados Unidos, manteve sua pesquisa em segredo. Não contou a Mary, porque eles nunca discutiam nada importante sem brigar. Não contou a Julia, porque seu caso com ela vivia os estágios finais de seu declínio. De qualquer modo, sigilo era essencial num país onde ajudar alguém a morrer poderia ser punido com catorze anos de prisão. Ele leu artigos nos jornais sobre enfermeiras presas por terem dado injeções generosas. A Sociedade de Eutanásia Voluntária, apesar de seu nome animador, foi incapaz de ajudar. Era uma organização em campanha para mudar a legislação. Patrick lembrava de ter lido sobre Arthur Koestler e sua mulher terem usado os sacos plásticos fornecidos pela Exit para se asfixiarem em sua casa na Montpelier Square. A mulher que atendeu ao telefone na Sociedade de Eutanásia Voluntária não conhecia nenhuma organização chamada Exit. Ela não pôde nem fazer comentários sobre a maioria das perguntas dele, pois eles poderiam ser interpretados como "orientação" de suicídio, um crime que, segundo o mesmo estatuto, punia a assistência e o auxílio. Ela também não tinha ouvido falar numa organização chamada Dignitas, por isso não poderia lhe dizer como entrar em contato com ela. Enquanto a conversa infrutífera se encaminhava arrastada para o fim, Patrick não pôde deixar de pensar que o Todo-Poderoso não fora o único a "fixar um mandamento contra os que se suicidam". O Serviço de Lista Telefônica, desatento às consequências legais, lhe passou o número da Dignitas minutos depois.

Ele telefonou para a Suíça com os batimentos acelerados. A voz calma que atendeu em alemão no fim também falava inglês e prometeu enviar algumas informações. Quando Patrick pressionou o atendente sobre as questões legais, ele disse que não se tratava de eutanásia, administrada pelo médico, mas de suicídio assistido administrado pelo próprio paciente. O barbitúrico seria prescrito se um médico suíço estivesse convencido de que ele se justificava e de que o suicídio era voluntário. Se Patrick quisesse se adiantar enquanto esperava os formulários de adesão chegarem, ele poderia providenciar uma carta de consentimento para Eleanor e um laudo médico sobre sua condição. Patrick disse que sua mãe não conseguia mais escrever e que duvidava que ela fosse capaz de aplicar uma injeção em si mesma.

"Ela consegue assinar?"

"Apenas isso."

"Ela consegue engolir?"

"Apenas isso."

"Então talvez possamos ajudar."

Patrick sentiu uma onda de entusiasmo depois dessa ligação para a Suíça. Assinar e engolir eram as chaves do reino, o código para o lançamento do míssil. Não restava muito tempo até Eleanor perdê-las. Ele temia que o precioso barbitúrico escorresse inutilmente por seu queixo brilhante de baba. Quanto à assinatura, ela agora formava uma silhueta alpina que lembrava as primeiras tentativas de Thomas escrever. Patrick ficou andando de lá para cá na sala do apartamento. Estava "trabalhando em casa"

249

e tinha esperado Robert ir para a escola e Mary levar Thomas para o Holland Park antes de prosseguir com sua pesquisa secreta. Agora o apartamento era todo seu para ele circular por ali; não havia ninguém para quem ser eficiente, ninguém com quem ser simpático. Tanto melhor, já que não conseguia parar de andar, não conseguia parar de repetir "Assinar e engolir, assinar e engolir" como um papagaio acorrentado no canto de uma sala lotada de coisas. Foi se sentindo cada vez mais tenso e teve que parar para expelir o ar lentamente e expulsar a sensação de que estava prestes a desmaiar. Havia um quê sinistro de faca afiando em seu entusiasmo. Ia dar a Eleanor exatamente o que ela queria. Mas será que ele também deveria querer isso tanto assim?

Reconheceu a marca de suas ambições assassinas e se sentiu devidamente perturbado. Parecia algo novo, mas então admitiu que estivera ali o tempo todo, era seu próprio desejo por um copo de barbitúricos. "Cessar à meia-noite sem nenhuma dor", reorganizado um pouco, quase poderia ser o termo químico para aquela última bebida: Cessmensdor.

"Ah, meu Deus! Você tem um frasco de Cessmensdor! Me dá um pouco?", gritou de repente enquanto chegava ao final do corredor e dava meia-volta para continuar circulando. Seus pensamentos estavam por toda parte, ou melhor, estavam num só lugar tragando tudo na direção deles. Imaginou uma modesta e pequena marcha de protesto saindo de Hampstead com alguns poucos tipos éticos tentando proibir o sofrimento desnecessário, crescendo rapidamente enquanto seguia na direção do Swiss Cottage, até que logo todas as lojas já estavam fechadas, todos os restaurantes vazios, todos os trens parados, postos de gasolina abandonados, e a população inteira de Londres seguia na direção de Whitehall, Trafalgar Square e Parliament Square, praguejando contra o sofrimento desnecessário e gritando por Cessmensdor.

"Por que um cão, um gato poderiam morrer", queixou-se ele na linha de frente, "enquanto ela…" Ele se forçou a parar. "Ah, cale a boca", disse, desabando no sofá.

"Só estou tentando ajudar minha velha mãe", persuadiu-se com uma nova voz. "Ela já passou um pouco da data de validade, para ser sincero. Não aproveita mais a vida como antes. Não consegue nem mesmo assistir à sua velha telinha. Olhos arruinados. E não adianta ler para ela, isso só a deixa agitada. Cada coisinha a assusta, até suas próprias lembranças felizes. Uma situação terrível, realmente."

Quem estava falando? Com quem ele estava falando? Sentia-se possuído.

Soltou o ar devagar. Sentia-se tenso demais. Ia acabar provocando um ataque cardíaco em si mesmo, pondo fim à pessoa errada por engano. Via que estava se quebrando em fragmentos porque a simplicidade de sua situação — filho a quem foi pedido que matasse a mãe — era insuportável; e a simplicidade da situação dela — pessoa teme cada segundo de sua existência — era ainda mais insuportável. Tentou se concentrar nisso, pensar no que era insuportável pensar: na experiência de Eleanor. Ele a sentiu se contorcendo na cama, implorando para morrer. Subitamente caiu em prantos, todas as suas evasivas esgotadas.

A rivalidade entre vingança e compaixão se encerrou naquela manhã em seu apartamento, e ele permaneceu só com o desejo mais simples de que todos em sua família fossem livres, inclusive sua mãe. Decidiu correr atrás do laudo médico antes de viajar para os Estados Unidos. Não fazia sentido solicitá-lo ao médico da casa de repouso, cuja missão era manter pacientes vivos mesmo que eles ansiassem por uma injeção letal. O dr. Fenelon era o médico da família de Patrick e nunca tinha cuidado de Eleanor. Era um homem compreensivo e inteligente cujo catolicismo ainda não tinha se posto no caminho de prescrições úteis e de consultas rápidas de especialistas. Patrick estava acostumado a pensar nele como um adulto e ficou perplexo ao ouvi-lo falar de suas aulas de ética em Ampleforth, como se tivesse deixado um padre pintar seu esboço adolescente do mundo com um fixador infalível.

"Eu ainda acredito que o suicídio é pecado", disse o dr. Fenelon, "mas não acredito mais que as pessoas que desejam cometer suicídio estão sendo tentadas pelo Diabo, pois sabemos que elas estão sofrendo de uma doença chamada depressão."

"Escute", disse Patrick, tentando se recuperar o mais discretamente possível da descoberta de que o Diabo estava na lista de convidados, "quando você não consegue se mexer, não consegue falar, não consegue ler e sabe que está perdendo o controle de sua mente, a depressão não é uma doença; é a única resposta razoável. A alegria é que exigiria uma disfunção glandular ou uma força sobrenatural para ser explicada."

"Quando as pessoas estão deprimidas, nós lhes damos antidepressivos", perseverou o dr. Fenelon.

"Ela já está tomando, e de fato eles deram um certo entusiasmo ao ódio dela pela vida. Foi só depois que começou a tomá-los é que ela me pediu para matá-la."

"Pode ser um grande privilégio trabalhar com os que estão morrendo", começou o dr. Fenelon.

"Eu não acho que ela vá querer trabalhar com os moribundos", interrompeu Patrick. "Ela não consegue nem ficar de pé. Se você quer dizer que é um grande privilégio para você, devo dizer que estou mais preocupado com a qualidade de vida dela do que com a sua."

"O que eu quero dizer", disse o médico, com mais serenidade do que talvez o sarcasmo de Patrick merecesse, "é que o sofrimento pode ter um efeito transfigurador. A gente vê pessoas, depois de uma enorme luta, alcançarem uma espécie de paz que elas nunca conheceram."

"É preciso ter algum senso de si próprio para experimentar a paz; é precisamente isso que minha mãe está perdendo."

O dr. Fenelon recostou-se em sua cadeira de couro abotoada com um aceno solidário de cabeça, expondo o crucifixo que mantinha na prateleira atrás de si. Patrick já havia reparado várias vezes no objeto, mas agora aquilo parecia estar zombando dele com sua brilhante inversão de glória e sofrimento, transformando o que naturalmente era repugnante no sentido central da vida, não apenas no sentido mundano de forçar uma pessoa a refletir mais a fundo, mas no sentido totalmente misterioso de o mundo ser redimido do pecado porque Jesus teve problemas com a lei dois mil anos antes. O que significava o mundo ter sido redimido do pecado? Obviamente não significava que havia menos pecado no mundo. E como a execução nojenta e bizarra de Cristo poderia ser responsável por essa redenção que, até onde Patrick sabia, não havia ocorrido? Até então ele estivera apenas fascinado com a irrelevância do cristianismo em sua vida, mas agora viu-se cheio de ódio por ele, por ameaçar impedir Eleanor de ter uma morte pontual. Depois de mais algumas reminiscências escolares, o dr. Fenelon concordou em elaborar um laudo sobre o estado de Eleanor. Que uso se faria dele, não seria da sua conta, assegurou a si mesmo, e marcou de se encontrar com Patrick na casa de repouso dali a dois dias.

Patrick foi contar à mãe a boa notícia e prepará-la para a visita do médico.

"Eu quero…", uivou ela, e então, meia hora depois, "Suí… ça."

Patrick preparou-se para a sua impaciência com a impaciência de sua mãe.

"Está tudo sendo feito o mais rápido possível", respondeu com calma.

"Você... arece... meu... filho", conseguiu dizer Eleanor por fim.

"Há uma explicação simples para isso", disse Patrick. "Eu sou seu filho."

"Não!", disse Eleanor, finalmente segura de si.

Patrick foi embora com a sensação ainda mais premente de que logo Eleanor estaria senil demais para dar seu consentimento.

Quando, no dia seguinte, levou o dr. Fenelon para o quarto fétido de Eleanor, ela estava num estado de animação histérica que Patrick nunca tinha visto, mas que imediatamente entendeu. Ela achou que devia se comportar da melhor forma possível, para ganhar o médico, para se mostrar como uma boa garota que merecia um favor. Ela o encarou com adoração. Ele era seu salvador, seu anjo da morte. O dr. Fenelon pediu que Patrick ficasse, para ajudá-lo a entender a fala incoerente de Eleanor. O médico se impressionou com a boa qualidade dos reflexos dela, com a ausência de escaras e com a condição geral de sua pele. Patrick desviou os olhos da expansão branca e enrugada da barriga dela, sentindo que não deveria ter permissão para ver tanto de sua mãe e que com certeza não queria aquilo. A disposição dela o deixou maluco. Por que ela não podia demonstrar a miséria que ele passara as últimas semanas se esforçando para transformar em palavras? Ela nunca se cansava de decepcioná-lo. Imaginou o laudo insuportavelmente otimista que o dr. Fenelon ditaria ao voltar ao consultório. Naquela noite Patrick escreveu uma carta de consentimento, mas não suportaria ver sua mãe já de imediato. De qualquer forma o laudo de Fenelon não chegaria antes de a família ir de férias aos Estados Unidos, então Patrick resolveu deixar a coisa toda de lado até a volta.

Nos Estados Unidos tentou não ficar pensando numa situação que afinal de contas achava-se em suspenso, mas sabia que o segredo de seu projeto macabro o estava afastando da família. Depois de ficar sóbrio, agarrou-se à sua visão algo bêbada da Zona Três no jardim de Walter e Beth. Toda vez que tentava definir a Zona Três, só conseguia pensar nela como uma generosidade que não era baseada em compensação ou dever. Ainda que fosse incapaz de descrevê-la, agarrou-se a essa frágil intuição do que poderia significar estar bem.

Só no avião de volta para a Inglaterra ele disse a Mary o que estava acontecendo. Thomas dormia e Robert assistia a um filme. De início Mary nada mais fez que se solidarizar com o problema de Patrick. Não sabia se deveria exprimir sua suspeita de que Patrick estivera tão ocupado examinando suas próprias motivações que talvez não tivesse olhado com mais cuidado para as de Eleanor. Desejar morrer era uma das coisas mais comuns da vida, porém morrer era outra história. O pedido de ajuda de Eleanor não era uma proposta de tirar a si mesma do caminho, mas a única forma que lhe restara de se manter no centro da atenção de sua família. Será que ela realmente entendia que ela mesma ia ter de se matar? Mary tinha certeza de que Eleanor imaginava um médico infinitamente sábio e com um olhar tão profundo quanto um lago de montanha, inclinando-se para lhe dar um beijo fatal de boa-noite, e não um copo de barbitúricos amargos que ela teria de levar aos lábios. Eleanor era a pessoa mais infantil que Mary conhecia depois de Thomas.

"Ela não vai fazer isso", ela finalmente disse a Patrick. "Ela não vai engolir. Você vai arranjar uma ambulância aérea especial, levá-la até os médicos suíços, conseguir a prescrição, e mesmo assim ela não vai fazer isso."

"Se ela me fizer levá-la até a Suíça por nada, eu mato minha mãe", disse Patrick.

"Tenho certeza de que ela acharia ótimo", disse Mary. "Ela quer a morte tirada de suas mãos, não colocada nelas."

"Que seja", disse Patrick com um suspiro impaciente. "Mas preciso tratá-la como se ela realmente estivesse falando sério a única coisa que consegue dizer."

"Tenho certeza de que ela é sincera quando diz que quer morrer", observou Mary. "Só não tenho certeza se ela está disposta a fazer isso."

De dentro da concha de seus fones de ouvido, Robert percebeu que seus pais estavam tendo uma conversa acalorada. Tirou o fone e perguntou sobre o que eles estavam falando.

"Só sobre a vovó, sobre como podemos ajudá-la", disse Mary.

Robert recolocou os fones no ouvido. Até onde ele sabia, Eleanor era só alguém que ainda não tinha morrido. Seus pais não levavam mais nem ele nem Thomas para vê-la porque diziam que era perturbador demais. Exigia esforço lembrar que, séculos atrás, ele fora próximo dela, um esforço que não parecia valer a pena. Às vezes, na presença de sua outra avó, sua indiferença com Eleanor era pega de surpresa, pois ao dar com o nozinho apertado do egoísmo de Kettle ele se lembrava da suavidade de Eleanor e do grande machucado dolorido de suas boas intenções. Então esquecia como fora injusto Eleanor ter tirado Saint-Nazaire deles e sentia como era injusto Eleanor ser Eleanor — não apenas suas circunstâncias fatais, mas ela ser quem era. No fim, era injusto todo mundo ser quem era, porque não se podia ser mais ninguém. Não que ele quisesse ser outra pessoa, mas era horrível pensar que não se podia ser numa emergência. Tirou os fones do ouvido de novo, como se fossem eles que o estivessem limitando. De qualquer forma, a comédia sobre o cachorro falante que se tornou presidente dos Estados Unidos não era boa. Robert passou dos canais de filmes para o mapa. Ele mostrava o avião deles perto da costa irlandesa, ao sul de Cork. Depois se expandiu para mostrar Londres, Paris e a baía da Biscaia. A próxima passagem seria por Casablanca, Djibuti e Varsóvia. Até quando ia durar aquele banquete informativo? Onde eles estavam em relação à Lua? Por fim, a única coisa que todo mundo queria saber apareceu: cinquenta e dois minutos para a chegada. Fazia sete abundantes horas que eles estavam voando, horas estufadas de fusos horários obscuros. Velocidade; altitude; temperatura; hora local de Nova York; hora local de Londres. Eles informavam tudo, menos a hora no avião. Os relógios simplesmente não conseguiam acompanhar aqueles minutos distorcidos e enriquecidos. Eles deveriam virar seus mostradores e dizer AGORA até conseguirem voltar para o chão e começar a contar claramente de novo.

Ele também ansiava voltar para o chão, para sua casa em Londres. Perder Saint-Nazaire tinha tornado Londres sua verdadeira casa. Ele ouvira falar de crianças que fingiam ser adotadas e que seus verdadeiros pais eram muito mais glamorosos que as aborrecidas pessoas com quem viviam. Ele agira de modo semelhante com Saint-Nazaire, fingindo que aquela era a sua verdadeira casa. Depois do choque de perdê-la, havia se acostumado aos poucos com a ideia de que seu lugar era mesmo entre os outdoors encharcados e os plátanos gigantescos de sua cidade natal. Comparada com a densidade de Nova York, Londres, quando se olhava para o campo e para a privacidade incoerente de suas ruas, parecia ir na contramão do propósito de uma cidade, no entanto ele ansiava voltar ao barro preto e gorduroso dos parques, aos parquinhos molhados de chuva e aos prados de folhas mortas, à olhadela no seu áspero uniforme escolar no espelho do hall, à batida da porta do carro a caminho da escola. Nada parecia mais exótico do que a profundidade dessas sensações.

Uma aeromoça disse a Mary que ela deveria acordar Thomas para a aterrissagem. Thomas acordou e Mary lhe deu uma mamadeira de leite. Já na metade, ele soltou a mamadeira e disse: "Alabala está na cabine do piloto!". Seus olhos se arregalaram enquanto olhava para o irmão. "Ele vai pousar o avião!"

"O-ou", disse Robert, "estamos enrascados."

"O capitão diz: 'Não, Alabala, você *não* tem permissão para pousar o avião'", disse Thomas, batendo na coxa, "mas Felan tem permissão para pousar o avião."

"Felan também está lá?"

"Sim, está. Ele é o copiloto."

"Ah, é? E quem é o piloto?"

"Scott Tracy."

"Então este é um avião de Resgate Internacional?"

"É. Temos que resgatar um pentatenton."

"O que é um pentatenton?"

"Na verdade, é um ouriço, e ele caiu no rio!"

"No Tâmisa?"

"Sim! E ele não sabe nadar, então Gordon Tracy tem que resgatá-lo com o *Thunderbird 4*."

Thomas estendeu a mão e moveu o submarino pelas águas lamacentas do Tâmisa.

Robert cantarolou a música tema dos *Thunderbirds*, batucando no apoio de braço entre eles.

"Talvez você possa fazê-la assinar a carta de consentimento", disse Patrick.

"Está bem", disse Mary.

"Pelo menos podemos reunir todos os elementos…"

"Que elementos?", perguntou Robert.

"Não interessa", disse Mary. "Olha, já vamos pousar", disse ela, tentando fazer com que os campos reluzentes, as estradas congestionadas e os pequenos agrupamentos de casas avermelhadas parecessem mais emocionantes do que eles dificilmente conseguiriam ser por si sós.

No dia em que eles chegaram, o formulário de adesão da Dignitas e o laudo do dr. Fenelon surgiram na pilha de cartas no hall. Exausto, Patrick se esparramou no sofá preto e leu os folhetos da Dignitas.

"Nos casos que eles citam, todas as pessoas têm doenças terminais agonizantes ou só conseguem mover uma pálpebra", ele comentou. "Estou preocupado de que ela possa não estar suficientemente doente."

"Vamos juntar toda a papelada e ver o que eles acham do caso dela", disse Mary.

Patrick lhe entregou a carta de consentimento que havia escrito antes de eles viajarem para os Estados Unidos e Mary a levou consigo para a casa de repouso. No corredor de cima, os zeladores tinham deixado as portas abertas para arejar os quartos. Pela porta Eleanor parecia bastante calma, mas ao detectar uma presença entrando no quarto olhou com uma espécie de inexpressividade furiosa na direção da recém-chegada. Quando Mary anunciou quem era, Eleanor agarrou a barra lateral de sua cama protegida e tentou se erguer, emitindo sons desesperados de resmungo. Mary sentiu que havia interrompido a comunicação de Eleanor com algum outro reino onde as coisas não estavam tão ruins quanto no planeta Terra. De repente sentiu que as duas pontas da vida eram absolutamente horripilantes, com um intervalo assustador entre elas. Não admira que as pessoas faziam o que podiam para escapar.

Não tinha sentido perguntar a Eleanor como ela estava, não tinha sentido tentar entabular uma conversa, então Mary se apressou em apresentar um resumo do que vinha acontecendo com eles. Eleanor pareceu horrorizada por receber as coordenadas de sua família. Rapidamente Mary passou para a finalidade de sua visita, sugerindo ler a carta em voz alta.

"Se você acha que é isso que você quer dizer, pode assiná-la", disse.

Eleanor assentiu.

Mary se ergueu e fechou a porta, dando uma espiada no corredor para ver se não havia enfermeiras a caminho. Aproximou sua cadeira da cama de Eleanor e apoiou o queixo no corrimão, segurando a carta do lado de Eleanor das barras. Começou a ler com um nervosismo surpreendente.

*Sofri vários derrames ao longo dos últimos anos, cada um deles me deixando mais debilitada que o último. Mal consigo me mexer e mal consigo falar. Estou acamada e sofrendo de incontinência. Sinto uma angústia, um pavor e uma frustração incessantes diante da minha imobilidade e inutilidade. Não há perspectiva de melhora, apenas de eu ser tomada pela demência, o que eu mais temo. Já sinto minhas faculdades mentais me traindo. Não olho para a morte com medo, mas com anseio. Não existe outra libertação para a tortura diária da minha existência. Por favor, me ajudem se puderem.*

*Sinceramente,*

"Você acha justo?", perguntou Mary, tentando não chorar.

"Não… im", disse Eleanor com grande dificuldade.

"Quero dizer, um relato justo?"

"Im."

Elas agarraram a mão uma da outra por algum tempo, sem dizer nada. Eleanor olhou para ela com uma espécie de ansiedade sem lágrimas.

"Você quer assinar?"

"Assinar", disse Eleanor, engolindo em seco.

Quando Mary irrompeu na rua junto com a sensação de alívio físico por escapar do cheiro de urina e de repolho cozido e da atmosfera de sala de espera na qual a morte era o trem atrasado, sentiu-se grata por ter havido um momento de comunicação com Eleanor. Naquela mão agarrada ela havia sentido não só um apelo mas uma determinação que a fez se perguntar se tinha razão em duvidar do quanto Eleanor estava preparada para cometer suicídio. No entanto havia algo de fundamentalmente perdido sobre Eleanor, uma sensação de que ela não havia se envolvido nem com a esfera cotidiana da família, da amizade, da política e da propriedade, nem com a esfera da contemplação e da satisfação espiritual; ela simplesmente sacrificara uma pela outra. Se pertencia à tribo dos que sempre ouviam o canto de sereia da escolha que estavam prestes a deixar de fazer, estava fadada a sentir uma necessidade absoluta de permanecer viva assim que o suicídio estivesse perfeitamente organizado para ela. A salvação estaria sempre em outro lugar. De repente seria mais espiritual permanecer viva — para aprender a cultivar a paciência, a prosseguir no fogo purificador do sofrimento, o que fosse. Mais vida sofrida lhe seria imposta, e inevitavelmente a morte iria parecer mais espiritual — para voltar à fonte, deixar de ser um fardo, encontrar Jesus no fim de um túnel, o que fosse. O espiritual, por ela nunca ter se comprometido de fato com ele mais do que com outros aspectos de sua vida, estava sujeito a metamorfoses intermináveis sem perder sua centralidade teórica.

Quando Mary chegou em casa, Thomas correu até o hall para saudá-la. Ele passou os braços em volta de sua coxa com alguma dificuldade, por causa da esfera de Hoberman, um dodecaedro dobrável e multicolorido que ele tinha deixado se fechar em volta de seu pescoço e estava usando como um capacete espetado. Suas mãos estavam enroladas num par de meias e ele segurava um ventilador com luzinhas movido a bateria comprado quando foram ao Circo Estatal Chinês em Blackheath.

"Nós estamos na Terra, não estamos, mamãe?"

"A maioria de nós", respondeu Mary, pensando no olhar que tinha vislumbrado no rosto de Eleanor pela porta aberta do quarto dela.

"Sim, eu sabia", disse Thomas com ar sábio. "A não ser astronautas que estão no espaço sideral. E eles simplesmente flutuam porque não há gravidade!"

"Ela assinou?", perguntou Patrick, aparecendo na porta.

"Sim", disse Mary, estendendo-lhe a carta.

Patrick enviou a carta, o formulário de adesão e o laudo médico à Suíça e esperou uns dois dias antes de ligar para ver se o pedido de sua mãe tinha chances de ser aceito.

"Nesse caso acho que poderemos ajudar", foi a resposta que recebeu. Ele teimosamente se recusou a se envolver com suas emoções, deixando o pânico, a euforia e a solenidade tocando a campainha, enquanto ele apenas espiava por trás das cortinas, fingindo não estar em casa. Foi ajudado pela tempestade de demandas práticas que envolveu a família na semana seguinte. Mary deu a notícia a Eleanor e como resposta recebeu um sorriso radiante. Patrick providenciou um voo para a quinta-feira seguinte. A casa de repouso foi avisada de que Eleanor se mudaria dali, sem ser informada de seu destino. Uma consulta foi marcada com um médico em Zurique.

"Todos nós poderíamos ir nos despedir dela na quarta-feira", disse Patrick.

"Thomas não", respondeu Mary. "Já faz bastante tempo que ele a viu e na última vez deixou bem claro que ficou perturbado. Robert ainda se lembra de quando ela estava bem."

Nenhum dos amigos próximos de Mary podia cuidar de Thomas na quarta-feira à tarde, e ela por fim foi obrigada a pedir à sua mãe.

"Claro que farei tudo o que puder para ajudar", disse Kettle, sentindo que, se havia um momento para fazer todo o barulho esperado, era agora. "Por que vocês não o deixam aqui na hora do almoço? Amparo pode preparar umas deliciosas iscas de peixe para ele e vocês podem vir tomar chá depois de terem se despedido da pobrezinha da Eleanor."

Na quarta-feira, Mary levou Thomas até a porta do apartamento de sua mãe.

"Sua mãe não está", disse Amparo.

"Ah", disse Mary, surpresa, e ao mesmo tempo se perguntando por que estava surpresa.

"Ela foi comprar os bolos para o chá."

"Mas ela volta logo…"

"Ela vai almoçar com uma amiga e depois volta, mas não se preocupe, eu cuido do garotinho."

Amparo estendeu suas insinuantes mãos ávidas por crianças. Thomas só a tinha visto uma vez e Mary o entregou com alguma relutância, mas acima de tudo com um aborrecimento extremo. Nunca mais, nunca mais ela ia pedir ajuda à sua mãe de novo. A decisão parecia tão irrevogável e tardia quanto um bloco de penhasco despencando no mar. Sorriu para Amparo e deixou Thomas com ela, sem tranquilizá-lo demais, para que ele não pensasse que havia algo de preocupante em sua situação.

A coisa a fazer é a coisa a fazer, pensou Thomas, indo na direção da campainha desconectada ao lado da lareira na sala de estar. Ele gostava de ficar no banquinho apertando o botão e depois deixar entrar quem chegasse à porta da lareira. Quando Amparo o alcançou depois de se despedir de Mary, ele já estava recebendo um visitante.

"É o Texugo!", disse.

"Quem é esse Texugo?", perguntou Amparo com um alarme de precaução.

"O sr. Texugo não tem o hábito de fumar cigarros", explicou Thomas, "porque eles fazem ele crescer e encolher. Então ele fuma charutos!"

"Ah, não, querido, você não deve fumar", disse Amparo. "É muito ruim para você."

Thomas subiu no banquinho e apertou a campainha de novo.

"Escuta", disse ele, "tem alguém na porta."

Ele saltou para o chão e deu a volta correndo na mesa. "Estou correndo para ir abrir a porta", explicou, voltando para a lareira.

"Tome cuidado", disse Amparo.

"É a Lady Penelope", informou Thomas. "Você ser Lady Penelope!"

"Você gostaria de me ajudar a passar o aspirador?", perguntou Amparo.

"Sim, minha senhora", respondeu Thomas com sua voz de Parker. "Você vai encontrar uma garrafa térmica com chocolate quente na sua caixa de chapéu." Ele gritou com prazer e se atirou nas almofadas do sofá.

"Ah, meu Deus, acabei de arrumar isso", gemeu Amparo.

"Faça uma casa para mim", disse Thomas, empurrando as almofadas para o chão. "Faça uma casa para mim!", gritou enquanto começava a pôr as almofadas de volta no sofá. Ele abaixou a cabeça e franziu a testa com ar severo. "Olha, Amparo, a minha cara mal-humorada."

Amparo cedeu ao desejo dele por uma casa e Thomas se espremeu no espaço entre duas almofadas e sob o telhado de uma terceira.

"Infelizmente", ele comentou depois de ter se instalado, "Beatrix Potter morreu há muito tempo."

"Ah, sinto muito, querido", disse Amparo.

Thomas esperava que seus pais vivessem muito tempo. Queria que eles fossem imortalizados. Tinha aprendido essa palavra em seu *Livro de mitos gregos para crianças*. Ariadne foi imortalizada quando Dionísio a transformou numa estrela.

Imortalizada significava que ela vivia para sempre — a não ser pelo fato de que era uma estrela. Ele não queria que seus pais fossem transformados em estrelas. Que sentido haveria nisso? Só ficar brilhando lá longe.

"Só brilhando", disse, desanimado.

"Ah, meu Deus, venha com a Amparo ao banheiro."

Ele não entendeu por que Amparo o colocou na frente do vaso e tentou puxar sua calça para baixo.

"Eu não quero fazer pipi", ele disse, categórico, começando a se afastar. A verdade é que era bem difícil conversar com Amparo. Ela não parecia entender nada. Ele decidiu sair para uma expedição. Ela foi atrás, resmungando coisas sem sentido.

"Não, Amparo", ele disse, virando-se para ela, "me deixe em paz!"

"Não posso deixar você sozinho, querido. Você precisa ficar com um adulto."

"Não! Eu!", disse Thomas. "Você está me frustrando!"

Amparo dobrou-se de tanto rir. "Ah, meu Deus", disse. "Você conhece muitas palavras."

"Eu preciso falar, senão minha boca fica entupida com pedacinhos de palavras", disse Thomas.

"Quantos anos você tem, querido?"

"Três", respondeu Thomas. "Quantos anos você achou que eu tinha?"

"Achei que você tinha pelo menos cinco anos, você é um garoto bem crescido."

"Humm", fez Thomas.

Ele viu que provavelmente não ia conseguir se livrar dela, então decidiu tratá-la como seus pais o tratavam quando queriam tê-lo sob controle.

"Quer que eu te conte uma história de Alabala?", ele perguntou.

Eles tinham voltado para a sala de estar. Thomas fez Amparo sentar numa poltrona e subiu em sua caverna de almofadas.

"Era uma vez", começou ele, "em que Alabala estava na Califórnia e ele estava dirigindo com sua mamãe quando houve um terremoto!"

"Espero que essa história tenha um final feliz", disse Amparo.

"Não!", disse Thomas. "Você não me interrompe!" Ele suspirou e começou de novo. "E o chão se abriu e a Califórnia caiu no mar, o que não foi muito conveniente, como você pode imaginar. E houve uma onda enorme de maremoto, e Alabala disse para a sua mamãe: 'Podemos ir surfando para a Austrália!'. E foi isso que eles fizeram, e Alabala teve permissão para dirigir o carro." Ele perscrutou o teto à procura de inspiração e em seguida acrescentou com toda a naturalidade de uma súbita lembrança. "Quando eles chegaram na praia da Austrália, Alan Razor estava lá dando um concerto!"

"Quem é Alan Razor?", perguntou Amparo, completamente perdida.

"É um compositor", disse Thomas. "Ele tem helicópteros, violinos, trompetes e furadeiras, e Alabala tocou no concerto."

"O que ele tocou?"

"Bem, na verdade ele tocou um aspirador de pó."

Quando Kettle voltou de seu almoço, encontrou Amparo segurando a barriga de tanto rir da ideia de um aspirador de pó sendo tocado num concerto, e encantada porque Thomas havia perturbado sua ideia de como as crianças deveriam se comportar.

"Meu Deus", ela disse, ofegante, "ele realmente é um garotinho incrível."

Enquanto as duas mulheres se esforçavam para não cuidar dele, Thomas finalmente pôde ter algum tempo para si mesmo. Ele decidiu que nunca ia querer ser adulto. Não gostava da aparência dos adultos. Mas no caso de acabar se tornando adulto,

266

o que aconteceria com seus pais? Eles iam ficar velhos, como Eleanor e Kettle.

O interfone tocou e Thomas ergueu-se de um salto.

"Eu atendo!", disse.

"É muito alto", explicou Kettle.

"Mas eu quero!"

Kettle o ignorou e apertou o interfone para abrir a porta do prédio. Thomas gritou no fundo.

"O que foi aquele grito?", perguntou Mary quando chegou ao apartamento.

"A vovó não me deixou apertar o botão", disse Thomas.

"Não é brinquedo de criança", disse Kettle.

"Não, mas ele é uma criança brincando", disse Mary. "Por que não deixá-lo brincar com o interfone?"

Kettle pensou em se elevar acima do estilo argumentativo da filha, mas decidiu não fazê-lo.

"Eu não faço nada certo mesmo", disse, "então podemos muito bem partir do princípio que estou sempre errada, assim não há necessidade de apontar isso. Acabei de chegar, então infelizmente o chá ainda não está pronto. Vim correndo para casa de um almoço do qual não conseguia sair."

"Claro", disse Mary, rindo. "A gente viu você olhando as vitrines enquanto tentávamos estacionar o carro. Não se preocupe, eu não vou te pedir ajuda com as crianças de novo."

"Posso fazer o chá, se você quiser", disse Amparo, oferecendo a Kettle a oportunidade de ficar com sua família.

"Não precisa", retrucou Kettle. "Ainda sou capaz de fazer um bule de chá."

"Eu estou sendo infantil?", perguntou Thomas, se aproximando do pai.

"Não", disse Patrick. "Você só está sendo uma criança. Apenas os adultos podem ser infantis, e, meu Deus, como a gente se aproveita disso."

"Entendo", disse Thomas, assentindo com ar sábio.

Robert estava largado numa poltrona se sentindo desanimado. Ele já tinha tido o bastante de suas duas avós para a vida toda.

Kettle voltou se equilibrando, deixando a bandeja na mesa com um gemido de alívio.

"Então, como estava a sua mãe?", perguntou a Patrick.

"Ela só falou duas palavras", ele respondeu.

"Elas fizeram sentido?"

"Perfeitamente: 'Fazer nada'."

"Quer dizer que ela não quer ir para... ir para a Suíça?", perguntou Kettle, enfatizando um código do qual ela sabia que as crianças estavam excluídas.

"Isso mesmo", respondeu Patrick.

"Que confusão, hein?", observou Kettle.

Mary percebeu o esforço que ela fez para evitar sua palavra favorita: "decepção".

"É algo sobre o qual temos o direito de nos sentir ambivalentes", disse Patrick. "Mary já tinha previsto tudo isso. Acho que Eleanor estava menos envolvida com os resultados ou apenas com mais clareza dos fatos. Em todo caso, pretendo levar sua última instrução muito a sério. Eu não vou fazer nada."

"Fazer nada!?", exclamou Thomas. "Quero dizer, como você faz nada? Porque se você *faz* nada, você faz alguma coisa!"

Patrick soltou uma gargalhada. Ele pegou Thomas e o pôs no joelho, dando-lhe um beijo no alto da cabeça.

"Não devo mais ir vê-la de novo", disse Patrick. "Não por rancor, mas por gratidão. Ela nos deu um presente e seria indelicado não aceitá-lo."

"Um presente?", perguntou Kettle. "Será que você não está interpretando exageradamente essas duas palavras?"

"O que mais se pode fazer além de interpretar exageradamente?", disse Patrick, alegre. "Em que mundo pobre, limitado e monótono viveríamos se não fizéssemos isso, não é? Além do mais, será que é possível? Há sempre mais significado do que conseguimos alcançar."

Kettle viu-se paralisada por vários tipos de indignação ao mesmo tempo, mas Thomas rompeu o silêncio saltando do joelho do pai e gritando "Fazer nada! Fazer nada!", enquanto corria em volta da mesa cheia de bolos e chá.

ENFIM

*Para Bo*

# 1.

"Surpreso em me ver?", perguntou Nicholas Pratt, plantando sua bengala no tapete do crematório e mirando Patrick com um olhar de desafio ligeiramente sem propósito, um hábito já sem serventia mas antigo demais para ser mudado. "Praticamente me tornei um rato de velório. É o destino de uma pessoa na minha idade. É inútil ficar em casa rindo dos erros ignorantes dos obituaristas jovens ou cedendo ao prazer bastante monótono de contar a cota diária de contemporâneos mortos. Não! É preciso 'celebrar a vida': lá se vai a vadia da escola. Dizem que ele lutou bem, mas ninguém me engana! — esse tipo de coisa coloca no devido lugar toda a realização. Mas, olha, não estou dizendo que não seja tudo muito comovente. Há um certo efeito ampliado de orquestra nestes últimos dias. E muito horror, claro. Batendo perna no meu caminho diário da cama do hospital para o banco de igreja e de volta para o hospital, me lembrei daqueles petroleiros que costumavam se chocar contra rochas a cada duas semanas e dos bandos de pássaros que morriam nas praias com as asas coladas e os olhos amarelos piscando perplexos."

Nicholas deu uma olhada pelo salão. "Poucos vieram", murmurou, como se preparasse uma narrativa para outra pessoa. "Aqueles lá são os amigos religiosos de sua mãe? Impressionante. De que cor você chamaria aquele terno? *Aubergine? Aubergine à la crème d'oursin?* Tenho que encomendar um com urgência na Huntsman. Como assim, você não tem cor de berinjela? Todo mundo estava usando no velório de Eleanor Melrose. Mande buscar metros dele agora mesmo!

"Imagino que sua tia logo esteja aqui. Será um rosto demasiado familiar entre os Aubergines. Eu a vi na semana passada em Nova York e tenho o prazer de informar que fui o primeiro a lhe dar a trágica notícia sobre sua mãe. Ela caiu em prantos e pediu um *croque-monsieur* para engolir com sua segunda dose de comprimidos para emagrecer. Fiquei com pena dela e a convidei para jantar com os Bland. Você conhece Freddie Bland? É o bilionário mais baixinho vivo. Seus pais eram praticamente anões, como o general e a sra. Tom Thumb. Eles costumavam entrar na sala com uma tremenda fanfarra e em seguida desapareciam debaixo de uma mesa de canto. Baby Bland deu para ser séria, como algumas pessoas fazem no seu crepúsculo senil. Ela decidiu escrever um livro sobre cubismo, entre tantos assuntos ridículos. Acho que no fundo é em parte pelo fato de ela ser uma esposa perfeita. Ela sabe o estado em que Freddie costumava ficar por causa do aniversário dela, mas graças ao novo hobby da esposa tudo que ele precisa fazer agora é mandar a Sotheby's embalar uma pintura repugnante de uma mulher com um rosto igual uma fatia de melancia daquela fraude mor chamada Picasso, e ele sabe que ela vai ficar no céu. Sabe o que ela me disse? No café da manhã, veja só, quando eu estava quase indefeso." Nicholas fez uma vozinha afetada:

"'Aqueles pássaros divinos do último Braque são na verdade só uma desculpa para o céu.'

"'E que boa desculpa', eu disse, engasgando com meu primeiro gole de café, 'muito melhor que um cortador de grama ou um tamanco. Mostra que ele tinha pleno controle do seu material.'

"Mas falando sério. É um destino a que devo resistir com cada pedacinho que ainda me resta de inteligência, a menos que Herr Doktor Alzheimer assuma o controle, caso em que vou ter de escrever um livro sobre a arte islâmica para mostrar que os de toalha na cabeça sempre foram muito mais civilizados que nós, ou um volume grosso sobre o quão pouco sabemos sobre a mãe de Shakespeare e seu catolicismo ultrassecreto. Alguma coisa séria.

"Em todo caso, imagino que tia Nancy tenha sido um desastre e tanto com os Bland. Deve ser difícil ser uma pessoa ao mesmo tempo exclusivamente social e totalmente sem amigos. Pobrezinha. Mas sabe o que chamou minha atenção, além da vibrante autopiedade de Nancy que ela teve a cara de pau de fazer passar por luto, o que chamou minha atenção em relação a essas duas garotas, sua mãe e sua tia? É que elas são, eram — minha vida é gasta oscilando entre tempos verbais — completamente americanas. A ligação do pai delas com as Terras Altas é, convenhamos, totalmente instável, e depois que sua avó o dispensou ele quase nunca estava por perto. Ele passou a guerra com aqueles estúpidos dos Windsor em Nassau; depois da guerra Monte Carlo e por fim afundou no bar do White's. Da tribo dos que ficam tortos de bêbado todos os dias do café da manhã à hora de dormir, ele era de longe o mais encantador, mas frustrante como pai, imagino. Nesse nível de alcoolismo a pessoa fica basicamente tentando abraçar um homem se afogando. A estranha erupção de sentimentalismo nos vinte minutos que a bebida o

deixava assim não substituía o fluxo regular de amabilidade au-
tossacrificial que sempre inspirou meus próprios esforços como
pai. Coisa que, admito, trouxe resultados heterogêneos. Como
tenho certeza que você sabe, Amanda não fala comigo há quinze
anos. Eu culpo o psicanalista dela, que encheu aquela cabecinha que nunca foi lá muito brilhante com ideias freudianas sobre seu devotado papai."

O estilo peremptório da fala de Nicholas estava se reduzindo a um sussurro cada vez mais urgente, e os nós dos dedos
de suas mãos cheias de veias azuis estavam brancos do esforço
de se manter ereto. "Bem, meu querido, depois da cerimônia
a gente bate mais um papinho. É maravilhoso encontrar você
em tão boa forma. Meus pêsames e tudo o mais, mas se algum
dia houve um 'alívio misericordioso na morte', foi o caso da sua
pobre mãe. Eu me tornei uma espécie de Florence Nightingale
na velhice, mas até mesmo a Dama da Lâmpada teria que bater
em retirada diante de uma ruína tão assustadora. Certamente
perderei pontos na corrida pela minha canonização, mas prefiro visitar pessoas que ainda podem desfrutar de um comentário
maldoso e de uma taça de champanhe."

Ele parecia prestes a se afastar, mas então deu meia-volta.
"Procure não se amargurar por causa do dinheiro. Um ou dois
amigos meus que puseram tudo a perder nesse sentido acabaram morrendo em enfermarias do Serviço Nacional de Saúde,
e devo dizer que fiquei muito bem impressionado com a humanidade dos funcionários, na maioria estrangeiros. Mas, veja, o
que se pode fazer com o dinheiro senão gastá-lo quando se tem
ou se amargurar quando não se tem? É um bem muito limitado,
no qual as pessoas investem as mais espantosas emoções. Então
acho que o que eu realmente quero dizer é se amargure, *sim*,
pelo dinheiro; é uma das poucas coisas que ele é capaz de fazer:
sugar alguma amargura. Idealistas às vezes reclamam que eu te-

nho *bêtes noires* demais, mas preciso dos meus *bêtes noires* para tirar o *noire* de mim e mandá-lo para os *bêtes*. Além do mais, esse lado da sua família tem uma longa história. Já são o quê, agora? Seis gerações em que todos os descendentes, e não só o filho mais velho, foram essencialmente ociosos. Eles podem até ter adotado uma camuflagem de trabalho, sobretudo nos Estados Unidos, onde todo mundo tem que ter um escritório nem que seja só para ficar girando os pés sobre a escrivaninha meia hora antes do almoço, mas nem haveria necessidade. Embora eu não possa falar por experiência própria, deve ser bastante emocionante para você e seus filhos, depois dessa longa ausência da competição, começar a se mexer. Deus sabe o que eu teria feito da vida se não tivesse dividido meu tempo entre a cidade e o campo, entre minha casa e o exterior, entre esposas e amantes. Dividi o tempo e agora é o tempo que me divide, o quê? Preciso dar uma olhada mais de perto naqueles religiosos fanáticos com que sua mãe se cercou."

Nicholas saiu mancando sem nenhuma pretensão de que esperava alguma resposta além de uma calada fascinação.

Quando Patrick olhava para trás, para o modo como a doença e a proximidade da morte haviam destroçado as frágeis fantasias xamânicas de Eleanor, os "religiosos fanáticos" de Nicholas lhe pareciam mais um bando ingênuo de fugitivos do serviço militar. No final da vida, Eleanor tinha sido atirada num impiedoso curso intensivo de autoconhecimento, só com um "animal de poder" numa das mãos e um chocalho na outra. Fora deixada com a experiência mais árdua de todas: sem fala, sem movimento, sem sexo, sem drogas, sem viagens, sem gastar, quase sem comida; apenas sozinha numa silenciosa contemplação de seus pensamentos. Se é que "contemplação" era a palavra certa. Talvez ela sentisse que seus pensamentos é que a contemplavam como predadores famintos.

"Você estava pensando nela?", perguntou uma suave voz irlandesa. Annette pôs uma mão curadora no antebraço de Patrick e inclinou sua cabeça compreensiva para o lado.

"Eu estava pensando que a vida é só a história daquilo para o qual voltamos nossa atenção", disse Patrick. "O resto é apenas embalagem."

"Ah, acho isso muito cruel", disse Annette. "Maya Angelou diz que o significado da nossa vida é o impacto que causamos sobre outras pessoas, quer façamos com que elas se sintam bem ou não. Eleanor sempre fez as pessoas se sentirem bem, foi um dos presentes dela para o mundo. Ah", acrescentou com súbita animação, apertando o antebraço de Patrick, "só fiz esta associação no caminho para cá: estamos no crematório Mortlake para nos despedir de Eleanor, e adivinha o que levei para ela ler na última vez que a vi? Você jamais vai adivinhar. *A dama do lago*. É um romance policial arturiano, e não muito bom, na verdade. Mas já diz tudo, não? A dama do lago — Mortlake. Considerando a ligação de Eleanor com a água e seu amor pelas lendas do rei Artur."

Patrick estava chocado com a confiança de Annette no poder consolador de suas palavras. Ele sentiu o desespero se apoderando da irritação. E pensar que sua mãe tinha escolhido viver entre esses idiotas resolutos. Que conhecimento ela estava tão determinada a evitar?

"Vai saber por que um crematório e um romance ruim teriam nomes vagamente parecidos...", disse Patrick. "É tentador se deixar levar para tão longe da mente racional. Vou te dizer quem seria muito receptivo a esse tipo de associação: está vendo aquele senhor lá de bengala? Conte isso pra ele. Ele adora esse tipo de coisa. Ele se chama Nick." Patrick tinha uma vaga lembrança de que Nicholas detestava essa abreviação.

"Seamus mandou um abraço", disse Annette, aceitando alegremente a dispensa.

"Obrigado." Patrick curvou a cabeça, tentando não perder o controle de sua exagerada deferência.

O que ele estava fazendo? Era tudo tão ultrapassado. A guerra com Seamus e a fundação de sua mãe tinha acabado. Agora que ele era um órfão, tudo estava perfeito. Ele parecia ter esperado a vida toda por essa sensação de completude. Era tudo muito bom para os Oliver Twists deste mundo, que já começavam a vida no estado invejável que ele levara quarenta e cinco anos para alcançar, mas o relativo luxo de ser criado por Bumble e Fagin, em vez de por David e Eleanor Melrose, certamente tinha um efeito enfraquecedor na personalidade. A paciente perseverança de influências potencialmente letais fizera de Patrick o homem que ele era hoje, vivendo sozinho num conjugado, há apenas um ano de sua última visita à Sala de Observação de Suicídio na Ala da Depressão do Priory Hospital. Pareceu algo tão ancestral ter delirium tremens, se curvar, depois de sua juventude rebelde como viciado, à banalidade avassaladora do álcool. Como advogado, ele agora se sentia relutante em se matar de forma ilegal. O álcool pareceu profundo, correndo ruidosamente por sua linhagem. Ainda se lembrava, quando tinha cinco anos, de estar passeando de burro entre as palmeiras e os canteiros abarrotados de flores vermelhas e brancas dos jardins do Casino de Monte Carlo, enquanto seu avô estava sentado num banco verde tremendo incontrolavelmente, circundado pela luz do sol, uma mancha se espalhando devagar pela calça cinza-perolada de seu terno de corte perfeito.

A falta de um plano de saúde obrigou Patrick a pagar sua internação no Priory, consumindo todas as suas economias numa aposta de trinta dias na recuperação. Período curto demais do ponto de vista psiquiátrico, mas ainda assim suficiente para ele se apaixonar de imediato por uma paciente de vinte anos chamada Becky. Ela parecia a Vênus de Botticelli, melhorada por uma treliça sangrenta de cortes de navalha em seus braços brancos e finos. Quando a viu pela primeira vez no saguão da Ala da Depressão, a infelicidade radiante dela atirou uma flecha flamejante no barril de pólvora da frustração e do vazio dele.

"Sou uma depressiva resistente e autoflageladora", ela contou a ele. "Sou controlada por oito tipos de remédios."

"Oito", disse Patrick, admirado. Ele mesmo só estava com três: o antidepressivo do dia, o antidepressivo da noite e os trinta e dois tranquilizantes de oxazepam que ele tomava para combater os delírios alcoólicos.

Até onde era capaz de pensar com uma dose tão alta de oxazepam, ele só conseguia pensar em Becky. No dia seguinte, forçou-se a sair do seu colchão crepitante e foi se arrastando até o Grupo de Apoio à Depressão, na esperança de vê-la. Ela não estava lá, mas Patrick não escapou de se juntar ao círculo de depressivos de agasalho esportivo. "Quanto aos esportes, deixemos que a roupa faça o serviço por nós", ele disse, soltando um suspiro e se deixando cair na cadeira mais próxima.

Um americano chamado Gary começou com as seguintes palavras: "Deixem-me apresentar um cenário: suponhamos que você tivesse sido enviado à Alemanha a trabalho e que um amigo dos Estados Unidos de quem você não tinha notícias fazia um bom tempo ligasse querendo ir te visitar…". Depois de um relato sobre exploração e ingratidão chocantes, ele perguntou ao grupo o que ele deveria dizer a esse amigo. "Risque-o da sua vida", sugeriu o amargo e rude Terry, "com amigos assim, quem precisa de inimigos?"

"Certo", disse Gary, saboreando o momento. "E se eu dissesse que esse 'amigo' era a minha mãe? O que vocês me diriam então? Por que as coisas seriam tão diferentes?"

A consternação tomou conta do grupo. Um homem que estava "totalmente eufórico" desde que sua mãe tinha ido visitá-

-lo no domingo e o levado para comprar uma calça nova, disse que Gary jamais deveria abandonar sua mãe. Por outro lado, havia uma mulher chamada Jill que fizera "uma longa caminhada junto do rio do qual não deveria ter voltado — bem, falando nesses termos, eu de fato voltei *bem molhada*, e eu disse ao dr. Pagazzi, a quem eu amo de paixão, que achava que tinha alguma coisa a ver com a minha mãe, e ele me falou: 'Nós não vamos nem entrar nisso'." Jill disse que, como ela, Gary não tinha nada a fazer com sua mãe. No final da sessão, o sábio moderador escocês tentou proteger o grupo dessa tempestade de conselhos autocentrados.

"Uma vez alguém me perguntou por que as mães são tão boas em apertar os nossos botões", ele disse, "e a resposta que eu dei foi: 'Porque, em primeiro lugar, foram elas que os colocaram lá'."

Todo mundo assentiu sombriamente com a cabeça, e Patrick se perguntou, não pela primeira vez, mas com um desespero renovado, o que significaria ser livre, viver para além da tirania da dependência, do condicionamento e do ressentimento.

Depois do Grupo de Apoio, ele viu uma Becky destruída, descalça e fumando, apesar das regras, descendo a escada atrás da lavanderia. Ele a seguiu e a encontrou largada nos degraus, suas gigantescas pupilas nadando numa poça de lágrimas. "Odeio este lugar", ela disse. "Eles vão me expulsar porque dizem que eu tenho uma atitude ruim. Mas eu só fiquei na cama porque estou muito *deprimida*. Não sei para onde eu vou, não suporto a ideia de voltar para a casa dos meus pais."

Ela estava gritando para ser salva. Por que não fugir com ela para o conjugado? Ela era uma das poucas pessoas vivas mais suicida que ele. Podiam ficar deitados juntos na cama, dois refugiados do Priory, um tendo convulsão enquanto o outro se cortava. Por que não levá-la e deixá-la concluir o serviço por ele? Fazer curativo nas veias mais azuis dela, beijar seus lábios pálidos. Não não não não não. Ele estava bem demais, ou pelo menos velho demais.

Hoje ele só conseguia se lembrar de Becky se fizesse um esforço. Com frequência suas obsessões passavam como rubores; quando ele não fazia nada, simplesmente as via desaparecer. Tornar-se órfão era como uma corrente de ar quente na qual essa nova sensação de liberdade poderia continuar subindo se ao menos ele tivesse a coragem de não se sentir culpado pela oportunidade que ela oferecia.

Patrick vagueou na direção de Nicholas e Annette, curioso para ver o resultado da sua manobra.

"Fique junto do túmulo ou da fornalha", ele ouviu Nicholas instruindo Annette, "e repita estas palavras: 'Adeus, meu velho. Um de nós teria de morrer primeiro e estou feliz por ter sido você!'. Essa é a minha prática espiritual, e você é bem-vinda para adotá-la e colocá-la na sua hilariante 'caixa de ferramentas espiritual'."

"O seu amigo é uma figura impagável", disse Annette ao ver Patrick se aproximar. "O que ele não percebe é que vivemos num universo amoroso. E ele também te ama, Nick", ela garantiu a Nicholas, pondo a mão em seu ombro que recuava.

"Já citei Bibesco", retrucou Nicholas, "e vou citá-lo de novo: 'Para um homem do mundo, o universo é um subúrbio'."

"Ah, ele tem resposta para tudo, não tem?", disse Annette. "E espero que ele entre no céu fazendo piadas. São Pedro adora homens com senso de humor."

"É mesmo?", disse Nicholas, surpreendentemente apaziguado. "É a melhor coisa que já ouvi dizer sobre esse secretário social desastroso. Como se o Ser Supremo fosse consentir em passar a eternidade cercado por um monte de freiras, indigentes e missionários semicozidos, tendo suas adoráveis preocupações arruinadas pelo chocalho de caixas de ferramentas espirituais e pelos gritos dos fiéis ostentando seus crucifixos! Que alívio que uma ordem iluminada tenha finalmente chegado ao porteiro dos portões celestiais: 'Pelo amor de Deus, me mande alguém que sabe conversar!'."

Annette olhou para Nicholas com um ar de reprovação bem-humorada.

"Ah", ele disse, assentindo para Patrick, "nunca pensei que fosse ficar tão agradecido de ver sua inacreditável tia." Ergueu a bengala e acenou com ela para Nancy, que estava parada na soleira da porta parecendo exausta com sua própria altivez, como se suas sobrancelhas erguidas não fossem suportar o esforço por muito mais tempo.

"Socorro!", ela disse a Nicholas. "Quem são essas pessoas esquisitas?"

"Fanáticos, gente do reverendo Moon, curandeiros, aspirantes a terroristas, toda espécie de lunático religioso", explicou Nicholas, oferecendo o braço a Nancy. "Evite contato visual, fique perto de mim e talvez você viva para contar a história."

Nancy inflamou-se ao ver Patrick. "Não poderia ser um dia *pior* para um funeral", disse ela.

"Por quê?", ele perguntou, confuso.

"É o casamento do príncipe Charles. As únicas pessoas que poderiam ter vindo estarão em Windsor."

"Tenho certeza de que você estaria lá também, se tivesse sido convidada", disse Patrick. "Não hesite em dar uma fugida com uma bandeira do Reino Unido e um periscópio de papelão, se achar que vai ser mais divertido."

"Quando penso no modo como fomos criadas", gemeu Nancy, "é ridículo demais pensar no que minha irmã fez com..." Ela não encontrou as palavras.

"Com a agenda telefônica dourada", murmurou Nicholas, firmando-se em sua bengala com mais força enquanto Nancy se apoiava mais nele.

"Sim", disse Nancy, "a agenda telefônica dourada."

# 2.

Nancy observou seu enfurecido sobrinho dirigir-se ao caixão de sua mãe. Patrick jamais entenderia o modo espetacular como ela e Eleanor tinham sido criadas. Eleanor havia se rebelado estupidamente contra ele, ao passo que Nancy o vira ser arrancado de suas mãos em prece.

"A agenda telefônica dourada…", ela repetiu com um suspiro, enganchando seu braço no de Nicholas. "Quero dizer, mamãe, por exemplo, sofreu apenas um acidente de carro em toda a vida e mesmo então, quando estava de cabeça para baixo, presa às ferragens, ela tinha a Infanta da Espanha pendurada a seu lado."

"Isso é muito profundo, devo dizer", comentou Nicholas. "Um acidente de carro pode deixar a pessoa metida com todo tipo de gente obscura. Imagine a comoção no Colégio de Armas se uma gota do sangue de alguém cair sobre o painel de instrumentos de um caminhão e se misturar com os fluidos corporais do bruto cuja cabeça se chocou contra o volante."

"Você precisa ser sempre tão engraçadinho?", disparou Nancy.

"Faço o que posso", disse Nicholas. "Mas você não pode fingir que sua mãe era uma fã do homem comum. Não é verdade que ela comprou a rua inteira da vila que havia ao longo do muro que fazia fronteira com o Pavillon Colombe, a fim de demoli-la e ampliar o jardim? Quantas casas foram?"

"Vinte e sete", disse Nancy, animando-se. "Nem todas foram demolidas. Algumas se tornaram exatamente o tipo certo de ruína para combinar com a casa. Havia construções inúteis e grutas, e mamãe mandou fazer uma réplica da casa principal, só que cinquenta vezes menor. Costumávamos tomar chá lá, era algo como que saído de *Alice no país das maravilhas*." O rosto de Nancy se anuviou. "Um velho horrível se recusou a vender, ainda que mamãe tivesse lhe oferecido dinheiro demais por sua casinha apertada, por isso havia uma falha para dentro, acompanhando a linha do antigo muro, se é que você me entende."

"Todo paraíso requer uma serpente", disse Nicholas.

"Ele fez isso só para nos irritar", disse Nancy. "Pôs uma bandeira francesa no telhado e tocava Edith Piaf o dia todo. Tivemos de sufocá-lo com a vegetação."

"Talvez ele gostasse de Edith Piaf", disse Nicholas.

"Ah, não brinque! Ninguém poderia gostar de Edith Piaf naquele volume."

Nicholas soava agressivo ao ouvido sensível de Nancy. E daí se mamãe não queria gente comum se espremendo em sua propriedade? Dificilmente seria de surpreender, quando tudo mais ali era tão divino. Fragonard havia pintado *Les Demoiselles Colombe* naquele jardim, por isso a necessidade de ter Fragonards na casa. Os primeiros proprietários tinham pendurado dois grandes Guardis na sala de estar, daí a validade de recuperá-los.

Nancy não conseguia deixar de ser assombrada pelo esplendor e pela ruína da família de sua mãe. Um dia iria escrever um livro sobre sua mãe e suas tias, as lendárias irmãs Jonson. Vinha reunindo material fazia anos, fragmentos fascinantes que só precisavam ser organizados. Na semana anterior mesmo, tinha demitido um jovem pesquisador incorrigível — o décimo de uma série de egomaníacos gananciosos que queriam pagamento adiantado —, mas não antes de seu último escravo ter descoberto uma cópia da certidão de nascimento de sua avó. De acordo com esse documento maravilhosamente pitoresco, a avó de Nancy tinha "Nascido em Território Indígena". Como a filha de um jovem oficial do Exército, nascida nesse inacreditável endereço, poderia ter imaginado, enquanto circulava em meio a camas estalantes de paletes e cavalos inquietos de um forte de adobe em Terras Ocidentais, que suas filhas iriam circular por corredores de castelos europeus e abarrotar suas casas com destroços de dinastias fracassadas — enchendo de água a banheira de mármore preto de Maria Antonieta, enquanto seus labradores cor de caramelo cochilavam em tapetes vindos da sala do trono do palácio imperial em Pequim? Até as banheiras de jardim, feitas de chumbo, que ficavam no terraço do Pavillon Colombe, tinham sido fabricadas para Napoleão. Abelhas de ouro zanzando em meio a flores de prata, pingando na chuva. Ela sempre achou que Jean tinha feito mamãe comprar aquelas banheiras para promover uma vingança obscura contra Napoleão, por o imperador ter dito que o ancestral de Jean, o grande duque de Valençay, era "um bosta numa meia de seda". Ela gostava de dizer que Jean manteve a tradição da família, com exceção da meia de seda. Nancy agarrou o braço de Nicholas com ainda mais força, como se seu detestável padrasto fosse roubá-lo também.

Se ao menos mamãe não tivesse se divorciado de papai. Eles levavam uma vida glamorosa em Sunninghill Park, onde ela e

Eleanor foram criadas. O Príncipe de Gales costumava passar sempre por lá, e nunca havia menos de vinte pessoas hospedadas na casa, se divertindo como nunca. É verdade que papai tinha o mau hábito de comprar presentes extremamente caros para mamãe, pelos quais ela tinha de pagar. Quando mamãe dizia: "Oh, querido, você não devia", ela realmente estava falando sério. Ela foi ficando nervosa de fazer comentários sobre o jardim. Se dizia que um canteiro precisava de um pouco mais de azul, dois dias depois ela descobria que papai tinha encomendado alguma flor exótica do Tibete que florescia por uns três minutos e custava o preço de uma casa. Mas antes de a bebida dominá-lo, papai era bonito, afetuoso e engraçado de uma forma tão contagiante que a comida muitas vezes chegava tremendo à mesa, pois os lacaios estavam rindo demais para conseguirem segurar os pratos com firmeza.

Quando houve a queda da Bolsa, advogados vieram dos Estados Unidos para falar para os Craig pensarem em algo de que pudessem abrir mão. Eles pensaram, pensaram. Obviamente não podiam vender Sunninghill Park. Precisavam continuar recebendo seus amigos. Seria cruel e inconveniente demais despedir qualquer empregado. Eles não podiam ficar sem a casa da Bruton Street, para suas estadias mais longas em Londres. Precisavam dos dois Rolls-Royces e dos dois motoristas porque papai era incorrigivelmente pontual e mamãe incorrigivelmente atrasada. No fim, sacrificaram um dos seis jornais que cada hóspede recebia com seu café da manhã. Os advogados cederam. Os poços de dinheiro dos Jonson eram profundos demais para se fingir que havia uma crise; eles não eram especuladores do mercado de ações, mas industriais e proprietários de grandes quarteirões dos Estados Unidos urbanos. As pessoas sempre iam precisar de gorduras trans e produtos de limpeza a seco e de algum lugar para viver.

Ainda que papai tivesse sido extravagante, o casamento de mamãe com Jean foi uma loucura que só podia ser explicada pelo título que adveio daí — ela definitivamente sentia inveja de tia Gerty por ela ter se casado com um grão-duque. O papel de Jean na história dos Jonson foi desgraçar a si mesmo como mentiroso, ladrão, um padrasto lascivo e um marido tirânico. Enquanto mamãe morria de câncer, Jean teve um de seus acessos de raiva, gritando que dúvida estava sendo lançada sobre a honra dele por causa do testamento dela. Ela estava lhe deixando suas casas, quadros e mobília só durante a vida dele, depois tudo iria para suas filhas, como se não confiasse que ele mesmo fizesse isso mais tarde. Ele sabia perfeitamente bem que as posses eram dos Jonson... e assim por diante; a morfina, a dor, a gritaria, as promessas indignadas. Ela mudou seu testamento e Jean quebrou a promessa, deixando tudo para o sobrinho.

Meu Deus, como Nancy odiava Jean! Ele tinha morrido havia quase quarenta anos, mas ela queria matá-lo todos os dias. Ele havia roubado tudo e arruinado a vida dela. Sunninghill, o Pavillon, o Palazzo Arichele, tudo perdido. Ela se lamentava até pela perda de algumas casas dos Jonson que jamais teria herdado, a não ser que muita gente tivesse morrido, o que teria sido uma tragédia, exceto pelo fato de que pelo menos ela saberia viver adequadamente nelas, o que era mais do que se podia dizer de certas pessoas que ela conhecia muito bem.

"Todas as coisas lindas, todas as casas lindas", disse Nancy, "onde elas foram parar?"

"É de se supor que as casas estejam onde sempre estiveram", respondeu Nicholas, "e que estão sendo usadas por pessoas que podem arcar com elas."

"Mas essa é a questão, eu teria podido arcar com elas!"

"Nunca use o modo condicional quando se trata de dinheiro."

Nicholas estava sendo intolerável. Certamente ela não ia lhe contar sobre seu livro. Ernest Hemingway tinha dito a papai que ele devia escrever um livro, porque contava histórias muito engraçadas. Quando papai protestou, dizendo que não poderia escrever, Hemingway lhe mandou um gravador. Papai esqueceu de ligar a coisa e, quando as bobinas não giraram, ele perdeu a paciência e atirou o aparelho pela janela. Por sorte, a mulher sobre a qual ele caiu não tomou nenhuma medida legal e papai ficou com outra história maravilhosa para contar, mas depois do incidente Nancy desenvolveu uma superstição contra gravadores. Talvez devesse contratar um ghost-writer. Exorcizado por um fantasma! Isso seria original. Ainda assim, precisava dar ao pobre fantasma uma ideia de como ela queria que fosse feito. Poderia organizar por temas ou por décadas, mas as duas formas lhe pareciam um tipo de abordagem intelectual e enfadonha de rato de biblioteca. Queria que fosse por irmãs; afinal, a rivalidade entre elas tinha sido praticamente uma força dinâmica.

Gerty, a mais nova e a mais bonita das três irmãs Jonson, era, sem dúvida, aquela com quem mamãe mais competia. Ela se casou com o grão-duque Vladimir, sobrinho do último tsar da Rússia. "Tio Vlad", como Nancy o chamava, tinha ajudado a assassinar Rasputin, emprestando seu revólver imperial ao príncipe Youssopov para o que deveria ser o derradeiro tiro, mas que acabou sendo apenas o estágio intermediário entre o envenenamento do vigoroso monge com arsênico e seu afogamento no Neva. Apesar de muitos rogos, o tsar exilou Vladimir por seu papel no assassinato, fazendo-o perder a Revolução Russa e a chance de ser abaionetado, estrangulado ou fuzilado pelos novos senhores bolcheviques da Rússia. Uma vez no exílio, Vladimir pôs-se a assassinar a si próprio bebendo vinte e três dry martínis antes do almoço todos os dias. Por causa da extravagância russa de quebrar um copo depois de beber dele, quase não havia um momento de silêncio na casa. Nancy tinha o exemplar que pertencera a seu pai de um livro esquecido de memórias escrito pela irmã de tio Vlad, a grã-duquesa Anna. Havia uma dedicatória em tinta roxa para "o meu querido cunhado", embora na verdade ele fosse o marido da cunhada do irmão dela. De certa forma, a dedicatória parecia a Nancy uma característica típica da generosa inclusão que havia permitido que aquela incrível família tivesse os pés plantados nos dois continentes, de Kiev a Vladivostok. Antes do casamento de Vlad com Gerty em Biarritz, a irmã dele teve de dar a bênção que tradicionalmente caberia aos pais deles. Foi um momento que eles temeram porque lhes fez lembrar do horripilante motivo da ausência da família. A grã-duquesa descreveu seus sentimentos em *O palácio da memória*:

> Pela janela eu podia ver as grandes ondas batendo nas rochas; o sol tinha se posto. Naquele momento, o oceano cinzento me pareceu tão implacável e indiferente quanto o destino, e infinitamente solitário.

Gerty decidiu se converter à religião ortodoxa russa, a fim de ficar mais próxima da gente de Vladimir. Anna prossegue:

> Nosso primo, o duque de Leuchtenberg, e eu éramos os padrinhos dela. A cerimônia foi longa e cansativa, e senti pena de Gerty, que não entendeu uma só palavra.

Se seu fantasma de estimação escrevesse tão bem assim, Nancy estava certa de que teria um best-seller nas mãos. A irmã Jonson mais velha era a mais rica de todas: a mandona e prática tia Edith. Enquanto suas volúveis irmãs mais novas saltitavam pelas páginas de um livro de história ilustrado de mãos dadas com os remanescentes de algumas das maiores famílias do mundo, a sábia tia Edith preferia que suas antiguidades chegassem em caixotes e fez um casamento sólido com um homem cujo pai, como o dela, estivera na lista dos cem homens mais ricos dos Estados Unidos em 1900. Nancy passou os dois primeiros anos da guerra morando com Edith, enquanto mamãe tentava despachar algumas de suas coisas realmente valiosas para armazéns na Suíça antes de se juntar às filhas nos Estados Unidos. O marido de Edith, tio Bill, inovou ao pagar com seu próprio dinheiro os presentes que dava à esposa. Um dos presentes de aniversário foi uma casa branca de madeira com persianas verde-escuras e duas asas laterais suavemente curvas, numa encosta gramada acima de um lago no centro de uma plantação de dez mil acres. Ela adorou. O tipo de dica útil que livros como A *arte de dar presentes* nunca davam.

Patrick olhou na direção de sua tia infeliz, que ainda se queixava com Nicholas perto da entrada. Ele não conseguia deixar de pensar no ditado favorito do moderador de seu Grupo de Depressão: "Ressentimento é tomar o veneno e esperar que alguém morra". Todos os pacientes repetiam essa frase com um sotaque escocês mais ou menos convincente pelo menos uma vez por dia.

Se ele agora estava junto do caixão de sua mãe com um distanciamento inquieto, não era porque tinha acalentado a "agenda telefônica dourada" de sua tia. Até onde Patrick sabia, o passado era um cadáver à espera de ser cremado, e, embora seu desejo estivesse prestes a ser realizado da forma mais literal possível, numa fornalha a poucos metros de onde ele estava, outro tipo de fogo era necessário para incinerar as atitudes que assombravam Nancy; o impacto psicológico da riqueza herdada, o desejo feroz de se livrar dela e o desejo feroz de se agarrar a ela; o efeito desmoralizante de já ter o que todo mundo estava sacrificando sua preciosa vida para adquirir; a superioridade e a vergonha mais ou menos secretas de ser rico gerando seus disfarces característicos: a solução filantrópica, a solução alcoólica, a máscara da excentricidade, a busca pela salvação de perfeito bom gosto; os fracassados, os ociosos e os frívolos, e os seus oponentes, os porta-bandeiras, todos vivendo num mundo em que o brilho denso de alternativas dificultava a entrada do amor e do trabalho. Se esses valores já eram por si mesmo estéreis, pareciam ainda mais ridículos depois de duas gerações de deserdação. Patrick queria se distanciar do que via como a irrelevância virulenta de tia Nancy, no entanto havia um fascínio com status correndo pela linhagem materna de sua família que ele precisava entender.

Lembrava-se de ter ido ver Eleanor logo depois de ela ter lançado seu último projeto filantrópico, a Fundação Transpessoal. Ela havia renunciado à frustração de ser uma pessoa em favor da possibilidade excitante de se tornar uma transpessoa; negando parte do que era, a filha de uma família desnorteada e a mãe de outra, e alegando ser o que não era, uma curandeira e uma santa. O impacto desse projeto adolescente em seu corpo que envelhecia foi produzir o primeiro de uma dúzia de derrames que por fim a destruíram. Quando Patrick foi vê-la em Lacoste depois do primeiro derrame, ela ainda conseguia falar com relativa fluência, mas sua mente tinha se tornado desconfiada. Assim que ficaram sozinhos no quarto de cortinas esfarrapadas enfunadas pela brisa da tarde, ela agarrou o braço dele e sussurrou num tom urgente: "Não conte a ninguém que minha mãe era uma duquesa".

Ele assentiu de um jeito conspirador. A mão dela relaxou e Eleanor perscrutou o teto em busca da próxima preocupação.

As instruções de Nancy, sem nem mesmo um derrame para justificá-las, seriam exatamente opostas. Não conte a ninguém?

Conte a todo mundo! Por trás dos contrastes caricaturais entre a mundanidade de Nancy e o amor de Eleanor pelo outro mundo, entre a abundância de Nancy e o definhamento de Eleanor, havia uma causa comum, um passado a ser falsificado, seja por supressão ou por uma glorificação seletiva. O que era esse passado? Será que Eleanor e Nancy chegavam a ser individualidades ou eram apenas parte dos escombros típicos de sua classe social e família?

Eleanor levara Patrick para ficar com sua tia Edith no início dos anos 1970, quando ele tinha doze anos. Enquanto o mundo todo se preocupava com a crise da Opep, estagflação, bombardeios maciços e se os efeitos do LSD eram permanentes, eternos ou temporários, eles encontraram Edith vivendo num estilo que não fazia absolutamente nenhuma concessão aos cinquenta anos desde que Live Oak lhe fora dada. Os quarenta empregados negros faziam os escravos de *E o vento levou* parecerem figurantes num set de filmagem. Na noite em que Patrick e Eleanor chegaram, Moses, um dos lacaios, perguntou se poderia ser dispensado para ir ao funeral de seu irmão. Edith disse que não. Havia quatro pessoas para jantar e Moses era necessário para servir a canjica de milho. Patrick não se importaria se o empregado que trazia a codorna, ou o que levava os legumes, servisse também a canjica de milho, mas existia um sistema em vigor e Edith não ia permitir que ele fosse alterado. Moses, de luvas brancas e casaco branco, aproximou-se em silêncio, lágrimas escorrendo de seu rosto, e ofereceu a Patrick sua primeira colherada de canjica. Ele nunca soube se teria gostado dela.

Mais tarde, ao lado de uma lareira crepitando em seu quarto, Eleanor esbravejou contra a crueldade da tia. A cena do jantar tinha sido retumbante para ela, jamais iria dissociar o gosto da canjica das lágrimas de Moses, ou mesmo o perfeito bom gosto de sua mãe das lágrimas de sua própria infância. A impressão de

Eleanor de que sua sanidade estava enraizada na bondade dos empregados significava que ela sempre estaria do lado de Moses. Se fosse articulada, essa lealdade poderia tê-la tornado uma política; do jeito que as coisas eram, tornou-a caridosa. Acima de tudo, se enfureceu com o modo como sua tia a fez se sentir, como se ainda tivesse doze anos, a idade que tinha quando fora uma hóspede impetuosa mas calada no início da guerra, quando ficara em Fairley, na casa de Bill e Edith em Long Island. Sua mãe estava hipnotizada pela lembrança de ter a idade de Patrick. O desenvolvimento interrompido dela sempre fez sombra aos esforços dele em crescer. Na tenra infância de Patrick, Eleanor ficara preocupada com o quanto sua própria babá havia significado para ela, enquanto falhava em prover o filho de um modelo semelhante de afeto e confiança.

Ao erguer os olhos do caixão de sua mãe, Patrick viu que Nancy e Nicholas planejavam se aproximar dele, o instinto de hierarquia social deles transformando um filho enlutado no mandachuva temporário no funeral de sua mãe. Ele pousou uma mão no caixão de Eleanor, formando uma aliança secreta contra o equívoco.

"Meu querido", disse Nicholas, aparentemente revigorado por alguma informação importante, "eu não tinha percebido, até Nancy me esclarecer, que sua mãe foi uma convicta frequentadora de festas antes de se ocupar de suas 'boas obras'." Ele pareceu empurrar a frase para o lado com a bengala, tirando-a do caminho. "E pensar na tímida e religiosa pequena Eleanor no baile de Beistegui! Eu não a conhecia na época, do contrário teria me sentido compelido a protegê-la daquela manada de arlequins vorazes." Nicholas moveu sua mão livre artisticamente no ar. "Foi uma ocasião mágica, como se os vagabundos dourados de um quadro de Watteau tivessem sido soltos de sua prisão encantada e recebido uma enorme dose de esteroides e uma frota de lanchas."

"Ah, ela não era tão tímida assim, se é que você me entende", corrigiu-o Nancy. "Ela tinha um monte de admiradores. Sabe, sua mãe poderia ter feito um casamento esplêndido."

"E me poupado o fardo de ter nascido."

"Ah, não seja bobo. Você teria nascido de qualquer maneira."

"Não exatamente."

"Quando eu penso", disse Nicholas, "em todos os impostores que afirmam ter estado naquela festa lendária, é difícil acreditar que eu conhecia alguém que de fato esteve lá e nunca quis mencionar isso. Agora é tarde demais para felicitá-la por sua modéstia." Ele deu uma batidinha no caixão, como o dono de um cavalo de corrida faria com seu animal vencedor. "O que mostra a inutilidade dessa dissimulação em particular."

Nancy avistou, vindo pelo corredor, um homem de cabelo branco e terno risca de giz preto com uma gravata de seda preta.

"Henry!", ela disse, cambaleando para trás teatralmente. "Precisávamos de alguns reforços dos Jonson." Nancy amava Henry. Ele era muito rico. Teria sido melhor se o dinheiro fosse dela, mas um parente próximo que o tinha era a segunda melhor coisa.

"Como vai, Repolho?", ela o cumprimentou.

Henry deu um beijo de olá em Nancy, sem parecer particularmente feliz em ser chamado de "Repolho".

"Meu Deus, eu não esperava te ver", disse Patrick. Ele sentiu uma onda de remorso.

"Eu também não esperava te ver", disse Henry. "Ninguém se comunica nesta família. Estou aqui por alguns dias, hospedado no Connaught, e quando eles me entregaram o *Times* com meu café da manhã, vi que sua mãe tinha morrido e que haveria uma cerimônia aqui hoje. Felizmente o hotel me arranjou um carro na hora e eu consegui vir."

"Não te vejo desde que você gentilmente nos recebeu em sua ilha", disse Patrick, decidindo se atirar de cabeça. "Acredito que fui um pesadelo e tanto. Me desculpe por isso."

"Acho que ninguém gosta de se sentir infeliz", disse Henry. "Isso sempre transborda. Mas não devemos deixar que algumas diferenças sobre política externa atrapalhem as coisas realmente importantes."

"Com certeza", disse Patrick, comovido com a gentileza de Henry. "Estou muito feliz por você ter vindo. Eleanor gostava muito de você."

"Bem, eu amava a sua mãe. Como você sabe, ela ficou conosco em Fairley por uns dois anos no início da guerra, então naturalmente nos tornamos muito próximos. Ela tinha um quê de inocência que de fato era atraente; isso ao mesmo tempo te envolvia e te mantinha a uma certa distância. É difícil explicar, mas qualquer que seja o seu sentimento por sua mãe e por esse trabalho de caridade no qual ela se envolveu, espero que você saiba que ela era uma pessoa boa e tinha as melhores intenções."

"Sim", disse Patrick, aceitando a simplicidade da afeição de Henry por um momento, "acho que 'inocência' é a palavra certa." Ele se maravilhou de novo com o efeito da projeção: o quanto Henry lhe parecera hostil quando Patrick era hostil com todo mundo; o quanto ele parecia atencioso agora que Patrick não tinha nenhuma implicância com ele. Como será que seria parar de fazer projeções? Será que seria possível?

Enquanto se virava para sair, Henry estendeu a mão e tocou no ombro de Patrick.

"Sinto muito por sua perda", disse, com uma formalidade que a essa altura já estava tomada de emoção. Ele assentiu com a cabeça para Nancy e Nicholas.

"Com licença", disse Patrick, olhando de novo para a entrada do crematório, "tenho que cumprimentar Johnny Hall."

"Quem é ele?", perguntou Nancy, pressentindo algo obscuro.

"Boa pergunta", respondeu Nicholas, fechando a cara. "Ele não seria absolutamente ninguém, se não fosse o psicanalista da minha filha. Sendo assim, é um demônio."

# 3.

Patrick se afastou do caixão de sua mãe, ciente de que, a não ser que voltasse correndo como um histérico, estivera ao lado dela pela última vez. Ele tinha visto o conteúdo frio e úmido do caixão na noite anterior, quando passou na agência funerária Bunyon. Uma mulher simpática de terno azul e com cabelo branco curto o recebeu na porta.

"Oi, amor, ouvi um táxi e achei que fosse você."

Ela o conduziu ao andar de baixo. Carpete rosa e marrom com padrão de diamante, como um bar de hotel no campo. Anúncios discretos oferecendo serviços especiais. A foto emoldurada de uma mulher ajoelhada ao lado de uma caixa preta onde uma pomba estava exultante por ser solta. Impelindo-se para o alto num borrão de asas brancas. Será que ela voltava para o pombal do Bunyon e era reciclada? Ah, não, a caixa preta de novo não. "Podemos soltar uma pomba para você no dia do seu funeral." Escrita gótica parecia deformar cada letra que passava pela porta da agência funerária, como se a morte fosse um vilarejo alemão. Havia janelas com vitrais eletricamente iluminados na escada que dava para o porão.

"Vou deixar você com ela. Se precisar de alguma coisa, não hesite em pedir. Estarei ali em cima."

"Obrigado", disse Patrick, esperando-a virar no corredor para então entrar na Capela Salgueiro.

Ele fechou a porta atrás de si e lançou um olhar rápido para o caixão, como se sua mãe tivesse lhe dito que era falta de educação encarar. O que quer que ele estivesse vendo, não era o "ela" que lhe fora prometido com acolhimento solene minutos antes. A ausência de vida naquele corpo familiar, as feições rígidas e alinhadas do rosto que ele tinha conhecido antes mesmo de conhecer o seu faziam toda a diferença. Ali estava um objeto transicional para o fim da vida. Em vez do brinquedo macio ou do trapinho ao qual uma criança costuma se apegar na ausência da mãe, estavam lhe dando um cadáver, seus dedos esqueléticos segurando uma rosa branca artificial cujas pétalas de seda rígidas estavam retorcidamente posicionadas sobre um coração que não batia. Aquilo tinha o sarcasmo de uma relíquia tanto quanto o prestígio de uma metonímia. Representava a sua mãe e a sua ausência com igual autoridade. Nos dois casos, era a sua última aparição antes que ela se aposentasse na memória de outras pessoas.

Ele tinha que dar outra olhada, uma olhada mais longa, uma olhada menos teórica, mas como poderia se concentrar nesse porão desconcertante? A Capela Salgueiro ficava, afinal, sob uma calçada movimentada, atravessada pela vivacidade retórica de conversas no celular e tatuada pelo bater de saltos. Um táxi sacolejando emergiu do trânsito e espirrou uma poça sobre as pedras do pavimento logo acima do outro canto do teto. Ele se lembrou do poema de Tennyson no qual não pensava havia décadas:

*Morto, há tempos morto,/ Há tempos morto!/ E meu coração é já um pó, E as rodas me abalam, roto,/ E de dor estremecem meus ossos,/ Pois lançados foram, sem dó,/ Numa cova rasa sob a rua,/ E os cascos dos cavalos batem, batem/ Os cascos dos cavalos batem/ Batem no meu cérebro, na minha cabeça/ Sem que o som dos passos jamais pereça.*

Agora entendia por que a Bunyon tinha chamado esta sala de Capela Salgueiro e não de Depósito de Carvão ou Cova Rasa. "Oi, amor, sua mãe está no Depósito de Carvão", murmurou Patrick. "Podemos soltar uma pomba na Cova Rasa, mas ela não teria nenhuma chance de voar." Ele sentou e balançou o torso sobre os braços cruzados. Suas entranhas estavam num tormento, como tinham estado desde que soubera da morte de sua mãe três dias antes. Não eram necessários dez anos de psicanálise para descobrir que ele se sentia "vazio". Estava fazendo o que sempre fazia sob pressão, observando tudo, tagarelando consigo mesmo com vozes diferentes, contornando os sentimentos inaceitáveis, nesse caso convenientemente cravados no caixão de sua mãe.

Ela havia deixado o mundo com uma lentidão estridente, deslizando centímetro por centímetro para o esquecimento. No início ele não conseguiu evitar e apreciou a tranquilidade contrastante da presença dela, mas então se deu conta de que estava se agarrando aos ruídos urbanos para não ser arrastado para o profundo poço de silêncio no centro da sala. Devia dar uma olhada mais de perto, mas primeiro tinha que desligar as luzes que cintilavam fortes pelas grades cromadas do teto baixo de poliestireno. Elas ofuscavam o brilho das quatro velas grossas em castiçais de bronze nos quatro cantos do caixão. Apagou as luzes embutidas e restaurou alguma coisa da pomposidade eclesiástica das velas. Precisava verificar outra coisa. Uma cortina de veludo rosa dividia a sala; tinha que saber o que havia atrás dela antes de poder prestar atenção em sua mãe. A cortina, no final das contas, escondia uma área cheia de equipamentos: um carrinho de metal cinza com rodinhas, alguns incontestáveis tubos de borracha e um enorme crucifixo dourado. O necessário para embalsamar um cristão. Eleanor esperava encontrar Jesus no fim de um túnel depois que morresse. O pobre sujeito era um escravo de seus fãs, a postos para mostrar a multidões de mortos ansiosos o campo de neon que ficava depois do canal do renascimento da aniquilação terrena. Deve ser difícil ser escolhido como o clichê máster do otimismo, a Luz no Fim do Túnel, reinando sobre um exército brilhante de copos meio cheios e potes de ouro no fim de arco-íris.

Patrick deixou a cortina cair, relutante, reconhecendo que haviam acabado as distrações. Avançou na direção do caixão, como um homem se aproximando de um precipício. Pelo menos sabia que aquele caixão continha o cadáver de sua mãe. Vinte anos antes, quando tinha ido ver os restos de seu pai em Nova York, levaram-no para a sala errada. "Em memória do estimado Hermann Newton." Ele tinha feito tudo o que podia para não participar daquele processo de luto, mas não ia se esquivar deste. Uma parte fria e seca de sua mente tentava deixar as emoções de Patrick sob o domínio aforístico dela, mas a dor pungente nas entranhas dele minou as ambições de sua mente e confundiu as defesas que ele buscava.

Enquanto olhava para o caixão, sentiu-se invadido por uma agitada tristeza animal. Queria permanecer incrédulo junto ao corpo, ainda lhe dando um pouco da atenção que esse corpo havia exigido em vida: um aperto, um toque, uma palavra, um olhar inquisitivo. Ele se aproximou, pôs a mão sobre o peito dela e sentiu o choque de sua magreza. Inclinou-se, deu um beijo na testa dela e sentiu o choque de sua frieza. Essas sensações agudas baixaram ainda mais suas defesas e ele foi dominado por uma torrente de empatia pelo ser humano arruinado à sua frente. Durante sua curta existência, essa imensa sensação de ternura reduziu a personalidade de sua mãe a um detalhe e o relacionamento de Patrick com ela a um detalhe dentro de um detalhe.

Sentou de novo, inclinou-se para a frente sobre as pernas dobradas e cruzou os braços para se permitir um pouco de alívio da dor no estômago. Então, subitamente, fez uma associação. Mas é claro: que estranho — que previsível. Tinha sete anos, era sua primeira viagem para o exterior sozinho com sua mãe, meses depois do divórcio de seus pais. Seu primeiro vislumbre da Itália: as placas de carro brancas, a baía azul, as igrejas ocres. Estavam hospedados no Excelsior, em Nápoles, numa orla agitada com motocicletas zumbindo feito vespas e bondes lotados passando com estrondo. Da sacada do magnífico quarto deles, sua mãe apontou para meninos de rua agachados nos telhados ou pendurados atrás dos bondes. Patrick, que achou que eles estavam em Nápoles de férias, ficou alarmado quando ouviu Eleanor dizer que tinha ido para lá salvar aquelas pobres crianças. Havia um homem maravilhoso, um padre chamado Tortelli, que nunca se cansava de pegar garotos napolitanos perdidos e abrigá-los no refúgio que Eleanor vinha bancando de Londres. Agora ia conhecê-lo. Não era emocionante? Não era uma boa coisa de fazer? Mostrou a Patrick uma foto do padre Tortelli: um homem pequeno e forte na casa dos cinquenta anos com uma camisa preta e que parecia familiarizado com um ringue de boxe. Seus braços grosseiros rodeavam os ombros frágeis e pontudos de dois garotos queimados de sol e com roupas brancas. Padre Tortelli os protegia das ruas, mas quem os protegia do padre Tortelli? Não era Eleanor. Ela estava lhe oferecendo os meios para encher seu refúgio com um número cada vez maior de órfãos e fugitivos. Depois do almoço, naquele dia, Patrick teve uma crise violenta de gastroenterite e, em vez de abandoná-lo no luxo e ir cuidar das outras crianças, sua mãe teve de ficar segurando sua mão enquanto ele gritava de dor no banheiro de mármore verde.

Dor de estômago nenhuma poderia fazê-la ficar agora. Não que quisesse que ela ficasse, mas o corpo de Patrick tinha uma memória própria que continuava se pronunciando sem nenhuma relação com os desejos atuais dele. O que havia impelido Eleanor a prover de crianças seu marido e o padre Tortelli, e por que esse impulso fora tão forte que, depois do fracasso de seu casamento, ela imediatamente substituiu um pai por um padre, um médico por um sacerdote? Patrick não tinha dúvidas de que as razões dela foram inconscientes, tão inconscientes quanto a memória somática que assumira o controle dele nos últimos três dias. O que mais ele poderia fazer além de arrancar esses fragmentos da escuridão e reconhecê-los?

Depois de uma leve batida, a porta se abriu e a atendente inclinou-se para dentro da sala.

"Só para me certificar de que está tudo bem", sussurrou.

"Deve estar", disse Patrick.

O trajeto de volta para seu apartamento teve um quê de ligeiramente alucinatório, balançando pela noite chuvosa num ônibus fluorescente, recém-inundado de inúmeras impressões intensas e lembranças remotas. Havia duas testemunhas de Jeová a bordo, um homem negro distribuindo folhetos e uma mulher pregando a plenos pulmões. "Arrependam-se dos seus pecados e aceitem Jesus no coração, porque quando vocês morrerem será tarde demais para se arrepender na cova, e vocês vão queimar no fogo do Inferno…"

Um irlandês de olhos vermelhos e casaco surrado de tweed começou a gritar, em contraponto, de um banco nos fundos. "Cale a boca, sua puta fodida. Vá chupar o pau de Satanás. Você não tem permissão pra fazer isto, não interessa se é muçulmana, cristã ou satanista." Quando o homem com os folhetos foi para o andar superior, ele persistiu, forçando seu sotaque numa nasalização sulista sádica: "Estou te vendo, Garoto. Como você acha que vai ficar parecendo com a cabeça debaixo do braço, Garoto. Se você não fizer essa puta calar a boca, vou dar um jeito nesse seu rosto pra você, Garoto".

"Ah, cale a boca você", disse um passageiro, exasperado.

Patrick percebeu que sua dor no estômago tinha sumido. Ficou vendo o irlandês se remexer no assento, os lábios continuando a discutir em silêncio com a testemunha de Jeová ou com algum jesuíta de sua juventude. É só nos dar um garoto com até sete anos e o teremos para o resto da vida. Eu não, pensou Patrick, vocês não vão me ter.

Enquanto o ônibus se arrastava pausadamente em direção a seu destino, ele pensou naquelas breves mas cruciais noites na Sala de Observação de Suicídio, arrancando uma camiseta encharcada de suor depois da outra, atirando a sauna das cobertas para o lado apenas para tremer no gelo de sua ausência; ligando e desligando a luz, dolorido pela luminosidade, alarmado com a escuridão; uma dor de cabeça venenosa pulando em seu crânio como um sapo na panela. Ele só tinha levado para ler *O livro tibetano dos mortos*, esperando achar sua iconografia exótica ridícula o bastante para expurgar quaisquer fantasias de a consciência continuar depois da morte a que ele ainda poderia estar se apegando. Sua imaginação acabou seduzida por uma passagem da introdução ao *Chonyid Bardo*:

Oh, nobremente nascido, quando teu corpo e tua mente estavam se separando, tu deves ter experienciado um vislumbre da Verdade Pura, sutil, cintilante, brilhante, deslumbrante, gloriosa e radiantemente impressionante, na aparência como uma miragem que se move por uma paisagem na primavera em um fluxo contínuo de vibrações. Mas não se intimide nem se apavore nem se admire. Esse é o esplendor da tua verdadeira natureza. Reconhece-o.

As palavras tinham uma autoridade psicodélica que subjugava a aniquilação materialista na qual ele ansiava acreditar. Esforçou-se para restaurar sua fé no caráter definitivo da morte, mas não pôde deixar de vê-la como uma superstição entre superstições, não mais estimulantemente racional que o resto. A ideia de que uma vida após a morte tinha sido inventada para tranquilizar as pessoas que não conseguiam lidar com o caráter definitivo da morte não era mais plausível do que a ideia de que o caráter definitivo da morte tinha sido inventado para tranquilizar as pessoas que não conseguiam lidar com o pesadelo de experiências infinitas. Seus delírios trêmulos colaboraram com os poetas do *Bardo* para produzir uma sensação de eletrocussão agitada enquanto ele era incitado em direção ao matadouro do sono, morrendo de medo de que o massacre de sua mente racional lhe desse um "vislumbre da Verdade Pura".

Lembranças e frases assomavam e esvoaçavam como bancos de nevoeiro numa estrada à noite. Pensamentos o ameaçavam de longe, mas desapareciam quando ele se aproximava. "Afogado em sonhos e louco para partir." Quem tinha dito isso? Palavras de outras pessoas. Será que ele já tinha pensado "palavras de outras pessoas"? As coisas pareciam distantes e em seguida, um momento depois, repetitivas. Será que aquilo era como um nevoeiro ou era mais como areia quente, algo pelo qual ele estava passando com dificuldade e tentando ao mesmo tempo não tocar? Frio e úmido, quente e seco. Como poderia ser as duas coisas? Como poderia ser outra coisa senão as duas coisas? Símiles e dessemelhanças — outra frase que parecia se perseguir como um trem em miniatura girando num circuito fechado. Por favor, faça isso parar.

Uma cena que ficava voltando com força aos seus pensamentos delirantes era sua visita ao filósofo Victor Eisen depois da experiência de quase morte de Victor. Ele tinha encontrado seu antigo vizinho de Saint-Nazaire na clínica de Londres, ainda preso às máquinas que dias antes haviam emitido uma linha plana. Os braços murchos e amarelos de Victor surgiram debilmente de um roupão institucional, mas enquanto ele descrevia o que acontecera sua fala era rápida e enfática como sempre, saturada por uma vida de opiniões confiantes.

"Cheguei à margem de um rio e do outro lado havia uma luz vermelha que controlava o universo. Havia duas figuras, uma de cada lado dela, que eu sabia serem o Senhor do Tempo e o Senhor do Espaço. Eles se comunicaram diretamente comigo pelo pensamento, sem recorrer a nenhuma fala. Eles me disseram que o tecido do Tempo-Espaço estava rasgado e que eu tinha de consertá-lo, que o destino do universo dependia de mim. Tive um tremendo senso de urgência e propósito e estava a caminho de cumprir minha tarefa quando me senti arrastado de volta para o meu corpo e muito relutantemente voltei."

Durante três semanas Victor foi dominado pelo sentimento de autenticidade que acompanhou sua visão, mas então os hábitos de seu ateísmo público e o receio de que as reduções lógicas consagradas em sua obra filosófica pudessem ser invalidadas o fizeram reduzir de volta seu novo senso de abertura à crise biológica que ele estava sofrendo na época. Concluiu que a missão premente para a qual fora enviado pelo controlador do universo era uma alegoria para um cérebro que perdia oxigênio. Sua mente andara falhando, não se expandindo.

Enquanto estava deitado, suando, naquele quarto estreito, pensando na necessidade de Victor decidir o que tudo significava, Patrick se perguntou se algum dia seria capaz de tornar seu ego leve o bastante para relaxar e não ter de estabelecer o significado das coisas. Como seria essa sensação?

Nesse ínterim, a Sala de Observação de Suicídio fazia jus a seu majestoso nome. Nela Patrick via que o suicídio sempre fora o pano de fundo inquestionável de sua existência. Mesmo antes de passar a trazer no bolso do sobretudo uma cópia de *O mito de Sísifo*, fazendo de sua primeira frase o mantra de seus vinte e poucos anos, Patrick saudava o dia com a pergunta básica: "Alguém é capaz de pensar numa boa razão para não se matar?". Como na época ele vivia numa solidão teatral, cheia de vozes loucas e zombeteiras, era pouco provável que conseguisse uma resposta afirmativa. Postergação elaborada era o melhor que ele podia esperar, e no final das contas a obrigação de falar provou-se mais forte que o desejo de morrer. Durante os vinte anos seguintes a tagarelice suicida abrandou para um sussurro ocasional numa trilha costeira ou numa farmácia silenciosa. Quando retornava com força total, assumia a forma de um monólogo sombrio em vez de um coro surreal. A simplicidade comparativa do ataque mais recente o fez perceber que ele só estivera apaixonado de modo superficial pela morte aliviadora e que estava muito mais profundamente encantado com sua própria personalidade. O suicídio usava a máscara da autorrejeição; na verdade ninguém levava mais a sério sua personalidade do que a pessoa que planejava se matar segundo as instruções dela. Ninguém estava mais determinado a permanecer no comando a qualquer custo, a encaixar à força o aspecto mais misterioso da vida em sua própria agenda imperiosa.

Seu mês no Priory tinha sido um período crucial de sua vida, transformando a crise que havia levado ao colapso de seu casamento e à escalada de seu alcoolismo. Era perturbador pensar no quão perto ele estivera de fugir só depois de três dias, atraído pela partida de Becky. Antes de ir embora, ela o encontrara no saguão da Ala da Depressão.

"Estava te procurando. Eu não deveria falar com ninguém", disse ela num falso sussurro, "porque sou uma má influência."

Ela lhe deu um bilhete dobrado e um selinho nos lábios antes de sair correndo da sala.

*Este é o endereço da minha irmã. Ela não está, foi para os Estados Unidos, então vou ficar lá sozinha, se você estiver a fim de fugir desta porra de lugar e quiser fazer algo muito LOUCO. Com amor, Becks.*

O bilhete o fez se lembrar dos LOUCO que ele rabiscava nas margens de suas anotações de química de nível básico depois de fumar um baseado no intervalo da manhã na escola. Estava fora de questão visitá-la, disse a si mesmo, enquanto ligava para uma central de táxi listada no orelhão sob a escada dos fundos. Será que era isso que queriam dizer com impotência?

"Não e pronto!", murmurou, fechando a porta do táxi com firmeza para mostrar como estava determinado a não correr atrás de um festival de disfunções manchado de sangue. Ele deu ao taxista o endereço do bilhete de Becky.

"Bom, você deve estar bem, se te deixaram sair", disse o taxista, animado.

"Eu mesmo me deixei sair. Não consegui dar conta."

"Meio carinho esse lugar, né?"

Patrick não respondeu, os olhos vidrados de desejo e conflito.

"Já ouviu aquela do cara que entra no consultório do psiquiatra?", perguntou o taxista, pegando a estrada e sorrindo no espelho retrovisor. "Ele fala: 'Tem sido horrível, doutor, passei três anos achando que eu era uma borboleta. E a história fica pior: nos três últimos meses achei que eu era uma mariposa'. 'Meu Deus', fala o psiquiatra, 'que tempos difíceis você tem tido. E o que te fez vir hoje aqui atrás de ajuda?' 'Bom', o homem fala, 'é que a luz na janela me atraiu, então eu simplesmente voei pra cá.'"

"Essa é boa", disse Patrick, afundando ainda mais na nudez imaginada de Becky e se perguntando quanto tempo sua última dose de oxazepam iria durar. "Você se especializou em pacientes do Priory por causa do seu temperamento alegre?"

"Você diz isso", respondeu o taxista, "mas ano passado eu fiquei uns quatro meses sem literalmente conseguir sair da cama, eu não conseguia ver sentido em nada."

"Puxa", disse Patrick.

Da Hammersmith Broadway até o desvio para Shepherd's Bush, eles falaram sobre choros sem motivo, fantasias suicidas, indolência excruciante, noites insones e dias apáticos. Quando chegaram a Bayswater, já eram grandes amigos e o taxista virou-se para Patrick e disse com a plena explosão de sua alegria restaurada: "Daqui a alguns meses você vai olhar para tudo isso que acabou de passar e dizer: 'O *que* foi aquilo tudo? Pra que todo aquele alvoroço e exagero?'. Foi o que aconteceu comigo".

Patrick olhou mais uma vez para o bilhete de Becky. Ela tinha assinado com o nome de uma cerveja. Becks. Ele começou a sussurrar baixinho e roucamente, com voz de Marlon Brando no papel de Vito Corleone: "Quem te procura, te convida para um encontro e tem o mesmo nome de uma marca de cerveja famosa… *essa* quer te ver tendo uma recaída…".

As vozes, não… não podia permitir que elas o dominassem. "Começa com uma imitação de Marlon Brando", suspirou a sra. Mop, "e quando você menos espera…"

"Cale a boca!", interrompeu Patrick.

"O quê?"

"Ah, não era com você. Desculpe."

Eles viraram numa grande praça com um jardim no meio. O taxista encostou diante de um prédio de estuque branco.

Patrick inclinou-se para o lado e olhou pela janela. Becky estava no terceiro andar, linda, disponível e mentalmente doente.

E pensar nas coisas que ele já tinha feito por um pouquinho de intimidade; terra voando por cima de seu ombro enquanto ele cavava sua sepultura. Havia mulheres boas que lhe davam a atenção que ele nunca tinha tido. Elas precisavam ser torturadas para decepcioná-lo e assim lhe mostrar que não eram realmente confiáveis. E havia as mulheres más, que lhe poupavam tempo sendo indignas de confiança já de cara. Ele costumava alternar entre essas duas categorias amplas, encantado com alguma variante que mascarava por pouco tempo a futilidade de defender a fortaleza decadente de sua personalidade, enquanto esperava que aquilo, obrigatoriamente, se reorganizasse num templo de paz e realização. Esperando e se deprimindo, se deprimindo e esperando. Bastava um pouco de distanciamento, e sua vida amorosa já parecia um brinquedo de corda feito para seguir de novo e de novo em direção ao precipício de uma mesa de cozinha. Era na vida amorosa onde o amor mais corria perigo, e não onde tinha mais chances de alcançar sua máxima expressão. Se uma candidata estava suficientemente desesperada, como Becky, ela assumia o magnetismo dos claramente condenados. Era constrangedor se deixar iludir tanto, e ainda mais constrangedor reagir à ilusão como um homem fugindo de sua sombra ameaçadora.

"Eu sei que parece um pouco *louco*, na falta de uma palavra melhor", disse Patrick com uma súbita risada, "mas você acha que poderia me levar de volta? Ainda não estou pronto."

"De volta ao Priory?", perguntou o taxista, não mais tão solidário com seu passageiro.

Ele não quer saber daqueles de nós que precisam voltar, pensou Patrick. Fechou os olhos e se espreguiçou no banco de trás. "A fala ia falar e se distanciar tanto e enviesadamente… algo, algo… Você não vai querer o hospício e aquele negócio todo." Aquele negócio todo. A maravilhosa inarticulação disso, expandindo com ameaça e se contraindo com uma urgência ostensiva.

Na volta, Patrick começou a sentir dores no peito que nem mesmo a violência de seu anseio por um relacionamento amoroso patológico era mais capaz de explicar. Suas mãos tremiam e ele sentia o suor brotando na testa. Quando enfim chegou ao consultório do dr. Pagazzi, já estava alucinando de leve e aparentemente preso num espaço bidimensional sem nenhuma profundidade, como um inseto rastejando numa vidraça em busca de uma saída. O dr. Pagazzi lhe deu uma bronca por ter perdido sua dose das quatro horas de oxazepam, dizendo que ele poderia ter um ataque cardíaco se se abstivesse dele rápido demais. Patrick ergueu o tubinho de plástico baço em sua mão trêmula e tomou de uma só vez três comprimidos de oxazepam.

No dia seguinte ele "compartilhou" sua quase fuga com o Grupo de Depressão. Acabou descobrindo que todos eles já tinham quase fugido, ou fugido e voltado, ou pensavam em fugir na maior parte do tempo. Alguns, por outro lado, temiam sair, mas só pareciam superficialmente contra os que queriam fugir: todo mundo estava obcecado com quanto tempo de terapia era preciso antes de poder começar uma "vida normal". Patrick ficou surpreso do quanto ele apreciou o sentimento de solidariedade que teve pelos outros pacientes. O hábito de toda uma vida de estar à parte por instantes foi superado por uma onda de boa vontade para com todos no grupo.


Johnny Hall tinha escolhido um assento discreto perto dos fundos do salão. Patrick deu a volta até a ponta do banco para se juntar a seu velho amigo.

"Como você está levando isto aqui?", perguntou Johnny.

"Bastante bem", disse Patrick, sentando ao lado dele. "Estou sentindo um entusiasmo estranho que eu não admitiria a ninguém exceto a você e Mary. Me senti bem acabado nos dois primeiros dias, mas então acho que tive o que na sua profissão chamam de um insight. Fui até a funerária ontem à noite e fiquei junto do corpo de Eleanor. Eu me comuniquei… depois te conto."

Johnny deu um sorriso encorajador. "Meu Deus", disse depois de uma pausa, "Nicholas Pratt. Eu não esperava vê-lo."

"Nem eu. Você é sortudo por ter uma razão ética para não falar com ele."

"E todo mundo não tem?"

"Verdade."

"Te vejo depois no Onslow", disse Johnny, deixando Patrick com o recepcionista que tinha ido até ele e estava parado por perto, expectante.

"Podemos começar quando o senhor estiver pronto", disse o recepcionista, de alguma forma insinuando que a fila de cadáveres iria aumentar se a cerimônia não começasse agora mesmo.

Patrick deu uma olhada em volta do salão. Havia umas poucas dezenas de pessoas sentadas nos bancos em frente ao caixão de Eleanor.

"Certo", disse, "vamos começar daqui a dez minutos."

"Dez minutos?", exclamou o recepcionista, como uma criança pequena a quem tivessem dito que ela ia poder fazer algo realmente emocionante quando tivesse vinte e um anos.

"É, ainda tem algumas pessoas chegando", disse Patrick, percebendo Julia de pé na entrada, uma efusão pontiaguda de preto contra a manhã apagada: véu preto, chapéu preto, vestido de seda preto e rígido e, ele imaginou, uma seda preta mais macia por baixo. Imediatamente sentiu o impacto do jeito dela, aquela sensibilidade intensa e exclusiva. Ela era como uma teia de aranha, tremendo ao menor toque, mas indiferente à luz que fazia seus fios brilharem na grama úmida.

"Você chegou bem na hora", disse Patrick, beijando Julia através do áspero véu negro dela.

"Você quer dizer atrasada como sempre."

"Não, bem na hora. Estamos prestes a dar o pontapé inicial, se é que essa era a frase que eu estava buscando."

"Não é", ela disse com aquela risada curta e rouca que sempre o irritou.

A última vez que os dois tinham se visto fora num hotel da França, onde o caso deles havia terminado. Apesar de seus quartos comunicantes, eles não conseguiam pensar em nada para dizer um ao outro. Sentados durante longas refeições sob a abóbada de um céu artificial, pintado com nuvens fracas e guirlandas de rosas pendentes, eles olhavam fixamente para um lance de escadas que dava para os barcos balouçantes de um porto particular, cordas rangendo contra postes de amarração, postes de amarração enferrujando em cais de pedra; tudo ansiando por partir.

"Agora que você não está mais com Mary, não precisa de mim. Eu fui... estrutural."

"Exatamente."

Essa única palavra foi talvez crua demais e só pôde ser suplantada pelo silêncio. Ela tinha se erguido e ido embora sem mais comentários. Uma gaivota levantou voo da balaustrada suja e saiu batendo as asas na direção do mar com um grito pungente. Ele quis chamar Julia de volta, mas o impulso morreu no carpete grosso que se estendia entre eles.

Olhando para ele agora, o filho recém-enlutado, Julia concluiu que se sentia totalmente indiferente a Patrick, exceto por querer que ele a achasse irresistível.

"Não te vejo há tanto tempo", disse Patrick, olhando para os lábios dela, vermelhos sob a rede preta do véu. Ele permanecia inconvenientemente atraído por quase todas as mulheres com quem já tinha ido para a cama, ainda que tivesse uma forte aversão a uma retomada em todas as outras áreas.

"Um ano e meio", disse Julia. "É verdade que você parou de beber? Deve ser difícil numa hora como esta."

"De forma alguma: uma crise requer um herói. A emboscada surge quando as coisas estão indo bem, pelo menos foi o que me disseram."

"Se você não pode se garantir quando as coisas vão bem, é porque elas não mudaram tanto assim."

"Elas mudaram, mas os meus padrões de discurso podem levar um tempinho para se atualizar."

"Mal posso esperar."

"Se houver uma oportunidade para a ironia…"

"Você irá aproveitá-la."

"É o vício mais difícil de todos", disse Patrick. "Esqueça a heroína. Apenas tente desistir da ironia, daquela profunda necessidade de querer dizer duas coisas ao mesmo tempo, de estar em dois lugares ao mesmo tempo, de não estar lá para a catástrofe de um significado fixo."

"Nem pensar!", disse Julia. "Já estou tendo problemas suficientes usando adesivos de nicotina e ao mesmo tempo ainda fumando. Não tire a minha ironia", implorou ela, apertando-o teatralmente, "deixe-me com um pouquinho de sarcasmo."

"Sarcasmo não conta. Ele só significa uma coisa: desprezo."

"Você sempre foi obcecado por qualidade", disse Julia. "Algumas pessoas gostam de sarcasmo."

Julia percebeu que estava brincando com Patrick. Sentiu uma pequena pontada de nostalgia, mas severamente lembrou a si mesma de que estava muito melhor sem ele. Além do mais, tinha Gunther agora, um charmoso banqueiro alemão que passava o meio da semana em Londres. Verdade que ele era casado, como Patrick fora, mas em todos os outros aspectos era o oposto: educado, em forma, rico e disciplinado. Tinha ingressos para óperas, reservas em bares de caviar, era sócio de boates, tudo organizado por sua assistente pessoal. Às vezes ele atirava a precaução pela janela e vestia seu jeans passado e sua jaqueta de camurça com zíper e a levava para clubes de jazz em partes inusitadas da cidade, sempre, é claro, com um grande, reconfortante e silencioso carro esperando lá fora para levá-los de volta para a Hays Mews, logo atrás da praça Berkeley, onde Gunther, como todos os seus amigos, estava mandando instalar uma piscina no segundo sub-solo de um dos três antigos estábulos que formavam sua casa. Ele colecionava a esmo obras de arte contemporânea horrendas com a credulidade de um homem que tem amigos no mundo da arte. Havia fotos artísticas em preto e branco de mamilos de mulheres em seu closet. Ele fazia Julia se sentir sofisticada, mas não a fazia ter vontade de brincar. Essa ideia simplesmente não lhe passava pela cabeça quando estava com Gunther. Ele nunca se esforçava para desistir da ironia. Ele sabia, claro, que ela existia e a perse-guia obstinadamente com toda a tolice que tinha à disposição.

"É melhor acharmos algum lugar", disse Patrick. "Não te-nho muita certeza do que vai acontecer; não tive tempo nem de ver a programação da cerimônia."

"Mas não foi você quem organizou?"

"Não. Foi Mary."

"Que fofo!", disse Julia. "Ela é sempre tão prestativa… mais mãe do que a sua própria mãe."

Julia sentiu seu ritmo cardíaco se acelerar; talvez tivesse ido longe demais. Estava espantada por sua velha competição com aquele paradigma de autossacrifício ter subitamente irrompido, agora que ele já estava tão ultrapassado.

"Ela era, até ter seus próprios filhos", disse Patrick em tom amigável. "Isso meio que estragou meu disfarce."

Por medo de que ele se ofendesse, Julia se viu desejando que ele parasse de ser tão irritantemente calmo.

Música de órgão começou a tocar baixinho.

"Bem, real ou não, tenho que queimar os restos da única mãe que vou ter na vida", disse Patrick, sorrindo animado para Julia e saindo pelo corredor em direção à primeira fila, onde Mary estava guardando um lugar para ele.

# 4.

Mary estava sentada na primeira fila do crematório olhando fixamente para o caixão de Eleanor, controlando um momento de rebeldia. Perguntando-se onde Patrick estava, ela tinha olhado para trás e o visto gracejando e flertando com Julia. Agora que nada sério dependia da sua indiferença cultivada, sentiu um golpe de irritação. Ali estava ela de novo, prestativa, enquanto Patrick, numa das dores mais legítimas de sua crise eterna, dedicava atenção a outra mulher. Não que ela quisesse mais atenção dele; tudo que queria de Patrick é que ele fosse um pouco mais livre, um pouco menos previsível. Para ser justa, e às vezes ela desejava parar de ser tão justa, era isso que ele também queria. Ela precisava se lembrar que a separação os tinha tornado mais próximos. Não mais arremessados um contra o outro ou afastados por suas reações habituais, eles tinham se estabelecido numa órbita relativamente estável em torno das crianças e um do outro.

Sua irritação foi ainda mais atenuada quando uma segunda olhadela que deu para trás atraiu um sorriso grave de Erasmus

Price, sua própria minúscula concessão às consolações do adultério. Havia começado seu caso com ele no sul da França, onde Patrick tinha insistido em alugar uma casa durante a desintegração final do casamento deles, compulsivamente rodeando de volta a área em torno da casa de sua infância em Saint-Nazaire. Mary protestou em vão contra essa extravagância; Patrick estava na última fase de seu alcoolismo, tropeçando ao redor do labirinto de seu inconsciente, indisponível para discussão.

Os Price, cujo próprio casamento estava desmoronando, tinham filhos quase da mesma idade de Robert e Thomas. Apesar dessas simetrias promissoras, a harmonia escapou às duas famílias.

"Qualquer um que se impressiona com 'uma semana é um longo tempo na política'", disse Patrick no segundo dia, "deveria tentar receber os Price uma vez. No fim é uma porra de uma eternidade. Sabe como ele ganhou aquele nome ridículo? Seu pai estava trabalhando na edição do sexagésimo quinto volume das *Obras completas de Erasmus* pela Oxford University Press, quando sua mãe o interrompeu com a notícia de que tinha dado à luz um menino. 'Vamos chamá-lo de Erasmus', ele gritou feito um homem inspirado, 'ou Lutero, cuja carta crucial para Erasmus eu estava relendo hoje de manhã mesmo.' Dada a escolha..." Patrick calou-se.

Mary o ignorou, sabendo que ele apenas estava criando o pretexto do dia para mais bebedeiras sem sentido. Depois de Patrick ter desmaiado e Emily Price ido para a cama, Mary ficou acordada até tarde, ouvindo os problemas de Erasmus.

"Algumas pessoas acham que o futuro lhes pertence e que elas podem perdê-lo", disse ele na primeira noite, fixando os olhos em sua taça vinho-escura, "mas eu não tenho essa sensação. Mesmo quando o trabalho está indo bem, não me importaria se pudesse expirar sem dor e instantaneamente."

Por que ela era atraída para esses homens depressivos? Como filósofo, pelo menos Erasmus, como Schopenhauer, podia fazer de seu pessimismo uma visão de mundo. Ele se animou à menção do filósofo alemão.

"Meu comentário favorito dele foi o conselho que deu a um amigo moribundo: 'Você está deixando de ser algo que teria feito melhor em jamais se tornar'."

"Deve ter ajudado", disse Mary.

"Um verdadeiro estraga-nostalgia", sussurrou ele, admirado.

De acordo com Erasmus, seu casamento era irreparável; o enigma, para Mary, era como ele existia, apesar de tudo. Como hóspede, Emily Price tinha três inconvenientes principais: era incapaz de dizer por favor, incapaz de dizer obrigada e incapaz de dizer me desculpe, o tempo todo gerando um aumento na demanda por essas três expressões. Quando ela viu Mary passando protetor solar nos ombros pálidos e ossudos de Thomas, ela foi correndo e pegou o creme branco da mão em concha de Mary, dizendo: "Não posso ver protetor sem querer pegar um pouco". Segundo seu próprio relato, a mesma fome tinha assombrado o nascimento de seu primeiro filho: "No momento em que o vi, pensei: *quero outro*".

Emily reclamava de Cambridge, reclamava do marido e dos filhos, reclamava de sua casa, reclamava da França, do sol, das nuvens, das folhas, do vento, das tampinhas de garrafa. Não conseguia parar; tinha que tirar a água do bote inundando de seu descontentamento. Às vezes sua reclamação definia alvos falsos: Cambridge era um inferno, Londres era ótima, mas quando Erasmus se candidatou a uma vaga na Universidade de Londres ela o fez voltar atrás. Na época, disse que ele foi covarde demais em se candidatar, mas de férias com os Melrose ela admitiu a verdade: "Eu só queria me mudar para Londres para poder reclamar da qualidade do ar e das escolas".

Patrick foi momentaneamente arrancado de seu estupor pelo desafio da personalidade de Emily.

"Ela podia ser o tema central de uma conferência kleiniana — Falando em Seios Maus." Ele riu suado na cama enquanto Mary cultivava a paciência. "Ela teve um começo de vida difícil", ele disse, soltando um suspiro. "Sua mãe não a deixava usar as canetas da casa, para eles não ficarem sem tinta." Ele caiu da cama de tanto rir, bateu a cabeça na mesa de cabeceira e precisou tomar um punhado de codeína para lidar com o inchaço.

Quando Mary abandonava a tolerância, ela o fazia com veemência. Pressentia o sentimento subjacente de privação de Emily como o sopro de uma fornalha, mas de alguma forma tomou a decisão de pôr de lado sua típica empatia para ficar com as consequências irritantes e não sentir as causas aflitivas do comportamento de Emily, especialmente depois da investida atrapalhada de Erasmus, que ela não tinha rejeitado de todo, na segunda noite da conversa interminável deles sobre fracasso conjugal. Por uma semana, mantiveram-se à tona junto aos destroços de seus respectivos casamentos. De volta à Inglaterra, levaram dois meses para admitir a futilidade de tentarem construir um caso a partir desses fragmentos encharcados — só o tempo de Mary penar lealmente para pôr fim à leitura da última obra de Erasmus, *Ainda, incompreensão: desenvolvimentos na filosofia da consciência.*

Foi a presença de *Ainda, incompreensão* na mesa de cabeceira de Mary que alertou Patrick do complicado caso amoroso de sua mulher.

"Você não estaria lendo esse livro a menos que estivesse tendo um caso com o autor", ele conjecturou de olhos semicerrados.

"Acredite, ainda assim é quase impossível."

Ele cedeu ao alívio de fechar os olhos completamente, um estranho sorriso nos lábios. Ela percebeu com vaga repugnância que ele estava satisfeito por ter o enorme peso de sua infidelidade aliviado pela trivial contribuição dela ao outro lado da balança.

Depois disso, houve o que a mãe dela teria chamado de um período "absolutamente enlouquecedor", em que Patrick só saía de seu novo conjugado escurecido para lhe passar sermões ou interrogá-la sobre seus estudos de consciência, às vezes com a lenta precisão sentenciosa da embriaguez, às vezes com sua febre visionária, mas sempre com a ilusória fluência de um homem acostumado a defender uma causa em público.

"Para entrar no campo da ciência, o tema da consciência precisa se tornar objeto da consciência, e é precisamente isso que ela não é capaz de fazer, pois o olho não pode perceber a si mesmo, não pode girar na sua órbita rápido o bastante para vislumbrar a lente. A linguagem da experiência e a linguagem do experimento pairam como óleo e água no mesmo tubo de ensaio, nunca se misturando exceto pela violência da filosofia. A violência da filosofia. Você concorda? Ops. Não se preocupe com essa lâmpada, eu te compro uma nova.

"Mas, falando sério, qual sua opinião sobre microtúbulos? Sinos microtubulares. Você é a Favor ou Contra? Você acha que uma teoria da mente estendida pode se basear com segurança na não localidade quântica? Você acredita que duas partículas conectadas e concebidas no quente e espiralado útero quantum de um microtúbulo poderiam continuar informando uma à outra enquanto atravessam vastos campos de escuridão interestelar; ainda se comunicando apesar da aparência de *glacial separação*? Você é a Favor ou Contra? E que diferença isso faria para a experiência, se essas partículas de fato continuassem a repercutir uma na outra, já que não são partículas o que nós experienciamos?"

"Ah, pelo amor de Deus, cale a boca."

"Quem vai nos livrar da Lacuna Explicativa?", ele gritou, como Henrique II solicitando um assassino para o seu padre importuno. "E será que essa lacuna é só um produto do nosso discurso mal interpretado?" Ele insistia: "Será que a realidade é uma alucinação consensual? E será que um colapso nervoso é na verdade uma *recusa em consentir*? Vamos lá, não se acanhe, me diz o que você pensa".

"Por que você não volta para o seu apartamento e desmaia lá? Não quero que as crianças te vejam neste estado."

"Que estado? Um estado de indagação filosófica? Achei que você iria aprovar."

"Tenho que ir buscar os garotos. Por favor, vá para casa."

"Que fofo você pensar nela como a minha casa. Não estou nessa feliz posição."

Então ele ia embora, abandonando o debate sobre a consciência através de uma porta batendo. Até mesmo "vaca maldita" tinha uma franqueza bem-vinda depois do uso distorcido que ele fazia de frases abstratas como "dualismo de propriedade" para expressar seu senso despedaçado de casa. Ela foi se sentindo cada vez menos culpada pelas partidas tempestuosas dele. Temia que Robert e Thomas perguntassem sobre os humores do pai, seus silêncios gritantes, sua introversão declamatória, o espetáculo de sua deselegância e miséria. As crianças, na verdade, o viam muito pouco. Ele estava numa "viagem a negócios" nos últimos dois meses de sua embriaguez e durante seu mês no Priory. Com seu talento incomum para a imitação, Robert ainda conseguia personificar os dilemas sobre os quais Erasmus escrevia livros e que Patrick usava para fazer ataques velados à esposa.

"De onde vêm os pensamentos?", murmurou ele, andando para lá e para cá com ar pensativo. "Antes de você decidir mover sua mão, onde mora a decisão?"

"Sinceramente, Bobby", disse Thomas, deixando escapar uma risadinha. "Espero que o Cérebro saiba."

"Bem, sr. Tracy", gaguejou Robert, subindo e descendo em cordas imaginárias, "quando você move sua mão, o seu... o seu cérebro te diz para mover sua mão, mas o que diz para o seu cérebro dizer à sua mão?"

"É um verdadeiro enigma, Cérebro", disse Robert, trocando para o baixo profundo do sr. Tracy.

"Be-bem, sr. Tracy", voltou ele para o cientista gaguejante, "eu inventei uma máquina que talvez seja capaz de re-resolver esse enigma. Ela se chama Pensatron."

"Ligue, ligue!", gritou Thomas, agitando seu trapinho no ar.

Robert fez um som alto de zumbido que foi ficando cada vez mais ameaçador.

"Ah, não, ela vai explodir!", avisou Thomas. "O Pensatron vai explodir!"

Robert atirou-se no chão com o som de uma enorme explosão.

"Minha nossa, sr. Tracy, acho que devo ter so-sobrecarregado os circuitos primários."

"Não se preocupe, Cérebro", disse Thomas, magnânimo, "tenho certeza de que você vai achar uma solução. Mas, falando sério", ele acrescentou para Mary, "qual é o 'debate sobre a consciência' que está deixando o papai tão irritado?"

"Ah, meu Deus", disse Mary, desesperada por todo mundo próximo a ela querer falar sobre consciência. Pensou que podia distrair Thomas fazendo o assunto parecer impenetravelmente erudito. "A questão, na verdade, é o debate filosófico e científico sobre se cérebro e mente são idênticos."

"Bem, é claro que não são", disse Thomas, tirando o polegar da boca e estreitando os olhos. "Quero dizer, o cérebro é parte do corpo e a mente é a alma exterior."

"De fato", disse Mary, impressionada.

"O que eu não entendo", prosseguiu Thomas, "é por que as coisas existem."

"Como assim? Por que existe alguma coisa em vez de nada?"

"É."

"Eu não faço ideia, mas provavelmente é porque vale a pena se surpreender com isso."

"Eu fico surpreso com isso, mamãe. Fico mesmo."

Quando ela contou a Erasmus o que Thomas havia dito sobre a mente ser a "alma exterior", ele não pareceu tão impressionado quanto ela ficara.

"É uma visão bastante ultrapassada, na verdade", comentou, "embora não se possa dizer que o ponto de vista mais moderno, de que a alma é a mente interior, tenha nos levado a algum lugar ao simplesmente inverter a relação entre os dois significantes obscuros."

"Certo", disse Mary. "Ainda assim, você não acha extraordinário que uma criança de seis anos seja tão clara sobre esse assunto notoriamente complicado?"

"As crianças costumam dizer coisas que nos parecem extraordinárias exatamente porque as grandes questões ainda não são 'notoriamente complicadas' para elas. No momento Oliver está obcecado com a morte, e ele também só tem seis anos. Não consegue suportá-la, ela ainda não se tornou parte do Como as Coisas São; ainda é um escândalo, uma falha catastrófica de concepção; ela estraga tudo. Nós nos acostumamos com o fato da morte — embora a experiência seja irredutivelmente estranha. Ele não descobriu o truque de pôr uma máscara no carrasco, de esconder a experiência com o fato. Ele ainda a vê como uma pura experiência. Eu o encontrei chorando por causa de uma mosca morta no parapeito da janela. Ele me perguntou por que as coisas têm que morrer e tudo que eu pude lhe oferecer foi tautologia: porque nada dura para sempre."

A necessidade de Erasmus de adotar uma visão geral e teórica de cada situação às vezes dava nos nervos de Mary. Só o que ela queria era um pequeno elogio para Thomas. Mesmo quando ela finalmente lhe disse que sentia que não havia por que continuarem tendo um caso, ele aceitou sua posição com uma serenidade insultante, e então prosseguiu admitindo que vinha "recentemente brincando com a abordagem panpsíquica", como se essa revelação do lado selvagem do intelecto dele pudesse tentá-la a mudar de ideia.

Mary tinha decidido não trazer as crianças para o funeral de Eleanor e deixá-las com sua mãe. Thomas não se lembrava de Eleanor e Robert estava tão imerso no sentimento de traição do pai que era mais provável que a ocasião mais revivesse uma hostilidade apagada do que aliviasse um sentimento natural de tristeza e perda. Todos eles tinham estado juntos pela última vez fazia cerca de dois anos em Kew Gardens, durante a estação de jacintos, logo depois de Eleanor deixar Saint-Nazaire para ir morar na Inglaterra. No caminho para Woodland Walk, Mary ia empurrando a cadeira de rodas de Eleanor pelo tortuoso Rhododendron Dell, cercado por paredes de cores extravagantes. Patrick deixou-se ficar para trás, entornando a estranha minigarrafa de Johnnie Walker Black Label em momentos de fingida fascinação por uma flor exuberante rosa ou alaranjada, enquanto Robert e Thomas exploravam os gigantescos arbustos alinhados contra as encostas de ambos os lados. Quando um faisão-dourado surgiu na trilha, suas penas amarelo-açafrão e vermelho-sangue brilhando como esmalte, Mary parou a cadeira de rodas, atônita. O faisão cruzou o concreto quente com a majestade oscilante de um passo de ave, o preço de um talento forçoso, como a cabeça erguida de um cachorro nadando. Eleanor, amarrotada em sua cadeira, usando calças velhas de flanela azul-bebê e um cardigã vinho com botões grandes e lisos e buracos nos cotovelos, olhou para o pássaro com o desagrado alarmado que se instalara em suas feições paralisadas. Patrick, determinado a não falar com a mãe, passou apressado por elas resmungando que era "melhor ele ficar de olho nos garotos".

Eleanor gesticulou freneticamente para que Mary se aproximasse e então produziu uma de suas raras frases inteiras.

"Não consigo esquecer que ele é filho de David."

"Não acho que seja o pai dele quem o atormente hoje em dia", disse Mary, surpresa com sua aspereza.

"Atormente…", disse Eleanor.

Mary já estava empurrando a cadeira de rodas pelos buracos malhados da Woodland Walk quando Eleanor conseguiu falar de novo.

"Você… está… bem?"

Ela fez a mesma pergunta de novo e de novo, com uma agitação crescente, ignorando a bruma de jacintos, misturada com os talos amarelos de alho selvagem, sob a sombra movente e expandida dos carvalhos. Estava tentando salvar Mary de Patrick, não por ter qualquer percepção das circunstâncias dela, mas para salvar a si mesma, por alguma mágica retroativa, de David. As tentativas de Mary de dar uma resposta afirmativa atormentaram Eleanor, já que a única resposta que ela poderia aceitar era: "Não, eu não estou bem! Estou vivendo no inferno com um louco tirânico, como você viveu, minha pobre querida. Por outro lado, eu acredito, com toda a sinceridade, que o universo irá nos salvar graças aos incríveis poderes xamânicos da curandeira ferida que você verdadeiramente é".

Por algum motivo Mary não conseguiu se forçar a dizer isso, e no entanto ainda havia uma perturbadora fraternidade entre as duas mulheres. Mary reconhecia certas características da criação de Eleanor com demasiada facilidade: a intensa timidez, a alta importância da babá, a percepção insegura de si, a atração masoquista por homens difíceis. Eleanor era o conto premonitório dessas forças, uma advertência contra a inutilidade do autossacrifício quando quase não havia mais um eu para sacrificar, contra a inutilidade de lidar com a perda de si mesma perdendo-se ainda mais. Acima de tudo, ela era um bebê, e não um "bebezão" como tantos adultos, um pequeno bebê perfeitamente preservado no pote de conserva do dinheiro, do álcool e da fantasia.

Desde aquele dia colorido em Kew, nenhum dos garotos foi levado de novo para ver a avó na casa de repouso. Patrick também parou de visitar a mãe depois do flerte excruciante dela com o suicídio assistido dois anos antes. Apenas Mary perseverou, às vezes com o escasso lembrete zeloso de que Eleanor era, afinal, sua sogra; às vezes com a convicção mais obscura de que Eleanor estava em desequilíbrio com sua família e que o trabalho de reequilíbrio deveria começar imediatamente, quer Eleanor fosse ou não capaz de participar dele. Com certeza foi estranho, com o passar dos meses, ficar falando para o espaço, à espera de que estivesse fazendo algum bem, enquanto Eleanor mirava o teto de forma cada vez mais rígida e inexpressiva. Na ausência de qualquer diálogo, Mary com frequência encalhava no seu desprezo pelo fracasso de Eleanor em proteger seu filho.

Lembrava de Eleanor descrevendo as primeiras semanas depois de ter voltado do hospital com o recém-nascido Patrick. David estava tão atormentado pelo choro do filho que a mandou levar o pirralho barulhento para o cômodo mais distante no sótão. Eleanor já se sentia uma exilada na amada Cornualha de David, na ponta de uma península com vista para um estuário impenetravelmente arborizado, e mal podia acreditar, enquanto era expulsa do seu quarto de forma brusca demais para calçar seu chinelo ou pegar um cobertor para o bebê, que existia um exílio ainda maior disponível, um pequeno quarto frio na grande casa fria. Para ela, o lugar já estava encharcado de um horror melancólico. Ela havia se casado com David no cartório de Truro quando a gravidez de seu primeiro filho já estava avançada. Superestimando suas habilidades médicas, ele a tinha encorajado a ter o bebê em casa. Sem a incubadora de que precisava, Georgina morreu dois dias depois. David saiu com seu barco pelo estuário, enterrou-a no mar e em seguida desapareceu por três dias para se embebedar. Eleanor ficou na cama, sangrando e abandonada, mirando a água cinzenta pelo janelão panorâmico de seu quarto. Depois da morte de Georgina, ela se recusou a ir para a cama com David. Uma noite ele esmurrou a parte de trás dos joelhos dela enquanto ela subia a escada. Quando ela caiu, ele torceu o braço dela atrás das costas e a estuprou na escada. Quando ela achou que estava finalmente enojada o suficiente para deixá-lo, descobriu que estava grávida.

Lá em cima no sótão, com o fruto do estupro recém-nascido nos braços, ela se sentiu histericamente insegura. Olhando para a cama estreita, foi tomada pelo medo de que, se deitassem juntos nela, poderia rolar para o lado e asfixiá-lo, então escolheu a cadeira de madeira no canto, ao lado da lareira vazia, e ficou sentada a noite toda ali, agarrando-o com os braços. Durante aquelas noites na cadeira, era dominada pelo sono de novo e de novo, então acordava de repente ao sentir o corpo do bebê escorregando por sua camisola em direção ao precipício de seus joelhos. Ela o agarrava no último momento, apavorada de que sua cabeça macia estivera prestes a se chocar contra o piso duro. No entanto foi incapaz de ir para a cama pela qual ambos ansiavam, mas onde poderia esmagá-lo e matá-lo.

Os dias melhoraram um pouco. A enfermeira pediátrica veio ajudar, a empregada se ocupava na cozinha, e com David fora, velejando e bebendo, a casa adquiriu uma atmosfera superficialmente alegre. As três mulheres se esmeravam na atenção a Patrick, e quando Eleanor estava descansando, de volta a seu próprio quarto, quase esquecia as noites pavorosas; quase esque-

330

cia a morte de Georgina quando fechava os olhos e não podia mais ver a extensão de água cinzenta do lado de fora da janela, e quando amamentava o bebê e eles adormeciam juntos, ela quase esquecia a violência que o havia trazido ao mundo.

Mas então um dia, três semanas depois de eles terem voltado do hospital, David ficou em casa. Estava com um humor perigoso; ela sentia o cheiro de brandy no café dele e via o ciúme furioso em seus olhares. Lá pela hora do almoço, seus comentários mordazes já tinham ferido todo mundo na casa, e todas as mulheres estavam ansiosas, sentindo-o a rodeá-las, esperando a chance de machucá-las e humilhá-las. Entretanto, ficaram surpresas quando ele marchou cozinha adentro, carregando uma pasta surrada de couro e usando uma roupa verde de cirurgião mal ajustada. Mandou-as abrir espaço na mesa de carvalho lavado, estendeu uma toalha, tirou um estojo de madeira de instrumentos cirúrgicos da pasta e abriu-o ao lado da toalha. Pediu uma panela de água fervendo, como se tudo já tivesse sido acordado e todo mundo soubesse o que estava se passando.

"Para quê?", perguntou a empregada, a primeira a despertar do transe.

"Para esterilizar os instrumentos", respondeu David com o tom de um homem explicando algo muito óbvio para alguém muito estúpido. "Chegou a hora de realizar uma circuncisão. Não, eu lhes garanto", acrescentou ele, como se para afastar os medos mais íntimos delas, "por motivos religiosos", ele se permitiu um sorrisinho fugaz, "mas por razões médicas."

"Você andou bebendo", deixou escapar Eleanor.

"Só um copo de espírito cirúrgico", ele disse, brincando e um pouco zonzo com a perspectiva da operação. Então, não mais num clima divertido: "Me traga o garoto".

"Você tem certeza de que é o melhor?", perguntou a enfermeira pediátrica.

"Não questione a minha autoridade", disse David, atirando tudo na frase: o homem mais velho, o médico, o empregador, os séculos de comando, mas também o dardo paralisador de sua presença psicológica, que fazia parecer um risco de vida se opor a ele.

As credenciais dele como assassino estavam bem estabelecidas na imaginação de Eleanor. Tarde da noite, quando só lhe restava um ouvinte, em meio às garrafas vazias e aos charutos apagados, David gostava de contar a história de uma caçada de javalis na Índia no final da década de 1920. Ele estava entusiasmado com o perigo de galopar pelo mato alto com uma lança, perseguindo um javali selvagem cujas presas podiam arruinar as pernas de um cavalo, atirar um cavaleiro no chão e despedaçá-lo até a morte. Empalar um desses porcos rápidos e fortes era também um prazer maravilhoso, mais envolvente que matar a longa distância. A única mácula na expedição foi que um do grupo foi mordido por um cão selvagem e desenvolveu os sintomas da raiva. A três dias do hospital mais próximo, já estava tarde demais para ajudar, então os caçadores decidiram amarrar seu amigo espumando e se debatendo numa das grossas redes originalmente concebidas para transportar os corpos dos javalis mortos, e pendurá-lo no alto, prendendo os cantos da rede nos galhos de um grande jacarandá. Era desafiador, até para esses homens durões, desfrutar da sensação de profundo relaxamento que se segue a um dia de esporte revigorante com aquela parcela de angústia hidrofóbica balançando numa árvore próxima. A fileira de luminárias sobre a mesa de jantar, o brilho silencioso da prata, os empregados bem treinados, o triunfo da imponente civilização na vastidão selvagem da noite indiana, tudo parecia ter sido posto em xeque. David mal pôde ouvir, contra um fundo de gritos, a esplêndida história de Archie Montcrieff conduzindo um pônei e ficando preso no salão de baile do vice-rei. Archie usou uma toga improvisada e gritou obscenidades num "tipo bizarro de latim cockney" enquanto o pônei adubava a pista de dança. Se seu pai não fosse um amigo tão próximo do vice-rei, ele poderia ter sido levado a renunciar à sua missão, mas de qualquer forma o vice-rei admitiu, em particular, claro, que Archie tinha elevado seu espírito durante "outra maldita dança maçante".

Quando a história acabou, David levantou da mesa, murmurando: "Esse barulho é insuportável", e foi à sua barraca buscar sua pistola. Foi até a vítima de raiva e deu um tiro em sua cabeça. Voltando para a mesa estupefata, sentou com um "sentimento de absoluta calma" e disse: "A maior gentileza que se poderia fazer". Aos poucos, a notícia se espalhou pela mesa: a maior gentileza que se poderia fazer. Homens ricos e poderosos, alguns deles nos altos escalões do governo, e um deles um juiz, não puderam deixar de concordar com ele. Com o silenciar dos gritos e alguns copos de uísque com soda, tornou-se consenso até o final da noite que David tinha feito algo excepcionalmente corajoso. David quase sorria ao descrever como havia persuadido todos na mesa, e então, num acesso de piedade, ele às vezes terminava dizendo que, embora na época ainda não tivesse botado os olhos numa cópia de *Gray's Anatomy*, realmente pensava naquele tiro de pistola como o começo do seu "caso de amor com a medicina".

Eleanor sentiu-se obrigada a lhe entregar o bebê na cozinha na Cornualha. O bebê gritou, gritou. Eleanor pensou que devia haver cachorros choramingando em seus canis a uns cem quilômetros de distância, sendo os gritos tão altos e estridentes. Todas as mulheres ficaram amontoadas chorando e implorando que David parasse, fosse cuidadoso e desse ao bebê alguma anestesia local. Elas sabiam que aquela não era nenhuma cirurgia, e sim o ataque de um homem velho furioso às genitálias do filho; mas, como o coro numa peça, elas só podiam fazer comentários e lamentar, incapazes de alterar a ação.

"Eu queria dizer: 'Você já matou Georgina e agora quer matar Patrick'", Eleanor disse a Mary, para mostrar quão corajosa teria sido se de fato tivesse aberto a boca. "Eu queria chamar a polícia!"

Bem, e por que você não fez isso?, era só o que Mary conseguia pensar, mas não disse nada sobre Eleanor não dizer nada; apenas assentiu e continuou sendo uma boa ouvinte.

"Foi como...", disse Eleanor, "como naquele quadro de Goya, de Saturno devorando seu filho." Tendo crescido cercada por grandes pinturas, no fim da adolescência Eleanor havia tido uma queda por história da arte, rudemente guilhotinada por sua deserdação e substituída por uma propensão a montes brilhantes de simbolismo otimista. No entanto, ela lembrava de, quando tinha vinte anos, dirigir pela Espanha em seu primeiro carro e se chocar, numa visita ao Prado, com a visão negra daqueles últimos Goyas.

Mary ficou impressionada com a comparação, porque era incomum Eleanor fazer esse tipo de associação, e também porque conhecia bem a pintura e visualizava facilmente a boca escancarada, os olhos arregalados e o cabelo branco desgrenhado do velho deus da melancolia, louco de ciúme e do medo da usurpação, enquanto se alimentava do cadáver sangrando de seu filho decapitado. Ver Eleanor implorar por ser desculpada fez Mary perceber que sua sogra jamais poderia ter protegido ninguém, quando estava tão fascinada com sua própria vulnerabilidade, tão desesperada para ser salva. Mais tarde, no casamento, Eleanor de fato conseguiu proteção policial para si. Foi em Saint-Nazaire, logo depois que recebeu a notícia da morte de sua mãe e, ainda sem conhecer o conteúdo do testamento, esperava obter o controle de uma fortuna de primeira. Precisava voar para Roma no final da manhã para o funeral, e David estava sentado à sua frente na mesa do café, remoendo as possíveis consequências da independência aumentada de sua esposa.

"Você está ansiosa para pôr as mãos em todo aquele adorável dinheiro", disse ele, dando a volta na mesa até o lado dela. Ela se ergueu, pressentindo perigo. "Mas você não vai fazer isso", acrescentou ele, agarrando-a e apertando os polegares habilmente em sua garganta, "porque eu vou te matar."

Quase inconsciente, ela conseguiu dar uma joelhada nas bolas dele com toda a força que lhe restava. O reflexo da dor o fez soltá-la tempo suficiente para ela deslizar sobre a mesa e sair correndo da casa. Ele a perseguiu por algum tempo, mas a diferença de idade de vinte e três anos fez estrago no corpo cansado dele e ela escapou pelo bosque. Convencida de que ele a seguiria de carro, foi lutando contra a vegetação rasteira até a delegacia de polícia da região, e ali chegou arranhada, sangrando e em lágrimas. Os dois policiais que a levaram para casa ficaram de guarda ao lado de um orgulhoso e emburrado David enquanto ela fazia as malas para ir a Roma. Ela saiu aliviada, mas sem Patrick, que ficou para trás só com a frágil proteção de outra babá apavorada — elas duravam, em média, cerca de seis semanas. Eleanor poderia estar fora de alcance, mas depois que ele deu à babá um generoso dia de folga e mandou Yvette para casa, David teve o consolo de torturar seu filho sem nenhuma interferência da polícia.

No fim, a traição de Eleanor ao instinto maternal que regia a vida de Mary levantou uma barreira definitiva diante da simpatia que poderia sentir por ela. Lembrava de seus próprios filhos com três semanas de vida: a cabeça quente e sedosa deles refugiando-se de volta no abrigo do seu corpo para suavizar o choque de ter nascido. A ideia de entregá-los, antes que a pele deles pudesse suportar a aspereza da lã, para serem golpeados com facas por um homem cruel e sinistro exigia um nível de traição que cegava sua imaginação.

Sem dúvida David tinha procurado com afinco entre as tolas e submissas para encontrar uma mulher que aturasse seus gostos especiais, mas uma vez que sua depravação ficou escancarada, como Eleanor podia escapar à acusação de ter sido conivente com um sadista e pedófilo? Ela tinha convidado crianças de outras famílias para passarem férias no sul da França e, como Patrick, elas foram estupradas e introduzidas num submundo de vergonha e segredo, apoiado por ameaças convincentes de punição e morte. Pouco antes de seu primeiro derrame, Eleanor recebeu uma carta de uma dessas crianças, dizendo que depois de uma vida de insônia, automutilação, frigidez, promiscuidade, ansiedade perpétua e tentativas de suicídio, ela tinha começado a levar uma vida mais normal graças a sete anos de terapia, e finalmente havia sido capaz de perdoar Eleanor por não tê-la protegido durante aquele verão em que ficou com os Melrose. Quando mostrou a carta a Mary, Eleanor insistiu na injustiça de fazê-la se sentir culpada por uma categoria de comportamento que ela nem sabia que existia, ainda que estivesse ocorrendo no quarto ao lado do dela.

No entanto, quão ignorante ela realmente teria sido? Um ano antes da chegada da carta que tanto consternou Eleanor, Patrick tinha recebido uma carta de Sophie, uma antiga *au pair* que heroicamente permanecera com os Melrose por mais de dois anos, resistindo vinte vezes mais do que a média apresentada pelo desfile de jovens estrangeiras incrédulas que passaram pela casa. Em sua carta, Sophie confessava décadas de culpa pelo tempo que passou cuidando de Patrick. Costumava ouvir gritos vindos do corredor da casa em Lacoste, e sabia que Patrick estava sendo molestado, não meramente punido ou frustrado, mas ela só tinha dezenove anos na época e hesitou em intervir. Também confessou ter pavor de David e que, apesar de genuinamente gostar de Patrick e de sentir alguma pena de Eleanor, ansiava ficar longe da família grotesca dele.

Se Sophie sabia que alguma coisa estava terrivelmente errada, como Eleanor poderia não ter sabido? Era bastante comum ignorar o que aparentemente era impossível ignorar, mas Eleanor se agarrou à sua cegueira com uma tenacidade incomum. Através de todos os seus programas de autodescoberta e cura xamânica, evitou reconhecer sua paixão por evitar. Se realmente chegara a descobrir seus verdadeiros "animais de poder", Mary suspeitava que eles seriam os Três Macacos: Não Vê o Mal, Não Ouve o Mal, Não Fala o Mal. Mary também suspeitava que esses sombrios vigilantes tinham sido mortos por um de seus derrames, enchendo-a de uma só vez com os fragmentos de conhecimento que ela havia mantido separados uns dos outros, como células de uma organização secreta. Numa paródia de inteireza, os fragmentos convergiram quando já estava tarde demais para torná-los coerentes.

Eleanor ficou confinada à casa de repouso em seus dois últimos anos de vida, raramente saindo da cama. No primeiro ano, Mary continuou considerando que pelo menos um dos fios que prendiam Eleanor à sua existência atormentada era a preocupação com sua família, e costumava tranquilizá-la de que eles estavam bem. Mais tarde, começou a ver que o que realmente prendia Eleanor não era a força de seus laços, e sim a fragilidade deles: sem nada substancial para "soltar", restava-lhe apenas a volatilidade de sua culpa e confusão. Parte dela ansiava morrer, mas ela nunca conseguia encontrar o tempo certo; não havia espaço entre as ansiedades que proliferavam. O desejo de morrer colidia instantaneamente com o medo de morrer, o que, por sua vez, dava à luz um desejo renovado.

No segundo ano, Mary ficou a maior parte do tempo em silêncio. Entrava no quarto e desejava tudo de bom para Eleanor. O que mais havia para fazer?

A última vez que tinha visto a sogra fora duas semanas antes. A essa altura Eleanor já havia alcançado uma tranquilidade indistinguível da pura ausência. Esquelético e cansado, seu rosto parecia incapaz de qualquer alteração deliberada. Mary lembrava de Eleanor ter lhe dito, numa daquelas alienantes conversas confidenciais, que sabia exatamente quando iria morrer. A misteriosa fonte dessa informação (Astrologia? Canalização? Um guru mórbido? Uma sessão de tambores? Um sonho profético?) nunca foi revelada, mas a notícia foi dada com a serenidade ligeiramente arrogante da pura fantasia. Mary sentia que a certeza da morte e a incerteza tanto da sua hora quanto do seu significado eram fatos fundamentais da vida. Eleanor, por outro lado, sabia exatamente quando ia morrer e que a morte não era o fim. Já no final, até onde Mary sabia, essa convicção tinha abandonado Eleanor, junto com todas as outras características de sua personalidade, como se uma tempestade de areia a tivesse devastado, arrancando cada sinal de conforto e deixando uma paisagem plana e estéril sob um céu seco e branco.

Ainda assim, Eleanor tinha morrido no domingo de Páscoa, e Mary sabia que nada poderia tê-la agradado mais. Só a teria agradado mais se ela tivesse sabido. Talvez de fato soubesse, ainda que sua mente parecesse estar fixada num reino bem distante de algo tão mundano quanto um calendário. Mesmo assim, não havia como saber se aquele era o dia em que ela estava esperando morrer.


Mary mudou de posição no banco desconfortável do crematório. Onde estava uma teoria convincente e prática da consciência quando você realmente precisava dela? Olhou de relance algumas fileiras atrás, para Erasmus, mas ele parecia ter pegado no sono. Enquanto se virava de volta para o caixão poucos metros à sua frente, as especulações de Mary desabaram abruptamente. Viu-se imaginando, com uma vivacidade que não podia sustentar enquanto ainda estava acontecendo, como Eleanor tinha se sentido durante esses dois últimos anos brutais, tendo sua individualidade aniquilada, faculdade a faculdade, memória a memória.

Seus olhos ficaram turvos de lágrimas.

"Você está bem?", sussurrou Patrick, enquanto sentava ao lado dela.

"Eu estava pensando na sua mãe", disse ela.

"Uma escolha altamente adequada", murmurou Patrick na voz de um lojista bajulador.

Por algum motivo Mary começou a rir de forma incontrolável, e Patrick também, e os dois tiveram de morder o lábio inferior e conter os ombros para não sacudirem muito freneticamente.

# 5.

Esperando controlar seu ataque de riso angustiado, Patrick soltou o ar devagar e se concentrou na tensão morosa da espera do início. O órgão suspirou, como se entediado de procurar uma melodia decente, e depois continuou divagando, resignado. Ele tinha que se recompor: estava ali para chorar a morte de sua mãe, um negócio sério.

Havia várias obstruções em seu caminho. Por muito tempo o sentimento de loucura trazido pela perda de sua casa na França tornou impossível superar seu ressentimento por Eleanor. Sem Saint-Nazaire, uma parte primitiva dele foi privada do cuidado imaginário que o mantivera são quando criança. Com certeza sentia-se ligado à beleza do lugar, mas, de maneira muito mais profunda, a uma proteção secreta a que ele não ousava renunciar, caso isso o deixasse completamente destruído. Os rostos mutantes formados pelas fendas, as manchas e os buracos da montanha de calcário na frente da casa costumavam lhe fazer companhia. A linha de pinheiros ao longo do cume era como uma coluna de soldados vindo socorrê-lo. Havia esconderijos onde ninguém jamais o encontrara; e terraços de vinhas de onde saltar, dando-lhe a sensação de que ele poderia voar quando tivesse de fugir. Havia um poço perigoso onde ele podia atirar pedras e pedaços de terra solta sem se afogar. A ligação mais heroica de todas era com a lagartixa que tinha assumido a custódia de sua alma num momento de crise e disparado na direção do telhado, rumo à segurança e ao exílio. Como ela iria encontrá-lo de novo, se Patrick não estava mais lá?

Em sua última noite em Saint-Nazaire, houve uma tempestade espetacular. Clarões de relâmpagos fulguravam atrás de massas estriadas de nuvens, fazendo a tigela escura do vale tremer de luz. De início, grossos pingos de chuva tropical golpearam o solo empoeirado, mas não demorou para regatos jorrarem pelas trilhas escarpadas, e pequenas cascatas caírem de degrau em degrau. Patrick vagou sob a chuva quente e pesada, sentindo-se louco. Sabia que tinha de encerrar seu contrato mágico com aquela paisagem, mas o ar eletrizado e o protesto violento da tempestade renovaram a mentalidade arcaica de uma criança, como se as mesmas grossas cordas de piano, marteladas pelo trovão e pela chuva impetuosa, passassem por seu corpo e pela terra. Com a água escorrendo pelo rosto não havia necessidade de lágrimas, não havia necessidade de gritar com o céu desabando sobre sua cabeça. Ficou parado na entrada da casa, em meio às poças leitosas, ao murmúrio dos novos vapores e ao cheiro do alecrim molhado, até afundar no chão, derrubado pelo peso daquilo de que era incapaz de abrir mão, depois ficou sentado inerte no cascalho e na lama. Relâmpagos bifurcados caíam como chifres na montanha de calcário. Naquele súbito clarão, entreviu uma forma no espaço entre ele e o muro que se estendia até a entrada. Concentrando-se na luz obscura, viu que um sapo tinha se aventurado no mundo aquático para além dos loureiros, onde Patrick imaginava que ele ficara o verão todo aguardando a chuva, e agora repousava agradecido num trecho de solo enlameado entre duas poças. Eles ficaram sentados um de frente para o outro, perfeitamente imóveis.

Patrick imaginou os corpos brancos dos sapos que costumava ver toda primavera no fundo dos charcos de pedra. Em volta de seus corpos sem vida, centenas de girinos pretos macios agarravam-se às algas cinza-esverdeadas nas paredes, ou zigueza-gueavam pelo lago aberto, ou transbordavam nos regatos que levavam água de charco em charco, entre a nascente e o riacho na dobra do vale. Alguns girinos escorregavam amolecidos encosta abaixo, outros nadavam freneticamente contra a corrente. Todo feriado de Páscoa, Robert e Thomas passavam horas removendo as pequenas represas que se formavam durante a noite e, quando a parte coberta do canal estava bloqueada e o mato em volta do lago mais baixo inundava, transportando os girinos encalhados nas mãos em concha. Patrick se lembrava de ter feito a mesma coisa quando criança, e se lembrava da gigantesca compaixão que sentia ao soltá-los de volta na segurança do lago por entre seus dedos escorrendo.

Naquela época havia um coro de sapos nas noites de primavera e durante o dia, sentadas nas folhas de lírio no lago crescente, rãs-touro sopravam suas entranhas para fora como chiclete; mas no sistema de proteção imaginária que a terra costumava permitir a Patrick, eram as rãs da sorte nas árvores que realmente contavam. Se ao menos ele conseguisse tocar numa delas, tudo ficaria bem. Era difícil encontrá-las. As ventosas redondas na ponta de seus pés significavam que elas podiam se pendurar em qualquer lugar da árvore, camufladas pelo verde brilhante de uma folha nova ou de um figo não maduro. Quando ele via um desses minúsculos sapinhos, presos à casca cinza e macia, a pele brilhante esticada sobre um esqueleto pontudo, aquilo lhe parecia uma joia pulsante. Ele estendia o indicador e o tocava de leve para dar sorte. Talvez tenha acontecido apenas uma vez, mas ele pensava nisso como se fossem mil vezes.

Lembrando-se desse gesto hesitante e carregado de emoção, olhou agora, com algum ceticismo, para a cabeça verrugosa do sapo encharcado à sua frente. Ao mesmo tempo, lembrava-se da sua edição colegial da Arden de *Rei Lear* com a nota de rodapé sobre a joia na cabeça do sapo, o emblema do tesouro escondido no meio da experiência feia, lamacenta e repulsiva. Um dia iria viver sem superstição, mas não ainda. Ele estendeu a mão e tocou na cabeça do sapo. Ele sentiu algo da mesma admiração que havia sentido quando criança, mas a ressurgência do que ele estava prestes a perder deu ao sentimento uma intensidade autoanuladora. A louca fusão de mitologias criou um excesso de significado que a qualquer momento poderia recair num mundo sem absolutamente nenhum sentido. Recuou e, como alguém voltando para os compromissos familiares de seu apartamento na cidade depois de uma longa e exótica jornada, reconheceu que era um homem de meia-idade, sentado excentricamente na entrada lamacenta de sua casa no meio de uma tempestade, tentando se comunicar com um sapo. Ergueu-se com dificuldade e foi se arrastando de volta para a casa, sentindo-se realisticamente miserável, porém ainda chutando as poças num gesto de desafio à sua inútil maturidade.

Eleanor tinha aberto mão de Saint-Nazaire, mas pelo menos a provera de início, ainda que só como um substituto massivo de si própria, uma mãe terra que ali estava para compensar as incapacidades dela. Num certo sentido, sua beleza era um engodo, os galhos de amendoeiras em flor estendidos para um céu sem nuvens, as íris fechadas, como pincéis mergulhados em azul, a clara resina de âmbar sangrando da casca cinza-escura das cerejeiras — todas essas coisas eram um engodo, ele tinha que parar de pensar nisso. A necessidade de proteção de uma criança teria erigido um sistema com qualquer material que estivesse à mão, por mais ritual ou bizarro que fosse. Poderia ter sido uma aranha num armário de vassouras ou a aparição de um vizinho do outro lado do buraco de ventilação num bloco de apartamentos, ou o número de carros vermelhos entre a porta da frente e os portões da escola, qualquer coisa que assumisse o ônus de amor e segurança. No caso dele fora uma encosta de montanha na França. Seu lar tinha se estendido do pinheiral escuro no topo da colina até o pálido bambu que crescia junto do riacho na base. No meio disso, havia terraços onde rebentos de videira brotavam de tocos retorcidos que ficavam o inverno todo parecendo ferro enferrujado, e oliveiras que passavam de verde para cinza e de cinza para verde no vento penteador. A meio caminho da encosta ficava o aglomerado de casas e ciprestes e a rede de charcos onde ele tinha vivido os maiores horrores e negociado as suspensões mais inverossímeis. Até a encosta escarpada na frente da casa era colonizada por sua imaginação, e não só com o exército de árvores marchando sobre o cume. Mais tarde, sua rejeição à invasão humana tornou-se uma imagem da própria indiferença menos confiável de Patrick.

Ninguém podia passar a vida num lugar e não sentir falta dele quando ia embora. Falácias patéticas, projeções, substituições e deslocamentos eram parte do tráfego inevitável entre qualquer mente e seu entorno habitual, mas a intensidade patológica que ele tinha colocado nessas operações fazia com que fosse vital para ele ver através delas. Como seria viver sem consolo ou sem desejo por consolo? Ele jamais descobriria, a menos que desenraizasse o sistema consolador que tinha começado na encosta de Saint-Nazaire e depois se estendido para cada armário de remédios, cama e garrafa que desde então havia cruzado seu caminho; substitutos substituindo substitutos: o sistema era sempre mais fundamental que seu conteúdo, e o ato mental mais fundamental ainda. E se as lembranças fossem apenas lembranças, sem nenhum poder consolador ou persecutório? Será que elas existiriam, ou será que era sempre a pressão emocional que evocava imagens do que até então era potencialmente toda a experiência? Ainda que esse fosse o caso, tinha que haver bibliotecários melhores que o pânico, o ressentimento e a nostalgia desmembrante para procurar entre as pilhas escuras e abarrotadas.

Enquanto a generosidade ordinária vinha do desejo de dar algo a alguém, a filantropia de Eleanor vinha do desejo de dar tudo para qualquer um. As origens da compulsão eram complexas. Havia a síndrome de repetição da filha deserdada, havia a rejeição do materialismo e do esnobismo do mundo de sua mãe, e havia a vergonha básica de ter qualquer dinheiro que fosse, o impulso inconsciente de fazer seu patrimônio líquido e seu valor próprio convergirem num zero perfeito. Mas para além de todas essas forças negativas havia também o precedente inspirador de sua tia-avó Virginia Jonson. Com um raro entusiasmo por um ancestral, Eleanor costumava contar a Patrick tudo sobre a dimensão heroica das obras de caridade de Virginia, como ela tinha feito muita diferença para tantas vidas, mostrando aquela abnegação ardente que com frequência é mais teimosia do que presunção escancarada.

Virginia já havia perdido dois filhos quando seu marido morreu em 1901. Ao longo dos vinte e cinco anos seguintes, ela destruiu metade da fortuna Jonson com sua filantropia enlutada. Em 1903 doou vinte milhões de dólares para o Fundo Memorial Thomas J. Jonson e em seu testamento outros vinte e cinco milhões, numa época em que essas eram somas de rara imensidão, e não o típico bônus de Natal de um gerente medíocre de fundo multimercado. Ela também colecionava pinturas de Titian, Rubens, Van Dyck, Rembrandt, Tintoretto, Bronzino, Lorenzo di Credi, Murillo, Velasquez, Hals, Le Brun, Gainsborough, Romney e Botticelli e doou-as para a Ala Jonson do Museu de Arte de Cleveland. Esse legado cultural era o que menos interessava a Eleanor, talvez porque se assemelhasse demais ao frenesi particular de aquisições que ocorriam em seu ramo da família Jonson. O que ela realmente admirava eram as Boas Obras de Virginia, os hospitais e as Associações Cristãs de Moços que ela construiu e, acima de tudo, a nova cidade que criou num terreno de quatrocentos acres, na esperança de esvaziar as favelas de Cleveland oferecendo habitação ideal aos pobres. O local foi chamado de Amizade, o nome de sua casa de veraneio em Newport. Quando foi terminado em 1926, Virginia enviou uma "Saudação" aos primeiros moradores no *Mensageiro da Amizade*.

> Bom dia. O sol está brilhando um pouco mais forte aí na Amizade? O ar está um pouco mais fresco? A sua casa está um pouco mais agradável? E o seu trabalho na casa um tanto mais fácil? E as crianças? Você se sente mais seguro em relação a elas? Seus rostos estão um pouco mais corados e o vigor de suas pernas um pouco mais renovado? Elas riem e brincam bem mais alto na Amizade? Então eu estou feliz.

Para Eleanor, havia algo de profundamente comovente nessa Rainha Vitória de Ohio, uma mulher pequena com um rosto branco e gorducho, sempre vestida de preto, sempre reclusa, que não buscava nenhuma glória pessoal por suas obras caridosas, movida por profundas convicções religiosas, ainda dando a ruas e prédios o nome de seus filhos mortos até o fim — seu Albert tinha sua avenida e seu Sheldon sua rua particular na vizinhança mais segura e boa para crianças de Amizade.

Ao mesmo tempo, a frieza do relacionamento entre as irmãs Jonson e sua tia Virginia mostrava que, na opinião das sobrinhas, ela não tinha alcançado o equilíbrio certo entre a consciência cívica e o espírito de família. Se alguém ia se desfazer do dinheiro dos Jonson, as irmãs sentiam que deveria ser elas, e não a filha de um clérigo sem um tostão que tinha se casado com o tio Thomas delas. Para cada uma foram deixados cem mil dólares no testamento de Virginia. Até os amigos dela se saíram melhor. Ela deixou em fideicomisso dois milhões e meio de dólares para fornecer rendas para sessenta e nove amigos durante o resto da vida deles. Patrick suspeitava que o talento de Virginia para irritar a mãe e as tias de Eleanor era a fonte não reconhecida da admiração de Eleanor por sua tia-avó. Ela e Virginia puseram-se à parte das ambições dinásticas da riqueza. Para elas, o dinheiro era um legado de Deus que devia ser usado para fazer o bem no mundo. Patrick supunha que durante o silêncio desesperado de Eleanor na casa de repouso ela estivesse sonhando, pelo menos em alguma parte do tempo, com o lugar que iria ocupar ao lado da grande filantropa Jonson que tinha Partido Antes.

A mesquinhez de Virginia para com as Irmãs Jonson sem dúvida se apoiou no conhecimento de que seu cunhado deixaria uma enorme fortuna para cada uma delas.

No entanto, para a geração delas, a emoção de ser rico já estava assombrada pelos choques da deserdação e as ironias da filantropia. A quebra da Bolsa de 1929 ocorreu dois anos depois da morte de Virginia. Os pobres se tornaram miseráveis e a classe média branca, que já estava muito mais pobre do que antes, fugiu da área urbana para o aconchego em enxaimel de Amizade, ainda que Virginia a tivesse construído em memória de um marido que era "um amigo da raça negra".

A amizade de Eleanor era com algo totalmente mais vago do que a raça negra. "Amiga do renascimento neoxamânico do

Crepúsculo Celta" parecia ter menos chances de gerar algum progresso social concreto. Durante a infância de Patrick, o foco caridoso dela tinha se assemelhado muito mais às Boas Obras de Virginia, exceto pelo fato de ser predominantemente devotado a crianças. Ele com frequência fora deixado sozinho com seu pai enquanto Eleanor ia a uma reunião do comitê do fundo Save the Children. O banimento absoluto da ironia na persona séria de Eleanor criou um mercado negro para o sarcasmo cego de suas ações. Mais tarde, o padre Tortelli e seus meninos de rua napolitanos é que foram os alvos de sua caridade evasiva. Patrick não podia deixar de pensar que essa paixão por salvar todas as crianças do mundo era uma admissão inconsciente de que ela não podia salvar seu próprio filho. Pobre Eleanor, como ela deve ter sido uma pessoa assustada. Patrick de repente quis protegê-la.

Quando a infância de Patrick terminou e os ecos inarticulados da infância dela própria se esvaneceram, Eleanor parou de apoiar instituições de caridade infantil e embarcou na segunda adolescência de sua busca da Nova Era. Ela demonstrou o mesmo talento para generalização que tinha caracterizado seu resgate de crianças, exceto por sua crise de identidade não ser meramente global, mas interplanetária e cósmica também, sem submergir um só milímetro no fundamento resistente do autoconhecimento. Já bastante familiarizada com a "energia do universo", ela continuou uma estranha para si mesma. Patrick não podia fingir que teria aplaudido qualquer doação caridosa de todos os bens de sua mãe, mas, uma vez que isso se tornou inevitável, foi uma pena ainda maior ter ficado tudo para a Fundação Transpessoal.

Tia Virginia também não teria aprovado. Ela queria trazer benefícios reais para outros seres humanos. Sua influência em Eleanor tinha sido indireta mas forte e, como todas as outras influências fortes, matriarcal. Os homens da família Jonson às vezes pareciam para Patrick como aquelas diminutas aranhas macho que rapidamente se livram da sua única responsabilidade importante antes de ser devoradas pelas fêmeas muito maiores. Os dois filhos do fundador deixaram duas viúvas: Virginia, a viúva das boas obras, e a avó de Eleanor, a viúva dos bons matrimônios, cujo segundo casamento com o filho de um conde inglês lançou suas três filhas em suas deslumbrantes carreiras sociais e matrimoniais. Patrick sabia que nos últimos vinte anos Nancy vinha pensando em escrever um livro sobre os Jonson. Sem nenhuma demonstração cansativa de falsa modéstia, ela havia lhe dito: "Quero dizer, seria muito melhor do que Henry James e Edith Wharton e esse tipo de gente, porque *realmente* aconteceu".

Os homens que se casaram com mulheres Jonson não se saíram muito melhor que os filhos do fundador. O pai de Eleanor e seu tio Vladimir eram ambos alcoólicos, emasculados por conseguirem a herdeira que achavam que queriam. Eles acabaram sentados juntos no White's, tratando suas feridas com uma bebida luxuosa; divorciados, descartados, separados dos filhos. Eleanor cresceu se perguntando como uma herdeira poderia evitar a destruição do homem com quem se casava, a menos que ele já fosse corrupto demais para ser destruído ou rico o suficiente para ser imune. Ela tinha escolhido a primeira categoria ao se casar com David, e no entanto a maldade e o orgulho dele, que já eram bastante impressionantes, foram ainda mais aumentados pela humilhação de depender do dinheiro de sua mulher.

Patrick não era um dos Jonson castrados pelo casamento, mas sabia como era nascer num mundo matriarcal, recebendo dinheiro de uma avó que mal conhecia e sendo deserdado por uma mãe que ainda esperava que ele cuidasse dela. O impacto psicológico dessas mulheres poderosas, generosas a uma distância impessoal, traiçoeiras de perto, tinha lhe fornecido um modelo básico de como uma mulher deveria parecer e como ela de fato acabaria se revelando. O objeto de desejo gerado por essa combinação era a Vaca Also — Also, um acrônimo de "alta sociedade" inventado por um amigo seu japonês. A Vaca Also precisava ser uma reencarnação de uma irmã Jonson: glamorosa, intensamente social, infinitamente rica na busca de prazer, rodeada por belas posses. Como se não fosse o bastante (como se já não fosse demais), ela também precisava ser sexualmente voraz e moralmente desorientada. A primeira namorada de Patrick fora uma versão embrionária desse tipo. De vez em quando ele ainda se lembrava do dia em que se ajoelhou na frente dela, sob o facho de luz do abajur de leitura, as dobras brilhantes do pijama de seda preto dela reunidas entre suas pernas abertas, um fio de sangue escorrendo por seu braço estendido, o grito sufocado de prazer, ela sussurrando: "É demais, é demais", a película de suor em seu rosto anguloso, a seringa na mão dele, a primeira picada de cocaína dela. Patrick fez o melhor que pôde para viciá-la, mas ela era um vampiro de um tipo diferente, se alimentando da obsessão desesperada dos homens que a cercavam, sugando cada vez mais admiradores socialmente seguros na esperança de conquistar o senso de pertencimento deles, ainda que o banalizasse aos olhos deles, fazendo com que ela própria parecesse a única coisa que valia a pena ter e depois indo embora.

Aos seus trinta e poucos anos, sua busca compulsiva por decepção lhe trouxe Inez, a Capela Sistina da Vaca Also. Ela insistia que cada um da sua turba de amantes fosse exclusivo dela, condição que ela não conseguiu assegurar de seu marido, mas que extorquiu com sucesso de Patrick, que deixou a mulher relativamente sã e generosa com quem estava morando para mergulhar no vácuo faminto do amor de Inez. A absoluta indiferença dela pelos sentimentos de seus amantes tornava sua receptividade sexual uma espécie de queda livre. No final, o penhasco do qual ele caiu foi tão plano quanto aquele do qual Gloucester foi levado a saltar por seu devoto filho: um penhasco de cegueira, culpa e imaginação, sem nenhuma rocha pontiaguda na base. Mas ela não sabia disso nem ele.

Com seu cabelo loiro encaracolado, corpo esguio e belas roupas, Inez era sedutora de um jeito óbvio, no entanto era bastante fácil ver que seus olhos azuis ligeiramente protuberantes eram telas brancas de amor-próprio nas quais uma pequena seleção de falsas emoções tinha a permissão de fulgurar. Ela fazia imitações descuidadas de alguém que tem relacionamentos com outros. Baseada na fofoca de suas cortesãs, numa dieta de filmes hollywoodianos e na projeção de seus próprios cálculos ardilosos, essas suposições podiam ser sentimentais ou desagradáveis, mas eram sempre vulgares e melodramáticas. Já que ela não tinha o menor interesse na resposta, ela tendia a perguntar: "Como você *está*?" com ar muito sério pelo menos umas dez vezes. Vivia exausta pela ideia do quanto era generosa, ao passo que de fato a exaustão resultava da tensão de não dar absolutamente nada. "Vou comprar seis garanhões árabes puros-sangues para o aniversário da rainha da Espanha", anunciou um dia. "Não acha uma boa ideia?"

"Seis são suficientes?", perguntou Patrick.

"Você não acha que seis são suficientes? Você faz alguma ideia do quanto eles custam?"

Ele ficou impressionado quando ela de fato comprou os cavalos, menos surpreso quando ela ficou com eles e entediado quando os vendeu de volta ao homem de quem os comprara. Por mais enlouquecedora que fosse como amiga, era nos meandros do romance que os talentos dela se destacavam.

"Nunca me senti assim", ela dizia com uma profundidade aflita. "Acho que ninguém tinha realmente me entendido até agora. Você sabe disso? Sabe o quanto você é importante para mim?" Lágrimas brotavam de seus olhos enquanto ela quase não se atrevia a sussurrar: "Acho que nunca tinha me sentido em casa até agora", e se aninhava nos braços fortes e viris dele.

Não muito tempo depois ele era deixado esperando durante dias em um hotel estrangeiro enquanto Inez nunca se dava o trabalho de aparecer. A secretária social dela ligava duas vezes por dia para dizer que a tinham atrasado, mas que ela agora realmente estava a caminho. Inez sabia que sua ausência torturante era a forma mais eficiente de garantir que ele não pensaria em nada além dela, enquanto ficava livre para fazer a mesma coisa a uma distância segura. A mente de Patrick podia vagar para quase qualquer lugar se ela estivesse deitada em seus braços falando bobagem, ao passo que se estivesse preso ao telefone, hemorragindo dinheiro e abandonando todas as suas outras responsabilidades, ele era obrigado a pensar o tempo todo nela. Quando eles enfim se encontravam, ela se apressava em dizer o quão insuportável aquilo tudo tinha sido para ela, cruelmente monopolizando o sofrimento gerado por seus planos sempre em colapso.

Por que alguém se deixaria ser aniquilado por tal superficialidade, a menos que uma imagem enterrada de uma mulher descuidada estivesse ansiando por uma forma externa? Atraso, decepção, anseio pelo inalcançável: esses os mecanismos que transformavam um poderoso estimulante matriarcal num poderoso sedativo maternal. Atrasos desconcertantes, em especial, o levavam diretamente a um desespero precoce, esperando em vão na escada para que sua mãe viesse, morrendo de medo de que ela estivesse morta.

Patrick subitamente sentiu essas velhas emoções como uma opressão física. Passou os dedos pelo interior do colarinho para se certificar de que não havia um laço apertado escondido ali. Não podia mais suportar a sedução da decepção ou, no caso, a sedução do consolo, sua irmã siamesa. Ele precisava, de alguma forma, superar as duas, mas antes tinha de chorar a morte de sua mãe. Num certo sentido, vinha sentindo falta dela a vida toda. Não era o fim da proximidade, mas o fim do anseio pela proximidade que ele tinha de chorar. Quão fútil seu anseio deve ter sido para que ele se dispersasse na terra de Saint-Nazaire. Se tentava imaginar qualquer coisa mais profunda que seu velho lar, apenas se via parado lá, se esforçando para enxergar algo esquivo, protegendo os olhos para observar uma libélula mergulhando na água queimando do meio-dia ou estorninhos girando contra o sol poente.

Via agora que a perda de Saint-Nazaire não era um obstáculo para chorar a morte de sua mãe, mas a única possibilidade de fazê-lo. Abrir mão do mundo imaginário que ele tinha colocado no lugar dela libertava-o daquele anseio fútil e o levava a um luto mais profundo. Estava livre para imaginar como Eleanor devia estar apavorada, para uma mulher de tão boas intenções como ela, para abandonar seu desejo de amá-lo, do qual ele não duvidava, e ser compelida a transmitir, em lugar disso, tanto medo e pânico. Por fim poderia começar a chorá-la por ela mesma, pela pessoa trágica que fora.

# 6.

Patrick não tinha muita ideia do que esperar da cerimônia. Estava numa viagem de negócios aos Estados Unidos no momento em que sua mãe morreu e alegou a impossibilidade de preparar qualquer coisa para dizer ou ler, deixando Mary encarregada das providências. Só tinha voltado de Nova York no dia anterior, bem a tempo de ir à agência funerária Bunyon, e agora que estava sentado num banco ao lado de Mary, pegando a programação da cerimônia pela primeira vez, percebeu o quão despreparado estava para essa exploração da vida confusa de sua mãe. Na capa do pequeno livreto havia uma foto de Eleanor na década de 1960, de braços abertos como se para abraçar o mundo, seus óculos escuros firmemente colocados e nenhum resultado de teste do bafômetro disponível. Hesitou em olhar lá dentro; essa era a confusão, a pilha engavetada de fatos e sentimentos que ele vinha tentando contornar desde o final do flerte de Eleanor com o suicídio assistido dois anos antes. Ela havia morrido como pessoa antes de seu corpo morrer, e ele tinha tentado fingir que a vida dela havia acabado antes de isso ter acontecido de fato, mas nenhuma quantia de antecipação podia burlar as demandas de uma morte real, e agora, com uma combinação de constrangimento, medo e evasão, ele se inclinou para a frente e colocou a programação da cerimônia de volta no compartimento do banco. Muito em breve iria descobrir o que havia nela.

Ele tinha ido aos Estados Unidos depois de receber uma carta da Brown & Stone LLP, os advogados da Corporação John J. Jonson, carinhosamente apelidada de "J três". Eles haviam sido informados pela "família" — Patrick agora suspeitava que fora Henry quem os avisara — de que Eleanor Melrose estava incapaz para administrar seus próprios negócios e, como ela era a beneficiária de um fundo fiduciário criado por seu avô, do qual Patrick era o beneficiário final, medidas deveriam ser tomadas para lhe providenciar uma procuração nos Estados Unidos a fim de administrar o dinheiro em nome de sua mãe. Tudo isso era novidade para Patrick e mais uma vez ele ficou espantado com a capacidade de sua mãe para manter segredo. Tomado pela surpresa, não perguntou quanto havia no fundo e pegou o avião para Nova York sem saber se ficaria encarregado de vinte mil dólares ou de duzentos mil.

Joe Rich e Peter Zirkovsky o receberam numa das salas de reunião menores com mesa oval e paredes de vidro dos escritórios da Brown & Stone, na Lexington Avenue. Em vez dos blocos de nota amarelo-enxofre que ele esperava, encontrou papel pautado creme com o nome da firma elegantemente impresso no alto de cada folha. Um assistente fotocopiou o passaporte de Patrick, enquanto Joe examinava o atestado médico certificando a incapacidade de Eleanor.

"Eu não fazia ideia da existência desse fundo", disse Patrick.

"Sua mãe devia estar planejando uma agradável surpresa", disse Peter com um sorriso largo e preguiçoso.

"Talvez seja isso", disse Patrick, tolerante. "Para onde a renda está indo?"

"No momento estamos enviando para...", Peter virou rapidamente uma folha, "a Associação Transpessoal no Banque Populaire de la Côte d'Azur em Lacoste, França."

"Bem, podem parar imediatamente", disse Patrick.

"Ei, ei, calma lá", disse Joe. "Antes temos que conseguir uma procuração para você."

"Foi por isso que ela não me contou nada", disse Patrick, "porque ela continua subsidiando sua instituição de caridade de estimação na França enquanto eu pago os custos da sua casa de repouso em Londres."

"Ela pode ter perdido sua capacidade antes de ter tido a chance de mudar as instruções", disse Peter, que parecia determinado a prover Patrick de uma mãe amorosa.

"Este atestado serve", disse Joe. "Vamos precisar que você assine alguns documentos e reconheça a firma em cartório."

"De quanto dinheiro estamos falando?", perguntou Patrick.

"Não é um grande fundo Jonson e ele sofreu com as recentes correções do mercado de ações", disse Joe.

"Vamos torcer para que ele se comporte de forma incorrigível de agora em diante", disse Patrick.

"A última estimativa que temos", disse Peter, dando uma olhada em suas anotações, "é dois vírgula três milhões de dólares, com uma renda estimada de oitenta mil."

"Eh, bem, ainda é uma soma útil", disse Patrick, tentando soar ligeiramente decepcionado.

"É o suficiente para comprar uma casa de campo!", disse Peter com uma imitação absurda de sotaque inglês. "Imagino que os preços imobiliários estejam uma loucura e tanto lá."

"É o suficiente para comprar um segundo quarto", disse Patrick, arrancando uma gargalhada educada de Peter, embora de fato Patrick não conseguisse pensar em nada que quisesse mais do que separar a sala do quarto de seu conjugado.

Caminhando pela Lexington Avenue na direção de seu hotel em Gramercy Park, Patrick começou a se adaptar à sua estranha boa sorte. O comprido braço de seu bisavô, que tinha morrido mais de meio século antes de Patrick nascer, iria arrancá-lo dos seus aposentos apertados e colocá-lo num lugar onde poderia haver espaço para receber seus filhos e amigos. Nesse meio-tempo ia bancar a casa de repouso de sua mãe. Era desconcertante pensar que esse completo estranho iria ter uma influência tão poderosa em sua vida. Até mesmo seu benfeitor tinha herdado seu dinheiro. Foi o pai dele quem fundou a Companhia de Velas Jonson em Cleveland em 1832. Por volta de 1845 ela já era umas das empresas de velas mais rentáveis do país. Patrick lembrava-se de ter lido a explicação pouco inspiradora do fundador para o seu sucesso: "Desenvolvemos um novo processo de destilação de gorduras baratas. Nossos concorrentes estavam usando sebo e banha caros. O preço das velas era alto e nossos lucros foram maiores durante vários anos". Mais tarde, a fábrica de velas diversificou para parafina, tratamento de óleo e processos de endurecimento e desenvolveu um composto patenteado que se tornou um ingrediente indispensável da limpeza a seco ao redor do mundo. Os Jonson também adquiriram prédios e terrenos de prédios em San Francisco, Denver, Kansas City, Toledo, Indianápolis, Chicago, Nova York, Trinidad e Puerto Rico, mas a fortuna original baseava-se na posição cabeça-dura do fundador, que tinha "morrido no trabalho", caindo por uma escotilha de uma de suas fábricas, e também naquelas "gorduras baratas" que ainda estavam lubrificando a vida de um de seus descendentes cento e setenta anos depois da descoberta delas.

John J. Jonson Jr., o avô de Eleanor, já tinha sessenta anos quando finalmente se casou. Ele estava viajando pelo mundo a serviço dos negócios florescentes da família, e só foi chamado de volta da China por causa da morte de seu sobrinho Sheldon num acidente de trenó na St. Paul's School. Seu sobrinho mais velho, Albert, já tinha morrido de pneumonia em Harvard no ano anterior. Não havia herdeiros para a fortuna Jonson, e o pai enlutado de Sheldon, Thomas, disse a seu irmão que era seu dever se casar. John aceitou seu destino e, depois de uma breve corte à filha de um general, casou-se e se mudou para Nova York. Ele foi pai de três filhas em rápida sucessão e então caiu morto, não sem antes criar uma infinidade de fundos, um dos quais estava sinuosamente chegando até Patrick, conforme ele tinha descoberto naquela tarde.

O que essa benevolência de longo alcance significava e o que dizia do contrato social que permitia que um homem rico desobrigasse todos os seus descendentes da necessidade de trabalhar ao longo de quase dois séculos? Havia algo de infame em ser salvo por ancestrais cada vez mais remotos. Quando ele tinha esgotado o dinheiro dado por uma avó que ele mal conheceu, dinheiro chegava de um bisavô que ele jamais poderia ter conhecido. Só podia sentir uma gratidão abstrata por um homem cujo rosto não teria sido capaz de apontar numa pilha de daguerreótipos em sépia. As ironias do impulso dinástico eram tão grandes quanto as ironias filantrópicas geradas por Eleanor ou por sua tia-avó Virginia. Sem dúvida sua avó e seu bisavô tinham a esperança de apoiar um senador, enriquecer uma grande coleção de arte ou encorajar um casamento deslumbrante, mas no fim eles tinham subsidiado principalmente ócio, embriaguez, traição e divórcio. E será que as ironias da tributação chegavam a superá-las: arrecadar dinheiro para escolas, hospitais, estradas e pontes e gastá-lo explodindo escolas, hospitais, estradas e pontes em guerras autodestrutivas? Era difícil escolher entre esses métodos diversamente absurdos de transferência de riqueza, mas por ora ele ia ceder ao prazer de ter se beneficiado dessa forma específica do capitalismo americano. Só num país livre do funil da primogenitura e do nivelamento da *égalité*, a quinta geração de uma família ainda poderia receber parcelas de riqueza de uma fortuna basicamente construída na década de 1830. Seu prazer coexistia de forma pacífica com sua desaprovação enquanto ele entrava em seu hotel escuro e perfumado que lembrava o set de filmagem de um bordel espanhol caro, com os números dos quartos costurados no carpete, partindo do pressuposto de que os hóspedes estariam de quatro depois de uma espécie de quase overdose e não conseguiriam mais encontrar seus quartos enquanto rastejavam pelos corredores obscuros.

O telefone estava tocando quando ele chegou à caixa de joia aveludada que era o seu quarto, banhado na turva luz cor de urina dos abajures de pergaminho e da ressaca presumida. Foi tateando até a mesa de cabeceira, batendo a canela nas pernas arqueadas de uma cadeira projetada para lembrar a afeminação viril da jaqueta de um toureiro, com enormes dragonas projetando-se orgulhosamente no topo do seu encosto duro.

"Merda", disse ele enquanto atendia ao telefone.

"Você está bem?", perguntou Mary.

"Ah, oi, desculpe, é você. Acabei de ser empalado nesta maldita cadeira de toureiro. Não consigo enxergar nada neste hotel. Eles deviam distribuir capacetes de mineiro na recepção."

"Escuta, tenho más notícias." Ela fez uma pausa.

Patrick deitou nos travesseiros com uma clara intuição do que ela ia dizer.

"Eleanor morreu ontem à noite. Sinto muito."

"Que alívio", disse Patrick, insolente. "Entre outras coisas…"

"Sim, outras coisas também", disse Mary, e ela deu a impressão de que aceitava todas de antemão.

Eles concordaram em se falar de manhã. Patrick tinha um desejo ardente de ficar sozinho só comparável a seu desejo ardente de não ficar sozinho. Abriu o minibar e sentou no chão de pernas cruzadas, mirando a parede de minigarrafas na parte interna da porta, brilhando na luz ofuscante do pequeno frigobar branco. Nas prateleiras ao lado dos copos e das taças de vinho havia chocolates, jujubas, castanhas salgadas, guloseimas e subornos para corpos cansados e crianças descontentes. Fechou o frigobar, fechou a porta do armário e subiu cuidadosamente no sofá de veludo vermelho, evitando a cadeira de toureiro o melhor que podia.

Precisava tentar não esquecer que havia apenas um ano alucinações estavam assolando sua mente indefesa como mísseis numa cidade sitiada. Deitou no sofá, segurando uma almofada pesadamente bordada contra o estômago que já doía, e deslizou sem esforço para a mentalidade delirante de seu quartinho no Priory. Lembrou de como costumava ouvir o raspar de uma caneta de ponta metálica, ou o bater de asas de mariposa numa porta telada, ou o zunido de uma faca de trinchar sendo afiada, ou o ruído de cascalho de uma onda recuando, como se essas coisas estivessem no mesmo quarto que ele, ou então como se ele estivesse no mesmo lugar que elas. Havia uma pedra quebrada riscada pelo brilho febril de quartzo que com frequência ficava ao pé de sua cama. Lagostas azuis exploravam as bordas do rodapé com suas antenas sensíveis. Às vezes cenas inteiras o dominavam. Ele imaginava, por exemplo, luzes de freio jorrando numa estrada molhada, o interior esfumaçado de um carro, a vibração de música familiar, uma gota inchada de água escorrendo pelo para-brisa, consumindo outras gotas no caminho, e sentia que essa atmosfera era a coisa mais profunda que já tinha conhecido. A ausência de narrativa nesses devaneios compulsórios desencadeava um sentimento mais secreto de conexão. Em vez de se arrastar pelo chão deserto da sucessão ordinária, ele mergulhava numa noite oceânica iluminada por clarões isolados de bioluminescência. Ele emergia desses estados incapaz de imaginar como poderia descrever o poder perturbador deles para o Grupo de Depressão e ansiando por seu oxazepam de café da manhã.

Poderia ter tudo isso de volta com poucos meses de bebedeira pesada, não só os pântanos imprevisíveis do início da abstinência com seus reflexos venenosos, fugidios e avassaladores e o delírio discreto das duas semanas seguintes, mas toda a terapia de grupo também. Ainda se lembrava do seu terceiro dia no Grupo de Álcool e Vício, de querer se atirar pela janela quando um veterano tinha vindo compartilhar sua experiência, força e esperança com os potros trêmulos do início da recuperação. Um ex-viciado em álcool metilado, bem vestido, com cabelo branco e os dedos amarelados de fumante, ele tinha citado o dito de sabedoria de um veterano ainda mais antigo que estava "entre a galera" na primeira vez em que "deu uma passada": "O medo bateu na porta!" (Pausa) "A coragem abriu a porta!" (Pausa) "E não havia ninguém lá!" (Longa pausa). Ele também podia ter mais do moderador escocês do Grupo de Depressão, com sua fofa mnemônica para o poder da projeção: "Você tem o que você vê e você vê o que você tem". E então havia as "fossas" dos outros pacientes a se reconsiderar, o homem que acordou ao lado de uma namorada que ele não conseguia se lembrar de ter atacado com uma faca de cozinha na noite anterior; o hóspede de fim de semana cercado pelo papel de parede pintado à mão que ele não conseguia se lembrar de ter lambuzado com excremento; a mulher cujo braço foi amputado por ter pegado uma seringa no piso de concreto do apartamento de uma amiga que no fim das contas estava infectada por uma superbactéria devoradora de carne; a mãe que abandonou os filhos apavorados numa casa de férias distante para voltar ao seu traficante em Londres; e incontáveis outras histórias de desespero menos expressivo — momentos de vergonha que precipitavam "momentos de clareza" no progresso do peregrino na recuperação.

Tudo somado, o minibar estava fora de questão. Seu mês no Priory tinha funcionado. Ele sabia tão profundamente quanto sabia qualquer coisa que a sedação era o prelúdio para a ansiedade, o estímulo, o prelúdio para a exaustão e o consolo, o prelúdio para a decepção, então ficou deitado no sofá de veludo vermelho e não fez nada para se distrair da notícia da morte de sua mãe. Ele passou a noite toda acordado, sentindo-se entorpecido de um jeito pouco convincente. Às cinco da manhã, quando calculou que Mary já teria voltado da escola em Londres, ligou para o apartamento dela e eles combinaram que ela se encarregaria dos preparativos para o funeral.

O órgão silenciou, interrompendo o devaneio de Patrick. Ele pegou o livreto de novo no estreito compartimento à sua frente, mas antes que tivesse tempo de olhar dentro, música irrompeu dos alto-falantes nos cantos do salão. Ele reconheceu a música um pouco antes de a animada e profunda voz negra ressoar pelo crematório.

*Oh, I got plenty o' nuthin',*
*An' nuthin's plenty fo' me.*
*I got no car, got no mule, I got no misery.*
*De folks wid plenty o' plenty*
*Got a lock on dey door,*
*'Fraid somebody's a-goin' to rob 'em*
*While dey's out a-makin' more.*
*What for?**

---

* Ah, eu tenho abundância de nada,/ e nada é o bastante para mim./ Eu não tenho carro, não tenho mula, não tenho tristeza./ As pessoas com abundância de tudo/ têm uma fechadura na porta,/ com medo de que alguém vá roubá-las/ enquanto estão fora ganhando mais./ Para quê?

Patrick olhou em volta e sorriu com malícia para Mary. Ela devolveu o sorriso. De súbito ele se sentiu irracionalmente culpado por ainda não ter lhe falado do fundo, como se não tivesse mais o direito de apreciar a música, agora que já não tinha tanto *nuthin'* quanto antes. *More. / What for?* era uma rima que merecia ser feita com mais frequência.

*Oh, I got plenty o' nuthin',*
*An' nuthin's plenty fo' me.*
*I got de sun, got de moon, got de deep blue sea.*
*De folks wid plenty o' plenty,*
*Got to pray all de day.*
*Seems wid plenty you sure got to worry*
*How to keep de Debble away,*
*A-way.*\*

Patrick distraiu-se com a insistência de Porgy na pecaminosidade das riquezas. Sentiu que Eleanor e tia Virginia teriam aprovado. Afinal, antes de se tornarem os donos do universo, os usurários eram despachados para o sétimo círculo do Inferno. Sob uma chuva de fogo, as mãos perpetuamente inquietas deles eram uma punição pelas mãos que não tinham feito nada de útil ou bom durante a vida, apenas explorado o trabalho dos outros. Ainda que da posição menos alegre de ser uma das "pessoas com abundância de tudo", e às custas de cair na fantasia de que pessoas com "abundância de nada" também não tinham que se preocupar em manter o Diabo longe, Eleanor teria endossado

---

\* Ah, eu tenho abundância de nada,/ e nada é o bastante para mim./ Eu tenho o sol, tenho a lua, tenho o profundo mar azul./ As pessoas com abundância de tudo/ têm que rezar o dia todo./ Parece que com muito você sem dúvida tem que se preocupar/ em como manter o Diabo longe,/ longe.

as opiniões de Porgy. Patrick renovou sua concentração para a parte final da música.

*Never one to strive*
*To be good, to be bad —*
*What the hell! I is glad*
*I's alive!*
*Oh, I got plenty o' nuthin'*
*An' nuthin's plenty fo' me.*
*I got my gal, got my song,*
*Got Hebben de whole day long.*
*(No use complainin'!)*
*Got my gal, got my Lawd, got my song!*\*

"Ótima escolha", Patrick sussurrou para Mary com um aceno de cabeça agradecido. Ele pegou a programação da cerimônia de novo, finalmente pronto para olhar dentro.

---

\* Nunca se esforçar/ para ser bom, para ser mau –/ mas que diabos! Eu estou feliz/ por estar vivo!/ Ah, eu tenho abundância de nada,/ e nada é o bastante para mim./ Eu tenho minha garota, tenho minha música,/ tenho o Céu o dia todo./ (Não adianta reclamar!)/ Tenho minha garota, tenho meu Deus, tenho minha música!

# 7.

Que nauseante, pensou Nicholas, um judeu sendo sentimental por causa de um negro: vocês, companheiros sortudos, vocês têm abundância de nada enquanto nós sofremos sob o peso de todo esse capital internacional e desses hits musicais infelizes da Broadway. Quando uma ideia está patinhando, disse Nicholas consigo mesmo, praticando para mais tarde, compositores sempre apelam para os corpos celestes. As coisas que eu valorizo/ Como as estrelas no céu,/ São todas de graça. Nenhuma surpresa aí — não dava para esperar conseguir muita renda de aluguel de uma bomba de hidrogênio a vários milhões de anos-luz de distância. Já era difícil o bastante convencer um banqueiro de investimento a desembolsar um aluguel decente por uma adorável casa de campo Rainha Ana tombada em grau II em Shropshire sem lhe pedir para dirigir até a lua para passar o fim de semana. Falando em longe demais de Londres, e não ter nada para fazer quando se chega lá, exceto ficar saltando enquanto o oxigênio acaba. Existe uma coisa que é a forma como o mundo é. Sessenta por cento dos passageiros da primeira classe do *Titanic* sobreviveram; vinte e cinco por cento dos da segunda classe e ninguém do alojamento barato. É assim que o mundo é. "Claro que tô grato, chefe", resmungou Nicholas baixinho com um sorriso afetado, "eu tenho o profundo mar azul."

Oh, Deus, o que é que estava acontecendo agora? Aquela medonha "Caixa de Ferramentas Espiritual" estava indo até o púlpito. Ele mal podia suportar aquilo. O que ele estava fazendo ali? No fim, ele era tão sentimental quanto o velho e tolo Ira Gershwin. Tinha vindo por David Melrose. Em muitos aspectos, David fora um fracasso obscuro, mas sua presença tinha uma qualidade rara e preciosa: puro desprezo. Ele era um colosso montando na moralidade da classe média. Outras pessoas tinham dificuldades em lidar com os comentários intolerantes e peculiares, mas David havia incorporado um desprezo absoluto pela opinião do mundo. A pessoa só podia fazer o melhor que podia para manter a tradição.

Para Erasmus, os versos mais interessantes eram, sem dúvida: *Nunca se esforçar/ Para ser bom, para ser mau —/ Mas que diabos! Eu estou feliz/ Por estar vivo!* Havia Nietzsche nisso, claro, e Rousseau (inevitavelmente), mas também o Sutra do Diamante. Era pouco provável que Porgy tivesse lido qualquer um deles. Não obstante, era legítimo pensar em termos da influência penetrante de determinada família de ideias, de um não esforço e de um estado natural que precedia a moralidade baseada em regras e que em certo sentido a tornava redundante. Talvez ele pudesse ver Mary depois do funeral. Ela sempre fora muito receptiva. Ele às vezes pensava nisso.

Graças a Deus havia gente que era feliz com nada, pensou Julia, assim gente como ela (e todo mundo que ela já tinha conhecido na vida) poderia ter *mais*. Era praticamente impossível pensar numa frase que fizesse um uso positivo daquela pavorosa palavra "o bastante", quanto mais uma que começasse alardeando sobre "nada". Ainda assim, a música era perfeita para a mãe lelé de Patrick, além de ser um hino otimista da deserdação. Era preciso tirar o chapéu para Mary, como sempre. Julia suspirou, admirada. Supôs que Patrick estivera "louco" demais para fazer qualquer coisa prática e que a Mãe Mary tinha sido chamada a intervir.

Sério, pensou Nancy, era ridículo demais recorrer aos irmãos Gershwin quando o próprio padrinho da pessoa era o divino Cole Porter. Por que mamãe o tinha desperdiçado na indiferente Eleanor, quando Nancy, que realmente apreciava o glamour e a presença de espírito dele, poderia tê-lo tido todo para ela? Não que *Porgy e Bess* não tivesse seu lado glamoroso. Ela tinha ido a uma grande estreia em Nova York com Hansie e Dinkie Guttenburg e se divertiu como nunca, passando no camarim para parabenizar todo mundo. As verdadeiras estrelas não se sentiram nem um pouco intimidadas por conhecerem um príncipe alemão ferozmente bonito com uma forte gagueira, mas dava para ver que algumas garotinhas do coral não sabiam se deveriam fazer uma reverência, começar uma revolução ou envenenar a esposa dele. Ela sem dúvida ia incluir essa cena em seu livro, foi uma junção de tudo que é divertido, ao contrário desse funeral sem graça. Sério, Eleanor estava decepcionando a família e decepcionando a si mesma também.

Annette estava aturdida enquanto caminhava pelo corredor na direção do púlpito, com a adequação, a serendipidade e a sincronicidade daquela canção maravilhosa e espiritual. Ontem mesmo estava sentada com Seamus no ponto de energia favorito deles no terraço de Saint-Nazaire (na verdade eles tinham concluído que aquele era o chacra do coração de toda a propriedade, o que fazia o maior sentido depois que você pensava nisso), celebrando os dons excepcionais de Eleanor com uma taça de vinho tinto, e Seamus havia mencionado a ligação incrivelmente forte dela com o povo afro-americano. Ele tinha tido o privilégio de estar presente em várias regressões a vidas passadas de Eleanor, e descobriu-se que ela fora uma escrava fugitiva durante a Guerra Civil Americana, tentando chegar ao Norte abolicionista com um bebê recém-nascido nos braços. Aparentemente ela enfrentou as maiores dificuldades, viajando apenas de noite, no auge do inverno, se escondendo em valetas e o tempo todo temendo por sua vida. Agora, logo no dia seguinte, no funeral de Eleanor, um homem que obviamente era descendente de um escravo estava cantando aquela letra magnífica. Talvez — Annette quase se deteve, maravilhada por novos horizontes de coincidência mágica —, talvez ele fosse o próprio bebê que Eleanor tinha carregado até a liberdade por valetas noite adentro, que cresceu e se transformou num homem esplêndido com uma voz profunda e ressoante. Era quase insuportavelmente lindo, mas ela tinha uma missão a cumprir e com um puxão pesaroso arrancou-se da dimensão incrível para a qual sua linha de pensamento a tinha transportado e postou-se bem na frente do púlpito, desdobrando as páginas que haviam estado no bolso do vestido. Ela tocou no colar de âmbar que havia comprado na loja de recordações da Mãe Meera quando foi receber o *darshan* com o avatar de Thalheim. Sentindo-se misteriosamente energizada pela silenciosa mulher indiana cujo olhar de amor incondicional tinha feito um raio X de sua alma e a colocado no caminho de cura que ela continuava seguindo até hoje, Annette dirigiu-se ao grupo de enlutados com uma voz dividida entre uma expressão de ternura aflita e a necessidade de um volume adequado.

"Vou começar lendo um poema que eu sei que estava gravado no coração de Eleanor. Na verdade eu é que o apresentei a ela e sei o quanto ele falou com ela. Tenho certeza de que muitos de vocês o conhecem. É 'A ilha no lago de Innisfree', de William Butler Yeats." Ela começou a ler num sussurro alto e cadenciado.

*Quero ir e partir já, para Innisfree irei,*
*E uma cabana erguerei lá, de barro e cana feita;*
*Nove carreiras de feijão, e uma colmeia inteira terei,*
*E sozinho viverei, no zum-zum da clareira afeita.*

Ainda que fosse um tanto sofisticado pedir nove ostras, pensou Nicholas, havia algo de totalmente absurdo em nove carreiras de feijão. Ostras, claro, vinham em dúzias e meias dúzias — até onde sabia, elas cresciam no fundo do mar em dúzias e meias dúzias —, então havia algo de compreensivelmente elegante em pedir nove delas. Feijões, por outro lado, vinham em campos vagos e pilhas profusas, tornando ridícula a precisão meticulosa de nove. Ela evocava no máximo uma visão destoante de um loteamento urbano no qual dificilmente haveria espaço para uma cabana de barro e cana e uma clareira cheia de abelhas. Sem dúvida a Caixa de Ferramentas Espiritual achava que "Innisfree" era o auge do talento de Yeats, e sem dúvida o Crepúsculo Celta, com sua inocência deliberada e seus efeitos de mau gosto, se adequava perfeitamente à cosmovisão do além de Eleanor, mas na verdade o Bardo Irlandês só emergiu de uma névoa cor de malva totalmente esquecível quando se tornou o porta-voz do ideal aristocrático. *"Certamente entre os campos floridos de um homem rico;/ Nas colinas plantadas, cercada por seu farfalhar,/ A vida transborda sem dores ambiciosas;/ E cai sobre a vida até a bacia entornar."* Estes eram os únicos versos de Yeats que valia a pena memorizar, o que estava ótimo, já que eram os únicos que ele conseguia lembrar. Esses versos inauguraram uma reflexão sobre os homens "amargos e violentos" que realizaram grandes feitos e construíram grandes casas, e sobre o que aconteceu com aquela grandeza à medida que se transformou com o tempo em mero privilégio: *"E talvez o bisneto daquela casa/ Com todo seu bronze e mármore, não passe de um rato".* Um verso arriscado não fossem todas as grandes casas infestadas de ratos que se conheciam. Por isso era tão importante, como Yeats sugeria, permanecer amargo e irado, a fim de impedir os efeitos debilitantes da glória herdada.

A suavidade angustiada da voz de Annette foi redobrada na segunda estrofe.

*E alguma paz eu terei lá, pois a paz vem gotejando devagar,*
*Gotejando dos véus da manhã até onde canta o grilo;*
*O sol brilha roxo lá, e a noite é uma centelha ao luar,*
*E no poente se ouve dos pássaros o chilro.*

*A paz vem gotejando devagar,* pensou Henry, que bonito. Os versos se alongando com crescente tranquilidade, o jet lag se agravando e sua cabeça caindo devagar, caindo devagar no peito. Ele precisava de um *espresso*, senão os véus da manhã iriam encobrir por completo sua mente. Estava ali por Eleanor, Eleanor

370

no lago em Fairley, sozinha num barco a remo, recusando-se a voltar, todo mundo parado na orla gritando: "Volte! Sua mãe está aqui! Sua mãe chegou!". Para uma garota tímida demais para te olhar nos olhos, ela podia ser tão teimosa quanto uma mula.

*Onde canta o grilo*, pensou Patrick, é onde você vive com Seamus, na minha antiga casa. Imaginou o raspar estridente vindo da grama e o aumento gradual, cigarra a cigarra, de ondas pulsantes de som, como calor auditivo brilhando sobre a terra seca.

Mary estava aliviada por *plenty o' nuthin'* parecer ter agradado Patrick, e ela sentia que a pretensa simplicidade de "Innisfree" era um lembrete charmoso da ânsia de Eleanor em excluir as complexidades obscuras da vida a qualquer preço. O que não deixava Mary relaxar era o discurso que havia pedido para Annette fazer. No entanto, que escolha teve? Não fazia sentido negar esse lado da vida de Eleanor, e Annette estava mais qualificada do que ninguém no salão para falar dele. Pelo menos renderia algo para Patrick arengar nos próximos dias. Ouviu a leitura monótona de berço balançando de Annette da última estrofe de "Innisfree" com um medo crescente.

> *Quero ir e partir já, pois sempre, noite e dia,*
> *Ouço a água do lago marulhando baixinho na costa;*
> *Quer esteja na cinza calçada ou postado na rodovia,*
> *No profundo âmago do coração ela me toca.*

Annette fechou os olhos e buscou de novo seu colar de âmbar. *"Om namo Matta Meera"*, murmurou, se reenergizando para o discurso que estava prestes a fazer.

"Todos vocês conheceram Eleanor de diferentes maneiras, e muitos de vocês por muito mais tempo que eu", começou ela com um sorriso compreensivo. "Só posso falar da Eleanor que conheci, e enquanto tento fazer justiça à mulher maravilhosa que ela foi espero que vocês guardem a Eleanor que conheciam no que Yeats chama de *o profundo âmago do coração*. Ao mesmo tempo, se eu lhes mostrar um lado dela que vocês não conheciam, só o que eu peço é que a deixem entrar, que a deixem entrar e que a deixem se juntar à Eleanor que cada um de vocês guarda no coração."

Ah, meu Deus, pensou Patrick, me tira daqui. Ele se imaginou desaparecendo pelo chão com uma pá e algumas ripas de beliche, a música tema de *Fugindo do inferno* ressoando no ar. Estava rastejando sob o crematório por frágeis túneis quando se sentiu arrastado de volta pela voz enlouquecedora de Annette.

"Conheci Eleanor quando alguns de nós do Círculo do Tambor Curador das Mulheres de Dublin fomos convidados para ir a Saint-Nazaire, à maravilhosa casa dela na Provença, que eu tenho certeza que muitos de vocês conhecem. Enquanto estávamos descendo pela entrada no nosso micro-ônibus, tive meu primeiro vislumbre de Eleanor sentada no muro do grande lago, com as mãos enfiadas debaixo das coxas, parecendo uma criancinha solitária olhando para o balanço de seus pés. Quando por fim chegamos à frente do lago, ela literalmente nos recebeu de braços abertos, mas nunca me esqueci dessa primeira impressão que tive dela, assim como acho que ela nunca perdeu sua ligação com aquela qualidade infantil que a fazia acreditar com tanta paixão que a justiça poderia ser alcançada, que a consciência poderia ser transformada e que havia bondade a se encontrar em cada pessoa e em cada situação, por mais escondida que à primeira vista ela pudesse estar."

É claro que a consciência pode ser transformada, pensou Erasmus, mas o que ela é? Se passo uma corrente elétrica pelo meu corpo, ou enfio o nariz nas pétalas macias de uma rosa, ou finjo que sou Greta Garbo, eu transformo minha consciência; na verdade é impossível parar de transformar a consciência. O que eu não consigo é descrever o que ela é: ela está perto demais para se ver, é onipresente demais para ser apreendida e transparente demais para ser apontada.

"Eleanor foi uma das pessoas mais generosas que tive o privilégio de conhecer. Você só tinha que insinuar que precisava de alguma coisa e, se estivesse ao alcance dela fornecê-la, ela agarrava aquela oportunidade com um entusiasmo que dava a impressão de aquilo ser um alívio para ela e não para a pessoa que estava pedindo."

Patrick imaginou a beleza simples do diálogo.

Seamus: Eu estava pensando que seria, eh, autoconscientizador, tipo, ser dono de uma vila particular cercada por vinhas e olivais em algum lugar ensolarado.

Eleanor: Ah, que incrível! Eu tenho uma assim. Quer ficar com ela?

Seamus: Ah, tenho certeza que vai ser um prazer para você. Assine aqui, aqui e aqui.

Eleanor: Que alívio. Agora eu não tenho mais nada.

\* \* \*

"Nada", disse Annette, "já era um peso grande demais para ela. Servir aos outros era o propósito de sua vida, e era assombroso ver até onde ela ia em sua missão de ajudar as pessoas a realizar seus sonhos. Uma torrente de cartas e cartões-postais agradecidos costumava chegar à Fundação de todas as partes do mundo. Um jovem cientista croata que estava trabalhando numa 'célula de combustível de energia zero' — não me perguntem o que é isso, mas vai salvar o planeta — é um exemplo. Um arqueólogo peruano que tinha descoberto evidências surpreendentes de que os incas eram originalmente do Egito e continuaram se comunicando com a civilização-mãe pelo que ele chamou de 'linguagem solar'. Uma senhora que estava havia quarenta anos trabalhando num dicionário universal de símbolos sagrados e que só precisava de uma ajudazinha extra para terminar esse livro incrivelmente valioso. Todos eles receberam uma mãozinha de Eleanor. Mas não pensem que Eleanor estava preocupada apenas com os escalões mais altos da ciência e da espiritualidade, ela também era uma pessoa maravilhosamente prática que sabia o valor da ampliação da cozinha de uma família que aumentava ou de um carro novo para um amigo que morava no interior do país."

E quanto a uma irmã cujo dinheiro está acabando?, pensou Nancy, mal-humorada. Primeiro tinham tirado seus cartões de crédito, depois seu talão de cheques e agora ela precisava ir pessoalmente até a Morgan Guaranty, na Quinta Avenida, para pegar seus trocados do mês. Eles diziam que era a única forma de fazê-la parar de se endividar, mas a melhor forma de fazê-la parar de se endividar era lhe dar mais dinheiro.

\* \* \*

"Havia um senhor jesuíta maravilhoso", continuou Annette, "bem, na verdade ele era um ex-jesuíta, embora a gente ainda o chamasse de padre Tim. Ele tinha chegado à conclusão de que a doutrina católica era limitada demais e que deveríamos abraçar todas as tradições religiosas do mundo. Ele acabou se tornando o primeiro inglês a ser aceito como um *ayahuascera* — um xamã brasileiro — numa das tribos mais autênticas da Amazônia. O padre Tim escreveu para Eleanor — ela o tinha conhecido nos seus velhos tempos de Farm Street — dizendo que sua aldeia precisava de um barco a motor para ir até o posto de comércio local, e é claro que ela respondeu com sua costumeira generosidade impulsiva e enviou um cheque para ele. Jamais vou esquecer a expressão do rosto de Eleanor quando recebeu a resposta do padre Tim. Dentro do envelope havia três penas de tucano brilhantemente coloridas e um bilhete todo colorido também explicando que, em reconhecimento pelo seu presente dado a seu povo ayoreo, um ritual havia sido feito na longínqua aldeia do padre Tim, iniciando-a na tribo como um 'Guerreiro do Arco-íris'. Ele disse que não havia mencionado que ela era uma mulher, já que os ayoreos tinham 'uma visão um tanto limitada do sexo frágil, não de todo distante daquela defendida pela antiga Igreja-Mãe', e que ele teria 'sofrido o destino de são Sebastião' se 'admitisse seu ardil'. Disse que pretendia revelar isso em seu leito de morte, de modo a ajudar a tribo a entrar numa nova era de harmonia entre os princípios masculinos e femininos, tão necessários para a salvação do mundo. Em todo caso", suspirou Annette, reconhecendo que tinha desviado do seu texto escrito, mas entendendo isso como um sinal de inspiração, "o efeito sobre Eleanor, sem exagero, foi mágico. Ela usou as penas de tucano em volta do pescoço até elas tristemente se desintegrarem, e por algumas semanas espalhou aos quatro ventos que era um Guerreiro do Arco-íris ayoreo. Parecia uma garotinha que volta para casa da escola nova, transformada por ter feito um novo melhor amigo."

Embora desenvolvimento interrompido fosse o seu negócio e ele tivesse o hábito de desligar seu ouvido psicanalítico quando não estava trabalhando, Johnny se impressionou com a feroz resistência de Eleanor em crescer. Ele era tão culpado quanto qualquer um por se exceder em citar a boa e velha frase de Eliot "A raça humana não suporta muita realidade", mas sentia que nesse caso a atitude evasiva tinha sido ininterrupta. Lembrava de ter conhecido Eleanor quando Patrick o chamou para passar as férias escolares em Saint-Nazaire. Já na época ela tinha o hábito de recair em fala de bebê, algo bastante desconcertante para adolescentes que se distanciavam da infância. Nada que cinco ou talvez dez anos de análise decente cinco vezes por semana não pudessem ter mitigado de forma significativa.

"Esse era o tipo de liberalidade que havia na bondade de Eleanor com os outros", disse Annette, sentindo que logo seria o momento de encaminhar suas observações para uma conclusão. Deixou de lado umas duas páginas que não tinha lido durante sua improvisação amazônica e deu uma olhada na última página, para se lembrar do que havia escrito. Pareceu-lhe um pouco formal agora que tinha entrado num estilo mais exploratório, mas havia uma ou duas coisas contidas no último parágrafo que ela devia se lembrar de dizer.

Ah, por favor, anda logo com isso, pensou Patrick. Charles Bronson estava tendo um ataque de pânico num túnel que desabava, pastores-alemães latiam atrás do arame farpado, fachos de holofotes se cruzavam sobre o solo violado, mas logo ele correria pela floresta, vestido como um bancário alemão e alcançaria a estação ferroviária com alguns papéis de identidade forjados às custas da visão de Donald Pleasence. Logo estaria tudo acabado, ele só tinha que continuar olhando para os seus joelhos por mais alguns minutos.

"Gostaria de ler para vocês um breve trecho do *Rig Veda*", disse Annette. "Ele literalmente me saltou da prateleira quando eu estava na biblioteca da Fundação, procurando um livro que evocasse algo da incrível profundidade espiritual de Eleanor." Ela retomou sua voz monótona de leitura.

*Ela segue rumo ao objetivo daqueles que estão passando para além, ela é a primeira na eterna sucessão das alvoradas que virão — Usha se estende despertando o que vive, acordando alguém que estava morto... Qual é o seu alcance quando ela se harmoniza com as alvoradas que brilharam antes e com aquelas que agora deverão brilhar? Ela deseja as manhãs antigas e satisfaz sua luz; projetando adiante a sua iluminação, ela entra em comunhão com o resto dos que estão por vir.*

"Eleanor acreditava firmemente na reencarnação, e não só via o sofrimento como o fogo purificador que iria queimar os impedimentos para uma evolução espiritual ainda maior, mas também era privilegiada por ter algo de fato muito raro: uma visão específica de como e quando iria reencarnar. Na Fundação temos o que chamamos de uma 'Caixa Ahá' para aquelas pequenas epifanias e momentos de iluminação em que pensamos: 'Ahá!'. Todos nós temos isso, não é verdade? O problema é que eles acabam se perdendo no decorrer de um dia agitado, então Seamus, o Facilitador Chefe da Fundação, inventou a 'Caixa Ahá' para que pudéssemos escrever nossos pensamentos, colocá--los na caixa e compartilhá-los no fim do dia."

Annette sentiu a tentação por uma piada e digressão, resistiu por alguns segundos e então cedeu. "Nessa época havia um xamã trainee com uma personalidade, vamos dizer, 'desafiadora' que costumava ter uns dez momentos Ahá por dia. Muitos deles acabavam se revelando ataques velados, ou não tão velados, a outras pessoas da Fundação. Bem, uma tarde em que todos nós já tínhamos encarado uma boa quantidade de suas supostas epifanias, Seamus disse, com o jeito bem-humorado dele, incomparável: 'Sabe, Dennis, o momento Ahá de um homem é o momento O-ou de outro homem'. E lembro de Eleanor cair na gargalhada. Ainda a vejo agora. Ela pôs a mão na boca porque achou que era indelicado rir demais, mas não conseguia se segurar. Não acho que nenhum retrato de Eleanor estaria completo sem aquela risada travessa e aquele rápido sorriso confiante."

"Em todo caso", disse Annette, recuperando o senso de direção para um último ataque, "como eu estava dizendo: um dia, depois do seu primeiro derrame, mas antes de ela se mudar para a sua casa de repouso na França, encontramos um bilhete incrível de Eleanor na Caixa Ahá. O bilhete dizia que ela estivera numa busca de visão e tinha visto que iria retornar a Saint-Nazaire em sua próxima vida. Iria voltar como uma jovem xamã e Seamus e eu já estaríamos muito velhos a essa altura, e iríamos entregar a Fundação de volta para ela como ela a tinha entregado para nós, no que chamou de uma 'continuidade perfeita'. E eu gostaria de terminar pedindo que vocês guardassem essa expressão, 'continuidade perfeita', em suas mentes, enquanto ficamos aqui sentados por alguns momentos e rezamos pelo pronto retorno de Eleanor."

Atrás do púlpito, Annette baixou a cabeça, exalou solenemente e fechou os olhos.

# 8.

Mary pensou que "pronto retorno" era ir um pouco longe demais. Olhou nervosamente para o caixão, como se Eleanor pudesse arremessar a tampa e saltar dali a qualquer momento, de braços abertos para abraçar o mundo, com a estranha teatralidade da fotografia na programação da cerimônia. Sentindo o constrangimento radiante de Patrick, ela se arrependeu de ter pedido que Annette fizesse um discurso, mas foi difícil pensar em qualquer outra pessoa para falar. A vida social ceifada e queimada de Eleanor havia destruído a continuidade e a relevância de suas amizades, especialmente depois de seus anos solitários de demência e da relação abalada com Seamus.

Mary tinha pedido que Johnny lesse um poema, e seu desespero foi tal que pensou em Erasmus para ler uma passagem. Nancy, a única alternativa, tivera uma crise histérica de autopiedade e tinha sido pouco clara sobre quando voltaria de Nova York. A escolha bastante forçada de leitores fora equilibrada (ou piorada) pela familiaridade das passagens que ela havia escolhido. Dois grandes trechos bíblicos conhecidos viriam a seguir, e agora sentia que sua escolha poderia ser intoleravelmente maçante. Por outro lado, ninguém sabia nada sobre a morte, exceto que era inevitável, e já que todo mundo ficava apavorado diante dessa certeza incerta, talvez a magnificência opaca da Bíblia, ou mesmo as vagas imensidões asiáticas que Annette obviamente preferia, fossem melhores que uma demonstração deliberada de novidade. Além do mais, Eleanor tinha sido cristã, entre tantas outras coisas.

Assim que Annette sentasse, seria a vez de Mary substituí-la na frente do salão. A verdade é que estava se sentindo um pouco fora de si. Ergueu-se com uma relutância que astutamente se disfarçou como um sentimento de urgência insuportável, passou roçando por Patrick sem olhá-lo nos olhos e caminhou até o púlpito. Quando falava para as pessoas sobre como ficava nervosa com qualquer tipo de aparição pública, elas diziam coisas incrivelmente irritantes do tipo "Não esqueça de respirar". Agora ela sabia por quê. Primeiro sentiu que ia desmaiar e depois, enquanto começava a ler a passagem que havia ensaiado umas cem vezes, sentiu que ia sufocar.

*Ainda que eu fale as línguas dos homens e dos anjos, se não tiver amor, serei como o bronze que soa ou como o címbalo que retine. Ainda que eu tenha o dom de profetizar e conheça todos os mistérios e toda a ciência; ainda que eu tenha tamanha fé, a ponto de transportar montes, se eu não tiver amor, nada serei. E ainda que eu distribua todos os meus bens entre os pobres e ainda que entregue o meu próprio corpo para ser queimado, se eu não tiver amor, nada disso me aproveitará.*

Mary estava com uma sensação de coceira na garganta, mas tentou perseverar sem tossir.

*O amor é paciente, é benigno; o amor não arde em ciúmes, não se ufana, não se ensoberbece, não se conduz inconvenientemente, não procura os seus interesses, não se exaspera, não se ressente do mal; não se alegra com a injustiça, mas regozija-se com a verdade; tudo sofre, tudo crê, tudo espera, tudo suporta. O amor jamais acaba;*

Mary pigarreou e virou a cabeça para o lado para tossir. Agora tinha arruinado tudo. Não podia deixar de sentir que havia uma relação psicológica entre essa parte da passagem e seu acesso de tosse. Quando a lera mais uma vez de manhã, lhe ocorreu que aquilo era o auge da falsa modéstia: o amor se gabando de não se gabar, o amor inacreditavelmente satisfeito consigo mesmo por não se ensoberbecer. Até então, aquilo lhe parecera uma expressão dos mais altos ideais, mas agora estava tão cansada e nervosa que não conseguia dissipar a sensação de que era uma das coisas mais pomposas já escritas. Onde ela tinha parado? Olhou para a página com uma espécie de pânico de piscina. Nisso viu onde tinha parado, e continuou, sentindo que sua voz não lhe pertencia.

*mas, havendo profecias, desaparecerão; havendo línguas, cessarão; havendo ciência, passará; porque, em parte, conhecemos e, em parte, profetizamos. Quando, porém, vier o que é perfeito, então, o que é em parte será aniquilado.*

*Quando eu era menino, falava como menino, sentia como menino; quando me tornei homem, desisti das coisas próprias de menino. Porque agora vemos como em espelho, obscuramente; depois veremos face a face. Agora conheço em parte; depois conhecerei como também sou conhecido.*

*Agora, pois, permanecem a fé, a esperança e o amor, estes três; porém o maior deles é o amor.*

\* \* \*

Erasmus não tinha ouvido a leitura de Mary da epístola de são Paulo aos coríntios. Desde o discurso de Annette, ele se perdera em especulações sobre a doutrina da reencarnação e sobre se ela merecia ser chamada de "literalmente absurda". Era uma frase que o fazia se lembrar de Victor Eisen, o amigo filósofo da família Melrose da década de 1960, 70. Em discussões filosóficas, depois de uma série de provas vigorosas, "literalmente absurdo" costumava disparar de sua boca como sal de um saleiro que de repente perde a tampa. Embora ele agora fosse uma figura bastante apagada que não havia deixado nenhuma obra duradoura, Eisen tinha sido um intelectual público eloquente e presunçoso durante a juventude de Erasmus. Em sua ânsia por desconsiderar o que no fim talvez tenha assegurado sua própria desconsideração, ele com certeza teria achado a reencarnação "literalmente absurda": sua narrativa desencarnada sem provas e sem memória não satisfazia os critérios parfitianos de identidade pessoal. Quem está sendo reencarnado? Essa era a pergunta devastadora, a menos que a pessoa questionada fosse budista. Para ela a resposta era "Ninguém". Ninguém estava sendo reencarnado porque, em primeiro lugar, ninguém tinha sido encarnado. Algo muito mais solto, como um fluxo de pensamento, havia assumido a forma humana. Não era preciso nem uma alma nem uma identidade pessoal para materializar uma vida humana, apenas um conjunto de hábitos se agarrando ao conceito vazio de existência independente, como uma multidão de passageiros agarrados ao barco salva-vidas que afundava e que eles imaginavam iria salvá-los. Ao fundo estava a oportunidade sempre presente de deslizar para o oceano brilhante de uma verdadeira natureza que também não era pessoal. Desse ponto de vista, Parfit e Eisen é que eram literalmente absurdos. Ainda assim, Erasmus não tinha nenhum problema com rejeitar a reencarnação, baseado no fato de que não havia nenhum bom motivo para acreditar que ela era verdade — desde que o fisicalismo implícito de tal rejeição também fosse rejeitado! A correlação entre atividade cerebral e consciência poderia ser evidência, no final das contas, de que o cérebro era um receptor da consciência, como um transistor ou um transceptor, e não o gerador ligado ao crânio de uma exibição privada. O...

Os pensamentos de Erasmus foram interrompidos pela sensação de uma mão pousando em seu ombro e sacudindo-o delicadamente. Sua vizinha, depois de atrair sua atenção, apontou para Mary, que, parada no corredor, lançava-lhe um olhar significativo. Ela lhe fez o que pareceu ser um aceno de cabeça um tanto brusco, lembrando-o de que era a sua vez de ler. Ele se ergueu com um sorriso de desculpas e, esmagando os dedos do pé da mulher que o sacudira pelo ombro, dirigiu-se para a frente do salão. A passagem que lhe cabia ler era a do Apocalipse — ou da Ofuscação, como ele preferia chamar. Lendo-a no trem, ao vir de Cambridge, ele tinha sentido um estranho desejo de construir uma máquina do tempo para que pudesse levar ao autor uma cópia da *Crítica da razão pura*, de Kant.

Erasmus pôs seus óculos de leitura, alisou a página contra o apoio de papéis do púlpito e tentou controlar sua ânsia de apontar os pressupostos não examinados que enchiam a famosa passagem que estava prestes a ler. Poderia não ser capaz de infundir sua voz com o necessário sentimento de admiração e exaltação, mas poderia pelo menos eliminar quaisquer sinais de ceticismo e indignação. Com o suspiro interno de um homem que não quer ser culpado pelo que vem a seguir, Erasmus pôs-se a cumprir sua tarefa.

*Vi novo céu e nova terra, pois o primeiro céu e a primeira terra passaram, e o mar já não existe.*

\* \* \*

Nancy ainda estava furiosa com o idiota atrapalhado que tinha pisado nos dedos do seu pé e que agora, além disso, estava sugerindo dar cabo do mar. O fim do mar significava o fim do litoral, o fim de Cap d'Antibes (embora tivesse sido completamente arruinado), o fim de Portofino (insuportável no verão), o fim de Palm Beach (que não era mais como antes).

*Vi também a cidade santa, a nova Jerusalém,*

Ah, não, outra Jerusalém não, pensou Nancy. Uma não basta?

*que descia do céu, da parte de Deus, ataviada como noiva adornada para o seu esposo. Então, ouvi grande voz vinda do trono, dizendo: Eis o tabernáculo de Deus com os homens. Deus habitará com eles. Eles serão povos de Deus, e Deus mesmo estará com eles. E lhes enxugará dos olhos toda lágrima, e a morte já não existirá, já não haverá luto, nem pranto, nem dor, porque as primeiras coisas passaram.*

Todas essas leituras da Bíblia estavam dando nos nervos de Nancy. Ela não queria pensar na morte — era deprimente. Num funeral adequado, havia corais incríveis que costumavam não se apresentar em eventos privados, tenores praticamente impossíveis de contatar e leituras feitas por atores famosos ou figuras públicas ilustres. Aquilo tornava a coisa divertida e significava que você, ali, quase nem pensava na morte, mesmo quando as leituras eram exatamente iguais, porque você ficava lutando para lembrar quando alguém de aspecto cansado tinha sido chanceler do Tesouro ou qual era o nome do último filme deles.

Esse era o milagre do glamour. Quanto mais pensava nisso, mais furiosa ficava com o funeral lúgubre de Eleanor. Por que, por exemplo, ela tinha decidido ser cremada? Fogo era uma coisa que se temia. Fogo era uma coisa contra a qual se fazia seguro. Os egípcios tinham acertado com as pirâmides. O que poderia ser mais aconchegante que algo enorme e permanente com todas as coisas da pessoa guardadas ali dentro (e as coisas de outras pessoas também! Montes e montes de coisas!) construído por milhares de escravos que levavam o segredo da construção consigo para túmulos não identificados? Hoje em dia a pessoa teria de fazer pagamentos proibitivos de seguro social para equipes de operários sindicalizados da construção civil. Essa é que era a vida moderna. No entanto, algum tipo de grande monumento era infinitamente preferível a uma urna e um punhado de pó.

*E aquele que está assentado no trono disse: Eis que faço novas todas as coisas. E acrescentou: Escreve, porque estas palavras são fiéis e verdadeiras. Disse-me ainda: Tudo está feito. Eu sou o Alfa e o Ômega, o Princípio e o Fim. Eu, a quem tem sede, darei de graça da fonte da água da vida. O vencedor herdará estas coisas, e eu lhe serei Deus, e ele me será filho.*

Com todas essas leituras, Johnny não pôde deixar de se lembrar de um artigo que havia escrito em sua juventude opiniosa chamado "Onipotência e negação: o atrativo da crença religiosa". Ele tinha apresentado o argumento simples de que a religião invertia tudo aquilo que temíamos da existência humana: todos vamos morrer (todos vamos viver para sempre); a vida é terrivelmente injusta (haverá uma justiça absoluta e perfeita); é horrível ser oprimido e impotente (os mansos herdarão a terra); e assim por diante. A inversão tinha de ser completa; não adiantava dizer que a vida era bastante injusta, mas não tão injusta quanto às vezes parecia. A palidez do Hades pode ter sido sua ruína: depois de dar o salto de acreditar que a consciência não termina com a morte, um reino de sombras inquietas ansiando por sangue, músculos, batalhas e vinho deve ter parecido um prêmio fraco. Aquiles disse que era preferível ser um escravo na terra do que rei no submundo. Com esse tipo de endosso, uma vida após a morte estava fadada à extinção. Só algo perfeitamente contrafactual poderia garantir a devoção global. Em seu artigo Johnny tinha estabelecido um paralelo entre essa negação espetacular dos aspectos depressivos e assustadores da realidade e o funcionamento do inconsciente no paciente individual. Ele então prosseguia fazendo comparações mais detalhadas entre as várias formas de doença mental e o que ele imaginava ser seu discurso religioso correspondente, com a desvantagem de não saber nada sobre a parte religiosa da comparação. Sentindo que poderia muito bem resolver todos os problemas do mundo com doze mil palavras, ele tinha associado repressão política a repressão pessoal e apresentado todos os argumentos usuais sobre controle social. O pressuposto subjacente do artigo era que a autenticidade consistia no único projeto que importava e que a crença religiosa era necessariamente uma pedra no caminho. Ele agora se sentia um tanto constrangido pela falta de sutileza e de autoquestionamento do seu eu de vinte e nove anos. Ainda em formação, na época ele ainda não tinha nenhum paciente, portanto estava muito mais seguro sobre o funcionamento da psique humana do que hoje.

Mary havia lhe pedido que lesse um longo poema de Henry Vaughan que ele não conhecia. Ela disse que ele se adequava perfeitamente à visão de Eleanor de que a vida era um exílio de Deus e a morte um regresso ao lar. Outros poemas, mais agradáveis, tinham parecido convencionais ou irrelevantes, e Mary havia decidido permanecer fiel à nostalgia metafísica de Eleanor.

Até onde Johnny sabia, dar um status religioso a esses humores de anseio era só mais uma forma de resistência. Independentemente de onde viéssemos e para onde fôssemos (se é que essas ideias significavam alguma coisa de fato), era o pedacinho do meio que contava. Como Wittgenstein tinha dito, "A morte não é um acontecimento na vida: nós não vivemos para experimentar a morte".

Johnny sorriu vagamente para Erasmus enquanto eles se cruzavam no corredor. Acomodou seu exemplar de *Os poetas metafísicos* no púlpito e o abriu na página que havia marcado com o recibo de um táxi. Sua voz soou forte e confiante enquanto lia.

> *Felizes os dias primevos, quando eu*
> *Brilhava em minha infância angelical!*
> *Antes de entender este lugar*
> *Escolhido para meu segundo lar,*
> *Ou de aprender a nada querer no futuro*
> *Além de um celeste pensamento puro;*
> *Quando ainda não havia sofrido a dor*
> *De me afastar do meu primeiro amor,*
> *E olhando para trás — naquele curto espaço —*
> *Podia ver de Seu brilhante rosto um traço;*
> *Quando sobre uma flor ou nuvem dourada*
> *Meu olhar ficava uma hora abreviada,*
> *E naquelas glórias menores entrevia*
> *Sombras da eternidade que viria;*
> *Antes de ensinar minha língua a ferir*
> *Minha consciência com o mal a retinir,*
> *Ou ter a arte negra de dispensar*
> *Um pecado para cada sentido usar,*
> *Mas sentia por esse traje todo carnal*
> *Vislumbres brilhantes do celestial.*

Nicholas tinha começado a ficar com aquela sensação especial de claustrofobia que associava a estar preso na capela da escola. Onda após onda de sentimento cristão sem nem o consolo de uma tradução latina ultrapassada furtivamente escondida em seu hinário. Ele se animou com uma de suas próprias versões da história cristã: "Deus enviou seu único filho para a terra para salvar os pobres, e foi um completo fracasso, como todos os projetos socialistas meia-boca; mas então o Ser Supremo caiu em si e enviou Nicholas para salvar os ricos, e foi um absoluto *succès fou*". Sem dúvida que com sua história deplorável de tortura, Inquisição, guerras religiosas, doutrina arrasadora, assim como sua história bem mais perdoável de indecência sexual e autoindulgência mundana, a Igreja Católica Romana veria esse desenvolvimento crucial como heresia; mas uma heresia era apenas o prelúdio de uma nova ordem religiosa protestante. O "nicholismo" iria se espalhar pelo que seu medonho consultor de investimentos americano chamava de "comunidade de patrimônio elevado". A grande questão, como sempre, era o que vestir. Na condição de Arqui Plutocrata da Igreja da Redenção dos Ricos dos Últimos Dias, era preciso impressionar. A imaginação de Nicholas devaneou de volta para o traje de pajem que ele havia usado quando era um garoto de dez anos num casamento real muito grandioso — a calça de seda, os botões de prata, os sapatos de fivela... até então nunca se sentira tão absolutamente seguro de sua própria importância.

Johnny renovou seus esforços na entonação para a estrofe final.

*Ah, como anseio para lá voltar,*
*E de novo aquele antigo caminho traçar!*
*Poder alcançar outra vez aquela campina*
*Onde deixei minha gloriosa companhia;*

*De onde o espírito iluminado vê, derradeira,*
*A sombreada Cidade das Palmeiras.*
*Mas ah! Minha alma, com tão longa estadia*
*Está bêbada e tropeça erradia!*
*Alguns homens amam seguir adiante;*
*Mas eu para trás moveria anelante;*
*E quando esse pó na urna pousar,*
*Ao estado em que vim, vou retornar.*

Besteira total, pensou Nicholas, sugerir que a pessoa retornava para o lugar de onde vinha. Como poderia ser o mesmo lugar depois da contribuição imensamente colorida do sujeito, e como a atitude da pessoa poderia ser a mesma depois de passar por este Vale de Seduções e de Risos Sardônicos? Deu uma olhada na programação da cerimônia. Parecia que aquele poema de Vaughan era a última leitura. No final da página, uma nota convidava todos a se juntar à família no Onslow Club para um drinque depois da cerimônia. Ele adoraria escapar disso, mas num momento descuidado de generosidade havia prometido a Nancy acompanhá-la. Também tinha um compromisso às quatro, visitar um amigo moribundo no Chelsea and Westminster Hospital, que ficava convenientemente perto. Graças a Deus ele tinha alugado um carro para o dia; com distâncias assim (menos de seiscentos metros), você era obrigado a aguentar o mau humor de taxistas que ficam vagando pela Fulham Road sonhando com uma corrida para Gatwick ou Penzance. Ele tinha que manter pulso firme com seu carro, do contrário Nancy o confiscaria para seus propósitos. Ele podia sair cambaleando do hospital, sofrendo do "esgotamento de compaixão" que sabia que às vezes afligia as enfermeiras mais heroicas, e por fim descobrir que seu carro estava em Berkeley Square, onde Nancy tentava passar a perna em algum funcionário da Morgan Guaranty para que lhe desse algum dinheiro. O primo dela, Henry, que inesperadamente aparecera hoje, tinha lhe contado uma vez que quando os dois eram crianças Nancy era conhecida como "a cleptomaníaca". Pequenas coisas costumavam desaparecer — escovas de cabelo especiais, joias infantis, cofrinhos de estimação — e surgir no ninho de pega do quarto de Nancy. Pais e babás explicaram, no começo de forma pedante e depois com uma raiva crescente, que roubar era errado, mas a tentação era forte demais para Nancy, e ela foi expulsa de uma série de internatos por furtos e mentiras. Desde que Nicholas a conhecera, ela andava presa a um estado de cobiça, ao sentimento de como ela teria usado melhor e era muito mais merecedora dos bens fabulosos de seus amigos e de sua família. Ela resistia a invejar coisas que pertenciam a desconhecidos, mas apenas para se distanciar de sua empregada, que enchia a cozinha com tramas lascivas sobre a vida das estrelas de novelas. Seu relato das "tragédias" vulgares delas servia para aliviar o que havia sido animado por histórias anteriores de recompensas imerecidas e estilos de vida ridículos.

As celebridades serviam para as massas; o que contava para Nicholas era o que ele chamava de "o grande mundo", isto é, o minúsculo número de pessoas cuja estirpe, aparência ou talento para divertir tornavam-nas merecedoras de um convite para jantar. Nancy pertencia ao grande mundo por nascimento e não poderia ser exilada desse paraíso por sua personalidade desagradável. Era preciso ser leal a alguma coisa, e já que o grande mundo oferecia mais espaço para a falsidade do que qualquer outra coisa exceto a política, Nicholas era leal a ele.

Ele observou Patrick com uma vigilância de predador, esperando um sinal de que a cerimônia tinha enfim acabado. De repente, o sistema de som irrompeu de volta à vida com a estridente melodia de abertura de "Fly me to the moon".

*Fly me to the moon and let me play among the stars;*
*Let me see what spring is like on Jupiter and Mars**

Lá vamos nós de novo, pensou Nicholas, partindo para a maldita lua. A voz de Frank Sinatra, esbanjando confiança sem esforço, o distraiu. Ela o lembrou do tipo de diversão que ele não tivera na década de 1950 e 60. Sem dúvida Eleanor havia imaginado que estava se divertindo ao pôr a agulha do toca-discos num single de Frank Sinatra, ressoando em vertiginosas 45 rpm, a capa, largada entre copos de gim com marcas de batom e cinzeiros transbordantes, exibindo uma fotografia daquele roto astuto e sem nada de especial sorrindo dentro de um terno azul--celeste.

Ele continuou olhando para Patrick e Mary na esperança de que eles se levantassem. Então viu, para seu horror, não o filho de Eleanor se movendo, e sim o caixão dela, deslizando para a frente sobre rodinhas de aço na direção de duas cortinas de veludo roxas.

*In other words: hold my hand*
*In other words: darling kiss me!***

O caixão foi para trás das cortinas se fechando e desapareceu. Por fim Mary se ergueu e liderou a saída pelo corredor, seguida de perto por Patrick.

*Fill my heart with song, and let me sing for ever more*

---

* Leve-me para a lua e deixe-me brincar entre as estrelas/ Deixe-me ver como é a primavera em Júpiter e Marte.
** Em outras palavras: segure a minha mão/ Em outras palavras: querida, me beije!

*You are all I long for, all I worship and adore!*
*In other words: please be true!*
*In other words: I love you.**

Percebendo-se de repente perturbado pela visão do caixão de Eleanor sendo tragado mecanicamente, Nicholas atirou-se apressado na direção do corredor, interpondo-se entre Mary e Patrick. Saiu coxeando, sua bengala estendendo-se ávida à frente, e irrompeu porta afora para a primavera fria de Londres.

---

* Encha meu coração de música, e deixe-me cantar sempre mais/ Você é tudo o que eu desejo, tudo o que venero e adoro!/ Em outras palavras: por favor, seja verdadeira!/ Em outras palavras: eu te amo.

# 9.

Patrick saiu para a pálida luz, aliviado de o funeral de sua mãe ter acabado, mas oprimido pela celebração que haveria pela frente. Foi até Mary e Johnny, que estavam parados sob os ramos parcamente floridos de uma cerejeira.

"Não estou com vontade de conversar com ninguém por um tempo — exceto vocês, claro", acrescentou, polido.

"Você não precisa falar com a gente também", disse Johnny.

"Perfeito."

"Por que você não vai na frente com Johnny?", sugeriu Mary.

"Bem, se não houver problema. Você pode…"

"Tomar conta de tudo", sugeriu Mary.

"Exato."

Eles trocaram um sorriso, divertindo-se por estarem sendo tão previsíveis.

Enquanto Patrick caminhava até o carro de Johnny, um avião passou rugindo e zunindo acima dos dois. Ele se virou e deu uma olhada na construção italianizante da qual tinha acabado de sair. O campanário que rodeava a chaminé do forno, os arcos baixos do claustro de tijolos, o jardim de rosas dormente, o salgueiro-chorão e os bancos cheios de musgo formavam uma obra-prima da neutralidade decente.

"Acho que também vou querer ser cremado aqui", disse Patrick.

"Não precisa ter pressa", disse Johnny.

"Eu ia esperar até morrer."

"Boa ideia."

Um segundo avião estrondeou acima deles, instigando os dois homens para o interior abafado do carro. Ao longo do gradil que ladeava o Tâmisa, corredores e ciclistas passavam oscilando, determinados a permanecer vivos.

"Acho que a morte da minha mãe é a melhor coisa que me aconteceu desde… bem, desde a morte do meu pai", disse Patrick.

"Não pode ser assim tão simples", observou Johnny, "senão veríamos bandos saltitantes de órfãos pelas ruas."

Os dois homens ficaram em silêncio. Patrick não estava no clima para brincar. Sentia a presença de uma nova vitalidade que poderia facilmente ser anulada pelo hábito, inclusive o de parecer inteligente. Como todo mundo, vivia num mundo onde os mesmos padrões de emoção eram projetados de novo e de novo contra paredes de uma câmara sem ar, mas por ora sentia o absurdo de confundir essa cena trêmula com a vida. Qual era o significado de um sentimento que ele tinha tido fazia quarenta anos, quanto mais um que ele havia se recusado a ter? A crise não estava no passado, e sim no apego ao passado; preso numa mansão decadente na Sunset Boulevard, forçado por um narcisista ferido a assistir filmes em casa. Por ora podia se imaginar fugindo de Gloria Swanson na ponta dos pés, passando por seu mordomo horripilante e saindo para o rugido das ruas contemporâneas; podia imaginar o sistema todo entrando em colapso, sem saber o que ia acontecer se entrasse mesmo.

Na pequena rotatória depois dos portões do crematório, Patrick viu uma placa do Centro de Reciclagem e Reutilização da Townmead Road. Não pôde deixar de se perguntar se Eleanor estava sendo reciclada. A pobre Eleanor já andava confusa o bastante sem que fosse arrastada pelas luzes baças, pelas luzes ofuscantes e pelos mandalas multicoloridos do Bardo, sendo desafiada por multidões de divindades iradas e fantasmas famintos para alcançar a transcendência da qual tinha fugido enquanto viva.

A rua corria ao lado das grades cheias de hera do cemitério Mortlake, passando pelo cemitério de Hammersmith e Fulham, atravessando a ponte Chiswick e alcançando o cemitério Chiswick do outro lado. Acre após acre de lápides zombando das ambições imobiliárias dos construtores da orla do rio. Por que a morte, entre todos as nulidades, deveria ocupar tanto espaço? Melhor queimar no ar vazio e azul do que reivindicar um lote nessa praia sem sol, encaixotado lado a lado num solo cheio de ossos, contando com as raízes agarrantes de árvores e flores para uma vaga ressurreição. Talvez aqueles que tinham conhecido boas mães eram atraídos para o útero absorvente da Terra, enquanto os abandonados e traídos ansiavam por ser dispersados no céu sem coração. Johnny talvez tivesse um ponto de vista profissional. A repressão era um tipo diferente de enterro, preservando o trauma no inconsciente, como uma estátua enterrada na areia do deserto, seus traços marcantes protegidos do tempo da experiência ordinária. Johnny poderia ter opiniões sobre isso também, mas Patrick preferia continuar em silêncio. O que afinal era o inconsciente, diante de qualquer outra forma de memória, e por que ele recebia a soberania de um artigo definido, tornando-o uma coisa e um lugar quando o resto da memória era uma faculdade e um processo?

O carro subiu pelo viaduto estreito e gasto que passava sobre a Hogarth Roundabout. Um recurso temporário que simplesmente não desaparecia, ele vinha implorando para ser substituído desde que Patrick se entendia como gente. Talvez fosse o equivalente, em obras viárias, a fumar: nunca era exatamente o dia certo para parar — haverá uma hora do rush amanhã de manhã... o fim de semana está chegando... vamos fazer esse negócio depois das Olimpíadas... 2020 é um número adoravelmente redondo, um momento perfeito para um novo começo.

"Viaduto esquisito", disse Patrick.

"Pois é", disse Johnny, "sempre penso que ele vai cair."

Ele não pretendia falar. Um monólogo interno tinha rompido a superfície. Melhor afundar de volta, melhor buscar um novo começo.

Buscar um novo começo era um começo insípido. Não havia nada a buscar e nada a começar, apenas o movimento contínuo de romper as aparências de aparências potenciais, como o discurso de um monólogo interno. Para ficar em plano de igualdade com tal articulação: essa a novidade. Ele a sentia no corpo, como se a cada momento pudesse deixar de ser, ou continuar a ser, e que, por continuar, ele era renovado.

"Eu estava pensando na repressão", disse Patrick. "Não acho que o trauma possa ser reprimido, e você?"

"Acho que agora a visão correta é essa", disse Johnny. "O trauma é forte e intrusivo demais para ser esquecido. Ele leva à dissociação e à cisão."

"Então, o que de fato é reprimido?", perguntou Patrick.

"O que quer que desafie as acomodações do falso eu."

"Quer dizer então que ainda há muito trabalho para ele fazer."

"Demais", disse Johnny.

"Mas poderia não haver absolutamente nenhuma repressão, nenhum enterro secreto; apenas vida irradiando através de nós."

"Teoricamente", respondeu Johnny.

Patrick viu a fachada de concreto familiar e as janelas azul-aquário do Cromwell Hospital.

"Lembro de ter passado um mês aí com uma hérnia de disco logo depois que meu pai morreu."

"E eu lembro de te trazer uns analgésicos extras."

"Eu saúdo a ambiciosa carta de vinhos dele e aos canais de televisão árabes cheios de ação", disse Patrick, acenando majestosamente para a obra-prima pós-brutalista.

O trânsito fluiu bem pela Gloucester Road e depois em direção ao Museu de História Natural. Patrick lembrou a si mesmo de ficar em silêncio. Toda a sua vida, ou pelo menos desde que começou a falar, ele fora tentado a inundar situações difíceis com palavras. Quando Eleanor perdeu a capacidade de falar e Thomas ainda não a tinha adquirido, Patrick descobriu um núcleo de inarticulação em si mesmo que se recusava a ser inundado com palavras e que ele tentara inundar de álcool. Em silêncio talvez conseguisse ver o que era aquilo que ele continuava tentando obliterar com a fala e a bebida. O que era isso que não podia ser dito? Ele só podia tatear em busca de pistas na escuridão do reino pré-verbal.

Seu corpo era um cemitério de emoções enterradas; seus sintomas estavam amontoados em torno do mesmo horror fundamental, como aquele surto de cemitérios pelos quais tinham acabado de passar, amontoados em volta do Tâmisa. A bexiga nervosa, o cólon espasmódico, a dor na lombar, a pressão arterial instável, que saltava de normal a perigosamente alta em poucos segundos diante do ranger de uma tábua ou do pensamento de um pensamento, e a insônia imperiosa que dominava a todos, tudo apontava para uma ansiedade profunda o bastante para interromper seus instintos e assumir o controle dos processos automáticos de seu corpo. Comportamentos podiam ser mudados, atitudes modificadas, mentalidades transformadas, mas era difícil estabelecer um diálogo com os hábitos somáticos da infância. Como uma criança podia se expressar antes de ter um eu para expressar, ou as palavras para expressar o que ela ainda não tinha? Só a linguagem muda da dor e da doença estava abundantemente disponível. Havia o grito, é claro, se fosse permitido.

Lembrava de, com três anos de idade, estar parado à beira da piscina na França olhando para a água com um anseio apreensivo, desejando saber nadar. Subitamente sentiu-se erguido do chão e atirado para o alto. Com a lentidão do horror, quando a densidade das impressões registradas pela mente tomada de pânico faz o tempo se alargar, usou toda a incredulidade e alarme que atravessava seu corpo se debatendo para se distanciar do líquido letal sobre o qual com tanta frequência lhe alertaram para não cair por acidente, mas logo afundou na piscina afogadora, chutando e batendo na água fina até que por fim veio à tona e aspirou um pouco de ar antes de afundar de novo. Lutou por sua vida num caos de sacudidas e goles, às vezes engolindo ar e às vezes água, até que por fim conseguiu roçar os dedos na borda áspera de pedra da piscina e se entregou ao choro o mais silenciosamente possível, engolindo seu desespero, sabendo que, se fizesse muito barulho, seu pai faria algo violento e cruel.

David ficou sentado com seus óculos escuros, fumando um charuto, num ângulo que não lhe deixava ver Patrick, uma nuvem amarelada de pastis na mesa à sua frente, exaltando seus métodos educacionais para Nicholas Pratt: o estímulo de um instinto de sobrevivência; o desenvolvimento da autossuficiência; um antídoto contra os mimos maternais; no final, os benefícios eram tão evidentes que só a estupidez e o acanhamento do rebanho podiam explicar por que toda criança de três anos não era jogada no fundo de uma piscina antes de saber nadar.

A curiosidade de Robert sobre o avô tinha levado Patrick a lhe contar a história de sua primeira aula de natação. Sentiu que seria pesado demais contar ao filho as surras e os abusos sexuais de David, mas ao mesmo tempo queria dar a Robert um vislumbre da crueldade do avô. Robert ficou chocado.

"Isso é horrível", disse. "Quero dizer, um garoto de três anos ia pensar que estava morrendo. Na verdade, você poderia ter morrido", acrescentou, dando a Patrick um abraço de consolo, como se sentisse que a ameaça não tinha acabado de todo.

A empatia de Robert confrontou Patrick com a realidade do que ele passara a considerar uma anedota relativamente inócua. Ele mal conseguia dormir e, quando o fazia, logo era despertado por seu coração batendo forte. Sentia fome o tempo todo, mas não conseguia digerir nada do que comia. Não conseguia digerir o fato de que seu pai era um homem que havia desejado matá-lo, que teria preferido afogá-lo a ensiná-lo a nadar, um homem que se gabava de ter dado um tiro na cabeça de alguém porque o sujeito tinha gritado demais e que poderia atirar na cabeça de Patrick também, se ele fizesse muito barulho.

Com três anos é claro que Patrick teria sido capaz de falar, ainda que fosse proibido de dizer o que o incomodava. Antes disso, sem o sustento da narrativa, sua memória ativa se desintegrou e desapareceu. Nesses reinos mais escuros, as únicas pistas estavam alojadas em seu corpo, e em uma ou duas histórias que sua mãe havia lhe contado sobre o comecinho da vida dele. Aqui novamente a intolerância de seu pai a gritos foi central, exilando Patrick e sua mãe no sótão gélido da casa na Cornualha durante o inverno em que ele nasceu.

Afundou um pouco mais no banco do passageiro. Enquanto reconhecia que tinha continuado esperando ser sufocado ou derrubado, sentiu a sufocação e a vertigem das próprias expectativas, e se ele se perguntava se a infância era o destino, sentia a sufocação e a vertigem da pergunta. Sentia o peso de seu corpo e o peso sobre seu corpo. Era como uma parede de retenção, curvada e suando da pressão da encosta atrás dela; o único meio de acesso, e ao mesmo tempo uma guarda feroz contra as misérias disformes de sua infância. Isso era o que Johnny talvez quisesse chamar de um problema pré-edipiano, mas, qualquer que fosse o nome dado a uma inquietação sem nome, Patrick sentia que sua nova vitalidade experimental dependia da prontidão para escavar aquele corpo de emoções enterradas e deixá-lo se juntar ao fluxo de sentimento contemporâneo. Devia prestar mais atenção na escassa evidência que cruzasse seu caminho. Um sonho estranho e desconcertante o despertara na noite anterior, mas agora ele havia escapado e Patrick não conseguia recuperá-lo.

Ele entendia intuitivamente que a morte de sua mãe era uma crise forte o bastante para abalar suas defesas. A súbita ausência da mulher que o trouxera ao mundo era uma oportunidade fugaz para trazer ao mundo algo ligeiramente novo em seu lugar. Era importante ser realista: o presente era a última camada do passado, não o acontecimento extravagante de novidade vendido por gente como Seamus e Annette; mas mesmo algo ligeiramente novo poderia ser a camada de baixo de algo ligeiramente mais novo. Ele não devia perder sua chance, ou então seu corpo iria continuar fazendo-o viver sob sua tensão heroica equivocada, como um soldado japonês a quem nunca deram a notícia da rendição e que continua a encher de armadilhas seu pedaço de selva e a se preparar para a honra de uma morte autoinfligida.

Por mais nauseante que fosse fazer um upgrade da crueldade de seu pai para a "frente do avião", para a classe homicida, ele sentia uma relutância ainda maior de renunciar à sua visão infantil da mãe como a covítima da maldade tempestuosa de David. A verdade mais profunda de que ele fora um brinquedo no relacionamento sadomasoquista dos pais não era, até agora, algo que ele suportava contemplar. Agarrou-se à frágil proteção de pensar que sua mãe era uma mulher amorosa que tinha lutado para satisfazer as necessidades dele, em vez de reconhecer que ela o havia usado como uma extensão do desejo dela por humilhação. Quão egocêntrica era a história do sótão congelante? Ela certamente reforçava a imagem de Eleanor como uma grande refugiada escapando com queimaduras nas costas e um bebê nos braços das bombas incendiárias de raiva e autodestruição de David. Mesmo quando Patrick juntou coragem para lhe contar que fora estuprado pelo pai, ela tinha se apressado em dizer: "Eu também". Ávida em ser vítima, Eleanor parecia indiferente ao impacto que suas histórias poderiam exercer em qualquer outro nível. Sufocado, derrubado, nascido de estupro bem como para ser estuprado — o que importava, desde que Patrick percebesse como tinha sido difícil para ela e como ela estava longe de ter colaborado com o carrasco deles? Quando Patrick lhe perguntou por que ela não foi embora, ela respondeu que tinha medo de que David a matasse, mas, considerando que ele já tentara matá-la duas vezes enquanto eles viviam juntos, era difícil ver o quanto morar separados teria aumentado essa probabilidade. A verdade, que fazia sua pressão arterial disparar enquanto ele a admitia, é que ela ansiava pela extrema violência da presença de David e que tinha incluído o filho na barganha. Patrick queria parar o carro, sair e caminhar; queria uma dose fatal de uísque, uma dose fatal de heroína, um tiro fatal na cabeça — queria matar o homem que gritava dentro dele, acabar com isso, estar no comando. Deixou esses impulsos atravessarem-no sem prestar muita atenção neles.

O carro estava entrando na Queensbury Place, do lado do Lycée Français de Londres, onde Patrick tinha passado um ano de delinquência bilíngue quando tinha sete anos. Na cerimônia de entrega de prêmios no Royal Albert Hall, havia uma cópia de *La Chèvre de Monsieur Seguin* no luxuoso assento vermelho dele. Logo ficou obcecado com a história do pequeno bode condenado e heroico, atraído para as montanhas altas pela profusão de flores alpinas (*"Je me languis, je me languis, je veux aller à la montagne"*). Monsieur Seguin, que já tinha perdido seis bodes para o lobo, está determinado a não perder outro e tranca o herói no depósito de lenha, mas o pequeno bode escala a janela e escapa, passando um dia de êxtase em encostas pontilhadas de flores vermelhas, azuis, amarelas e alaranjadas. Então, quando o sol começa a se pôr, ele subitamente percebe entre as sombras que vão se alongando a silhueta do lobo magro e faminto, sentado complacente na grama alta, contemplando sua presa. Sabendo que ia morrer, o bode mesmo assim decide lutar até o amanhecer (*"pourvu que je tienne jusqu'à l'aube"*), abaixa a cabeça e se atira contra o peito do lobo. Ele luta a noite toda, investindo de novo e de novo, até que finalmente, quando o sol assoma sobre os rochedos cinzentos da montanha em frente, ele cai no chão e é destruído. A história sempre levou Patrick às lágrimas quando a lia todas as noites em seu quarto em Victoria Road.

Era isso! O sonho estranho da noite passada: uma figura encapuzada caminhando entre um rebanho de bodes, puxando a cabeça deles para trás e cortando sua garganta. Patrick era um dos bodes na outra extremidade do rebanho e, com um senso de desgraça e desafio digno do herói de sua infância, rasgou a própria laringe para não dar ao assassino a satisfação de ouvi-lo gritar. Aí estava outra forma de silêncio violento. Se ao menos tivesse tempo de elaborá-lo. Se ao menos pudesse ficar sozinho, esse nó de impressões e ligações iria se desembaraçar a seus pés. Sua psique estava em ação; coisas que antes queriam ficar escondidas agora queriam ser reveladas. Wallace Stevens tinha razão: "A liberdade é como um suicida/ Toda noite, um açougueiro incessante, cuja faca/ Vai se afiando no sangue". Ele ansiava pelos esplendores do silêncio e da solidão, no entanto, em vez disso, estava indo a uma celebração.

Johnny entrou na Onslow Gardens e acelerou na rua subitamente vazia.

"Aqui estamos", disse, reduzindo a velocidade para procurar uma vaga perto do clube.

# 10.

Kettle tinha explicado a Mary seus princípios contra comparecer ao funeral de Eleanor.

"Seria pura hipocrisia", disse à filha. "Eu desprezo a deserdação e acho errado ir ao funeral de alguém fervendo de raiva da pessoa. Já a celebração é outra coisa: trata-se de apoiar você e Patrick. E também não vou fingir que não ajuda o fato de ser logo depois da esquina."

"Nesse caso você poderia cuidar dos garotos", disse Mary. "Nos sentimos exatamente como você sobre eles irem à cremação. Robert desligou-se de Eleanor há alguns anos e Thomas nunca a conheceu realmente, mas queremos que eles vão à celebração, para que o momento fique marcado de um jeito mais leve para eles."

"Ah, bem, claro, será um prazer ajudar", disse Kettle, imediatamente determinada a se vingar por ser sobrecarregada com uma responsabilidade ainda mais problemática do que a que tentara evitar.

Assim que Mary passou para deixar os garotos no seu apartamento, Kettle pôs mãos à obra com Robert.

"Não posso perdoar sua *outra* avó", disse, "por ter doado a adorável casa de vocês na França. Você deve sentir uma saudade terrível daquele lugar, de não poder ir lá nas férias. Era mais um lar do que Londres, imagino, por estar no campo e tudo mais."

Robert pareceu bem mais chateado do que ela pretendia.

"Como você pode dizer uma coisa dessas? Que coisa horrível de se dizer", respondeu Robert.

"Eu só estava tentando ser solidária", disse Kettle.

Robert saiu da cozinha e foi sentar sozinho na sala de estar. Odiou Kettle por ela fazê-lo pensar que ainda deveria ter Saint-Nazaire. Ele não chorava mais por tê-la perdido, mas ainda se lembrava de cada detalhe. Eles podiam tirar o lugar dele, mas não as imagens de sua mente. Robert fechou os olhos e pensou em quando voltou com seu pai para casa, um dia, no fim da tarde pelo Bosque das Borboletas, em meio a uma ventania. O som de galhos estalando e das aves cantando foi rasgado e dissolvido pelos pinheiros sibilando. Quando saíram do bosque já era quase noite, mas ele ainda podia entrever os brotos cintilantes da vinha serpenteando pela terra arada, e viu sua primeira estrela cadente incinerada na borda do claro céu negro.

Kettle tinha razão: era mais lar do que Londres. Era seu primeiro lar e só poderia haver um, mas Robert o guardava agora na imaginação e ele era ainda mais bonito do que nunca. Não queria voltar e não o queria de volta, porque seria uma grande decepção.

Robert tinha começado a chorar, quando Kettle entrou, animada, na sala de estar com Thomas atrás dela.

"Pedi para a Amparo ir pegar um filme para vocês. Se você deixasse para lá essa birra, poderia assisti-lo com Thomas. Amparo diz que as netas dela adoram o filme."

"Olha, Bobby", disse Thomas, correndo para mostrar a caixa do DVD para Robert, "é um tapete voador."

Robert estava furioso com a injustiça da palavra "birra", mas queria muito ver o filme.

"Não temos permissão para assistir filmes de manhã", disse.

"Bem", rebateu Kettle, "vocês apenas precisam dizer ao seu pai que estavam jogando Palavras Cruzadas ou algo terrivelmente intelectual que ele aprovaria."

"Mas não é verdade", disse Thomas, "porque vamos ver o filme."

"Ah, meu Deus, não consigo fazer nada direito, não é?", exclamou Kettle. "Vocês vão ficar felizes em saber que a tola e velha vovó de vocês vai dar uma saída. Se puderem suportar o divertimento que eu tive o trabalho de organizar, apenas digam a Amparo, que ela põe o filme para vocês. Se não, há uma cópia do *Telegraph* na cozinha — tenho certeza de que vocês vão conseguir terminar as palavras cruzadas até eu voltar."

Com seu sarcasmo triunfante, Kettle saiu do apartamento como uma mártir de seus netos mimados e hipersensíveis. Ia à Pâtisserie Valerie tomar café com a viúva do nosso ex-embaixador em Roma. Verdade que Natasha era terrivelmente maçante, sempre arengando sobre o que James teria dito, sobre o que James teria pensado, como se ainda tivesse alguma importância. Mesmo assim, era importante manter contato com velhos amigos.

O transporte por limusine Ford fazia parte do pacote de Serviço Bronze da Bunyon que Mary havia escolhido para o funeral. Nem os quatro Rolls-Royces vintage do Serviço Platinum nem os quatro cavalos pretos emplumados e a carruagem com lateral de vidro do Serviço Vitoriano Tardio tinham se mostrado sérios competidores. Havia espaço para outras três pessoas na limusine Ford. Nancy fora a primeira escolha zelosa de Mary, mas Nicholas Pratt tinha seu próprio carro com motorista e já havia oferecido carona a Nancy. No final, Mary dividiu o carro com Julia, a ex-amante de Patrick; Erasmus, seu próprio ex-amante; e Annette, a ex-amante de Seamus. Ninguém falou até o carro entrar, com passo fúnebre, na estrada principal.

"Odeio luto", disse Julia, olhando-se no espelho do seu pequeno pó compacto, "acaba com o delineador da gente."

"Você gostava muito de Eleanor?", perguntou Mary, sabendo que Julia nunca se importara com ela.

"Ah, não tem nada a ver com ela", disse Julia, como se declarando o óbvio. "Sabe quando as lágrimas brotam de você num filme bobo ou num funeral, ou quando você lê alguma coisa no jornal? Não tem a ver realmente com o motivo que as provocou, e sim com tristeza acumulada, imagino, e com o fato de a vida ser tão enlouquecedora."

"Claro", disse Mary, "mas às vezes o motivo e a tristeza estão ligados."

Ela se virou, tentando se distanciar da frivolidade rotineira do ponto de vista de Julia sobre o luto. Avistou as flores cor-de-rosa de uma magnólia protestando contra a fachada preta e branca parcialmente em enxaimel de uma rua secundária em neo-Tudor. Por que o motorista estava indo por Kew Bridge? Será que era considerado mais digno pegar o caminho mais longo?

"Não passei meu delineador de manhã", disse Erasmus com a estudada jocosidade de um acadêmico.

"Posso te emprestar o meu, se quiser", disse Annette, entrando na brincadeira.

"Obrigada pelo que você disse sobre Eleanor", disse Mary, voltando-se para Annette com um sorriso.

"Só espero ter sido capaz de fazer justiça a uma mulher muito especial", respondeu Annette.

"Meu Deus", disse Julia, reaplicando meticulosamente seu delineador. "Como eu queria que esse carro parasse de se mover."

"Ela era sem dúvida alguém que queria ser boa", disse Mary, "e isso já é bastante raro."

"Ah, deliberadamente", disse Erasmus, como se estivesse apontando para uma famosa cachoeira que tinha acabado de aparecer pela janela do carro.

"O inferno está cheio de boas intenções", disse Julia, passando para o outro olho com seu lápis preto untuoso.

"Aquino diz que amar é 'desejar o bem de outro'", começou Erasmus.

"Apenas desejar o outro já está bom demais para mim", interrompeu Julia. "Claro que você não vai querer que eles sejam atropelados ou baleados na rua — ou pelo menos não com frequência. Me parece que Aquino está apenas dizendo o óbvio. Tudo se baseia no desejo."

"Exceto a conformidade, a convenção, a compulsão, a motivação oculta, a necessidade, a confusão, a perversão, o princípio." Erasmus sorriu tristemente diante da abundância de alternativas.

"Mas eles criam outros tipos de desejo."

"Se você enche uma palavra com todos os significados, você a priva totalmente de sentido", disse Erasmus.

"Bem, ainda que você ache que Aquino é um gênio total por dizer isso", respondeu Julia, "não vejo como 'desejar o bem do outro' seja a mesma coisa que desejar que os outros pensem que você é bonzinho."

"Eleanor não queria apenas ser boa; ela era boa", disse Annette. "Ela não foi só uma sonhadora, como tantos visionários; ela foi uma construtora, uma empreendedora e uma agitadora que fez uma diferença prática na vida de muita gente."

"Com certeza ela fez uma diferença prática na vida de Patrick", retrucou Julia, fechando seu pó compacto com um estalo.

Mary ficou possessa com a presunção de Julia de que ela era mais leal que ninguém aos interesses de Patrick. Sua fidelidade à infidelidade dele era uma agressão a Mary que Julia não se teria permitido sem a presença de Erasmus e a ausência de Patrick. Mary decidiu manter um silêncio frio. Já estavam em Hammersmith e ela tinha raiva suficiente para durar até Chelsea.

Quando Nancy convidou Henry para se juntar a ela no carro de Nicholas, ele explicou que também estava de carro.

"Diga para ele nos seguir", sugeriu Nicholas.

E assim o carro vazio de Henry seguiu o carro cheio de Nicholas do crematório até o clube.

"Hoje em dia a pessoa conhece mais gente morta do que viva", disse Nicholas, relaxando numa abundância de couro preto estofado enquanto reclinava mecanicamente o banco do passageiro na direção dos joelhos de Nancy para poder conferenciar com seus convidados de um ângulo mais conveniente, "embora, em números absolutos, todas as pessoas que já existiram não igualam a multidão verminosa que atualmente se agarra à superfície do nosso outrora belo planeta."

"Esse é um dos problemas da reencarnação: quem está reencarnando, se há mais gente agora do que a soma das pessoas que já existiram?", disse Henry. "Não faz sentido."

"Só faz sentido se massas de uma humanidade virgem está chovendo sobre nós para a sua primeira rodada de civilização. Isso, infelizmente, é bastante plausível", disse Nicholas, arqueando as sobrancelhas para o seu motorista e lançando um olhar de aviso a Henry. "É a sua primeira vez aqui, não é, Miguel?"

"Sim, Sir Nicholas", disse Miguel, com a risada alegre de um homem acostumado a ser exoticamente insultado por seu patrão várias vezes por dia.

"Não adianta eu te dizer que você foi a rainha Cleópatra em outra vida, não é?"

"Não, Sir Nicholas", disse Miguel, incapaz de conter o riso.

"O que eu não entendo sobre reencarnação é por que nos esquecemos", reclamou Nancy. "Não seria mais divertido, quando a gente conhecesse alguém, dizer: 'Como vai? Não te vejo desde aquela festa medonha que Maria Antonieta deu no Petit Trianon!'. Algo desse tipo, algo divertido. Quero dizer, se for verdade, a reencarnação é como ter Alzheimer num nível grandioso, com cada vida sendo nosso pequeno momento de uma vívida ansiedade. Sei que minha irmã acreditava nisso, mas quando me ocorreu perguntar a ela por que esquecemos, ela já estava com Alzheimer *de verdade*, de modo que teria sido indelicado, se é que me entendem."

"O renascimento não passa de um boato sentimental importado do reino vegetal", declarou Nicholas com ar sábio. "Todos ficamos impressionados com o ressurgimento da primavera, mas a árvore não chegou a morrer."

"Você pode renascer em sua própria vida", disse Henry baixinho. "Morrer para alguma coisa e entrar numa nova fase."

"Poupe-me da primavera", disse Nicholas. "Desde quando eu era garotinho, tenho estado no pleno verão de ser eu, e pretendo continuar caçando borboletas pela grama alta até o fim abrupto e indolor. Por outro lado, vejo que outras pessoas, como Miguel, por exemplo, estão implorando por uma revisão completa."

Miguel riu e balançou a cabeça, incrédulo.

"Ah, Miguel, ele não é horrível?", disse Nancy.

"Sim, madame."

"Não é para você concordar com ela, imbecil", disse Nicholas.

"Pensei que Eleanor fosse cristã", disse Henry, que não gostava das provocações que Nicholas fazia ao empregado. "De onde vem toda essa coisa oriental?"

"Ah, ela era religiosa de modo geral", disse Nancy.

"A maioria das pessoas cristãs pelo menos tem o mérito de não ser hindu ou sufista", apontou Nicholas, "assim como os sufistas têm o mérito de não ser cristãos. Religiosamente falando, Eleanor era como um desses coquetéis espantosos que faz você se perguntar que acidente rodoviário poderia ter transformado gim, brandy, suco de tomate, *crème de menthe* e Cointreau numa única bebida."

"Bem, ela sempre foi uma boa garota", disse Henry, determinado, "sempre preocupada com as outras pessoas."

"Isso pode ser uma coisa boa", admitiu Nicholas, "dependendo de quem são as outras pessoas, claro."

No banco de trás, Nancy revirou os olhos ligeiramente para o primo. Ela achava que as famílias podiam dizer coisas horríveis entre si, mas que os de fora deveriam ser mais cuidadosos. Henry olhou saudoso para trás, para o seu carro vazio. Até Nicholas precisava de uma folga de si mesmo. Enquanto seu carro passava rápido pelo Cromwell Hospital, todos ficaram em silêncio, num mútuo consentimento, e Nicholas fechou os olhos, juntando forças para o calvário social que estava por vir.


Depois do filme, Thomas sentou numa almofada e fingiu que estava montado em seu tapete voador. Antes, visitou sua mãe e seu pai no funeral de sua avó. Tinha visto fotos de sua avó falecida que o fizeram pensar que se lembrava dela, mas aí sua mãe lhe disse que ele a vira pela última vez quando tinha dois anos, e ela estava morando na França, então ele percebeu que tinha criado a lembrança baseado na foto. A menos que tivesse uma lembrança distante dela e a foto tivesse acendido a minúscula brasa de sua ligação com a avó, como um brilho fraco e alaranjado num monte de cinzas macias, e por um momento ele realmente se lembrou de ter sentado no colo da avó, sorrido para ela e afagado seu velho rosto enrugado. Sua mãe havia lhe dito que ele sorrira para ela e que ela ficou contente.

O tapete voador disparou então para Bagdá, onde Thomas saltou e chutou o malvado feiticeiro Jafar sobre o parapeito e fosso adentro. A princesa ficou tão agradecida que lhe deu um leopardo de estimação, um turbante com um rubi no meio e uma lâmpada com um gênio muito poderoso e engraçado que morava dentro dela. O gênio estava justamente se expandindo no ar acima dele, quando Thomas ouviu a porta da frente se abrindo e Kettle cumprimentando Amparo no hall.

"Os garotos se comportaram?"

"Ah, sim, eles adoram o filme, como minhas netas."

"Bem, pelo menos eu fiz isso direito", disse Kettle com um suspiro. "Precisamos nos apressar; deixei um táxi esperando lá fora. Fiquei tão exausta com as reclamações da minha amiga que tive de chamar um táxi assim que saí da pâtisserie."

"Ah, meu Deus, sinto muito", disse Amparo.

O que é que se vai fazer?", disse Kettle estoicamente.

Kettle encontrou Thomas de pernas cruzadas sobre uma almofada ao lado da grande mesa baixa no centro da sala e Robert estendido no sofá, olhando para o teto.

"Estou viajando num tapete voador", disse Thomas.

"Nesse caso, não vai precisar do velho e simples táxi que consegui para irmos à celebração."

"Não", disse Thomas, sereno, "eu mesmo acho o caminho."

Ele se inclinou para a frente e agarrou as pontas da almofada, virando de lado para fazer uma curva fechada à esquerda.

"Vamos andando", disse Kettle, batendo as mãos impaciente. "Está me custando uma fortuna manter esse táxi esperando. O que você está fazendo olhando para o teto?", ela disparou para Robert.

"Pensando."

"Não seja ridículo."

Os dois garotos seguiram Kettle até o elevador antiquado e frágil tipo gaiola que os deixou no térreo do prédio dela. Ela pareceu se acalmar depois que disse ao motorista para levá-los ao Onslow Club, mas a essa altura tanto Robert quanto Thomas já estavam chateados demais para conversar. Sentindo a relutância deles, Kettle começou a interrogá-los sobre suas escolas. Depois de disparar algumas perguntas aborrecidas contra o silêncio orgulhoso deles, cedeu à tentação de rememorar sua própria época de escola: o charme irresistível de irmã Bridget com os pais, especialmente os mais importantes, e sua grande austeridade com as garotas; o relatório hilário no qual irmã Anna havia dito que seria necessária uma "intervenção divina" para fazer de Kettle uma matemática.

Kettle continuou sua complacente autodepreciação, enquanto o táxi corria ruidoso pela Fulham Road. Os irmãos se retiraram para seus pensamentos particulares, só se afastando deles quando pararam na frente do clube.

"Ah, olha lá o papai", disse Robert, saindo em disparada do táxi na frente de sua avó.

"Não esperem por mim", disse Kettle, sarcástica.

"Tá bem", disse Thomas, seguindo o irmão pela rua e correndo até seu pai.

"Oi, papai", disse, pulando nos braços de Patrick. "Adivinha o que eu estava fazendo? Eu estava assistindo *Aladim*! Não *Bin Laden* mas A-ladim." Ele riu com malícia, afagando as bochechas de Patrick.

Patrick caiu na risada e o beijou na testa.

# 11.

Ao chegar à entrada do Onslow Club, com Thomas ainda nos braços e Robert caminhando a seu lado, Patrick ouviu atrás de si o som distante mas inconfundível de Nicholas Pratt vomitando suas opiniões na calçada.

"Uma celebridade hoje em dia é alguém de quem você nunca ouviu falar", estrondeou Nicholas, "assim como '*j'arrive*' é o que um garçom francês diz enquanto se afasta apressado de você num café de Paris. A fama de Margot pertence a uma era passada: você realmente sabe quem ela é! No entanto, escrever cinco autobiografias é ir longe demais. A vida é a vida e escrever é escrever, e se você escreve como Margot escreve, feito um copo d'água num dia chuvoso, isso só pode diluir o efeito do que quer que você realmente *costumava* fazer bem."

"Você é terrível", disse a voz admirada de Nancy.

Patrick virou-se e viu Nancy de braço dado com Nicholas e um Henry de aspecto bastante desmoralizado caminhando do outro lado dela.

"Quem é aquele homem engraçado?", perguntou Thomas.

"Ele se chama Nicholas Pratt", disse Patrick.

"Ele parece o Toady do Super Mário mas *bem* mal-humorado", disse Thomas.

Patrick e Robert riram tanto quanto a proximidade de Nicholas permitiu.

"Ela disse para mim", continuou Nicholas com sua voz reservada e afetada, "'eu sei que é o meu quinto livro, mas parece que há sempre mais a dizer'. Se pra começo de conversa a pessoa não diz nada, sempre há, *sim*, mais a dizer: há tudo a dizer. Ah, Patrick", Nicholas se deteve, "que emocionante conhecer, na minha idade avançada, um novo clube." Nicholas olhou com curiosidade exagerada para a placa de bronze num pilar de estuque branco. "Onslow Club... não lembro de já ter ouvido falar nele."

Ele é o último, pensou Patrick, observando a performance de Nicholas com um frio distanciamento, o último amigo dos meus pais ainda vivo, o último convidado que costumava ir a Saint-Nazaire quando eu era criança. George Watford, Victor Eisen e Anne Eisen estão mortos, até Bridget, que era bem mais nova que Nicholas, está morta. Eu bem que queria que ele caísse morto também.

Patrick preguiçosamente voltou atrás no seu desejo assassino de se livrar de Nicholas. A morte era o tipo de egomaníaco impetuoso que não precisava de encorajamento. Além do mais, ser livre, seja lá o que isso significasse, não podia depender da morte de Nicholas ou mesmo da de Eleanor.

Ainda assim, a morte dela apontava para um mundo pós-parental que a presença de Nicholas estava obstruindo. O desprezo perfeitamente ensaiado dele era um cabo desgastado ligando Patrick à atmosfera social de sua infância. Uma grande aliada de Patrick em sua juventude conturbada sempre odiara Nicholas. A mulher de Victor Eisen, Anne, sentia que o halo de insanidade da corrupção de David Melrose a fizera parecer inevitável, ao passo que a decadência de Nicholas era mais uma escolha estilística.

Nicholas endireitou-se e olhou para as crianças.

"São os seus filhos?"

"Robert e Thomas", disse Patrick, percebendo sua forte relutância em pôr um Thomas cada vez mais pesado na calçada ao lado do último amigo vivo de seu pai.

"Que pena David não estar aqui para desfrutar seus netos", disse Nicholas. "No mínimo teria garantido que eles não passassem o dia todo na frente da televisão. Ele se preocupava muito com a tirania do tubo de raios catódicos. Lembro muito bem de uma vez em que vimos algumas crianças praticamente dando à luz um aparelho de televisão, e ele me disse: 'Temo pensar no que toda aquela radiação está fazendo com suas pequenas genitálias'."

Patrick ficou sem palavras.

"Vamos entrar", disse Henry com firmeza. Ele sorriu para os dois garotos e conduziu o grupo para dentro.

"Sou seu primo Henry", disse a Robert. "Vocês ficaram comigo em Maine alguns anos atrás."

"Naquela ilha", disse Robert. "Eu lembro. Adorei lá."

"Vocês precisam ir de novo."

Patrick apressou-se na frente com Thomas, enquanto Nicholas, como um pointer coxo atrás de uma ave ferida, o seguiu mancando pelo piso de azulejos pretos e brancos do hall de entrada. Notou que havia perturbado Patrick e não queria perder a chance de consolidar sua obra.

"Não consigo deixar de pensar no quanto seu pai teria apreciado este momento", disse Nicholas, arfando. "Seja lá quais fossem os defeitos dele como pai, você tem que admitir que ele nunca perdia o senso de humor."

"É fácil não perder o que você nunca teve", disse Patrick, aliviado por conseguir falar de novo, para evitar o erro de se envolver com Nicholas.

"Ah, discordo", rebateu Nicholas. "Ele via o lado engraçado de *tudo*."

"Ele só via o lado engraçado das coisas que não tinham esse lado", disse Patrick. "Isso não é senso de humor, mas apenas uma forma de crueldade."

"Bem, crueldade e riso", disse Nicholas, lutando para tirar o sobretudo junto à fileira de ganchos de metal do outro lado do hall, "sempre foram parentes próximos."

"Próximos mas não incestuosos", acrescentou Patrick. "Em todo caso, tenho de lidar com as pessoas que vieram chorar a morte da minha mãe, por maior que seja a sua saudade do meu outro pai incrível."

Aproveitando-se do emaranhado que por um breve momento transformou o sobretudo de Nicholas numa camisa de força, Patrick deu meia-volta para a entrada do clube.

"Ah, olha, lá está a mamãe", disse, finalmente depositando Thomas no piso axadrezado e seguindo-o enquanto ele corria na direção de Mary.

"Odeio soar como Greta Garbo, mas 'quero ficar sozinho'", disse Patrick num sotaque sueco ridículo.

"De novo!", disse Mary. "Por que esses sentimentos não surgem quando você *está* sozinho? Aí você liga para reclamar que ninguém te convida mais para nenhuma festa."

"É verdade, mas não são os sanduíches pós-funeral da minha mãe que eu tenho em mente. Escuta, vou só dar uma volta rápida no quarteirão, como se eu tivesse ido fumar, depois prometo voltar e ficar totalmente presente."

"Promessas, promessas", disse Mary, com um sorriso compreensivo.

Patrick viu Julia, Erasmus e Annette entrando atrás de Mary e sentiu a opressão da responsabilidade social. Queria mais do que nunca sair, mas ao mesmo tempo percebeu que não seria capaz de fazê-lo. Annette avistou Nicholas do outro lado do hall.

"Pobre Nick, ele se meteu numa verdadeira enrascada com seu sobretudo", disse, correndo para resgatá-lo.

"Deixa eu te ajudar com isso." Ela puxou a manga de Nicholas e soltou seu ombro torcido.

"Obrigado", disse Nicholas. "Aquele demônio, Patrick, viu que eu estava amarrado igual um peru e simplesmente foi embora."

"Ah, tenho certeza de que ele não teve essa intenção", disse Annette, otimista.

Depois de estacionar seu carro, Johnny chegou e somou-se ao peso dos convidados, forçando Patrick a voltar para o hall. Enquanto era empurrado para dentro pela pressão coletiva, Patrick viu uma mulher grisalha um tanto familiar entrar no clube com um ar de tremenda determinação e perguntar ao porteiro se havia uma celebração pelo funeral de Eleanor Melrose.

Subitamente se lembrou de onde a conhecia. Ela estivera no Priory na mesma época que ele. Conheceu-a quando estava prestes a sair para sua abortada visita a Becky. Ela tinha surgido diante dele na porta da frente, de suéter verde-escuro e saia de tweed, e começou a falar de um jeito urgente e demasiado familiar, bloqueando seu caminho para a saída.

"Você está indo embora?", ela perguntou, sem se calar para ouvir a resposta. "Devo dizer que não invejo você. Eu adoro isto aqui. Venho passar um mês todo ano, me faz um bem danado, me tira de casa. A questão é que odeio meus filhos. Eles são uns monstros. O pai deles, que eu odeio do fundo do meu coração, nunca os disciplinou, então você pode imaginar que tipo de horrores eles se tornaram. Claro que eu também tive a minha parte nisso. Quero dizer, fiquei deitada na cama por dez meses sem emitir uma única sílaba e então, quando comecei a falar, não conseguia mais parar por causa de todas as coisas que tinham se acumulado nos dez meses. Não sei qual o motivo oficial de você estar aqui, mas tenho um pressentimento. Não, me escute. Se há um conselho que eu tenho para dar é: 'amitriptilina'. É maravilhoso. A única época em que fui feliz foi quando o estava tomando. Venho tentando conseguir algum desde então, mas os filhos da mãe não me dão nada."

"A questão é que eu estou tentando parar de tomar qualquer coisa", disse Patrick.

"Não seja estúpido; é a droga mais maravilhosa."

Ela o tinha acompanhado para fora, pela escada, depois que o táxi dele chegou. "*Amitriptilina*", ela gritou, como se ele é quem tivesse lhe falado disso, "seu sortudo!"

Ele não tinha seguido o conselho feroz dela e tomado amitriptilina; na verdade, nos meses seguintes havia largado o oxazepam e os antidepressivos, e parado de vez de beber álcool.


"Que estranho", disse Patrick para Johnny enquanto eles subiam a escada para o salão designado para a celebração, "uma mulher que estava no Priory na mesma época que eu no ano passado acabou de chegar. Ela é completamente maluca."

"Não tem como não acontecer num lugar como aquele", disse Johnny.

"Eu não saberia dizer, já que sou bem normal", disse Patrick.

"Talvez normal demais", disse Johnny.

"Terrivelmente normal demais", disse Patrick, batendo com o punho na palma da mão.

"Por sorte, podemos ajudá-lo nisso", disse Johnny com a voz de um sábio médico americano paternalista, "graças ao Xywyz, um remédio inovador que utiliza apenas as últimas quatro letras do alfabeto."

"Que incrível!", disse Patrick, estupefato.

Johnny lançou-se num rápido aviso legal: "Não tome Xywyz se você está fazendo uso de água ou de outros agentes hidratantes. Possíveis efeitos colaterais incluem cegueira, incontinência, aneurisma, insuficiência hepática, tontura, erupção cutânea, depressão, hemorragia interna e morte súbita".

"Eu não ligo", gemeu Patrick, "eu quero mesmo assim. Preciso disso."

Os dois homens ficaram em silêncio. Eles inventavam pequenos esquetes fazia décadas, desde a época em que fumavam cigarros, e depois baseados, na escada de incêndio nos intervalos das aulas.

"Ela perguntou sobre a celebração", disse Patrick, enquanto eles chegavam ao patamar.

"Talvez ela conhecesse sua mãe."

"Às vezes as melhores explicações são as mais simples", admitiu Patrick, "embora ela talvez seja uma obcecada por funerais tendo um surto maníaco."

O som de garrafas sendo abertas fez Patrick lembrar que só fazia um ano que Gordon, o sábio moderador escocês, o havia entrevistado antes de ele se juntar ao Grupo de Depressão para as sessões diárias. Gordon chamou sua atenção para "o alcoólico atrás do álcool".

"Você pode tirar o brandy do bolo de frutas", disse ele, "mas ainda fica com o bolo de frutas."

Patrick, que havia passado a noite num estado de alucinação febril e mal-estar cósmico, não estava no clima para concordar com nada.

"Não acho que você possa tirar o brandy do bolo de frutas", disse ele, "ou os ovos do suflê, ou o sal do mar."

"Foi só uma metáfora", justificou Gordon.

"Só uma metáfora!", bradou Patrick. "A metáfora é todo o problema, o solvente dos pesadelos. No âmago fundido das coisas tudo se assemelha a tudo o mais: esse é o horror."

Gordon deu uma olhada na folha de Patrick para se certificar de que ele havia tomado sua última dose de oxazepam.

"O que eu realmente estou perguntando", ele insistiu, "é contra o que você vem se automedicando, afinal, se não é contra a depressão?"

"Personalidade instável, raiva narcisista, tendências esquizoides…" Patrick sugeriu alguns adendos plausíveis.

Gordon caiu numa gargalhada terapêutica. "Excelente! Você veio com algum autoconhecimento no currículo."


Patrick deu uma olhada na escada para se certificar de que a mulher da amitriptilina não estava por perto.

"Eu a vi duas vezes", ele disse a Johnny, "uma no começo da minha estadia lá e outra no meio, quando eu estava começando a melhorar. Na primeira vez ela me deu uma aula sobre as alegrias da amitriptilina, mas na segunda nem nos falamos, eu apenas a vi fazendo o mesmo discurso para alguém do meu Grupo de Depressão."

"Então ela era uma espécie de Velha Marinheira da Amitriptilina."

"Exato."

Patrick lembrava com clareza da segunda vez que a vira, porque tinha sido no dia crucial de sua estadia. Uma clareza crua começava a substituir o mal-estar da abstinência e do delírio de sua primeira quinzena. Ele vinha passando mais e mais tempo sozinho no jardim, sem querer se afogar no falatório de um almoço em grupo ou ficar um pouco mais de tempo em seu quarto além do que já passava. Certo dia ele estava sentado no banco mais afastado do jardim, quando subitamente começou a chorar. Não havia nada no pedaço de céu pálido ou na visão parcial de uma árvore que justificasse esse sentimento de felicidade estética; nenhum pombo arrulhava no galho, nenhuma música de ópera distante chegava pelo gramado, nenhuma flor de açafrão estremecia ao pé da árvore. Algo não visto e não provocado invadira seu olhar depressivo e se espalhara como uma corrida do ouro pelas ruínas de seu cérebro cansado. Ele não tinha nenhum controle sobre a fonte de seu alívio. Não havia repensado ou afastado a depressão; ela apenas havia cedido a outra forma de ser. Ele estava chorando de gratidão, mas também de frustração por não ser capaz de garantir um fornecimento desse novo bem precioso. Sentiu as profundezas de seu próprio materialismo psicológico e viu fracamente que aquilo estava em seu caminho, mas o hábito de agarrar qualquer coisa capaz de aliviar sua infelicidade era forte demais, e o senso de beleza gratuita que havia brilhado através dele desapareceu enquanto tentava descobrir como capturá-lo e torná-lo útil.

Nisso a mulher da amitriptilina apareceu, e com o mesmo suéter verde e a mesma saia de tweed com que ele a vira na primeira vez. Ele lembrava de ter pensado que ela devia ter vindo com uma mala pequena.

"Mas os filhos da mãe não me dão nada...", ela dizia a Jill, uma participante chorosa do Grupo de Depressão de Patrick.

Jill tinha saído correndo da sessão daquela manhã, chorando, depois de sua sugestão de que o grupo considerasse a palavra God, Deus, como um acrônimo de Gift of Desperation (presente do desespero) ter sido recebida pelo amargo e grosso Terry com as palavras "Dá licença, mas preciso ir ali vomitar".

Aflito para escapar de uma conversa com as duas mulheres, Patrick fugiu para trás dos ramos escuros e laterais de um cedro.

"Sua sortuda…" O discurso da amitriptilina continuava em seu curso inevitável.

"Mas ninguém me deu nada", protestou Jill, claramente sentindo a presença de Deus enquanto lágrimas brotavam de novo em seus olhos.

"Na última vez que a vi, fiquei preso atrás de um cedro por vinte minutos", Patrick explicou a Johnny enquanto eles entravam num salão azul-claro com janelas altas francesas se abrindo para um plácido jardim comunitário. "Quando a vi chegar, corri para trás de uma árvore enquanto elas se apossavam do banco em que eu estava."

"Bem feito, por você ter abandonado sua companheira de depressão", disse Johnny.

"Eu estava tendo uma epifania."

"Ah, bem…"

"Tudo parece tão distante."

"A epifania ou o Priory?"

"Ambos", disse Patrick, "ou pelo menos pareciam até essa mulher aparecer."

"Talvez o insight surja quando você precisa sair do hospício. A maluca lá embaixo pode ser um catalisador."

"Tudo pode ser um catalisador", observou Patrick. "Qualquer coisa pode ser evidência, qualquer coisa pode ser uma pista. Nunca podemos nos dar ao luxo de baixar a guarda."

"Por sorte, podemos ajudá-lo nisso", disse Johnny de novo com sua voz de médico americano, "graças ao Vigilante. Disputado por pilotos de caça, presidindo presidentes, aterrorizando terroristas, o negócio por trás dos negócios da América. *Vigilante: Mantendo nossos líderes em ação vinte e quatro horas por dia.*" A voz de Johnny mudou para um rápido murmúrio. "Não use

Vigilante se você tiver pressão alta, pressão baixa ou pressão normal. Consulte seu médico se sentir dores no peito, as pálpebras inchadas, as orelhas alongadas…"

Patrick se desligou do aviso legal e olhou em volta do salão quase vazio. Nancy já estava bem avançada num prato de sanduíches na ponta mais distante de uma longa mesa entulhada de comida, demais para o pequeno grupo de enlutados. Henry estava parado ao lado dela, conversando com Robert. Atrás da mesa, havia uma garçonete excepcionalmente bonita, com um pescoço comprido, maçãs de rosto salientes e cabelo preto curto. Ela deu a Patrick um sorriso aberto e amigável. Devia ser uma atriz iniciante fazendo bico entre um teste e outro. Era absurdamente atraente. Ele queria ir embora com ela agora mesmo. Por que ela parecia tão irresistível? Será que a mesa de comida quase intacta a fazia parecer generosa e também encantadora? Qual era a aproximação adequada numa ocasião dessas? Minha mãe morreu e preciso me animar? Minha mãe nunca me deu comida suficiente e você parece que poderia fazer isso muito melhor? Patrick soltou uma gargalhada rápida e particular diante do absurdo desses impulsos tirânicos, da profundidade de sua dependência, da fantasia de ser salvo, da fantasia de ser nutrido. Havia passado demais pesando sobre sua atenção, levando-o para baixo da linha de flutuação, inundando-o com impulsos primitivos e pré-verbais. Imaginou-se sacudindo seu inconsciente, como um cachorro saindo do mar. Foi até a mesa, pediu um copo de água com gás e deu à garçonete um sorriso simples e sem futuro. Agradeceu e se virou decidido. Uma performance um tanto vazia; ele ainda a achava absolutamente adorável, mas viu a atração pelo que ela era: sua própria fome, sem um mínimo de implicação interpessoal.

Ele se lembrou de Jill, do seu Grupo de Depressão, que havia reclamado um dia que tinha um "problema de relacionamento — bem, o problema é que a pessoa com quem eu tenho um relacionamento não sabe que temos um relacionamento".

A confissão havia arrancado gargalhadas zombeteiras de Terry.

"Não é à toa que você está se tratando pela nona vez", disse Terry.

Jill saiu correndo da sala, chorando.

"Você vai ter que se desculpar por isso", disse Gordon.

"Mas eu fui sincero."

"Por isso você tem que se desculpar."

"Mas eu não estaria sendo sincero se me desculpasse", argumentou Terry.

"Finja e atinja, cara", disse Gary, o americano cuja mãe oportunista se fazendo de turista tinha causado tanta comoção na primeira sessão de Patrick no grupo.

Patrick se perguntou se estava fingindo para atingir — uma frase que sempre o encheu de aversão — ao se afastar tão resolutamente de uma mulher que ele teria preferido seduzir. Não, a sedução é que seria o fingimento, o complexo de Casanova que iria forçá-lo a mascarar seus anseios infantis com a aparência de comportamento adulto: cortesia, conversação, cópula, comentário; mecanismos elaborados para distanciá-lo do bebê impotente cujos gritos ele não suportava ouvir. A glória da morte de sua mãe estava em ela não poder mais se colocar no caminho dos instintos maternais dele próprio com sua presumível presença maternal e impedi-lo de abraçar a ruína inconsolável que ela tinha dado à luz.

# 12.

Conforme o salão começava a se encher, Patrick foi arrancado de seus pensamentos particulares e trazido de volta a seu papel de anfitrião. Nicholas passou por ele com uma indiferença altiva para se juntar a Nancy no outro lado do salão. Mary aproximou-se com a mulher da amitriptilina atrás dela, seguida de perto por Thomas e Erasmus.

"Patrick", disse Mary, "você deve conhecer Fleur, ela é uma velha amiga de sua mãe."

Patrick trocou um aperto de mão educado, maravilhado com o nome francês excêntrico dela. Agora que ela havia tirado o sobretudo, ele viu o suéter verde e a saia de tweed que ele reconheceu do Priory. Batom vermelho brilhante no formato de uma boca sombreava a própria boca de Fleur, cerca de um centímetro à direita, dando a impressão de uma palhaça de circo pega no meio da remoção da maquiagem.

"Como você conheceu…", começou Patrick.

"Papai!", disse Thomas, empolgado demais para não interromper. "Erasmus é um filósofo de verdade!"

"Ou pelo menos um filósofo realista", disse Erasmus.

"Eu sei, querido", disse Patrick, bagunçando o cabelo do filho. Thomas não via Erasmus fazia um ano e meio, e claramente a categoria de filósofo havia entrado em evidência durante esse tempo.

"Quero dizer", disse Thomas, parecendo muito filosófico, "sempre pensei que o problema com Deus é: quem criou Deus? E", acrescentou, pegando o jeito da coisa, "quem criou quem quer que tenha criado Deus?"

"Ah, uma regressão infinita", disse Erasmus com tristeza.

"Certo, então", disse Thomas, "quem criou a regressão infinita?" Ele ergueu os olhos para o pai, para ver se estava argumentando filosoficamente.

Patrick lhe deu um sorriso encorajador.

"Ele é assustadoramente inteligente, não?", disse Fleur. "Ao contrário dos meus, que mal conseguiam formar uma sentença completa até chegarem na adolescência, e então foi só para me insultar; e ao contrário do pai deles também, que merecia isso, claro. Monstros totais."

Mary escapou com Thomas e Erasmus, abandonando Patrick com Fleur.

"A adolescência é assim mesmo", observou Patrick, imperturbavelmente resoluto. "Então, como você conheceu Eleanor?"

"Eu adorava sua mãe. Acho que ela foi uma das pouquíssimas pessoas boas que conheci. Ela realmente salvou a minha vida — acho que já faz uns trinta anos — ao me dar um emprego numa das lojas de caridade que ela administrava para o fundo Save the Children."

"Lembro dessas lojas", disse Patrick, percebendo que Fleur ganhava impulso e não queria ser interrompida.

"Algumas pessoas me consideravam", continuou Fleur, sem parar, "bem, na verdade todo mundo exceto sua mãe, alguém não empregável por causa dos meus surtos, mas eu simplesmente precisava sair de casa e *fazer* alguma coisa, então sua mãe foi uma bênção total. Depressa ela me pôs para embalar roupas de segunda mão. Costumávamos mandá-las para a loja em que achávamos que elas iam se sair melhor, mantendo as peças realmente boas na nossa loja em Launceston Place, logo depois da esquina da sua casa."

"Sim", disse Patrick rapidamente.

"Nos divertíamos tanto...", relembrou Fleur, "parecíamos duas colegiais, segurando as roupas e dizendo: 'Richmond, acho' ou '*Muito* Cheltenham'. Às vezes nós duas gritávamos 'Rochdale!' ou 'Hemel Hempstead!' ao mesmo tempo. Ah, como a gente ria. Quando sua mãe já confiava em mim o bastante, me pôs no caixa e me deixou cuidando da loja o dia todo, infelizmente tive um dos meus surtos. Tínhamos um casaco de pele naquela manhã — era a época em que as pessoas jogavam tinta neles se alguém usasse um —, um casaco de zibelina incrível, e acho que foi isso que me deu nos nervos. Fui possuída por uma necessidade de fazer algo realmente glamoroso, então fechei a loja, peguei todo o dinheiro da caixa registradora e pus o casaco de pele — não era muito apropriado em pleno junho, mas eu tinha que vesti-lo. Saí, chamei um táxi e disse: 'Leve-me para o Ritz!'."

Patrick olhou ansioso em redor do salão, perguntando-se se conseguiria escapar.

"Eles tentaram tirar o casaco de mim", acelerou Fleur, "mas nem dei ouvidos e fiquei sentada no Palm Court numa pilha de zibelina, bebendo coquetéis de champanhe e falando com quem quer que me ouvisse, até um garçom supervisor assustadoramente pomposo pedir que eu saísse porque eu estava 'incomodando os outros hóspedes'! Dá pra imaginar a grosseria? Bem, no fim o dinheiro que eu tinha pegado do caixa não era suficiente para pagar a conta enorme e então o desgraçado do hotel insistiu em ficar com o casaco, o que acabou sendo bastante inconveniente, porque a senhora que o havia doado para nós voltou e disse que tinha mudado de ideia..."

A essa altura Fleur já estava agitada, se esforçando para acompanhar seus pensamentos. Patrick tentou chamar a atenção de Mary, mas ela parecia o estar ignorando de propósito.

"Só o que eu posso dizer é que sua mãe foi maravilhosa. Ela foi lá, pagou a conta e recuperou o casaco. Ela disse que estava acostumada com aquilo porque vivia pagando as contas de bar do pai dela em lugares luxuosos, e não se incomodava nem um pouco com aquilo. Ela foi uma santa total, deixou que eu continuasse cuidando da loja quando estava fora, dizendo que tinha certeza de que eu não faria aquilo de novo — o que, infelizmente sou obrigada a dizer, eu fiz, e mais de uma vez."

"Gostaria de uma bebida?", perguntou Patrick, voltando na direção da garçonete com um desejo renovado. Talvez ele devesse fugir com ela, afinal. Quis beijar a veia pulsante de seu pescoço comprido.

"Eu realmente não devia, mas aceito um gim-tônica", disse Fleur, mal fazendo uma pausa antes de continuar. "Você deve ter muito orgulho de sua mãe. Ela fez uma imensidade de bem prático, o único tipo de bem que de fato *existe*, tocando centenas de vidas, entregando-se àquelas lojas com tremenda energia. Não tenho dúvida de que ela teria sido uma empresária, se tivesse precisado de dinheiro, pelo modo como ela costumava partir para a Harrogate Trade Fair com uma leveza nos pés."

Patrick sorriu para a garçonete e em seguida baixou os olhos timidamente para a toalha da mesa. Quando voltou a erguê-los, os olhos dela sorriam para ele com simpatia. Estava claro que ela entendia tudo. Era maravilhosamente inteligente bem como inacreditavelmente encantadora. Quanto mais Fleur falava de Eleanor, mais ele queria começar uma nova vida com a garçonete. Pegou o gim-tônica dela com ternura e o entregou à tagarela Fleur, que parecia estar dizendo "Bem, você sente?" por razões que ele nem imaginava.

"Sinto o quê?", perguntou ele.

"Orgulho de sua mãe?"

"Acho que sim", disse Patrick.

"Como 'acha que sim'? Você é pior que os meus filhos. Monstros totais."

"Escuta, foi um grande prazer te conhecer", disse Patrick, "e espero que voltemos a nos falar, mas acho que eu preciso circular."

Ele se afastou de Fleur sem cerimônia e, querendo passar a impressão de que tinha um objetivo firme, caminhou em direção a Julia, que estava sozinha junto à janela bebendo uma taça de vinho branco.

"Socorro!", disse Patrick.

"Ah, oi", disse Julia. "Eu estava aqui apenas olhando distraidamente para fora, mas não tão distraída a ponto de não perceber você flertando com aquela garçonete bonita."

"Flertando? Eu não disse uma palavra."

"Nem precisava, querido. Um cachorro não precisa dizer uma palavra quando senta ao nosso lado na sala de jantar choramingando enquanto fios de saliva balançam na direção do tapete; a gente sabe muito bem o que ele quer."

"Admito que me senti vagamente atraído por ela, mas foi só depois que aquela lunática grisalha começou a falar comigo é que a garçonete começou a me parecer a última árvore em que eu poderia me agarrar antes do rugido das corredeiras."

"Que poético. Você ainda está tentando ser salvo."

"De forma alguma; estou tentando não querer ser salvo."

"Um progresso."

"Um movimento implacável para a frente", disse Patrick.

"E quem é essa lunática que te forçou a flertar com a garçonete?"

"Ah, ela trabalhava na loja de caridade da minha mãe anos atrás. Sua experiência com Eleanor foi tão diferente da minha que me fez perceber que eu não estou no comando do significado da vida da minha mãe e que me engano em supor que posso chegar a alguma conclusão peremptória sobre isso."

"Com certeza você pode chegar a uma conclusão sobre o que significa para você."

"Nem disso tenho mais certeza", afirmou Patrick. "Começo a me dar conta de como me sinto inconclusivo a respeito dos meus pais. Não há nenhuma verdade final; é mais como ser capaz de sair para andares diferentes do mesmo prédio."

"Parece terrivelmente cansativo", reclamou Julia. "Não seria mais simples apenas odiá-los do fundo do coração?"

Patrick caiu na risada.

"Eu pensava que meu pai me fosse indiferente. Achava que a indiferença era a grande virtude, sem a condescendência moral incorporada ao perdão, mas a verdade é que sinto tudo: desprezo, raiva, pena, horror, ternura, indiferença."

"Ternura?"

"Quando penso em como ele era infeliz. Quando tive meus próprios filhos e senti a força do meu instinto de protegê-los, meu choque se renovou por ele ter feito mal ao seu filho de forma deliberada. Então o ódio voltou."

"E você praticamente abandonou a indiferença."

"Pelo contrário, apenas reconheci com quantas coisas posso ser indiferente. O ódio incandescente e o horror puro não invalidam a indiferença, eles dão uma chance para ela se expandir."

"Uma escada de indiferença para subir", disse Julia.

"Isso."

"Será que eu posso fumar aqui fora?", disse Julia, abrindo as janelas francesas e saindo. Patrick seguiu-a até a sacada estreita e sentou na beira da balaustrada de estuque branco. Enquanto ela pegava seu maço de Camel Blue, os olhos de Patrick traçaram o elegante perfil que ele muitas vezes analisara do travesseiro vizinho, agora enquadrado contra a modesta promessa de árvores ainda desfolhadas. Observou Julia beijar o filtro do cigarro e sugar a chama oscilante do isqueiro para dentro do tabaco firmemente embalado. Depois da primeira e imensa tragada, fumaça subiu acima do lábio superior dela, apenas para ser puxada de volta pelo nariz para os pulmões que se expandiam e por fim ser solta, de início numa baforada espessa, depois em pequenos sopros, em anéis deformados e paredões flutuantes formados pelas palavras esfumaçadas delas.

"Então você hoje está se exercitando com um afinco especial na sua escada interna de indiferença?"

"Senti uma mistura estranha de euforia e queda livre. Há algo de frio e objetivo na morte comparado com a solidão brutal de morrer que a doença de minha mãe me forçou a imaginar ao longo dos últimos quatro anos. De certo modo, posso pensar nela com clareza pela primeira vez, longe da confusão de uma empatia que não era nem compassiva nem salutar, mas uma espécie de substituto para o próprio horror de Eleanor."

"Não seria ainda melhor não pensar nunca nela?", perguntou Julia com uma segunda tragada lânguida de fumaça de cigarro.

"Não, hoje não", disse Patrick, de súbito repelido pela superfície envernizada de Julia.

"Ah, claro, hoje não — entre tantos outros dias", disse Julia, sentindo a deserção dele. "Só quis dizer no fim de tudo."

"As pessoas que nos dizem para 'superar isso' e 'seguir em frente apesar de' são as menos capazes de ter a experiência direta que censuram os voltados para o próprio umbigo por evitar", disse Patrick, no estilo de acusação que adotava quando se defendia. "O 'apesar de' que vão fazê-los 'seguir em frente' é uma

433

reencenação fantasmagórica de hábitos irrefletidos. Não pensar em alguma coisa é a forma mais segura de permanecer sob sua influência."

"Tem razão, fui pega no flagra", disse Julia, desconcertada com a sinceridade de Patrick.

"O que será que significaria ser espontâneo, ter uma resposta não condicionada para as coisas — para qualquer coisa? Ninguém sabe, essa é que é a verdade, mas eu não quero morrer sem descobrir."

"Humm", fez Julia, claramente nem um pouco tentada pelo projeto obscuro de Patrick.

"Com licença", disse uma voz atrás deles.

Patrick olhou em volta e viu a linda garçonete. Tinha esquecido que estava apaixonado por ela, mas agora tudo aquilo voltou.

"Ah, oi", ele disse.

Ela mal demonstrou notá-lo, mas manteve os olhos fixos em Julia.

"Sinto muito, mas você não pode fumar aqui fora", disse.

"Ah, meu Deus", disse Julia, dando uma tragada no cigarro, "eu não sabia. É curioso, porque aqui já é um ambiente externo."

"Bem, tecnicamente ainda é parte do clube e você não pode fumar em nenhum lugar do clube."

"Entendo", disse Julia, continuando a fumar. "Bem, então é melhor eu apagá-lo." Deu outra longa tragada no cigarro quase terminado, atirou-o no chão da sacada e apagou-o sob os pés. Depois voltou ao salão.

Patrick esperou que a garçonete olhasse para ele com cumplicidade e divertimento, mas ela retornou a seu posto atrás da longa mesa sem olhar em sua direção.

A garçonete era imprestável. Julia era imprestável. Eleanor era imprestável. Até Mary, no final das contas, era imprestável e não impediria que ele voltasse para o seu conjugado sozinho e sem nenhum tipo de consolo.

Não eram as mulheres as culpadas; era a ilusão onipotente dele: a própria ideia de que elas estavam ali para lhe ser úteis. Devia se lembrar disso na próxima vez que uma daquelas vacas inúteis o deixasse na mão. Patrick soltou outra gargalhada. Estava se sentindo um pouquinho doido. Casanova, o misógino; Casanova, o bebê faminto. A inadequação no âmago podre do exagero. Observou um véu modesto de autodesprezo pousar sobre o tema de suas relações com mulheres, tentando impedi-lo de se aprofundar mais. O autodesprezo era a saída mais fácil, devia rasgá-lo e se permitir ficar inconsolado. Ansiava pelas demandas austeras dessa palavra como uma bebida fria depois do oásis seco da consolação. De volta a seu conjugado inconsolado, mal podia esperar.

Estava ficando frio na sacada e Patrick queria voltar para dentro, mas foi impedido por sua relutância de se juntar a Kettle e Mary, paradas logo do outro lado das janelas francesas.

"Vejo que você e Thomas estão grudados um no outro", disse Kettle, lançando um olhar invejoso para o neto pendurado confortavelmente no pescoço da mãe.

"Ninguém espera ignorar os filhos de forma tão total como você fez", disse Mary com um suspiro.

"Como assim? Nós sempre… nos comunicamos."

"Nos comunicamos! Você lembra o que você me disse quando ligou na escola para me dizer que o papai tinha morrido?"

"Como aquilo tudo era horrível, imagino."

"Eu não conseguia falar de tão triste, e você disse para eu me *animar*. Me *animar*! Você nunca teve ideia de quem eu era e ainda não tem."

Mary virou as costas com um grunhido de exasperação e seguiu para o outro lado do salão. Kettle recebeu o resultado inevitável do rancor dela com uma expressão atônita de incompreensão. Patrick se demorou na sacada, esperando que ela se afastasse, mas em vez disso Annette se aproximou para conversar com ela.

"Olá, querida", disse Annette, "como você está?"

"Bem, acabei de receber um esculacho da minha filha, então por ora estou em estado de choque."

"Mães e filhos...", disse Annette com ar sábio. "Talvez devêssemos montar uma oficina sobre essa dinâmica e tentá-la a voltar para a Fundação."

"Uma oficina sobre mães e filhos me deixaria tentada a ficar longe", disse Kettle. "Não que eu precise de muito encorajamento para ficar longe; acho que já tive o bastante de xamanismo."

"Abençoada seja", disse Annette. "Eu não vou sentir que tive o bastante até estar totalmente conectada à fonte de amor incondicional que habita cada alma neste planeta."

"Pois eu estabeleci metas bem mais modestas para mim", disse Kettle. "Já me sinto aliviada só de não estar chacoalhando um chocalho com os olhos lacrimejando por causa de toda a fumaça daquela fogueira desgraçada."

Annette soltou uma gargalhada tolerante.

"Bem, sei que Seamus adoraria te ver de novo e que ele achou que você iria se beneficiar especialmente da nossa oficina Caminhando com a Deusa — Adentrando o Poder do Feminino. Eu mesma vou participar."

"Como está Seamus? Imagino que agora ele já tenha se mudado para a casa principal."

"Ah, sim, ele está no antigo quarto de Eleanor, esnobando a todos nós."

"O quarto em que Patrick e Mary ficavam, com vista para os olivais?"

"Ah, é uma vista gloriosa, não é? Mas, olha, eu adoro o meu quarto com vista para a capela."

"Aquele é o meu quarto", disse Kettle. "Eu sempre ficava nele."

"Não é engraçado como a gente se apega às coisas?", observou Annette, rindo. "No entanto, no final, nem mesmo os nossos corpos são realmente nossos; eles pertencem à Terra — à Deusa."

"Ainda não", disse Kettle com firmeza.

"Te digo uma coisa", disse Annette, "se você vier para a oficina sobre a Deusa, pode ter o seu antigo quarto de volta. Eu não me importo de sair; fico feliz em qualquer lugar. E Seamus vive falando sobre 'se mover do paradigma da propriedade para o paradigma da participação', e se os facilitadores da Fundação não fizerem isso, não podemos esperar que ninguém o faça."

O objetivo de Patrick era sair da sacada sem chamar a atenção, portanto reprimiu seu desejo de ressaltar que Seamus se movera na direção oposta, de participar da caridade de Eleanor para ocupar sua propriedade.

Kettle ficou claramente confusa com o gentil oferecimento de Annette de seu antigo quarto. Sua lealdade a seu mau humor não costumava ser facilmente abalada, no entanto foi difícil ver o que mais ela poderia fazer além de agradecer a Annette.

"É gentil demais de sua parte", disse com desdém.

Patrick aproveitou a oportunidade e disparou para fora da sacada, passando atrás de Kettle com tanta determinação que a empurrou contra a ruidosa xícara de chá de Annette.

"Cuidado", esbravejou Kettle antes de ver quem tinha tropeçado nela. "Francamente, Patrick", acrescentou quando viu o culpado.

"Ah, meu Deus, você está coberta de chá", disse Annette.

Patrick não parou, apenas disse "Desculpe" por cima do ombro enquanto atravessava o salão a passos largos. Continuou até o patamar e, sem saber para onde estava indo, desceu as escadas trotando com uma das mãos deslizando de leve no corrimão, como um homem chamado por negócios urgentes.

# 13.

Mary sorriu para Henry do outro lado do salão e começou a se dirigir para lá, mas antes de alcançá-lo Fleur surgiu à sua frente.

"Espero não ter ofendido seu marido", disse. "Ele se afastou de mim de forma abrupta e agora parece ter saído de vez do salão."

"É um dia difícil para ele", disse Mary, fascinada com o batom de Fleur, que tinha sido retocado, principalmente sobre o antigo tracejado torto em volta da boca e também nos dentes da frente.

"Ele já teve problemas mentais?", quis saber Fleur. "Pergunto porque — só Deus sabe! — já tive minha cota e sou muito boa em identificar outras pessoas com um parafuso solto."

"Você parece muito bem agora", disse Mary, mentindo virtuosamente.

"Engraçado você dizer isso", respondeu Fleur, "porque esta manhã eu pensei: 'Não faz sentido tomar suas pílulas quando você se sente tão bem'. Eu me sinto muito, muito bem, sabe."

Mary recuou instintivamente. "Ah, que bom", disse.

"Sinto como se algo incrível fosse acontecer comigo hoje", continuou Fleur. "Não acho que já atingi todo o meu potencial, sinto como se pudesse fazer qualquer coisa, como se pudesse ressuscitar os mortos!"

"Essa é a última coisa que alguém esperaria nesta celebração", disse Mary com uma risada alegre. "Por favor, pergunte a Patrick antes se é Eleanor que você tem em mente."

"Ah, eu adoraria ver Eleanor de novo", disse Fleur, como se endossando a candidata de Mary para ressuscitar e prestes a realizar a operação necessária.

"Você me dá licença?", disse Mary. "Preciso ir falar com o primo de Patrick. Ele veio dos Estados Unidos e nós nem sabíamos que ele viria."

"Eu adoraria ir aos Estados Unidos", disse Fleur. "Na verdade, eu poderia voar para lá hoje no fim da tarde."

"De avião?", perguntou Mary.

"Sim, claro… Ah!", interrompeu-se Fleur. "Entendo o que você quer dizer."

Ela estendeu os braços, projetou a cabeça para a frente e balançou de um lado a outro, com uma explosão de riso tão alta que Mary sentiu todos na sala olhando na direção delas.

Esticou a mão e tocou o braço estendido de Fleur, sorrindo para ela a fim de mostrar o quanto havia gostado de partilhar a encantadora piada das duas, mas virando-se firmemente para se juntar a Henry, que estava sozinho num canto do salão.

"A risada daquela mulher é um estouro", disse Henry.

"Tudo nela é um estouro, é isso que me preocupa", observou Mary. "Tenho a sensação de que ela vai fazer algo muito doido antes de irmos para casa."

"Quem é ela? É meio exótica."

Mary reparou no quanto os cílios de Henry se destacavam contra a clara translucidez dos olhos dele.

439

"Nenhum de nós a conhece. Ela simplesmente apareceu de forma inesperada."

"Como eu", disse Henry, com uma cortesia de igualitário.

"Exceto pelo fato de que nós o conhecemos e estamos muito felizes em ver você", disse Mary, "especialmente porque não apareceu muita gente. Eleanor perdeu contato com as pessoas; sua vida social era muito desintegrada. Tinha uns poucos bolsinhos de amizade, cada um supondo que houvesse algo mais central, mas na verdade não havia nada no meio. Nos dois últimos anos, fui a única pessoa que a visitei."

"E Patrick?"

"Não, ele não ia. Ela ficava muito infeliz quando o via. Estava desesperada para dizer alguma coisa, mas não conseguia. E não estou me referindo só à parte mecânica, à incapacidade que ela tinha de falar nos últimos dois anos. Quero dizer que ela jamais poderia ter dito o que queria dizer a ele, ainda que tivesse sido a pessoa mais articulada do mundo, porque ela não sabia o que era, mas quando ficou doente sentiu a pressão disso."

"Que horrível", disse Henry. "É o que todos tememos."

"Por isso é que devemos baixar nossas defesas enquanto ainda é um ato voluntário", disse Mary, "do contrário elas vão ser destruídas e nós seremos inundados por um horror inominável."

"Pobre Eleanor, sinto muita pena dela", disse Henry.

Ambos ficaram em silêncio por algum tempo.

"Nesse momento os ingleses geralmente dizem: 'Bem, que tema mais alegre!' para disfarçar seu constrangimento de ser sérios", observou Mary.

"Vamos só ficar com a tristeza mesmo", disse Henry com um sorriso amável.

"Estou realmente contente que você tenha vindo", disse ela. "Seu amor por Eleanor era tão descomplicado, ao contrário do de todo mundo."

"Meu repolhinho", disse Nancy, agarrando o braço de Henry com a ânsia exagerada de um passageiro naufragado que descobre não ser o único sobrevivente de sua família, "graças a Deus! Salve-me daquela mulher horrorosa de suéter verde! Não posso acreditar que minha irmã a conhecia — socialmente. Quero dizer, essa reunião de fato é uma coisa extraordinária. Eu realmente não sinto que seja um evento dos Jonson. Quando penso no funeral de mamãe ou no de tia Edith. Oitocentas pessoas apareceram no de mamãe, metade do gabinete francês, e o Aga Khan, os Windsor; *todo mundo* estava lá."

"Eleanor escolheu um caminho diferente", disse Henry.

"Está mais para uma trilha forçada", disse Nancy, revirando os olhos.

"Eu não dou a mínima para quem vai ao meu funeral", disse Henry.

"Isso é porque você sabe que ele vai estar lotado de senadores e gente glamorosa, mulheres chorando!", disse Nancy. "O problema dos funerais é que eles são muito de última hora. É aí que entram os memoriais, claro, mas não é a mesma coisa. Há algo de dramático num funeral, embora eu não suporte caixões abertos. Você lembra do tio Vlad? Ainda tenho pesadelos com ele deitado lá naquele uniforme dourado e branco parecendo tão *abatido*. Ah, Deus, formação defensiva", gemeu Nancy, "o duende verde está olhando para mim de novo!"

Fleur experimentava uma sensação de prazer e potência irreprimíveis enquanto esquadrinhava o salão à procura de alguém que ainda não tinha se beneficiado de sua conversa. Ela conseguia entender todas as correntes que fluíam pelo salão; só precisava olhar para a pessoa para enxergar as profundezas de sua alma. Graças a Patrick Melrose, que ficou distraindo a garçonete, pegando o número de telefone dela, Fleur fora capaz de misturar sua própria bebida, um copo cheio de gim com um respingo de tônica, em vez do contrário. Que importância tinha? O mero álcool não podia degradar sua percepção luminosa. Depois de dar um grande gole em seu copo manchado de batom, ela caminhou até Nicholas Pratt, determinada a ajudá-lo a entender a si mesmo.

"Você já teve problemas mentais?", perguntou a Nicholas, mirando-o com um olhar intrépido.

"Já nos conhecemos?", perguntou Nicholas, olhando com frieza para a estranha que estava em seu caminho.

"Só estou perguntando porque pressinto essas coisas", continuou Fleur.

Nicholas hesitou entre o impulso de destruir totalmente essa velha maluca metida num suéter comido por traças e a tentação de se gabar de sua robusta saúde mental.

"Bem, você já teve?", insistiu Fleur.

Nicholas ergueu sua bengala por um breve momento, como se para enxotar Fleur para o lado, plantou-a de volta com mais firmeza no carpete e se apoiou totalmente nela. Inalou o ar gelado e revigorante do desprezo que entrava pela janela arrombada pela pergunta impertinente de Fleur; desprezo que sempre o deixara, embora fosse ele a dizer isto, ainda mais articulado.

"Não, eu não tive 'problemas mentais'", trovejou ele. "Mesmo nessa época degenerada de confissões de culpa e reclamações, não conseguimos virar a realidade totalmente de cabeça para baixo. Quando o vocabulário da falação freudiana é esvaziado em cada conversa, como vinagre num jornal cheio de batatas fritas encharcadas, alguns de nós optam por não *se empanturrar*." Nicholas esticou o pescoço para a frente enquanto cuspia a frase inculta.

"Gente sofisticada ama suas 'síndromes'", continuou, "e mesmo o tolo mais simplório se sente no direito de ter um 'complexo'. Como se já não fosse ridículo o bastante todas as crianças serem 'talentosas', elas agora também têm de ser doentes: um toque de síndrome de Asperger, um pouco de autismo; a dislexia assombra o pátio no recreio; as pobres coisinhas talentosas sofreram 'bullying' na escola; se não podem confessar que foram abusadas, elas devem confessar que foram abusivas. Bem, minha cara senhora", Nicholas riu ameaçadoramente, "te chamo de 'minha cara' pelo que sem dúvida é conhecido como *transtorno do déficit de sinceridade*, a menos que algum charlatão ambicioso, aportando nas escaldantes praias sarcásticas do grande continente da ironia, tenha reivindicado a inversão de significado superficial com *doença de Potter* ou *icterícia de Jones* — não, minha *cara* senhora, eu não tenho o menor traço de doença mental. A paixão moderna pela patologia é um deslizamento de terra que foi forçado a se deter a alguma distância dos meus pés grandiosamente sãos. Só preciso andar na direção desse monte de lixo para que ele se separe, abrindo caminho para o homem impossível, o homem que está totalmente bem; psicoterapeutas debandam ao me verem, envergonhados de sua falsa profissão!"

"Você está completamente doido", disse Fleur, ácida. "Eu bem que achei. Ao longo dos anos desenvolvi o que chamo de 'meu pequeno radar'. Me coloque numa sala cheia de gente e eu te digo na hora quem tem *esse* tipo de problema."

Nicholas experimentou um momento de desespero ao perceber que sua eloquência fulminante não tinha tido nenhum impacto, mas, como um hábil dançarino de tango que gira abruptamente bem na beira da pista de dança, ele mudou de abordagem e gritou "Cai fora" com todas as suas forças.

Fleur olhou para ele com uma lucidez aprofundada.

"Um mês no Priory iria te deixar novo", concluiu, "iria te revestir com sua legítima mente, como diz o hino. Você conhece?" Fleur fechou os olhos e começou a cantar, arrebatada: "'Querido Deus e pai da humanidade/ Perdoe nossos tolos caminhos/ Revista-nos com nossa legítima mente...' Coisa maravilhosa. Vou trocar uma palavrinha com o dr. Pagazzi, sem dúvida ele é o melhor. Às vezes é bastante severo, mas só para o nosso bem. Olhe para mim: eu era uma doida varrida e agora estou feliz da vida".

Ela se inclinou para sussurrar confidencialmente a Nicholas. "Eu me sinto muito, muito bem, sabe."

Havia razões profissionais para Johnny não se envolver com Nicholas Pratt, cuja filha era sua paciente, mas a visão daquele homem monstruoso gritando com uma velhinha desgrenhada forçou sua reserva para além dos limites que ele até agora se impusera. Aproximou-se de Fleur e, de costas para Nicholas, perguntou-lhe baixinho se ela estava bem.

"Bem?", disse Fleur, rindo. "Eu estou ótima, melhor do que nunca." Ela se esforçou para transmitir sua sensação de plenitude. "Se existe uma coisa como estar bem demais, essa sou eu. Eu só estava tentando ajudar esse pobre homem, que já teve mais do que o bastante da sua cota de problemas mentais."

Tranquilizado por vê-la ilesa, Johnny sorriu para Fleur e começou a se retirar discretamente, mas a essa altura Nicholas já estava furioso demais para permitir que uma oportunidade daquelas passasse.

"Ah", disse, "aí está ele! Como uma prova num drama de tribunal, trazido no momento perfeito: um curandeiro em exercício, um fornecedor da psico-*paralisia*, um guia para as catacumbas, um guia para os esgotos; ele promete transformar os seus sonhos em pesadelos e cumpre suas promessas religiosamente", rosnou Nicholas, o rosto vermelho e os cantos da boca salpicados de uma saliva exausta. "O barqueiro do segundo rio do Inferno não aceita uma simples moeda, como seu colega proletário no Estige. Você vai precisar de um cheque polpudo para cruzar o Lete naquele submundo esquecido de bobagens perigosas, onde criancinhas desdentadas rasgam os mamilos dos peitos sem leite de suas mães."

Nicholas parecia estar lutando para respirar enquanto desfiava suas sentenças injuriosas.

"Nenhuma fantasia que você inventar", continuou, com esforço, "poderá ser tão repulsiva quanto as fantasias nas quais sua arte sinistra se baseia, poluindo a imaginação humana com bebês assassinos e crianças incestuosas..."

Nicholas subitamente parou de falar, a boca se esforçando para aspirar ar suficiente. Balançou para o lado sobre a bengala antes de dar uns dois passos cambaleantes para trás, cair contra a mesa e bater no chão. Agarrou a toalha de mesa enquanto caía, arrastando meia dúzia de copos. Uma garrafa de vinho tinto tombou de lado e seu conteúdo gorgolejou pela borda da mesa, espirrando em seu terno preto. A garçonete atirou-se para a frente e agarrou o balde de gelo semiderretido que estava escorregando na direção do corpo supino de Nicholas.

"Ah, meu Deus", disse Fleur, "ele se exaltou demais. 'Prendeu-se no próprio laço', como diz o ditado. É isso que acontece com gente que não pede ajuda", disse, como se discutindo o caso com o dr. Pagazzi.

Mary inclinou-se para a garçonete, o celular já aberto.

"Vou chamar uma ambulância", anunciou.

"Obrigada", disse a garçonete. "Vou descer para avisar a recepção."

Todos no salão se juntaram em volta da figura caída, olhando com um misto de curiosidade e alarme.

Patrick ajoelhou-se ao lado de Nicholas e começou a afrouxar sua gravata. Passado um bom tempo do ponto em que isso poderia ter sido útil, ele continuou a afrouxar o nó até remover a gravata. Só então abriu o último botão da camisa de Nicholas. Nicholas tentou dizer alguma coisa, mas estremeceu com o esforço e fechou os olhos, com asco de sua própria vulnerabilidade.

Johnny admitiu a satisfação de não ter desempenhado nenhum papel ativo no colapso de Nicholas. Em seguida olhou para o seu oponente caído, esparramado pesadamente no carpete, e de alguma forma a visão daquele pescoço velho, não mais enfeitado com uma gravata cara de seda preta, e sim enrugado, flácido e exposto, como se esperando a punhalada final, o encheu de pena e renovou seu respeito pelos poderes conservadores de um ego que preferia matar seu dono a permiti-lo mudar.

"Johnny?", disse Robert.

"Sim", respondeu Johnny, vendo Robert e Thomas olhando para ele com grande interesse.

"Por que aquele homem estava com tanta raiva de você?"

"É uma longa história", disse Johnny, "e uma que não tenho permissão para contar."

"Ele tem psico-paralisia?", perguntou Thomas. "Porque paralisia significa que você não pode se mexer."

Johnny não pôde deixar de rir, apesar do murmúrio solene que cercava o colapso de Nicholas.

"Bem, acho que esse seria um diagnóstico brilhante, mas Nicholas Pratt inventou essa palavra para tirar sarro da psicanálise, que é o meu campo de trabalho."

"O que é isso?", perguntou Thomas.

"É uma forma de ter acesso a verdades escondidas sobre seus sentimentos", disse Johnny.

"Tipo esconde-esconde?", perguntou Thomas.

"Exato", disse Johnny, "mas em vez de se esconder em armários, atrás de cortinas e debaixo de camas, esse tipo de verdade se esconde em sintomas, em sonhos, em hábitos."

"Podemos brincar?", perguntou Thomas.

"Podemos parar de brincar?", disse Johnny, mais para si mesmo do que para Thomas e Robert.

Julia se aproximou e interrompeu a conversa de Johnny com as crianças.

"Será o fim?", perguntou. "Isso já basta para desencorajar a pessoa a ter um acesso de raiva. Ah, meu Deus, aquela fanática religiosa está ninando a cabeça dele. Isso definitivamente acabaria comigo."

Annette estava sentada sobre os calcanhares ao lado de Nicholas, com as mãos em concha em volta da cabeça dele, os olhos fechados e os lábios se movendo muito de leve.

"Ela está rezando?", perguntou Julia, pasma.

"Que gesto gentil", disse Thomas.

"Dizem que nunca se deve falar mal dos mortos", disse Julia, "então é melhor eu me apressar. Sempre achei Nicholas Pratt medonho. Não sou uma grande amiga de Amanda, mas ele parece ter arruinado a vida da filha. Claro que você deve saber mais sobre isso do que eu."

Johnny não teve dificuldade para se manter em silêncio.

"Por que você não para de ser tão horrível?", disse Robert com paixão. "Ele é um velhinho que está doente e talvez esteja ouvindo o que você está dizendo, e não pode nem responder."

"É", disse Thomas, "não é justo, porque ele não pode responder."

A princípio Julia pareceu mais perplexa do que irritada, e quando ela finalmente falou foi com um suspiro magoado.

"Bom, você sabe que está na hora de se retirar de uma festa quando as crianças começam a combinar um ataque conjunto contra o seu caráter."

"Você poderia dar tchau ao Patrick por mim?", disse ela, beijando Johnny de repente nas bochechas e ignorando os dois garotos. "Não consigo realmente encarar isso depois do que aconteceu — com Nicholas, quero dizer."

"Espero que a gente não tenha irritado ela", disse Robert.

"Ela mesma se irritou, porque isso era mais fácil para ela do que ficar chateada", explicou Johnny.

Poucos segundos depois de Julia ter saído, ela foi forçada a entrar de volta no salão pela chegada urgente da garçonete, de dois homens da ambulância e de uma série de equipamentos.

"Olha!", disse Thomas. "Um tanque de oxigênio e uma maca. Ah se eu pudesse experimentar!"

"Ele está aqui", disse a garçonete desnecessariamente.

Nicholas sentiu seu pulso ser erguido. Sabia que estavam medindo sua pulsação. Ele sabia que ela estava rápida demais, lenta demais, fraca demais, forte demais, tudo errado. Um rasgo em seu coração, um espeto atravessando o peito. Ele tinha que dizer a eles que não era doador de órgãos, senão eles iam começar a roubar seus órgãos antes de ele estar morto. Precisava detê-los. Liguem para a Withers! Digam para eles *porem já um ponto final nisso*. Não conseguia falar. A sua língua não, eles não deviam levar sua língua. Sem a fala, pensamentos se arrastavam como um trem sem trilhos, deformando-se, colidindo, destruindo tudo pela frente. Um homem pede que ele abra os olhos. Ele abre os olhos. Mostra a eles que ainda está *compos mentis, compost mentis*, partes recicladas. Não! Seu cérebro não, seus genitais não, seu coração não, impróprio para transplante, ainda se contorcendo com seu eu num corpo estranho. Eles estavam jogando uma luz em seus olhos, não, seus olhos não; por favor, não levem os olhos dele. Tanto medo. Sem um regimento de palavras, os bárbaros, os telhados queimando, os cascos de cavalos batendo em frágeis crânios. Ele não era mais o mesmo; estava sob os cascos. Não podia ficar indefeso; não podia ser humilhado; já era tarde demais para ele se tornar alguém que não conhecia — o horror íntimo disso.

"Não se preocupe, Nick, vou ficar com você na ambulância", uma voz sussurrou em seu ouvido.

Era a mulher irlandesa. Com ele na ambulância! Arrancando seus olhos, procurando seus rins com seus dedos ágeis, tirando uma serra de sua caixa de ferramentas espiritual. Ele queria ser salvo. Queria sua mãe; não a que realmente tinha tido, mas a verdadeira que ele nunca conheceu. Sentiu duas mãos agarrarem seus pés e outro par de mãos passar em volta de seus ombros. Pendurado, arrastado, esquartejado: publicamente executado por todos os seus crimes. Ele merecia. Que Deus tivesse misericórdia de sua alma. Que Deus tivesse misericórdia.

Os dois homens da ambulância se entreolharam e com um gesto de cabeça ergueram as duas extremidades de Nicholas ao mesmo tempo, colocando-o sobre a maca que haviam estendido a seu lado.

"Vou com ele na ambulância", disse Annette.

"Obrigado", disse Patrick. "Você me liga do hospital se tiver alguma notícia?"

"Claro. Ah, é um choque terrível para você", disse Annette, dando um abraço inesperado em Patrick. "É melhor eu ir."

"Aquela mulher vai com ele?", perguntou Nancy.

"Sim, não é gentil da parte dela?"

"Mas ela nem o conhece. Eu conheço Nicholas desde sempre. Primeiro a minha irmã e agora praticamente o meu amigo mais antigo. É inacreditável."

"Por que você não a segue?", disse Patrick.

"Há uma coisa que eu posso fazer por ele", disse Nancy, com uma pontada de indignação, como se fosse um pouco demais esperar que ela fosse a única pessoa a demonstrar de fato alguma consideração. "Miguel, o pobre motorista dele, está esperando lá fora sem ter a menor ideia do que aconteceu. Vou lá dar a notícia a ele e levar o carro até o hospital, para que esteja lá quando Nicholas precisar."

Nancy conseguiu pensar em pelo menos três lugares onde poderia parar no caminho. O exame certamente ia demorar um século, na verdade Nicholas poderia já estar morto, e ficar levando-a por aí a tarde toda ajudaria Miguel a distrair a mente da terrível situação. Ela não tinha dinheiro para táxis, e seus pés inchados já estavam saindo pelas bordas internas implacavelmente elegantes de seu sapato de dois mil dólares. As pessoas diziam que ela era uma perdulária incorrigível, mas dois mil dólares teria custado *cada pé* do sapato, se ela não o tivesse comprado, com parcimônia, numa promoção. Ela não tinha perspectiva de conseguir algum dinheiro até o fim do mês, punida por seus abomináveis banqueiros em razão de seu "histórico de crédito". Seu histórico de crédito, no que lhe dizia respeito, era que mamãe tinha deixado um testamento horrível que permitiu que seu maldoso padrasto roubasse todo o dinheiro de Nancy. Sua resposta heroica vinha sendo gastar como se justiça tivesse sido feita, como se ela estivesse restaurando a ordem natural do mundo ao enganar lojistas, proprietários, decoradores, floristas, cabeleireiros, açougueiros, joalheiros e donos de oficinas, por não dar gorjetas aos recepcionistas de guarda-volumes e arquitetar brigas com funcionários para que pudesse saqueá-los.

Em sua ida mensal à Morgan Guaranty — onde mamãe tinha aberto uma conta para ela no seu aniversário de doze anos —, ela retirava quinze mil dólares em dinheiro. Em suas circunstâncias limitadas, a caminhada até a rua 69 era uma planta carnívora ardendo de cor e brilhando de orvalho pegajoso. Ela com frequência chegava em casa tendo gastado já metade do dinheiro do mês; às vezes contava a soma toda e, parecendo perplexa por faltarem dois ou três mil dólares, conseguia sair com um obelisco de mármore rosa ou o quadro de um macaco numa jaqueta de veludo, prometendo voltar naquela tarde, assinalando outro ponto negro no complexo labirinto de sua dívida, outro desvio em suas caminhadas pela cidade. Sempre fornecia o número de seu telefone real com apenas um dígito diferente, de seu endereço real, mas uma quadra acima ou abaixo, e um nome totalmente falso — óbvio. Às vezes se apresentava como Edith Jonson ou como Mary de Valençay, para lembrar a si mesma de que não tinha do que se envergonhar, de que houve um tempo em que ela poderia ter comprado um quarteirão inteiro da cidade, que dirá uma bugiganga numa de suas lojas.

Já na metade do mês ela estava invariavelmente falida. A essa altura, recorria à bondade dos amigos. Alguns a deixavam ficar, outros permitiam que ela pusesse almoços e jantares na conta deles no Jimmy's ou no Le Jardin e outros simplesmente lhe faziam um cheque gordo, refletindo que Nancy tinha corrido para a frente da fila de novo e que as vítimas de enchentes, tsunâmis e terremotos simplesmente iam ter de esperar mais um ano. Às vezes ela provocava uma crise que forçava seus fideicomissários a liberar mais capital para mantê-la fora da prisão, reduzindo inexoravelmente sua renda. Para o funeral de Eleanor, ela estava ficando com os Tesco, seus grandes amigos, no apartamento divino deles na Belgrave Square, um duplex que atravessava cinco imóveis. Harry Tesco já tinha pagado sua passagem de avião — primeira classe —, mas essa noite ela ia ter de cair no choro na pequena sala de estar de Cynthia antes de ir para a ópera, e lhe falar da terrível pressão sob a qual estava. Os Tesco eram tão ricos quanto Deus e Nancy ficava irritada por ter de fazer algo tão humilhante para conseguir tirar mais dinheiro deles.

"Você não poderia me deixar em casa no caminho?", Kettle perguntou a Nancy.

"É o carro de Nicholas, querida, não um serviço de limusine", respondeu Nancy, chocada com a indecência da sugestão. "É realmente desagradável, estando ele tão doente."

Nancy deu um beijo de despedida em Patrick e Mary e saiu apressada.

"A propósito, é o St. Thomas' Hospital", disse Patrick atrás dela. "O cara da ambulância me disse que é o melhor lugar para trombólises."

"Ele sofreu um derrame?", perguntou Nancy.

"Ataque cardíaco. Eles sabem por causa do nariz gelado — as extremidades ficam geladas."

"Ah, pare", disse Nancy, "não suporto pensar nisso."

Ela começou a descer as escadas, sem tempo a perder: Cynthia tinha marcado uma hora para ela no cabeleireiro usando as palavras mágicas: "Ponha na minha conta".

Quando Nancy saiu, Henry ofereceu uma carona à ofendida Kettle. Depois de reclamar só alguns minutos da grosseria da tia de Patrick, ela aceitou e se despediu de Mary e das crianças. Henry prometeu ligar para Patrick no dia seguinte e acompanhou Kettle escada abaixo. Para a surpresa de ambos, eles encontraram Nancy ainda parada na calçada em frente ao clube.

"Ah, repolhinho", disse ela com um gemido infantil de frustração, "o carro de Nicholas já tinha ido embora."

"Você pode vir conosco", disse Henry simplesmente.

Kettle e Nancy foram sentadas atrás no carro, num silêncio hostil. Na frente, Henry disse ao motorista para ir primeiro a Princes Gate, depois ao St. Thomas' Hospital e por fim de volta ao hotel. Nancy de repente se deu conta do que tinha feito ao aceitar a carona. Havia se esquecido completamente de Nicholas. Agora ia ter de pedir dinheiro emprestado a Henry para, ali de algum hospital esquecido por Deus no meio do nada, pegar um táxi para ir ao cabeleireiro. Era de chorar.

A queda de Nicholas, a comoção que se seguiu, a chegada dos homens da ambulância e a dispersão de alguns convidados, tudo tinha escapado à atenção de Erasmus. Quando Fleur desatara a cantar no meio de sua conversa com Nicholas, as palavras "revista-nos com nossa legítima mente" chegaram-lhe como um pequeno choque, como um agudo apito de cachorro, inaudível para os outros mas perfeitamente afinado com suas próprias preocupações, fazendo-o se lembrar de seu verdadeiro mestre, insistindo para que ele deixasse os campos lamacentos da intersubjetividade e os rastros intrigantes das outras mentes para o frio parapeito da sacada onde ele talvez pudesse, por alguns momentos, pensar sobre o pensar. A vida social tendia a pressioná-lo contra a sua rejeição básica da proposição de que uma identidade individual era definida pela transformação da experiência numa história cada vez mais padronizada e coerente. Era no reflexo e não na narrativa que ele encontrava autenticidade. A pressão de tornar o seu passado uma anedota ou mesmo de imaginar o futuro em termos de aspirações apaixonadas o fazia se sentir desastrado e falso. Ele sabia que sua incapacidade de se entusiasmar com a lembrança de seu primeiro dia na escola ou de projetar um eu cumulativo e cada vez mais sólido que quisesse aprender a tocar cravo ou desejasse viver nos Chilterns, ou esperasse ver o sangue de Cristo correr no firmamento, fazia sua personalidade parecer irreal para as outras pessoas, mas era precisamente esse caráter irreal da personalidade que estava tão claro para ele. Seu autêntico eu era a testemunha atenta de uma variedade de impressões inconstantes que não poderiam, por si sós, aumentar ou diminuir seu senso de identidade.

Ele não só tinha um problema ontológico com as suposições narrativas geralmente não questionadas da vida social ordinária, mas também, nessa celebração em especial, se viu questionando a suposição ética, compartilhada por todos exceto Annette (e não compartilhada por ela por razões em si mesmas problemáticas), de que Eleanor Melrose errara em deserdar o filho. Deixando de lado por um momento as dificuldades de julgar a utilidade da Fundação para a qual ela doara, havia um potencial mérito utilitarista inegável na distribuição mais ampla dos recursos dela.

A sra. Melrose poderia contar com pelo menos John Stuart Mill, Jeremy Bentham, Peter Singer e R. M. Hare para olharem seu caso com simpatia. Se mil pessoas, ao longo dos anos, saíssem da Fundação tendo descoberto, por quaisquer meios esotéricos, um senso de propósito que as tornasse cidadãos mais altruístas e conscienciosos, será que o benefício para a sociedade não compensaria o sofrimento causado a uma família de quatro pessoas (com uma delas mal e mal consciente da perda) que havia esperado ter uma casa e acabou não tendo? No redemoinho de perspectivas, era possível fazer um sólido julgamento moral de qualquer outro ponto de vista que não o da mais estrita imparcialidade? Se de fato um tal ponto de vista poderia chegar a ser estabelecido era outra questão para a qual a resposta era quase que certamente negativa. No entanto, ainda que a aritmética utilitarista, baseada na noção de uma imparcialidade inalcançável, fosse deixada de lado em razão de que a motivação é baseada no desejo, conforme Hume havia argumentado, a autonomia das preferências de um indivíduo por um tipo de bem sobre o outro ainda oferecia um forte argumento ético para a escolha filantrópica de Eleanor.

Tinha havido um sentimento generalizado de alívio quando Fleur acompanhou a maca de Nicholas escada abaixo e pareceu ter ido embora da celebração, mas dez minutos depois ela reapareceu resolutamente na porta. Ao ver Erasmus inclinado sobre a balaustrada olhando pensativo para baixo, para a trilha de cascalho, ela de imediato expressou seu temor a Patrick.

"O que aquele homem está fazendo ali na sacada?", perguntou bruscamente, como uma babá que se desespera por deixar o quarto da criança só por alguns minutos. "Ele vai pular?"

"Não acho que ele esteja planejando isso", disse Patrick, "mas tenho certeza de que você conseguiria convencê-lo."

"A última coisa que precisamos é de outra morte em nossas mãos", disse Fleur.

"Vou lá ver", disse Robert.

"Eu também", disse Thomas, correndo para as janelas francesas.

"Você não deve pular", Thomas explicou a Erasmus, "porque a última coisa que nós precisamos é de outra morte em nossas mãos."

"Eu não estava pensando em pular", disse Erasmus.

"No que você estava pensando?", perguntou Robert.

"Se fazer algo bom para muita gente é melhor do que fazer um grande bem para poucos", respondeu Erasmus.

"As necessidades de muitos superam as necessidades de poucos, ou de um só", disse Robert solenemente, fazendo um gesto estranho com a mão direita.

Thomas, reconhecendo a alusão à lógica vulcana de *Star Trek II*, fez o mesmo gesto com a mão.

"Vida longa e próspera", disse, rindo incontrolavelmente ao pensar em orelhas crescendo pontudas.

Fleur entrou decidida na sacada e se dirigiu a Erasmus sem as triviais preliminares.

"Você já tentou amitriptilina?", perguntou.

"Nunca ouvi falar dele", disse Erasmus. "O que ele escreveu?"

Fleur percebeu que Erasmus estava muito mais confuso do que ela tinha imaginado.

"É melhor você entrar", disse ela em tom persuasivo.

Olhando para o salão, Erasmus percebeu que a maioria dos convidados tinha ido embora e supôs que Fleur estava delicadamente insinuando que ele deveria se pôr a caminho.

"Sim, talvez você tenha razão", disse Erasmus.

Fleur refletiu que ela tinha um verdadeiro talento para lidar com pessoas em estados mentais extremos e que deveria estar dirigindo a ala de depressão de um hospital psiquiátrico ou mesmo alguma organização política.

Enquanto entrava, Erasmus decidiu não participar mais de sociabilizações incoerentes, apenas dizer tchau a Mary e sair de imediato. Enquanto se inclinava para beijá-la, perguntou-se se uma pessoa do tipo predominantemente narrativo desejaria Mary, porque ele já a havia desejado, e se ele imaginava aquele fragmento do passado sendo transportado, por assim dizer, numa máquina do tempo para o momento presente. Essa fantasia o fez lembrar do comentário seminal de Wittgenstein de que "nada é mais importante para nos ensinar a compreender os conceitos que temos do que construir conceitos fictícios". No seu caso, seu desejo, tal como era, tinha o caráter de um fato inconsequente no tempo presente, como o perfume de uma flor.

"Obrigada por ter vindo", disse Mary.

"Não há de quê", murmurou Erasmus, e depois de apertar de leve o ombro de Mary ele saiu sem se despedir de mais ninguém.

"Não se preocupe", disse Fleur a Patrick, "vou segui-lo a uma distância discreta."

"Você é o anjo da guarda dele", disse Patrick, esforçando-se para disfarçar o alívio de se livrar tão facilmente de Fleur.

Mary acompanhou Fleur educadamente até o patamar.

"Não tenho tempo para conversar", disse Fleur, "a vida daquele pobre homem está em perigo."

Mary não era boba de contradizer uma mulher com as fortes convicções de Fleur. "Bem, foi um prazer conhecer uma amiga tão antiga de Eleanor."

"Tenho certeza de que ela está me guiando", disse Fleur. "Posso sentir a ligação. Ela era uma santa, vai me mostrar como ajudá-lo."

"Ah, que bom", disse Mary.

"Deus te abençoe", disse Fleur enquanto descia a escada num passo acelerado, determinada a não perder o rasto do progresso suicida de Erasmus pelas ruas de Londres.

"Que mulher!", disse Johnny, observando da porta a partida de Fleur. "Tenho o forte sentimento de que alguém é que deveria segui-la, não o contrário."

"Não conte comigo", disse Patrick, "eu tive uma overdose de Fleur. É de admirar que a tenham deixado sair do Priory."

"Me parece que ela só está no começo de um surto maníaco", disse Johnny. "Talvez ela estivesse se sentindo bem demais e decidiu parar com os comprimidos."

"Bem, vamos torcer para que ela mude de ideia antes de 'salvar' Erasmus", disse Patrick. "Talvez ele não sobreviva se ela agarrá-lo numa ponte ou saltar sobre ele quando ele estiver tentando atravessar a rua."

"Meu Deus!", disse Mary, rindo de alívio e assombro. "Cheguei a pensar que ela nunca mais iria embora. Espero que Erasmus tenha conseguido dobrar a esquina antes de ela sair."

"Eu também preciso ir", disse Johnny. "Tenho paciente às quatro horas."

Ele se despediu de todo mundo, beijou Mary, abraçou os garotos e prometeu ligar para Patrick mais tarde.

De repente a família ficou sozinha, com exceção da garçonete, que estava lavando os copos e guardando as garrafas fechadas de volta numa caixa de papelão a um canto.

Patrick sentiu uma combinação familiar de intimidade e desolação, estando junto e sabendo que eles estavam prestes a se separar.

"Você vai voltar com a gente?", perguntou Thomas.

"Não", disse Patrick, "tenho que ir trabalhar."

"Por favor", disse Thomas, "quero que você me conte uma história como costumava fazer."

"Vou ver vocês no fim de semana", disse Patrick.

Robert não disse nada, sabendo mais que seu irmão mas não o suficiente para entender.

"Você pode vir jantar com a gente, se quiser", disse Mary.

Patrick queria aceitar e queria recusar, queria ficar sozinho e queria companhia, queria estar perto de Mary e longe dela, queria que a adorável garçonete pensasse que ele tinha uma vida independente e queria que seus filhos pensassem que eram parte de uma família harmoniosa.

"Acho que vou só... apagar", disse, enterrado sob os escombros das contradições e condenado a se arrepender de qualquer escolha que fizesse. "Foi um dia longo."

"Não se preocupe, se mudar de ideia", disse Mary.

"Na verdade", disse Thomas, "você deveria mudar de ideia, porque é para isso que a mente serve!"

# 14.

Enquanto subia as escadas, se arrastando, até seu conjugado, um minúsculo sótão com paredes inclinadas no quinto andar de um estreito prédio vitoriano em Kensington, Patrick parecia regredir pela história evolutiva, ficando cada vez mais curvado a cada passo, até estar roçando os nós dos dedos no carpete do último patamar, como um hominídeo primitivo que ainda não aprendeu a ficar ereto nos pastos africanos e só faz raras e nervosas expedições descendo da segurança das árvores.

"Merda", resmungou, enquanto recuperava o fôlego e se erguia até a altura do buraco da fechadura.

Estava fora de cogitação convidar aquela adorável garçonete para a sua choupana, embora o número do telefone dela estivesse em seu bolso, ao lado do inquietante bater surdo de seu coração. Ela era jovem demais para ser obrigada a se espremer para conseguir sair de debaixo do cadáver de um homem de meia-idade que tinha morrido enquanto tentava fazer jus à exaustiva subida dela até seu apartamento inadequado. Patrick desabou na cama e abraçou um travesseiro, imaginando suas penas cansadas e sua fronha amarelada se transformando no pescoço quente e macio dela. O ansioso afrodisíaco de uma morte recente; a longa galeria de substitutos que substituíam substitutos; a sede atroz de consolo: tudo era demasiado familiar, mas ele lembrou a si mesmo, severamente, que tinha voltado ao seu não lar, agora que enfim estava sozinho, com o objetivo de se sentir inconsolável. Esse apartamento, a casa de solteirão de um não solteiro, o quarto de estudante de um não estudante, era um lugar tão bom quanto qualquer outro que ele pudesse querer para praticar a sua inconsolabilidade. A tensão de toda uma vida entre dependência e independência, entre casa e aventura só poderia ser dissolvida estando em casa em todos os lugares, aprendendo a lançar um olhar igual sobre a presunção feroz de importância de cada humor e incidente. Ele ainda tinha um longo caminho pela frente. Era só acabar seu óleo de banho favorito para ele sentir vontade de destruir a banheira com uma marreta e implorar a um médico uma receita de Valium.

No entanto, ficou deitado na cama e pensou no quanto estava determinado: uma machadinha Tomahawk assobiando pela mata e batendo em seu alvo, um clarão de luz nuclear dissolvendo um círculo de nuvem por quilômetros ao redor. Com um gemido, rolou lentamente para fora da cama e afundou na poltrona preta ao lado da lareira. Pela janela do outro lado do apartamento, ele via telhados de ardósia descendo pela colina, exaustores de metal girando e reluzindo sob o sol de fim de tarde e, à distância, as árvores no Holland Park, as folhas ainda tacanhas demais para verdejarem os ramos. Antes de ligar para a garçonete — ele pegou o papel e descobriu que ela se chamava Helene —, antes de ligar para Mary, antes de sair para um longo jantar sedativo e tentar ler um livro sério, sob a luz fraca e acima da música enlouquecedora, antes de fingir que achava importante se manter atualizado sobre os assuntos atuais e pôr no noticiário, antes de alugar um filme violento ou se masturbar na banheira porque não conseguia juntar coragem para ligar para Helene, ele ia ficar sentado nessa poltrona por um tempo e mostrar um pouco de respeito às pressões e sugestões do dia.

Pelo que mesmo ele estivera de luto? Não pela morte de sua mãe — isso era sobretudo um alívio. Não pela vida dela; ele já havia chorado seu sofrimento e frustração anos atrás, quando ela começou a ficar demente. Nem era por seu relacionamento com a mãe, que fazia muito tempo ele considerava mais a origem da personalidade dele do que uma troca com outra pessoa. A pressão que havia sentido hoje era algo como a presença da infância, algo muito mais profundo e impotente do que seu relacionamento assassino com o pai. Embora seu pai tenha estado lá com seus acessos de raiva e seus bisturis, e sua mãe tenha estado lá com sua exaustão e seu gim, essa experiência não poderia ser descrita como uma narrativa ou como uma série de relacionamentos, mas existia como um profundo âmago de inarticulação. Para um homem que havia tentado se safar falando tudo o que pensava e sentia, era chocante descobrir que havia algo enorme que ele não havia conseguido sequer mencionar. Talvez isso fosse o que ele realmente tinha em comum com a mãe, um âmago de inarticulação, no caso dela ampliado pela doença e, no caso dele, escondido até ele receber a notícia da morte dela. Era como colidir com algo na escuridão de um ambiente desconhecido; ele tateava em volta de uma coisa que não lembrava de ter estado lá quando as luzes se apagaram. Luto não era a palavra para essa experiência. Sentia-se assustado, mas também empolgado. No reino pós-parental talvez ele pudesse entender seu condicionamento como um fato isolado, sem nenhum outro interesse em sua genealogia, não porque a perspectiva histórica era falsa, mas porque ela fora abandonada. Outra pessoa talvez alcançasse esse tipo de trégua antes de os pais morrerem, mas seus pais haviam sido eles próprios obstruções tão grandes que ele precisou estar livre deles no sentido mais literal da expressão antes de poder imaginar sua personalidade se tornando o ambiente transparente que ele ansiava que ela fosse.

A ideia de uma vida voluntária sempre lhe parecera extravagante. Tudo era condicionado pelo que havia acontecido antes; até mesmo seu desejo fanático por alguma margem de liberdade era condicionado pela drástica ausência de liberdade no início de sua vida. Talvez só um tipo de liberdade bastarda estivesse disponível: ao se aceitar o desdobramento inevitável de causa e efeito, havia pelo menos a liberdade da ilusão. A verdade era que ele realmente não sabia. Em todo caso, tinha de começar admitindo o tamanho da sua falta de liberdade, ancorado nesse âmago inarticulado que agora por fim ele abraçava, e olhar para ele com uma espécie de horror caridoso. A maior parte de seu tempo ele gastara reagindo ao seu condicionamento, deixando pouco espaço para reagir ao resto da vida. Como será que seria reagir a nada e responder a tudo? Ele poderia avançar, nem que fosse lentamente, nessa direção. Conforme tentara dizer a uma Julia nada receptiva, cada vez mais ele não se deixava convencer por julgamentos ou conclusões finais. Havia muito tempo, ele sofria de Incapacidade Negativa, o oposto daquela famosa virtude keatsiana de estar rodeado de mistérios, incertezas e dúvidas sem buscar fatos e explicações — ou seja lá qual fosse a frase exata —, mas agora estava pronto para ficar receptivo a questões que não necessariamente poderiam ser respondidas, em vez de correr para respostas que ele se recusava a questionar. Talvez só pudesse responder a tudo se vivesse o mundo como uma pergunta, e talvez continuamente reagisse a ele por pensar que a natureza do mundo era fixa.

O telefone na mesinha ao lado começou a tocar e Patrick, arrastando-se para fora de seus pensamentos, mirou-o por algum tempo como se nunca o tivesse visto. Hesitou e por fim atendeu, pouco antes de a mensagem da sua secretaria eletrônica entrar.

"Alô", disse com uma voz cansada.

"Sou eu, Annette."

"Ah, oi. Tudo bem com você? Como está Nicholas?"

"Infelizmente tenho notícias terríveis", disse Annette. "Nicholas não aguentou. Sinto muito, Patrick, sei que ele era um velho amigo da família. Na verdade ele parou de respirar na ambulância. Tentaram reanimá-lo quando chegamos ao hospital, mas não conseguiram trazê-lo de volta. Acho todos aqueles eletrodos e toda aquela adrenalina muito assustadores. Quando uma alma está pronta para partir, deveríamos deixá-la ir com muita delicadeza."

"É difícil encontrar uma fórmula legal para essa abordagem", disse Patrick. "Os médicos precisam fingir que acreditam que mais vida sempre vale a pena."

"Imagino que legalmente você tenha razão", suspirou Annette. "Em todo caso, deve ser um choque para você, e bem no dia do funeral da sua mãe."

"Fazia anos que eu não via Nicholas", disse Patrick. "Acho que tive a sorte de vê-lo rapidamente quando ele estava em plena forma."

"Ah, ele era um homem surpreendente", disse Annette. "Nunca conheci ninguém como ele."

"Ele era único", disse Patrick, "pelo menos é o que eu espero. Seria assustador encontrar uma vila cheia de Nicholas Pratt. Em todo caso, Annette", continuou Patrick, percebendo que seu tom não era muito apropriado para a ocasião, "foi muita bondade sua acompanhá-lo. Ele teve sorte de estar com alguém espontaneamente carinhoso na hora da sua morte."

"Ah, agora você está me fazendo chorar", disse Annette.

"E obrigado pelo que você disse no funeral. Você me fez lembrar que Eleanor era uma pessoa boa assim como uma mãe imperfeita. Ajuda muito vê-la de um ponto de vista diferente daquele no qual estive preso."

"Por nada. Você sabe que eu a amava."

"Eu sei. Obrigado", disse Patrick de novo.

Eles encerraram a conversa com a improvável promessa de se falarem em breve. Annette voltaria de avião para a França no dia seguinte e Patrick certamente não ia telefonar para ela em Saint-Nazaire. Entretanto, ele se despediu com um estranho afeto. Será que ele realmente achava Eleanor uma pessoa boa? Sentiu que ela havia tornado central a questão do que significava ser bom — e ele estava grato por isso.

Patrick assimilou a notícia de Nicholas morto. Ele o imaginou, de volta à década de 1960, numa camisa Mr. Fish, travando uma conversa venenosa sob os plátanos em Saint-Nazaire. Imaginou a si mesmo como o garotinho que fora na época, profundamente perturbado e revoltado, mas com uma feroz persona heroica, que por fim tinha posto um ponto final aos abusos do pai com uma única recusa determinada. Ele sabia que, se queria entender o caos que o invadia, teria de renunciar à proteção desse frágil herói, assim como renunciar à ilusão de proteção de sua mãe, reconhecendo que seus pais tinham sido colaboradores bem como antagonistas.

Patrick afundou mais na poltrona, perguntando-se o quanto de tudo isso poderia suportar. O quanto inconsolável de fato estava preparado para ficar? Protegeu o estômago com uma almofada, como se esperasse ser atingido. Queria sair, beber, mergulhar da janela numa piscina formada por seu próprio sangue, parar de sentir tudo sempre tão de imediato, mas controlou o pânico o bastante para se endireitar e deixar a almofada cair no chão.

Talvez aquilo que ele não conseguia suportar fosse formado, em parte ou totalmente, pela ideia de que não conseguiria suportá-lo. Na verdade não sabia, mas precisava descobrir, então se abriu para o sentimento de absoluta impotência e incoerência que imaginava ter passado a vida tentando evitar, e aguardou que ele o retalhasse. Mas não aconteceu o que ele esperava. Em vez do sentimento de impotência, sentiu impotência, mas também compaixão pela impotência. Uma se seguiu depressa à outra, como uma mão indo instintivamente esfregar uma canela batida ou aliviar um ombro dolorido. Ele não era, afinal, uma criança, mas um homem vivendo o caos da infância jorrando de sua mente consciente. Enquanto a compaixão se expandia, viu a si mesmo em condições de igualdade com seus supostos carrascos, viu seus pais, que pareciam ser a causa de seu sofrimento, como crianças infelizes com pais que pareciam ser a causa do sofrimento deles: não havia a quem culpar e havia todos eles para ajudar, e os que pareciam merecedores da maior culpa precisavam da maior ajuda. Por um instante se manteve no mesmo nível da pura inevitabilidade das coisas, de elas serem como eram, no ponto zero de acontecimentos nos quais arranha-céus de experiência psicológica eram construídos, e enquanto imaginava não levar a sua vida tão para o lado pessoal, a pesada e impenetrável escuridão da inarticulação se transformou num silêncio perfeitamente transparente, e ele viu que naquela limpidez havia uma margem de liberdade, uma suspensão da reação.

Patrick escorregou de volta na poltrona e se esparramou diante dessa vista. Percebeu como suas lágrimas esfriavam enquanto corriam pelo rosto. Olhos lavados e uma sensação de cansaço e vazio. Será que era isso que as pessoas chamavam de paz? Devia haver mais do que isso, mas não se considerava um especialista. Subitamente quis ir ver seus filhos, crianças reais, não os fantasmas da infância de seus ancestrais, crianças reais com uma chance razoável de desfrutar a vida. Pegou o telefone e discou o número de Mary. Ele ia mudar de ideia. Afinal, era para isso que Thomas disse que a mente servia.

ESTA OBRA FOI COMPOSTA POR ACOMTE EM ELECTRA E
IMPRESSA PELA RR DONNELLEY EM OFSETE SOBRE PAPEL PÓLEN
SOFT DA SUZANO PAPEL E CELULOSE PARA A
EDITORA SCHWARCZ EM ABRIL DE 2017

A marca FSC® é a garantia de que a madeira utilizada na fabricação do papel deste livro provém de florestas que foram gerenciadas de maneira ambientalmente correta, socialmente justa e economicamente viável, além de outras fontes de origem controlada.